2 龟兹壁画迷宫

丝绸之路密码

宇文欢 著

人民文学出版社
PEOPLE'S LITERATURE PUBLISHING HOUSE

图书在版编目(CIP)数据

丝绸之路密码.2,龟兹壁画迷宫/宇文欢著.—北京：人民文学出版社,2022
ISBN 978-7-02-017487-4

Ⅰ.①丝… Ⅱ.①宇… Ⅲ.①长篇历史小说-中国-当代 Ⅳ.①I247.5

中国版本图书馆 CIP 数据核字(2022)第 172525 号

本书中文简体版由北京行距文化传媒有限公司授权上海九久读书人文化实业有限公司在中国大陆地区(不包括香港、澳门、台湾)独家出版、发行。

责任编辑　朱卫净　张玉贞
封面设计　汪佳诗

出版发行　人民文学出版社
社　　址　北京市朝内大街 166 号
邮政编码　100705

印　　刷　上海盛通时代印刷有限公司
经　　销　全国新华书店等

字　　数　297 千字
开　　本　890 毫米×1240 毫米　1/32
印　　张　13.875
版　　次　2022 年 11 月北京第 1 版
印　　次　2022 年 11 月第 1 次印刷

书　　号　978-7-02-017487-4
定　　价　89.00 元

如有印装质量问题,请与本社图书销售中心调换。电话:010-65233595

目录

楔子 / 1

第一章 / 9

耶婆瑟鸡山·耶婆瑟鸡寺　行像节前日·酉时　/ 11

龟兹王城·幻术杂戏街衢　行像节前日·申时　/ 26

耶婆瑟鸡寺·壁画暗廊　行像节前夜·戌时　/ 35

龟兹王城·"乾达婆"酒肆　行像节前夜·戌时　/ 44

耶婆瑟鸡寺·"飞骆驼"秘窟　行像节前夜·亥时　/ 57

龟兹王城·"乾达婆"酒肆　行像节前日·酉时至戌时　/ 67

耶婆瑟鸡寺·白马河　行像节前夜·子时　/ 76

莲花寺·僧房　行像节前夜·子时　/ 79

昭怙厘大寺·舍利塔外墙　行像节前夜·子时　/ 83

莲花寺·七姓私窟　行像节前夜·卯时　/ 91

昭怙厘大寺·舍利塔佛堂　行像节前夜·子时至丑时 / 99

第二章 / 113

昭怙厘大寺·舍利塔庭院　行像节当日·辰时　/ 115
龟兹王城·九姓胡聚落街巷　行像节当日·辰时　/ 125
昭怙厘大寺·舍利塔佛堂　行像节当日·巳时　/ 132
九姓胡聚落·三兔酒肆　行像节当日·巳时　/ 139
九姓胡聚落·蓝背鸦酒肆　行像节当日·午时　/ 155
龟兹王宫果林·沙漠婆婆的石屋　行像节当日·申时　/ 163
龟兹王城·羯龙宅邸　行像节前夜·卯时　/ 173
突骑施可汗狼帐　行像节当日·申时　/ 180
突骑施可汗狼帐　行像节当夜·酉时　/ 192
可汗之女狼帐　行像节当夜·亥时　/ 202

第三章 / 207

城南皮朗·土墩群　行像节次日·午时　/ 209
幻术杂戏街衢·丝帐子　行像节次日·午时　/ 217
龟兹王宫果林·沙漠婆婆的石屋　行像节次日·中时　/ 225
康傀儡马车　行像节次日·申时　/ 234
沙漠大道　行像节次日·酉时　/ 245
幻术杂戏街衢·屠宰坊　行像节次夜·酉戌之间　/ 251
城南土墩群·沙漠夜市　行像节次夜·戌时　/ 254
沙漠夜市·棱堡　行像节次夜·亥时　/ 266
沙漠夜市·毛毯货栈　行像节次夜·子时　/ 274
城南土墩群·沙漠夜市　行像节次夜·子时　/ 284

第四章 / 289

康傀儡马车　行像节后第二日·辰时　/ 291

神山道·欣衡馆　行像节次夜·丑时　/ 300

柘厥关·石板迷宫　行像节后第二日·午时　/ 307

大漠·干河床　行像节次夜·寅时　/ 315

石林迷宫·黑结界　行像节后第二日·未时　/ 320

沙下古城·死神之宫　行像节后第二日·巳时　/ 333

拨换谷道　行像节后第二日·酉时　/ 346

沙下古城·黑祭台　行像节后第二日·未时　/ 355

拨换草泽馆　行像节后第二夜·戌时至亥时　/ 367

拨换"据史德"山堡·山顶佛寺　行像节后第二夜·子时　/ 403

山顶佛寺·镜窟　行像节后第二夜·丑时　/ 411

楔子

又啜饮了一小口琥珀色的酒液后，杨胄看着坐在金狮子床上的龟兹王白素稽。锦帽锦衣的白素稽，腰间围着缀满了宝石的绸带子，带子上挂着金闪闪的长佩剑，正抬着头面无表情地看着楼台上的乐舞。大厅穹顶下临时搭起了七座不相连的楼台，楼台外隔栏杆，像伸向室内的露台。每座楼台中有两个上身赤裸下着绿裙的舞伎在对舞。蓝厅内一片幽蓝，幽蓝而昏暗。杨胄隔着老远看不真切，只觉得楼台上的舞伎们身段轮廓婀娜诱人，好像……杨胄知道这就是"天宫伎乐"了。龟兹王和太后来拨换驻地的拜帖上就写着，"躬逢佳节，愿邀安西大都护，共赏天宫伎乐"。他自然知道事情不简单。龟兹佛教节庆极多，龟兹王室的宴请是头一遭。但他几乎立时接受了邀约。他必须去龟兹王城走一遭了。安西军的境况越来越不妙，驻地已经从王城四关西移去了拨换。朝廷是防着自己，还是疑心安西军这支边军精锐？他风闻十多日前在宫中神秘遗失的敕令，是移调西北各军的密诏。他估摸着情势将更不利于安西军。这个时候必须和龟兹王室连得更紧。他也听说了龟兹王城内近日有些异动，是王室终于有求于自己了么？如果可以挟龟兹王以自重……他又看了眼白素稽，透过浮在空中的淡蓝幽光，他觉得这龟兹王像一个裹着锦衣的傀儡人，甚至是一个包裹着精美尸布的死人。念头闪过时，杨胄背脊一阵发冷。他想起"天宫伎乐"是人死后上天时方能见着的盛景。他将杯中的葡萄美酒一饮而尽,压在心头的阴影好像淡一些了。他又想起龟兹王与太后那夜乔装骑马来拨换,当时便觉龟兹有事。但那夜两个人什么都没说,如同今夜直至此刻,两个人始终未提龟兹一字。他想起当白素稽头上顶着斗篷骑马来到他的草泽驿时,自己立刻看出这个龟兹王权的继承人是个无用之辈。而骑马跟在他身后的王太后阿史那氏却是个危险的女人。他的目光略略下移,看向金狮子床右下方的阿史那氏。

龟兹王太后正拥着一条漆黑的水獭皮裘衣长袍,懒懒地窝在熊皮胡椅内。黑亮的皮毛和鹿角灯的烛火令她更显光艳。鹿角枝灯遍布于圆舞筵和墙面间,烛光也微微映亮了以青蓝色为底色的穹顶。杨胄知道那是西域最贵重的青金石釉彩。穹顶的蓝底缀以金箔绘成的金花,太后裘衣上的挂饰也是金花。杨胄看见裘皮分开的间隙不时地闪出赤裸白腻的肌肤,心想这个突厥女人只穿了一件裘皮袍子啊,这是在招引我么?可惜我不喜欢啊。他看见羊脂般的肚腹间,伸出了一条天青色蔓草纹。那蔓草纹刺青拳曲曼妙,杨胄却觉得刺眼。它像一条毒蛇,或像毒蛇的长信子。那阴影重又浮了上来。他把银碗中的酒喝完,抬头看见阿史那氏也正看着自己,蓝绿色的眼眸半升半闭,嘴角勾着一丝淡漠的笑容。是那种突厥贵妇特有的淡漠冷傲。随着乐曲的节奏,她正心不在焉地用右手晃动着手里琉璃杯中血红色的酒液。乐曲令人神思迷离。是合奏,所有的乐师好像都有默契,好像操练了无数遍的士卒。在令人醺醺然的乐音中,杨胄至少听出了七八种乐器,但没有一个音是突兀的。所有的琵琶、箜篌、排箫、手鼓等,皆浑如出自一手一心。他觉得曲调温柔出尘,如同楼台上一对对舞女摆动着的身姿。这"天宫伎乐"好像真的能将人带入一个惬意的梦,进入一个非人间的世界。但杨胄越来越烦闷。他又想起前夜做过的那个梦。

杨胄低了头,往手里的空碗里又倒了些酒。波斯风格的银碗,碗底至碗口凸起一圈瓣状纹饰,是精湛的捶揲工艺。杨胄觉得那纹饰像一圈将要挤成一团的乌云。透过琥珀色的清亮酒液,他看见碗底蹲伏着一只作势欲扑的狮子。他听见自己的心跳"咚咚咚"地越来越重。昨夜梦中,他带着亲卫在天山内的野林子猎狮,眼见狮子蹿入了山林深处,他大喜,那个山林里设了重重陷阱。他拍马追入林中,林子越来越深,始终不见狮子的身影。一回头,身后的护卫忽然不见了。他在梦中心惊,欲打马回头,胯下的马一趔趄,与他一同坠入黑暗无望的陷阱……

阿史那氏转过头,朝着门口的方向不住地点头,又好像做了个手势,同时使了个眼神。拱门微微开着,杨胄未见有人。他使劲挤了挤眼,门口还是没人。他想起了那个一步不离阿史那氏身后的美丽侍女,她去哪儿了呢?阿史那氏是在对她做手势么,或者说对她的影子做手势么?他记得日落时分,他进入昭怙厘西大寺时,直至进入这座行宫的蓝厅前,阿史那氏还在不住地与她的侍女说话,用的是突厥语,他一句也不明白。那侍女每句必回,极恭顺,像一个安排好了一切的管家。他记得那侍女偶尔瞥向自己的目光,好像含着类似怜悯的意思。他记得进入蓝厅后她还立于阿史那氏背后。她是什么时候消失的啊?

蓝厅原是建于佛塔二层平台上的佛堂。这座佛塔在西寺三塔中最不起眼,杨胄也没想到龟兹王的秘密行宫会是改建的佛堂。他目光抬了抬，佛堂的穹顶暗沉沉的，大部分蓝彩隐没在阴影中。这时杨胄头一回注意到有一盏大灯轮，从穹顶中央垂挂下来，足有三层的小树一般的大灯轮。三层灯轮上该能点上上百支烛灯吧，那该是何等灯火辉煌啊，此刻却为何一支也不点呢？为何任它隐没在昏暗中呢？他忽然张着嘴，看着那大灯轮上趴伏着的一个暗影。暗影轮廓像一头小兽，但背后收拢着双翼，仿佛在微微翕动。杨胄用手使劲揉了揉眼，想弄清楚自己是不是真的有些醉了，还是看重影了？

始终看着杨胄的阿史那氏这时微微一笑，响亮地击掌三声。合奏的乐声忽然便低了。杨胄听见阿史那氏用带着浓烈突厥舌音的汉话，缓缓道："杨将军，你们中原人也听过《霓裳羽衣舞》吧？"

便在杨胄愣怔片刻，悬吊在暗中的灯轮猛然大亮，三层上百支烛灯同时燃起。杨胄被晃花了眼。再睁开眼时，他看见绚丽的光彩从顶部流泻而下，瞬间照亮整个厅堂。那光混合着火苗的黄白色、穹顶的青蓝色，还有珊瑚的血红色，光彩不停地晃动流转。杨胄惊讶到合不拢嘴，呆看着一个比彩光更绚丽的鸟身人首的"怪物"从灯轮上慢慢飞落。"怪物"撑开的双翅翎羽上，焕发出七色艳光。流光溢彩中，那"怪物"掠过半空，轻轻地落在圆舞毯上。渐不可闻的乐声又响起，"怪物"的步点慢慢踏起，和着节拍，轻柔地旋身、下腰，浑不费力。杨胄的嘴张得更大，他看清了那"怪物"其实是个绝美的少年，插入舞衣的双翅和尾翎映着艳光。鲜红的罗衣紧贴着美少年玲珑的身段，旋转身躯时罗衣飘动，又露出蓝、绿、黄、白诸色的重重轻纱。但杨胄只盯着少年的双眼。那是一双梦幻般的双眼，蓝得像青金石研磨成的釉粉，闪着光，但眼波更动人，像壁画上娇媚女子的斜过来的眼神。妖媚的眼波随着美少年的舞步流转，始终凝视着杨胄。

杨胄僵在软座上，觉得自己被抽空了。三十余年的戎马生涯，数十年如一日经营的军中威望，军帐中的如履薄冰，朝堂下的诚惶诚恐，还有升任安西大都护这些年越来越明显的人心浮动、派系林立，直至近日他感觉身边的人越来越不可靠。这些都在那双蓝眼眸中逝去了。乐调的节拍越来越快，羽衣美少年在圆毯上飞旋，羽衣美少年在半空中飞旋，羽衣美少年在下腰的同时飞旋，杨胄觉得自己的世界也在飞旋。死尸一般端坐不动的龟兹王白素稽在面前转过后，是始终挂着一抹冷淡微笑看着自己的美艳太后阿史那氏。随后是空荡荡的大厅。艳光流转的穹顶。曼妙裸舞着的楼台舞女。而雕刻在穹顶与楼台间被灯轮映亮的一圈菩萨，皆是高鼻深目、垂头俯视，面目淡然，仿佛见惯了生死。杨胄汗如浆下，亲卫呢，我的亲卫呢？还有龟兹王的随从呢？他记得在龟兹王身后和门口皆立着武士，他记得自己的亲卫卸下刀枪后也进了大厅。是在哪一刻，这些人连同那侍女一齐消失了？

这时，杨胄看见那美少年扭摆着身躯慢慢向自己靠近。他想后退却挪不动分毫，只能看着美少年邀舞般伸出右手，看着自己伸出右臂，搭上洁白无瑕的手掌。看着自己与美少年一同旋舞。他听到了阿史那氏的狂笑和喊叫声，还有龟兹王的惊呼，他觉得那是今夜白素稽第一次出声。但已经不重要了。他看见了旋舞中的美少年脖颈上的两个头，两个一模一样的美丽头颅，背对着，轮番凝视着他。是旋舞现出幻象了么？但这时,他忽然听明白了阿史那氏的叫喊,"迦陵频伽"。

迦陵频伽,他在龟兹听说过这个梵语。佛教传说中的双头鸟。两头一体,却互相怨憎的共命鸟。

不及再思,几乎贴近面颊的两张美丽的脸面都张了嘴,伸出了两条鲜红柔嫩的长舌头。两条长舌便像两根手指,像两条小蛇那般灵活。杨胄感觉自己张开了嘴,但一阵深邃的恐惧令他咬紧了牙关。两条舌头轻轻分开了他的上下两层牙齿。一瞬间,他感觉到一种圣洁的惬意,这么多年在边地荒土中他从未感觉到这般惬意,即使在那亲近之人身上他也从未获得这般惬意。两条长舌夹住了他的舌头,他觉得自己的魂魄正被一点点抽离。这时他看见那迦陵频伽手里不知何时多了一个古雅的黑漆方盒。他恍惚想起那是龟兹王的赠礼,原本搁在他身前的案面上。阿史那氏说那是汉代的漆盒。按胡礼,他当时并未开盒,此刻右手却不可抑制地伸向了盒盖。盒中躺着一把银灿灿的匕首,短刀柄上缀着七色宝石。迦陵频伽身后响起一声怪叫,他身躯一抖,仿佛从惬意的幻梦中猛地惊醒。他抬眼,看见两只血红色的眼睛闪现于双头美少年身后,看见一对长满了毛的爪子正要向那双翎羽绚丽的翅膀抓下去。他大吼一声:"恶魔!"抓起七宝刀柄,用尽全力刺向美少年身后的魔鬼。

"呲——",他听见了骨肉脏腑同时被刺透的声响,这是数十年间他在战场上常能听见的声响。一瞬间,眼前两条长舌消失了,幽蓝色的眼睛消失了,迦陵频伽样貌的美少年消失了。他的眼前只剩下龟兹王白素稽因痛苦和惊愕极度扭曲的脸,以及插入龟兹王胸口只剩下刀柄的匕首。随后他听到了阿史那氏撕心裂肺的惊叫声和纷乱的步履声。片刻间，一大队人拥入厅堂。这不是自己的卫队，杨胄一动也不能动。他牢牢盯着还攥在手中的刀柄。缀着七宝的刀柄，是他和那猝然消逝的幻梦仅存的最后的连结。

未过多久，他如愿感觉到了冰冷的刀身劈裂骨肉和脏腑的极度痛苦。

第一章

耶婆瑟鸡山·耶婆瑟鸡寺
行像节前日·酉时

　　夕阳照上崖壁间大佛低垂的面庞时，佛足下的小沙弥渐渐醒转过来。他听着鸟鸣声，用手里的小凿子慢慢撑起了身子。已带有寒意的山风抖动着他身上破布般的百衲衣。隔着木栈道的外栏刻着莲形雕饰，他觉得山下的白马河好像一朵朵流淌的蓝莲花。夕阳下的河面是蓝绿色的，仿佛不真实的蓝绿色。小沙弥想着那是冰川融下的水，想着这河水从天山深处奔腾而下，一路穿山越谷，静静地淌过数百里赭褐色荒凉崖壁，直至流经这一片怡人的河谷绿洲。他想着此刻莲花像隔着两重世界，山崖下的世界像清净的兜率天，而自己仍身处苦恼的人世间。他做了个鬼脸。

　　"嘘嘘嘘，恢恢恢"。

　　鸟鸣声又响起了，在身后佛崖的后坡上。那鸟一次只叫六声，前三声调很平，后三声升降起伏。是将他唤醒的鸟鸣。小沙弥清醒了，立起了身子，戴着圆僧帽的头顶刚过栏杆。他沿着这排装饰着莲瓣图案的木廊转向后山，亦是藏着石窟寺的山坳。接近后坡时啁啾声响成一片，却再也听不见那六声独特的鸣叫。小沙弥在一座僧房窟前室的外廊上坐下，闭上眼听了一会儿叮咚的泉音。泉水在山坳最深处向下流淌。当他再睁开眼时，看见外廊尽头，也便是夕光可及的尽头，立着一只孔雀。

　　孔雀的头向旁边侧了侧，明亮而充满野性的眼睛盯着小沙弥。小沙弥半张开嘴。孔雀的尾巴翘起来了，像一把巨大的扇子伸展开。像阿史那氏王太后身后的扇子，但比扇子更光艳，闪烁着彩虹上会有的每一种颜色。

就在小沙弥慢慢挺直腰背时，那孔雀忽然收起尾翼，向崖后山坳处一跃，消失不见了。小沙弥扑了过去。在长廊的尽头，他看见背阴的山坳上，一抹艳色不住地跳跃。他用石凿子扎入崖壁，踩着山褶皱，身形灵活地上攀十余步，踏上一处缓坡。顺着缓坡向里走便是山坳深处，此刻已是一片昏暗。四周只闻鸟鸣和淙淙泉音。一道鲜亮的光影闪向山坳深处。小沙弥跃下，不时地看向崖壁上方蜂房般的洞窟。他知道这些洞窟多废弃已久，越近后山僧窟越少，管事僧更不会来这里。泉音越来越响。小沙弥一边走一边晃着脑袋，这时他看见那孔雀停在了一眼山泉边，背对着他，尾翼略翘起，像在饮水。他蹑手蹑脚地逼近，距离五步外时他看见那孔雀开始沿着泉边徜徉。他将凿子收入衣襟，绷紧了身子，向前猛地一扑。

他扑了个空。他揉了揉眼，以为自己看错了，但孔雀确实消失在了清泉和崖壁间。山壁上留着一道石缝，像山上滚落的巨石遮住了洞窟。石缝仅容一人过，但那只孔雀足以钻入。小沙弥吸了口气，探身入洞，洞里几乎全黑，走了几步，看不见半点儿光，听不见半分动静。小沙弥觉得害怕，慢慢向洞口倒退，忽然脚底一滑，跌落下去，连一声惊呼都未及发出。

触地许久他才叫唤起来，更多是因为害怕。他觉得肩背撞上了芦苇草席，好在草席铺得很厚。周围一股子霉味熏得他头昏脑涨。他捂着肩，一骨碌跪起身子时，脚尖带到了一件硬物。硬物立刻缩了回去，像个活物。小沙弥惊得以膝盖连退十余步，直至背脊触及石壁，瞪大了眼看向硬物的方向。

他的眼睛感觉到了石壁罅隙间的微光。他看见穿过洞室半空的光束和漂浮在光束中的微尘，看见地上干枯的苇草席，看见层层堆叠的破木箱子，几乎堆满了三面石墙，看见唯一未堆箱子那面墙下凿了一个火龛。昏暗的光线中也能看出那是已废弃多年的火龛。此时小沙弥已慢慢知道自己身处何地了，执事僧告诫过小沙弥们不要来后山。他们说后山的这片山坳常年不见日光，山坳深处藏着一片"黑域"，夜间有食人的精怪出没。但他知道后山其实是石窟寺的储物区，是废弃僧房窟改作的储藏窟。他记得有个胆大的沙弥夜间偷偷潜入后山，后来便再未见过。有人说他被逐出了耶婆瑟鸡寺，也有更可怕的传言。小沙弥捂着鼻子，目光从一堆堆朽烂的木箱子，转向那排旧僧房常见的火龛，胸口"通通"震动起来，终于忍不住大叫出声。

火龛中蜷缩着一个人。那人脸朝向小沙弥，昏暗中的脸是土灰色的。那人身上的衣袍看上去比小沙弥的僧衣更破败，仿佛盖了一层土。他的身形颇为高大，硬是被塞进了三尺见方的火龛。最可怕的是他蜷缩在龛中的姿势，僵得仿佛被冻住了。小沙弥叫出声后，他仿佛动了动，手臂抬了抬，于是绑在手腕子上的绳索将油布箱子又向火龛处拉近了些。小沙弥看明白了，他不叫了，看着那人的脸，紧张得一丝声音都发不出来。他感觉那人的脸也动了动，正抬向他。他看不清那人的眼睛，感觉那人闭着眼正在昏睡中，至少不清醒。但是在动。猛吸两口气后，小沙弥向那人跪行出一步，想看得更真切些，随后他听见那人说话了，像说梦话。一炷香工夫后，那人慢慢睁开了眼，小沙弥觉得像星光一闪，是暗淡的星光。随后他听见了一阵"咔咔咔"的骨节响动,像冰河解冻时河面发出的声响。他看见那人先将手脚,随后是头颅慢慢从火龛中伸出。他撑着那口箱子,半躺着靠在火龛边的石壁上。光线更昏暗了。但小沙弥能看见,或者说感觉到十余步外那人的神情。盖着蓬乱发辫的脸上并无痛苦之色,但是感觉疲惫。那像一张还未从梦境中苏醒过来的脸,或者干脆是一张梦游者的脸。那双眼睛现在正看向小沙弥,星辰般的眼神,与其说是暗淡,不如说是遥远。

"我还活着?"那人的声音听上去也像还未醒转过来。他说的是突厥话,小沙弥听得懂突厥话。

"这里虽然昏暗,仍是人世,我也不是鬼。"小沙弥咧开嘴笑了,露出两排大白牙。他的身躯不知不觉放松下来。

"哦,但你是谁……这里是……且慢……"那人露出了讶异的神色,"你说的是什么话?"

"我是龟兹人,当然说的是龟兹话,"小沙弥挠着头皱眉道,"那倒是奇怪,你看上去像个突厥人,方才梦里说了一堆龟兹话,醒来却好像第一次听人说龟兹话。"

那人直愣愣地看着小沙弥,像看着一团迷雾。随后他点点头,但样子很茫然。"我见过你,"他轻声道,"方才,在梦里……"

小沙弥又笑了,道:"那就是了,是我教你的龟兹话,在你梦里。你该呼我师父。"

"师父,"那人立刻喊了一声,小沙弥听见他嗓音嘶哑,"小师父你是谁?"

"不是小师父,就叫师父,"小沙弥故意板起了脸,"我也是个石匠,如果你想学,我也可以教你雕凿石头。"

那人咧咧嘴，好像在笑。"但你看上去是个出家人。"

"我是出家人，也是个石匠。谁说出家人不能当石匠的？"

"你并不像石匠。"

"你不信？"小沙弥冲着他做了个龇牙咧嘴的发怒表情，却更像个鬼脸，"我方才在佛足下凿出了一朵莲花。我还会凿会飞的骆驼，有翅膀的骆驼。"说着他从怀里取出小凿子。五六寸长的短柄末端垂直弯折，插了一个鸟嘴一般尖尖的铁头。小凿子像改小的坎土曼，那种绿洲田间常见的西域锄具。小沙弥用凿子在半空中划拉半天，又展开双臂，上下挥动，做出舞动翅膀的样子。

"好了，我信了，小石匠师父，"那人撇了撇嘴，像笑了笑，"你见过飞骆驼？"

"见过，和你一样，在梦里头见过，"小沙弥又露出两排白牙，"我听见你说的梦话了，什么公主啊、什么阿塔啊，什么什么歌，最后不停地念叨，'飞骆驼、飞骆驼'。"小沙弥说话音调起伏，像唱歌，脑袋也不住地摇晃，像和着节奏，顿了顿，像想到了什么，前倾了身子压低声道，"我带你去看飞骆驼好么？"

"飞骆驼在此地？"那人星辰般的目光变亮了。

"我在梦里见过飞骆驼的窟门口凿了一个……你可别告诉管事的僧人啊，"小沙弥又冲他做了个鬼脸，这回还吐出了舌头，"想来那些人也听不懂你的突厥话。"

"但你听得懂。"那人又咧了咧嘴。

"王太后爱说突厥话，尤其斥骂人时，我偷偷学呢。"这回小沙弥捂着嘴笑出了声，像有些腼腆。

"王太后？什么王太后？"

"自然是龟兹的王太后，你不知道龟兹有个王太后？"小沙弥仍捂着嘴，"也是，你肯定也不知道这里是耶婆瑟鸡寺。只有王太后的熟人才能来这里。这可是龟兹最好的石窟寺呢。"小沙弥的话语中好像还透着些骄傲。

那人没有说话，过了会儿，很慢地点了点头，似乎表示明白了小沙弥的意思。小沙弥便又接着道："你这个可怜的突厥人，病得快死了。你的同伴也不管你，把你扔在关城外。幸好王太后喜欢突厥人，又信佛，关上的人把你送到这里来。你的运气算是很不错。"

"我的同伴……"那人喃喃自语，"他走了么？"

"关下隔着老远就回去了，"小沙弥摇头晃脑道，"但你也不必怪他，他肯定是怕你死在马上。他看到关兵过来了才把你扔下的。他也是不想看着你病死。这些都是执事僧闲聊说的——你的病已经好了？"

那人又沉默一会儿，撑手欲起，一匹布从他肩头滑落。他捧起布匹，看了看，慢慢将它叠起，塞进背后的布囊。小沙弥看着他撑着石壁，慢慢背上箱子，忍不住道："这箱子好像很重，你病刚好，可以给我，我气力不小呢。"

"小石匠师父，我习惯了。"那人挺直了腰背，他的轮廓瘦长。

小沙弥起身走向他身侧，从怀里掏出了那小凿子，道："从木箱子堆爬上去，你用得上这个。你会爬木箱子么？"

那人接过凿子，看着小沙弥，哑着嗓子道："你怎么上去？"

黑暗中闪出了两排白牙。"这里的僧人都不叫我石匠，他们叫我猴子,会爬石窟的猴子。"

出洞后,山中已彻底黑了下来。小沙弥似乎循着越来越清亮的泉声,领着那人向山坳深处前行。一百二十步后,那人靠着一块岩石坐下喘息。岩石离泉流很近,但星月黯淡看不清泉水。那人仰面看着夜空。小沙弥在一边摇头晃脑,和着泉流的节奏。那人又看向摇晃着的扁平脑袋,忽然道:"你会不会唱歌?"

小沙弥蹲了下来,目光闪亮:"说起唱歌啊,我有很多师父——"他被山坳深处的一阵鸟鸣声打断。小沙弥腾地立起,呆呆地看向那鸟鸣声消逝处。半响,他自语道:"真怪,天这般黑了,怎么还有鸟在山里唱歌呢?"

"或许它在山里迷路了,在呼喊自己的阿塔呢。"那人也看向那边,缓缓道。

小沙弥叹了一口气,道:"可惜它说的不是这意思。"

"哦?"那人转脸看向小沙弥,"你能听明白鸟话?"

小沙弥嘟起嘴叫了六声,"嘘嘘嘘,恢恢恢",先是三声平音,随后三声,一声升,一声降,最后又升。那声音足以乱真。"你听像不像?"小沙弥咧嘴笑道。

那人侧耳听了一阵,山那边没有再传来回响,笑了。"看来确实不是呼喊阿塔,你听出它叫的是什么?"

小沙弥又蹲了下来,压低了的嗓音变得严肃起来,道:"这是个秘密,你万万别告诉别人哟——别人都说我脑子不好使,其实我很聪明哩。他们都不知道我听得懂突厥话,更不必说鸟话了。"

那人在黑暗中注视着他，目光闪动如水波，像看着一个久违的朋友。他慢慢点了点头。

小沙弥托着下巴，好像有些苦恼。许久，他用一种不像他声音的悲伤语调道："它说我快死了。"他抬头看了看天空，好像有些不舍，过了会儿，他看着那人的神情，又道："你不信么？"

"不信，小石匠师父，"那人看着他摇头，"一个字都不信。"

"那么我们赌一赌吧。"小沙弥又对他露出了牙齿。

"怎么个赌法？"

"赌羊髀骨，羊髀骨游戏你玩过么？"

"我只见过羊髀骨，小石匠师父，草原上的人用来占卜。"

"这里用来玩游戏。很简单，你一学就会。"小沙弥说着，从百衲衣不知哪个衣缝中掏出一物，是块半只手掌大的薄片，一头宽一头窄，像块缩小了的盾牌，"这是我的羊髀骨，你收好，无论我什么时候问你要，你都要拿出来。是不是很简单？"

那人接过羊髀骨，正反两面仔细地摸了摸，点头道："很简单——若是我拿不出来呢？"

"你若拿不出来，你身上的一样东西就归了我。"小沙弥露牙笑着。

"我若能拿出来，小石匠师父你身上的一样东西就归了我？"

"就是这样。看不出你也是个聪明人。"小沙弥兴奋起来，忽然语调又低落下去，"但如果我死了，而你身上还存着我的羊髀骨，如果没人埋我，你就要为我收尸。如果我有家人，你就要在葬仪上送我家人一头羊。"说完小沙弥又露牙笑出声，好像很开心。

"这游戏在龟兹的孩子间很流行么?"那人的嗓音越来越暗哑。

"在我们这些没有家人的孩子间很流行,"小沙弥咧嘴笑道,"现在你拿了我的羊髀骨,你就不能让我死,你就要当我的保护人。你说发明这个游戏的人是不是很聪明?"

"真的很聪明。"那人低声道,将羊髀骨插入背囊。

小沙弥的小圆眼闪了闪,道:"你愿意和我玩了?"

那人在黑暗中无声地笑了笑,又转过了身,向着黑沉沉的山坳深处望去。"我们是不是要去那里?"他指向最远响着泉流声的地方,那里的岩层间泛出点点银光,月亮慢慢从云层间探出了头,"那里泉水流出的石壁间,似乎有拱洞,还有木门,或者是木窗。"

小沙弥前倾身子伸长脖子,瞪大眼看了半日,惊讶道:"就是那儿。你是如何看到的?你眼力太好了。"

"那里方才闪过火光。想来是有人走动。"

"火光?你确信是火光?"小沙弥的声音更惊讶了,"这里没有僧窟,更不许香客信众进入,别说夜间,白日也不允许。因为、因为那是私窟……"小沙弥的声音有些迟疑,好像在犹豫该不该说下去。

那人没有问下去,脸还是朝向那里。"小石匠师父,你坐在这里等我。"

"没有我你找不到那石窟,那里像迷宫,我迷路了三十六回才画出一张地图,"小沙弥傻笑着,"你有火石子么?我听说突厥人都带着那东西。"

那人摇摇头,他看着远处泉流涌出的山壁,像回想着什么。小沙弥无奈道:"那走吧,你跟着我走,我跟着水流的乐声走。"

泉水滴流之音,渐渐自脚下到了高处,叮咚之声在黑黢黢的深山中更显悦耳,仿佛有灵性,带着一种天籁般的旋律。两人走到泉声的尽头,迎面却是一面绝险的崖壁,一粒粒水滴自石壁上一闪而下。那人看着水滴出神。小沙弥看着他,叹了一口气道:"你是在这里看到火光的么?"

"小石匠师父,我们该是转过大半个山坳了吧?"那人问。

小沙弥想了半日,重重点头。"哎,你说得对,绕到大佛背后了。"

"小石匠师父,那个洞窟口是个入口吧?"那人向上指了指,一个模糊的拱形影子半露在月光下的绝壁上,距二人站立的地面有两丈余高。

"我先爬,你在下头把背囊和箱子扔给我呗。"小沙弥咧嘴笑了,"上去后你要走前头哟,抓着我的手走,我怕黑。"

那人笑笑,看着小沙弥真的像只山猴子蹿了出去。他把背囊和箱子扔上去后,看见小沙弥在微光下狡黠的笑脸。"现在你的羊髀骨在哪里?"他趴在洞口向那人伸出了一只手掌。

那人在洞下愣了半日,长叹了一声,道:"你想要我身上什么物件?"

"方才盖在身上的,是条毛毯子吧?最近天冷,晚间睡觉我总盖不暖,缺条毯子。"小沙弥笑着道。

那人在心里叹了一声。"是片障泥布,小石匠师父,我同伴那匹马上的障泥布,但一样保暖。我上来后取给你。"

小沙弥还在笑的时候，那人已经爬上洞口。小沙弥的嘴张大了。那人先将一物送至小沙弥掌心，随后利索地解开囊袋取出那片障泥布递给他。小沙弥瞪大眼看着那人。他不用看也知道掌心握着的是一片羊髀骨。

瞪了半响，小沙弥垂头丧气地耷拉下脑袋。"唉，又输了。"他把羊髀骨放在叠得方正的障泥布上，捧了回去，那人取了骨头，推回了布。"你教我龟兹语，不能白教。这条布是你的礼金。"

小沙弥张大了嘴。"但是我什么时候教过你龟兹语啊？"

"在梦里。不知下回能否还梦见你，先还了你人情。你不必再推辞，我不能欠人情，欠人情就要发病，再推辞我便不再唤你师父。"

小沙弥又发了会儿呆，将障泥布披在了身上，又咧嘴笑了。"我领你去看我刻的飞骆驼，也不欠你。"

那人将羊髀骨放回囊袋后，看向洞窟深处——果然黑不见底。"白日这里有光？"

"不知从哪里透出的微光，虽然仍是昏暗，但能看见过道和窟室。如今窟寺里的小沙弥里只有我敢摸过来。"小沙弥语调颇为骄傲，忽然神情严肃地凑近了道，"据说每年都有迷了路的香客在这里找不见了……"话未说完，一片黄光已将他眼前照亮了。黄光中小沙弥的嘴巴张大得能塞进一个拳头，两只浑圆的眼睛瞪着那人大声道："你……你，你不是没有……"

"嘘！"那人轻轻捂上了他的嘴，微微一笑，"我也是方才才想起来。"

小沙弥定定地看着那人脸上的刀疤，那疤又深又长，但他不觉得可怕。他的目光转到了他的另一只手上，道："这，这是一颗珠子啊，怎么竟有这么亮的珠子啊……"他神情越发惊异，却压低了嗓音。

那人的手掌微微合起，珠光黯淡下来。"你定的游戏规矩，小石匠师父，你自己守不守？"那人发亮的眼睛看着小沙弥。

小沙弥挠着头，过了一会儿明白过来，苦着脸无奈道："自然是要守的。你想要我身上的什么物件呢？"

"你来这后山，该随身带那地图吧？"那人下颌一圈胡渣又黑又密，但笑起来像个少年人。

小沙弥的脸色更苦恼了，两手轮流挠着额头两侧光溜溜的头皮。良久，他才不情愿地从衣缝中取出一物。那人接过，是一片黄白色的兽皮，皱巴巴的。珠光下现出兽皮表面的一道道深痕，像用那小凿子刻上去的。刻痕线条大多纵横交错，另有些或弯或斜，还有些小圆圈。一些纵横交接处点了墨迹。无论是线条还是整个图案看上去都显得稚气。那人看了半天，道："是熟羊皮？"

小沙弥的声音像快哭出来了："是很贵的羊皮。"

那人看了他一眼，问道："我们现在何处？"

小沙弥苦着脸，凑近那张羊皮地图，找了好一会儿，在羊皮最上方点了点。那里有个小黑点。"你刻了飞骆驼的洞窟呢？"那人又问。小沙弥又找了半晌，点了点羊皮中央一个圆圈偏右的位置，那里有一点很大的墨迹。"圆圈是最高处。"小沙弥道。

那人点点头。"我猜出来了。"他的目光在那羊皮上慢慢移动了数遍，将它递还给小沙弥，"你拿回去吧，小石匠师父，我已经知道怎么走了。"

小沙弥张着嘴接过那羊皮地图，随后傻笑起来。"原来你是个好突厥，还是个聪明突厥。"他看着那人的脸，又道，"你脸上的伤疤是自己割的吧，这刀疤割得漂亮，不像别人割的。"他两眼一翻，又道，"不行，坏了规矩，是要遭厄运的，告诉我你的名字。"

"我叫李天水，"那人想了想，"我还有个突厥名，玉都斯。"

"好怪的突厥名，"小沙弥吐了吐舌头，又转了转眼眸子，忽然道，"李天水，你要说，'我，李天水，自愿放弃我小石匠师父的债务'。"

"我，李天水，自愿……"石窟深处忽然传来一阵急促的叩门声。李天水"噌"地站起身，向石窟深处走了两步，仰头静听。叩门声是从头顶传来的。再未响起第二阵叩门声，也未听见开门的声响。他转头想看那沙弥，却呆了呆。

淡淡的黄光下，拱形洞窟口空无一人。小沙弥不见了。

李天水低头默想了一阵，走回窟边重又背起箱囊。他并未去窟下找那小沙弥，而是转身踏向仿佛深不可测的洞窟内部。

窟室后头是一个更大的窟室，连接两个窟室的是窄而长的拱形甬道。走了约一刻工夫，李天水发现石窟深处是一个由过道、走廊、大大小小的窟室，以及暗处时不时会突出的一座佛龛或一根塔形石柱组成的迷宫。他全凭手中珠光、窟壁的罅隙透进来的微弱月光，和刻在头脑中那两点之间的线条走向指路。黄光覆上过道时总映出漫漶古旧的壁画，有些壁画还保存着较为鲜艳的色彩。李天水没有稍作停留。这些壁画图案唤起了他的一些记忆，他想到了那个梦之前所经历的事情，想到了山体内珠光照亮的壁画，想到了那道冰缝和冰缝上的玉机，想到了玉机最后的呼喊。不知道是呼吸不畅还是心跳让胸口有些发闷。随后他想起了那个梦。

那个梦境已经模糊而且破碎。但在梦里他觉得所有的事情都无比真实，他还记得那种真实感。他想起了梦里那张小沙弥的脸，和方才他看见的小沙弥一模一样，甚至连那神情、那张鬼脸也几乎一模一样。他记起梦里的小沙弥唱着歌，梦里他不知道那是龟兹歌，但能听明白。他记得在歌的最后，小沙弥重复地唱着"飞骆驼，飞骆驼"。他想起他的突厥话也是这么学会的。十岁左右，他和一群突厥孩子喝酒，喝到半夜，忽然就说起了突厥话。他想起那小沙弥忽然升向天空，他记得那是夜空，小沙弥一直升入星光里。他记得自己追着小沙弥升上了夜空。星星很多很密，但一颗颗清晰得仿佛数得过来。星空中现出了波斯公主的脸，现在想来已经完全记不清但梦里觉得无比清晰的面庞。那张脸在对他说话。他记得公主说了很多话，梦里他觉得每一句、每个词都很重要。但现在他几乎都忘了。他记起自己问公主："我是死了么？"他记起公主道："星星是灵光。"记起公主道："走进那灵光，别害怕，走进去。"记起公主道："那光里有过去，那光里有现在，那光里有未来。"记起公主道："灵光在你腰间，灵光在你周围。走进去吧，别害怕。"记起公主道："它会护佑你，引领你，带你找到通向未来的路。别害怕，阿胡拉的世界在等着你。"他记起自己真的走了进去，走进了星空，走进了星空中渐渐连成一片的星光中。他觉得安宁，仿佛真的走进了过去，走进了被阿塔抱在怀里的草原童年，闻到了风中蕴含的熟悉的泥草气味。最后他又听见公主的声音,那声音在他耳边低语,他知道那是极紧要的话,但他费尽全力只能忆起两个词。

"飞骆驼","神山路"。

回过神时,李天水发现自己已经走到了一条弯曲甬道的尽头。黄光漫上了甬道尽头,左手边的窟壁上架着一副木梯子。窟壁顶上开着半圆形的洞口,木梯子穿过洞口没入黑暗。木梯的对面,也即是他的右手边,是另一条拱形甬道的入口。李天水闭了一会儿眼,回想着那地图上的线条和他走过的路。他将手中的火珠子向右边的甬道移过去,方要转身时,甬道上方又传来人声。话音不高,但他听清了,是一句龟兹话。

"你的那个小沙弥好像看到我了,就在今日日间。"是个男人低沉的声音。

"看到了也没关系,"一个女人轻哼了一声,带着强烈突厥口音的龟兹语,轻哼了一声,"他是个傻子。"

李天水站住了。他在甬道尽头听着自己的心跳站了半天,攥紧又松开汗湿透的双拳。随后,他转过身,慢慢爬上了那副摇摇晃晃的木梯子。他尽力不让木梯子发出任何声响。

龟兹王城·幻术杂戏街衢
行像节前日·申时

被抛上半空后，他又被重重地踹了一脚，随后半张脸砸在地上，火辣辣地疼。先前在渠水中看见的苍白的脸已经肿了起来，口里是一股咸腥味。他吐出一口血时带出了两颗断牙。他一时不想爬起来，便这么躺着，如一条死狗般躺在街心。脑中"嗡嗡"作响。他望着日头，白色的光圈忽大忽小。他摇了摇头，看见两三个日头交叠晃动。他想起自己少年时常这般被扔在街头。周围此刻一定也围了不少人，他却笑了。他仿佛忽然又闻到了海水的味道，也是这般咸腥。面颊虽胀痛难忍，头脑的晕眩感却减轻了很多。现在他感觉到的是一阵阵轻轻的起伏，仿佛正躺在风平浪静的船板上。随后他听到了一阵辚辚声从这条土街的一头急速传来，尘土漫上他眼前时，他抬起了眼。

是一辆牛车。牛车上站着一个年轻人，穿着一件由极鲜艳的五色菱形皮革缝制的长衣袍，像个天神似的高高地站在车座上。牛车随着粗陋的土路上下颠簸，那年轻人只是漫不经心地抓住牛车上的木栏杆，毫不在意。车轮时时碾过小坑和石头，驾车人却纹丝不动，显得潇洒自如。但他的目光越过人群看见地上躺着的人时已经太晚。四散开的人群中发出一阵惊呼，牛蹄冲着地上那人迅猛踏去，站在牛车上的人忽然一跃而起，稳稳跳上了那奔牛身体两侧的车辕。脖颈儿上的横木将牛头猛然压低。那牛又跌跌撞撞冲出数步后，戛然止住了四蹄。躺在地上的人灼痛的脸上，已感觉到牛鼻子里"哼哧哼哧"喷出的热气。

躺在路中间的人用戴着皮手套的左手慢慢撑起了身躯，右手轻轻拍打着满身的尘泥。他身上的衣裳已经脏得看不清布料。年轻人已经退回了车座边，打量着眼前尘土中的人。好半天，那人站直了，姿态很别扭，好像很痛苦，但硬是站直了。他朝那年轻人站着的方向微微弯了弯身，捂着脸，慢慢转过身。方迈出一步，右臂便被人一只手抓住了。他转过头，看到那个年轻人看着他，又看看他的左手皮手套，开口道："上车。"这个西域年轻人嗓音轻柔得像女子，说的竟是汉话，带着西域贵族常有的缓慢优雅腔调。他瞪圆了眼，看见那年轻人面颊秀美得也像女子，脸上敷盖着一层柔和的粉红色，好像敷了粉。他微笑时嘴角和两撇髭须同时上翘出一个优美的弧度。爬起身的人待要说话，年轻人慵懒地笑笑，道："不必谢我，就是一条受伤的狗我也会请它上来坐坐的。这是缘分，是佛法。该我载你一段。"他看着年轻人，又要张口时，却呛入一口尘土，他捂着嘴猛咳了一阵。他弯下腰，一张大圆脸涨得通红。年轻人从怀中取出一方白色的丝帕，他接过，用丝帕捂住嘴时，幽淡的香气自鼻腔涌入，瞬间头脑仿佛清醒了不少。随后他看见了巾帕一角以金线绣着半开的花瓣。年轻人再次踏上车座后，他便靠着车栏杆坐在了车板上。

牛车又辚辚地压过泥土路，随后压上青石砖。窄路上满是人，显得拥挤，像船头分开水流一般在牛车前分开。他在车上看着过路人投过来的眼神。车轮轧上有纹路的平滑石板后，眼前开阔起来。路面上鲜艳也更喧闹,人车扑面而来。大路上车比人多,多是驴车,赶车的多是老人和小孩。坐车的,都是些服饰鲜艳、丰满浓丽的女人。她们从隐藏在民居间的佛寺、袄祠和巴扎里拥进拥出,经过时留下了一阵浓郁香气。层楼重叠的民居稠密拥挤,佛寺袄祠的庭院却显得空旷。两侧门窗涂漆成蓝色,门窗外头摆满鲜花。不时地闪过被两侧屋檐遮蔽的窄街小巷。他觉得那些巷子深不见底。巷口常常坐着许多花白胡须的老人,奔跑的孩子像鸽群一般掠过巷口,妇人们不断地将水泼向街道。迎面擦过时,许多人会转头盯向牛车。牛车始终未减速。这时他发现虽然夕阳很暖,但几乎整条大路也不见日光。两侧的果树投下了浓重的阴影。孩子们在阴影中,坐在巷口的老人在阴影中,坐在车上的艳丽女人在阴影中,早已铺上一层枯叶的路面也在阴影中。他抬头望向了天空。站着驾车的年轻人毫不避让从四处射来的目光,反而更挺直了身躯左顾右盼,嘴角翘得更高。回过头,看见杜巨源仍一动不动地靠在栏杆上,望着天,他饶有兴味地看了一会儿,道:"你在看什么?""云。也看看风。"年轻人修饰得很精细的眉毛翘了翘,道:"你能看到风?"

"能啊,怎么不能?不但能看到风,还能看到风说的话。"那年轻人看着他,好像在判断这汉人的头脑是否出了毛病,良久,道:"风说了什么?""风说我该起锚了,这港口不宜久留。"年轻人看了他半晌,道:"你出过海?"他点点头,道:"我在海上待过很久。""你是如何到的龟兹?""要问那个把我装进箱子的人。我被她踢下来后,就到了这里……原来这个地方,就是龟兹啊。"年轻人皱眉看了他半晌,道:"你是被人偷运进来的，怪不得……""怪不得什么？""近几日龟兹四关严防可疑的汉人过境，只准出，不准进。"他低头收回目光，想了好一会儿，慢慢道："龟兹不是汉地么？"年轻人回过头驾着牛车不说话，过了一会儿，又道："是谁把你踹下来的？""我只记得是个女人……"他忽然莫名有些心痛，他脑中还留存了一些模糊的印象，蜷缩在那口箱子里的印象。他隐约觉得那个照料他的人像阿娘，是他与外界唯一的联系，是他唯一可依赖的人。但就是那个女人，将装着他的箱子踹下了马车。他好像隐约体验到了当他还是个胎儿时，猛然被扯出母体时的那种感觉。那是一种深入骨髓的恐惧、绝望和痛苦。他又想起了阿爷。"但我已不记得了。"他最后说，"过去很多事皆不记得了。"驾车的人拈动着胡须，看他的眼神显得有些古怪，随后叹了一口气，"没有过去的人，你真幸运，我的朋友，"他又拈了拈胡须，翘起的髭须每一根翘起的髭须看上去都很清晰，"或许我可以帮你想一想，那个女人是汉人么？""是吧，或许……我记不清了。""汉女，或是其他异族女人，今日已不得通行入王城，能进入龟兹的汉族女人只有一种可能，"他顿了顿，"女奴。""女奴……"他听见自己在重复，呆呆地看着街两侧的蓝窗红花。年轻人看着他，又轻叹了一声，拉了拉牛绳。牛车减速，折入一条从露天集市中穿过的石路。人群更杂更稠密，他看见了唐人的圆领袍衫和幞头、粟特胡人翻领窄袖和高帽子、龟兹子弟潇洒的长佩剑和垂肩短发。人流中不时地现出两三个持矛擐甲的中原士卒。几个穿着毛边长袍的红脸庞的人经过时他的心怦地一跳。这时他听见前头那年轻人在说："再过两条路，便到了龟兹最大的酒肆，新入城的女奴大多会送去那里。想去见识下么？"那

丝绸之路密码2：龟兹壁画迷宫　29

年轻人回过头对他笑着。

黄昏将至,快落市了,天幕一片金黄。他把头抬过牛车护栏,看见市集毗连的商旅客栈庭院里,打包好的货物堆积如山。他闻到了空气中湿润的气息,和远处洋葱与香料做的面饼香味。有人用胡语唱起了歌,像是情歌。他忍着饥饿,出神地看着、闻着、听着,忽然道:"长安城落市后,最繁华的西市街坊亦寥落起来,龟兹竟仍这般热闹。"年轻人回过头,再次露出了那种古怪的神情,道:"你从长安来?"他摇摇头。"我不知道,只有一些难以辨明的印象,既模糊又清晰。却回忆不起来,无法用头脑回忆起来。我只记得那是长安。先前的事像一场梦,一场再也记不起来的梦,我这是怎么了?"他双手捂住了有些痴傻的脸。年轻人看着他,表情隐没在了浓荫的阴影里,轻声道:"这里的人谁又不是在做梦呢。"声音低得他几乎未听清,顿了顿,又道,"明日是苏幕遮狂欢,很多人今天就快活起来了,街市上的龟兹人不愿归家,至天黑才会散去。""苏幕遮狂欢?"他觉得有些耳熟,是在长安听过么,"是个节庆么?""明日你就知道了,明日曙光亮起来后,"年轻人微微一笑,"你看,龟兹的曙光是从地面慢慢升腾而起的,从市集后浮现,就是那里,"他指了指市墟后头的拱门,"龟兹的夜晚也是从那里开始的,黑暗将自那拱门处慢慢升起。"牛车转过拱门后,他又指向前方人头攒动的街道,街道一侧摆出来一排摊位,"今晚这条酒肆街上有夜市,我说的酒肆叫'乾达婆',就在夜市尽头。今晚的夜市可是有些看头啊。"

牛车慢了下来,他看着一排酒肆错落的平顶向后退。酒肆的门面被排得更密集的摊位遮挡住了,几乎所有摊位后都设了帐篷。一些摊位前已围满了。他看见围拢最多人群的摊位上方忽然蹿出火柱。火柱子一条高过一条,在半空中形成一个火球,堪堪将及摊后店肆的屋檐。人群中开始发出惊呼,有些人在高声叫嚷。他有些奇怪自己并不觉得吃惊,似乎这场景他早见识过。车轮辚辚滚动,呼喊声更响更密集。一条火焰迅猛蹿出,斜刺向空中,半空中竟站着一人。他瞪圆了眼,看着那人戴着一个鸟首面具,插着翠绿翎羽的黑色皮面具,足尖踏着一根晃晃荡荡的长绳。长绳横贯酒肆街上空。一条条火柱子就从绳底下蹿跃。戴着面具的人踏着绳索,不住地腾挪闪避。身姿像在舞蹈,轻盈地避过火焰,从未在绳上失去平衡,像一只孔雀或凤凰在火中舞蹈。牛车经过绳底时他抬头看上去,绳子上的人正好低头俯身,霎时他看见了那面具后的双眼,觉得目光移不开了,好像被那对幽蓝的瞳孔吸住了。直到牛车走出老远,他仍愣愣地看着走在绳子上的人。牛车转过街口,那人也消失在了屋檐后。他最后看见的是几乎半条街的人都拥在了长绳下,随后爆出一阵震耳的欢呼。一只手拍了拍他肩膀。"这是康傀儡的傀儡团,他的傀儡团是夜市艺人中最有看头的。你看那里。"他迫使自己回过神来,顺着年轻人的手指看过去。一个摊位前,最外圈的人踮着脚伸长脖子,不停地挤向里头。他在车板上站直了,看见五六圈人里头,两个袒露上身的胡人,正拿着两把尖刀慢慢割着自己的肚皮,一个人的手已经探入腹中,在向外拖出肠子。女子的尖叫声此起彼伏。那人拖出一截肠子后,弯下腰呻吟起来,忽然向上一跳,再直起身了后胸腹间竟不见丝毫刀伤。人群躁动起来,一把把铜币撒向骆驼脖颈上顶着的大碗。年轻人停了车,看着他道:"你似乎不觉得好看?"他摇摇头。"不是真的。杀人不是这样的,杀自己更不是。"年轻人有些好奇,道:"你见过杀人?"他只是在摇头,脸上现出了痛苦之色。年轻人看了他一会儿,转过头去,手指着一个摊位道:"那人就是康傀儡。"他看过去,看见一座袄祠的墙下,戴着长鼻子滑稽傀儡面具的人正用一个金环慢慢穿过一圈银项链。他身前的货栈摆着许多木雕面具。围着货栈的人不少,但几乎都在俯身挑着面具。只有几个孩童看着傀儡面具人。傀儡面具人拉拉项链,项链没有一丝缝隙。傀儡面具人让项链垂挂在自己三根手指上,另一只手捏着金环,项链穿入环中,上下套了两回,忽然松了手,闪着光的金环顺着两侧链条滑下,"噌"的一声,金环不知怎的瞬时穿过了银链圈,挂上项链圈底。摊位前响起了几声童稚的欢呼。过了一会儿,他听见年轻人道:"我就喜欢看这个魔术。自小就喜欢。你可知道为什么?"他摇摇头。"因为简单。"他皱着眉,等着年轻人说下去。

年轻人不作声了。牛车慢慢行驶,二人看着一个浑身漆黑的侏儒在驴背上翻筋斗、彪形大汉鼓起胸膛挣断铁链、全身关节可像真人一般活动的木傀儡滑稽地手舞足蹈。卖艺人渐渐为一片僧人的货摊代替。他们简陋的货栈上放着佛经、祷文、符箓和黑乎乎的药材。他看见有些汉僧的摊上放着解命书。摊位中间杂着数顶帐篷,帐篷前无一例外坐着个拿着水晶球的女人。这时他忽然开口道:"因为那根中指啊。"

年轻人转过头看着他。

"因为那根中指。金环套在顶端时,中指动了动,环便打了个转,转入了银链中。你说得对,真的很简单。"他傻笑了笑。

年轻人静静地看了他一会儿,道:"我们算不算朋友?"

他思考了一阵，好像在思考一件很难很严肃的问题。"我不知道，"他摇头道，"你帮了我，让我上牛车。但我不知道。""那么，换个说法，"年轻人看着他，道，"你愿不愿意帮我一个忙？"

他憨憨笑着："你要我帮什么忙？"

"帮我变魔术。"年轻人眯了眯眼睛道。

"像方才那种魔术？"

"就是方才那种魔术。"

"帮你变个魔术，可以不欠你了？"

年轻人轻叹了一声，道："我要你帮我这个忙，是因为我以为你已经把我当朋友。"

"朋友。"他重复了一声，扭过了头，在费力地思考。无论如何，他觉得这个词不简单，甚至意义重大。这时，他盯着街角一处不动了。那里坐着一个女人，身下一方红褐色的毛毯上放着水晶球，背后一顶黑色的圆帐篷。他知道她也是个女巫。但那女巫的毯子，还有身上的衣饰，是街上所有这些女巫摊位中最出众华贵的。她盘着发髻，戴着黑色帛巾，蓝色的长袍金花镶边。乌黑的眼线衬得她褐琉璃般的双眼又美艳又神秘。她发髻下露出几缕火一般的发丝，在夕阳下闪闪发光。她正一手摸着一个孕妇的大肚子，聚精会神地盯着另一只手上的水晶球。此刻她不经意地将目光投向街上一辆牛车。目光相接的刹那，她的瞳孔忽然放大了，变得无比透明，仿佛一瞬间灵魂透了出来。

牛车一拐转过了街角，女子的眼眸渐渐凝定下来。她目送着牛车和数辆小驴车一同消失在拥挤的街巷中。这时，半开着门的黑帐篷门上，映出一个男人的身影。"我也看见了。他没

丝绸之路密码2：龟兹壁画迷宫　33

死。"是一句冰冷的汉话。

"他没有认出我，他已经是个傻子了，"她盯着那水晶球，平静地道，"我已经告诉过你。"随即她转向那神情有些讶异的孕妇，缓缓道，"阿胡拉护佑，一个月后，你将得到你的第一个孩子。是个被祝福的男孩。但阿胡拉要求你，在接下来的一个月内，日日供奉祈祷，一步都不要离开房门。"

那妇人捂着脸双肩颤抖不已，又猛地抓住了女巫的双肩，激动得大力摇晃着，一边流泪一边大声说着胡语，没有留意那女巫微笑着的双颊边，也有泪滴在慢慢滑落。

耶婆瑟鸡寺·壁画暗廊
行像节前夜·戌时

　　黑暗中的木扶梯长得好像没有尽头，贴着凿开的内壁左转右折，李天水觉得他在以"之字形"或"回字形"缓慢上攀。越往上，木梯子摇晃得越厉害，好像随时将垮塌。左右有黑乎乎的洞口闪过，但他没有转头，更不敢看脚下。他死死咬着火珠子抬头向上，黄光只能照亮头上两尺外的黑暗。他忽然觉得自己像个踩长绳的西域艺人，晃晃荡荡地悬在了半空，悬在了这石窟寺的山腹中。这时，一声怪叫响起。他浑身一抖，险些从木梯子坠落下去。

　　"萨里拉！萨里拉！萨里拉！"

　　声响自头顶不远处的黑暗深处传来。声响不大，像个疯癫的老妪一边怪笑一边说话。稳住了身躯后，李天水想起"萨里拉"是"舍利子"的意思。沙州的僧人讲经时讲过。他张了张嘴，火珠子含入口中。黑暗瞬间将他吞没。李天水踩着一条又一条朽木更缓慢地上攀，在死寂中凝神细听。有人在低语，语音急促，像突厥话，但听不清。他又折上一段木梯子，身前身后的石壁越发逼仄。孤悬在高处的感觉更强烈了，脚下的梯子无比脆弱。头顶上的黑暗显得更可怕。他听见了自己的心跳声。说话声却再也听不见了。这时，他抬头看见了头顶上的亮光。

　　那是一道窄光，像自罅隙透出，但在压着头顶的浓黑中显得刺眼。李天水眯着眼看着那道光越来越近，直至登上了梯顶。

梯顶的地面铺着一层芦苇席。李天水吐出了珠子，亮光映出了一道嵌在石壁上的窄小木门。半圆的石壁，连着圆顶。他想原来这里已经到顶了。低语声从门缝内穿出来，是一男一女两个人。这时李天水在门边能听清了，两人说的是龟兹话。那个女声带着浓重的突厥口音。李天水听着她道：

"你的《十力经》译得怎么样了？"

"大有精进，大有精进，"那男声叹道，"释家所谓的虚空境界，原来是修炼大力大能量，具有此十种大力，便可摆脱躯壳时空所限，任意往返未来往昔，甚至遨游于宇宙无极之中。"李天水觉得浑身发冷。这人的嗓音让他想起了草原上豺狗的嘶叫声。

"大有精进！大有精进！"那疯婆子般怪异的声音又叫了起来。李天水的掌心冒汗了。

"这是什么意思？"女声中仿佛有些嗔怪。

门缝内的光暗了又亮。窟室内有人转过了门口。"无关紧要。太后是为紧要事来的吧。"

"莲花精进大师，你若是真的译经译成了个高僧，我上何处再去找一个拜火教大祭司？"女人的声音更近了。她年岁该不小了。听见"太后"时，李天水心头一跳，不自觉地靠近了门缝。

莲花精进干笑了两声。"此刻见了太后，我怕我已受不了释家的戒律。"

太后媚笑了两声，鞋底擦着芦苇席发出"嚓嚓嚓"的声响。李天水侧过身,目光穿过门缝,落在窟室内凿着火龛的侧壁上。熊熊燃烧的火龛上方的琉璃镜闪闪发亮,映出了一对贴得很近的男女。丰满的女人仅一层红纱覆体,纱下透出的肌肤羊脂般白腻,天青色蔓草纹刺青在腰腹双乳间慵懒舒卷。她的体态更慵懒,略微前倾着上身,后臀却翘起,深蓝的眸子里泛出媚光。她身体靠向的僧人在镜中只映出背面的红黄色袈裟袍。平滑的丝缎袈裟闪闪发亮。太后朝那莲花精进又趋近两步,用李天水几乎听不见的喑哑声音道:"我还真怕你在这里待久了,日日夜夜,不是禅观这壁画,便是译经,真的就像那些老僧所说,变得如古井枯木一般。"

那僧人又干笑了两声道:"太后听人说过'古井渴水,枯木易燃'么?"二人转去了另一侧。镜面中现出了对面窟壁上的一幅壁画。壁画右侧一个全裸的女子,手捧一乳,面含春意,前倾引诱图中央的一个尊贵人物,那尊贵人物却头扭向左侧。李天水认出那是娱乐太子图,他在沙州的石窟中见过,画得远远不似这窟中生动真切。这时他听见了丝衣摩挲之声,还有低低的急喘声。他觉得那门缝中透出一股热气。他定了定神,听见那太后哑着嗓音道:"先说正事,"她顿了顿,声音平静了一些,"我已经安排妥了。龟兹数千僧众中能译出佛经的,数十年不见,这件大功德,正好行像庆贺。行像节与苏幕遮狂欢恰逢同时,隆盛百年一见。我想将汉城中的那些汉人,全引出来。"

"太后之意,是要乘着明日,便要将城中的汉人一网打尽?""羯龙的人此时已经上街了,他们会盯紧王城中的每一处街头巷尾,明日上街的汉人全部是他们的猎物。随后要拔掉七大家族里扎手的刺头。"她嘿嘿冷笑两声,"要让汉人尝尝当奴隶的滋味!至于当年负有血债者,哼哼,过几日,龟兹四关的城楼上就会挂满人头!"

门缝内始终有热气透出,但李天水觉得一股恶寒正慢慢自背脊渗入脏腑。

莲花精进未应。片刻后,太后又低声道:"近日吐蕃人有异动么?"这时僧人莲花精进在镜子中一闪而过。李天水看见了一把尖胡子和一张怪异的脸。那光头扁平得像被人踩过,脸面却又瘦又长。最怪的是他的两只眼睛,双眼眼窝很深,眼眸发绿,很淡,两只眸子分别看向右上侧与左上侧。一瞬间,李天水觉得自己身上的寒毛直竖,好像在黑林子里猛然瞅见了树上的老鸮。

莲花精进的右手还在镜中,手中是一根七八寸的长物,圆头柱体,赭红色陶塑,像根粗壮男根。圆头含在一个类似龙头的口中。龙头双目圆睁,露出獠牙。太后的侧面出现在镜中,莲花精进将那陶塑男根缓缓指向太后。

"这是吐蕃蛮子的玩意儿,数十年前传过来的,据说凝视之便能情欲大涨,子孙繁衍,"莲花精进笑道,"我们龙族人将他们丑陋的兽头改成了龙头,你觉得如何。"

太后紧盯着那龙头男根,目中仿佛闪着火光。她的呼吸声越来越急促,她的嗓音也比方才更低哑:"康傀儡说,近来王城里多了不少面色赭红的可疑人。他怀疑是吐蕃的谍人,不碍事么?"

"吐蕃人远在大漠之外,最紧要的事情,只是明日,"莲花精进摇了摇头,"明日事后,我们紧闭城门,无论吐蕃还是汉人，皆是待宰羔羊。"

太后盯着男根的目中露出了凶光，一种带着兴奋的凶光。他想起了草原上成功围住了猎物时狼群的眼睛。

"七大家族的少年们，羯龙看紧了么？"镜子里，莲花精进的背影盖住了太后。

"那些崽子？他们此刻该都在那个莲花寺窟里快活呢。"一阵"咯咯咯"的浪笑后，是衣衫滑落在芦苇席上的声响。二人退向窟室深处。龛内的火光摇曳，太后喘息声渐渐压抑不住，那老僧人的声音也响了起来。龛内的火光摇曳，镜子内映出的太子和裸女壁画迷乱起来。李天水闭上双眼，正要悄悄离开，听见那莲花精进压着嗓子道："那个羯龙，信得过么？"

"墨莲会告诉我他的一举一动。"太后的嗓音更急促，仿佛已不愿开口。

"你说的那个凤凰，靠得住么？安西军的消息呢？"那僧人仍在发问。芦苇席子不断地发出"呲呲"声。

"你都知道了。杨胃已经死了，安西军困住了，夹在乌质勒和你的龙族人之间。你是不是告诉过我，你的人已经锁住了那条道？"太后边喘边道，"至于那些青雀，你很清楚，他们只能和我们交易。他们不会碍事的。如果成事了，自然飞回长安，如果败了，啊，别移开手……"

浪叫声稍稍平息下来后，那僧人低声道："还有两个人，太后莫忘了，那个延田跌……"他的话在一阵芦苇摩擦声和喘息声中听不清了。二人移向了窟室更深处。太后的喘息间歇断续可以听见几个词，"娘娘腔的废物""小傻子""大傻子""继承""龟兹的王""牛车""摔死""莲花寺""快活"。二人同时浪笑起来。越来越高的呻吟声中，怪异如疯婆子的声音又响了起来：

"快活快活！快活快活！快活快活！"

李天水慢慢退向木梯口。"快活快活，快活快活……"火凫的光焰越发狂乱。他鬼使神差地最后看了一眼火凫上的镜子，霍然张大了嘴，"当"的一声清响，琉璃火珠从口中掉落，砸上地上的芦苇席。

窟内的呻吟声顿时止歇。李天水的心快跳出了腔子，双足却像钉住了一般。他听见有人在草席上猝然起身，随后是一阵急促的窸窸窣窣声。他听见太后压低了嗓音道："或许是只老鼠，你先别走……"此时草草披上袈裟的莲花精进出现在了镜子里，镜子里一双怪异可怖的淡色眼眸，正在向两个相反的方向转动，对向门口的时候同时定住了。一瞬间，李天水与镜中怪僧四目相对。片刻工夫，那双眸子又反方向转起来。李天水打了个颤，拾起火珠，一步步退回身后的黑暗里。

踏下木梯时，李天水觉得手滑，掌心已经湿透了。下梯时他踏得很快。头顶上传来几声女人的低语，有火光闪了闪，随后又重归黑暗和死寂。但李天水的心一直跳个不停。折过两段木梯后，他才定下神。这时那个画面又浮现在眼前。

是他最后一眼看见那镜中壁画的画面。那娱乐太子图的画面。那时画面上太子忽然向左扭过脸去，同时咧开嘴，吐出舌头，两只眼睛却向右瞥去。仿佛正对着自己做鬼脸，一个熟悉的鬼脸。

就在不久前，那个小沙弥对自己做过一个一模一样的鬼脸。

他屏住呼吸愣了许久。他确信自己绝无可能看错。他想起讲经僧人讲过幻象。是幻象么？是在黑暗中待得太久了么？他闭上眼，又睁开。此刻只有黑暗，逼仄的黑暗，紧挨着身前身后。木梯子开始轻轻摇晃，有人正从上头爬下。几乎听不出声响。他牢牢抓紧了扶梯，凝住心神，扶梯的振动越来越强。他想起了什么，慢慢张开了嘴。果然，珠光映出了右手侧石壁上的一个洞口，像一条甬道的入口。他慢慢抬腿，跨上了那洞底。拱洞宽大，甬道弯折，十余步后，他站住了，他又看见了火光。他静静听了一会儿，贴着侧壁向被火光映亮的弯折处慢慢走去。晃动的火光来自两面侧壁上的一对对烛台。烛台里点着长明灯。莲花形的烛台也在发亮，仿佛红玉髓雕成的。他马上发现了这些长明灯的用处。整个甬道从侧壁至穹顶绘满了壁画。天蓝色菱格背景内的壁画，像绵延无尽的山峦，像海洋，像化为甬道形的佛法世界。菱格子里画了许多他听过的经变故事。他觉得像被谁推着走似的。背后仿佛有人在盯着他，但转过身，他只看见了壁画。他开始辨认起那些壁画来。他认出了"树下诞生""降魔成道""初转法轮""富楼那出家""伽叶皈依""六师论道""罗怙罗命名""毗舍去出家"……他慢慢抬起头，甬道顶也是彻照光明，画着佛涅槃图和绕着佛祖的飞天。佛祖在纯净的蓝色穹顶侧身躺着，半裸的飞天在佛祖身周飘然撒花或奏乐，令佛祖显得更安宁。李天水看着那佛像，挪不开步子了。起初他觉得美丽，画得美丽，心想什么样的画师能画得这般美丽。一种极平和极安详的美丽。后来他慢慢觉得不止美丽，还有生气，那些飞天，连同睡着的佛祖，生动了起来。他觉得自己的魂灵在渐渐升高，升上了甬道顶，升至那佛祖边。他看见那佛祖在动，在烛光中一点点动弹，一点点向他转过来。然后冲他咧嘴吐出了舌头。

李天水不能动了。洞窟里没有风，但他觉得浑身冰冷。他茫然地向两侧看去，前头侧壁上的富那楼、伽叶、罗怙罗……佛祖的弟子们一个个慢慢转过头，咧开嘴，向他吐出舌头。他不知道自己是怎么迈开腿的。壁画上的鬼脸和那小沙弥的鬼脸在他眼前重叠在一起。一时，他恍惚觉得铺满侧壁的山岳形故事海洋中，所有的人形在他眼前乱晃，都在冲他做鬼脸。他没法闭上眼，目光愣愣地掠过一重重山形内的壁画。这不是发病的征兆，那么是自己快疯了。他想起了草原上萨满给发狂的突厥人驱邪的场景。这时，他的目光停在了一幅"六师论道"图上。

画中正在论道的外道转过头，却没有咧嘴吐舌，而是直直地盯着自己。片刻后，李天水看出那双眼眸好像没有看自己，好像分开看着自己头顶两侧。那双眼眸是淡色的。他头皮一炸。这时眼前一黑，甬道内的壁灯同时暗灭。一瞬间，李天水的背脊贴住了壁面后。他听见自己的心跳声咚咚咚地响起。黑暗中对面的石壁上亮出两点幽光。绿眸子的颜色变成了一种诡异的惨碧色。光点向两个相反的方向慢慢转动，同时渐渐逼近。

李天水含在口里的珠子忽然急剧跳动起来，和心跳的节奏一模一样。李天水用湿透了的手慢慢取出了珠子。珠光照出了一个轮廓。披着单肩袈裟的光头轮廓正从"六师论道"壁画中脱出。轮廓只有暗影，但暗影上端两个绿点闪着邪光，越靠越近。

李天水的右手向后，握住了背囊外露出的铁棒子末端。李天水一直以为自己不信邪，但右手滑得握不紧棒子，手脚也开始发软。珠光变弱了，妖邪绿光仿佛越来越亮。他的心跳仿佛也虚弱下来。他原以为自己早已不再害怕什么。这时他想起了阿塔，想起病弱的阿塔说，别吓自己，在草原上切勿自己吓自己。

他拼命压抑着恐惧，未喊出声，好像阿塔正在什么地方看着自己。这时他听见了拖着地面的脚步声，"嚓、嚓、嚓"，脚步声异常，像梦游人或疯子的脚步声。但那确实是人的脚步声。他没那么害怕了，腰背开始绷直。这时他身上闪出了光，一道金光自他腰间一闪，像金色的镜面晃了晃，一瞬间照亮了一张脸。一张他已经预想到的脸。

那暗影捂住了脸，开始后退。李天水扑了过去。暗影倒蹿回壁面后消逝不见，好像又退回去成了壁画，成了"六师论道"中的外道形象。火珠的黄光映了上来，画着"六师论道"的菱格图上，像开窗一般向内掀开了一道长方口子。侧壁竟只有三四寸厚薄。那是个人力凿穿的方洞，其后是另一条长廊。不是鬼怪。李天水呼出了一口气。他拿着火珠向开口后照了照，不见半分人影。但在侧壁后的五步远处，黄光照出一道石阶，最上层那一级石阶上隐隐浮雕着一头骆驼。双峰驼雕得很稚拙，双峰间歪扭的翅膀显得更稚拙。

龟兹王城·"乾达婆"酒肆
行像节前夜·戌时

  酒肆"乾达婆"内部很暗,暗而喧闹。他随着那年轻人一踏进"乾达婆",便有不少目光同时逼了过来。转头探寻时,却只见到一群醉醺醺笑闹着的胡人。约二三十人,围着一片圆舞筵。许多人在冲着正摆动腰肢的舞女叫喊。舞女全身上下好像只围着一条轻纱。还有些人在举杯,或是交头接耳。没人在看刚进来的这两个人,但他觉得有人在注意他们。几排银制长烛台将软席巧妙地隔成几部分。送酒食的胡女托着银盘,在烛台和欢闹的软席间轻巧地穿行。有几双眼睛一直在注视着身前的年轻人。那几道目光好像有默契,藏得很好。那年轻人似乎全然未留意,大剌剌地将杜巨源拉向酒肆深处。那里有几个人影隐没在黑暗,坐着,手里拿着竖琴,曲颈的竖琴。他觉得眼熟,不由得多看了几眼。

  这几个乐师坐在一道门帘边。门帘在酒客与几乎隐没于黑暗的柜台中间,他走近时觉得像是熊皮鞣制。好像有火光从帘后透出。挨着门帘的几个软席空着,在舞女的侧后方。有人从那里穿过门帘时帘后透出火光。年轻人拉着他在那里坐了下来。这时他才觉得酒肆很大。

  年轻人起身去酒柜。过了一会儿,一个顶着碗的酒姬,扭摆着腰肢好像跳舞一般走到他身边。他想着心事,看着那些酒客接过了银托盘。但那酒姬没有走,半跪在他身侧,看着他。

好一会儿,他回过了头。酒姬顶着碗的额头下挂着一层红纱。他茫然地看着她。纱布下的双眼好像在说着什么,但他猜不透。那双眼睛不像胡姬,像在哪里见过。半晌,他好像明白了什么,从翻领中掏出一枚银币,搁在了银托盘上。那胡姬又看了他片刻,微微低了头,托起银盘起身离去。他的目光又回到了笑闹着的酒客上。不知为何那年轻人还没有回来。他觉得紧张起来,周围的什么让他觉得紧张。过了很久他才发现其实是那些人。那些冲着舞筵大声叫嚷、偶尔交头接耳的胡人。紧张的气氛从他们中间弥漫到了自己身上,连柔缓的乐曲听来也有些发紧。仿佛什么事随时会发生。

门帘内忽然有人在大声说话。"呼"的一声,帘子被猛地撞开。一个人跌跌撞撞地冲了出来,好像被猛地推了出来。那人踉跄数步,仍未站稳,壮大的身躯向他压了下来。他方侧过身,那人下扑之势却顿住了。一只手臂环住了那扑来的人的腰背。一条缝着五色菱形布的窄袖手臂。他站了起来,帮那年轻人将那人扶上了一个空软席。舞筵周围静了许多,一丛丛目光探了过来。那年轻人笑了:"又是个汉人。今天我和你们汉人有缘。又一个被赶出来的。"

那汉人在软垫上坐不稳,一看便是醉得厉害。这人前倾着身子,搂住了他的肩,像搂着一个亲密的朋友,在他耳边喃喃说着什么。他看向年轻人。年轻人轻描淡写地道:"不用问,输光了,不肯出来。那里头的双陆赌得很大。"

他听着那汉人含糊不清的醉话,用另一只手扶住了那汉人的腰背,一边点头一边看着年轻人道:"你方才去了何处?"

"去了石厕。"那年轻人看着舞姬,轻松地道。

"那石厕怎么走,这个人说他想要过去。"

"哦?"年轻人转回了目光,看一眼他双手搂住那壮汉,又笑了,"绕过柜台,右侧走几步,你能看见一面浮雕。石厕的入口就在浮雕上。那里也有点看头。"

浮雕是个佛像,佛像盘腿结跏趺坐,像在说法。摆着一个陶酒瓮的酒柜后,多棱面的琉璃镜闪着烛光,微微映出佛像低垂的脸面。佛像的左边浮雕着一列舞女,挺胸摆腰,姿态妖冶。舞女四肢腰项挂满首饰,身上不着寸缕。离着佛像最近的一个舞女伸出手搭着说法佛的肩头。修长丰润的手臂和佛像肩头之间,恰好形成一个拱形。拱壁下凿开了一道门。他扶着那壮汉,踉踉跄跄挤了进去。门内是条窄小的甬道,两侧挂着壁灯,尽头折向左右两边。他站住了,扶着那壮汉,道:"你方才说安西军什么?"

那醉汉忽然抱住他的脑袋,将他的耳朵贴近自己的嘴,但嗓音难以控制地说得很大声,"有人要害安西军。杨将军已经遇害了,杨将军啊……"那人在他耳边大哭起来,一阵阵熏人的酒气和嚎啕大哭声让他脑袋发闷,但他没有把醉了的人移开。哭声终于低下去时他两耳嗡嗡地响,听不清那醉汉哭着在说什么。好一会儿,他才意识到那人一直在重复一句话。

"救救安西军,替俺救救安西军。救救安西军,替俺……"那人两腿一软,好像随时要跪下去。

他尽力扶住醉汉,觉得一团迷雾把自己裹住了。虽然不明白,但他觉得不安,很不安。有些事要发生,可能是很大的麻烦。"安西军是守在西域的唐军么?你让我怎么救他们呢?我什么也不明白啊。"

那醉汉靠着甬道侧壁，勉强站住了，好像平静了一些。醉汉的宽脸对着他笑了笑，道：

"你不必试探我，我们是一路人。"

"一路人？哪一路人？"

那醉汉不言语，忽然抓住了他的左手中指，用力一扯，将一枚戒指从他的手指上扯脱下来。他正要伸手去抢，看见醉汉将那戒指掉转了过来，满是污泥绿色表面内侧，刻着一个字，篆体的"曌"字。

"日月当空！"他听见自己脱口而出。他猛然想起了一些事。

"日月当空。"那人盯着他，压低嗓子重复道。这醉汉看去酒劲已退去不少，一只手伸入绳腰带上挂着的小囊，慢慢摸出了一枚铜钱，伸向他，他接过，是个方孔圆币，正面汉文，背面龟兹文。正面汉文阴刻着一个"曌"字。"看见了么？日月当空。"那人笑着递还给他戒指，笑得比哭还难看。他收回戒指，拈在手里，更多记忆涌了进来。他先是觉得脑仁发疼，随后心被刺痛了。他想起这戒指是谁留给他的。幼年的片段闪了进来。梦幻般流光溢彩的元宵灯会、城墙下会旋转的巨大灯轮、回家后雕花门梁下纸灯笼内透出的各色光雾、父亲的象牙笏板、冰冷的铁锁链、撕心裂肺的号哭声、母亲走之前留给自己的……戒指。

"你仍不信？"粗重的嗓音令他浑身一抖。醉酒的汉子未察觉，张着嘴还要说话，他抢道："你怎的看出来的？"

那人松了口气，看着他低声道："我们在安西接到了信，这次从长安来的人会戴着一枚绿翡翠戒指。但自沙州之后，消息就断了,再没见着你的鸽子。紧接着杨将军也断了消息,在这王城里断了消息。是郭参军遣我来的,郭参军不知道我为宫里做事,他遣我来秘密查探大都护的下落。他怀疑有人、有人卖了、将军,"醉汉急促地说着,说个不停,像憋了太久的一口气,终于有机会吐了出来,此刻终于顿了顿,"但我困在这里,除了守着汉城的士卒外,汉人不能进出王城,要、要出事了。要出大事了。须尽快将这个消息带回去,尽快将在王城发生的事带回拨换。"

"什么消息?"

"杨将军死了。那个突厥女人害死了他。可靠的消息,绝对可靠。王城里的'嬰卫'兄弟告诉我的。"

"杨将军、突厥女人……"他有些茫然地重复道。

"那个女人马上要对龟兹和安西军下手了,要快、用鸽子,鸽子最快。用'嬰卫'的鸽子。出城南,大漠边上,一条沙漠大道,找到神山道,神山道上有驿馆。找到那驿馆,馆里有我们的人。让他放鸽子去拨换。想起来了,那个驿馆叫欣衡馆。"醉汉说得太急,却不连贯。他看着这醉汉通红的脸,慢慢地似乎明白了什么。他觉得背脊上掠过一阵颤栗,但他控制住了。他盯着那双焦灼迫切的眼睛,道:"一夜之间,会流很多血,会死很多人,是不是?"

"会流很多血,会死很多人,"那人点点头,加了一句,"无辜的人。"

"会有很多孩子没了爷娘,什么都没了,是不是?"

醉汉有些奇怪地看着他。"妇孺是最惨的。"这壮汉叹了口气。

"那么你为何不去做这个事？"他看着这个喝醉了的曌卫。

"哈哈哈哈哈，"醉汉忽然又爆出一阵长笑，笑声带着绝望，"我告诉你，只要走出这酒肆，我怕我活不过十步。我已经被盯上了，那个女人在街上布满了探子，只有在'乾达婆'里，他们不敢动我。"

"那我为何可以出去？"

醉汉又笑了，道："你没把我当兄弟啊。你找了个好保护人，至少今晚那帮狗崽子绝不敢在王城动你。

他皱紧了眉头。他想我在这里有什么保护人啊？

醉汉急匆匆说了下去。他看去已经清醒了七八分，正在尽力压低嗓子。"你让他帮你出城。若行不通，你也可以找龟兹祆教的那些秘密接头……"他的声音戛然而止。"哒哒、哒哒"，甬道深处响起了脚步声，很轻很脆。醉汉一只手勾住了他的肩，身躯好像又要瘫倒下去，另一只手却暗暗推他的腰。他被自己扶着的醉汉推向侧边暗处。一阵香风扑面而来，他脚步放慢了，一时出了神，呆呆地看着幽光下一个修长鲜艳的人形慢慢从黑暗中显露出来。来人戴着黑色的皮面具，鸟首形，插着五色翎羽，腰胯随步子一扭一扭。是方才市集上走绳索的人，男子打扮，但身形姿态比他见过的任何女子更妖娆。

戴着面具的女人目不斜视，未向二人投去一眼。他正发着呆，背后又被醉汉猛推了一下。三人交错时，戴着面具的女子转过了头，他看见了面具后的眼睛，昏暗中显出蓝绿色，像日光直射下，围着海岛的浅海海水。他觉得自己正在被那片海水吸进去，带入一片往事中。那女子转回目光好一会儿，他才感觉到自己在被推着往前走。

"兄弟、兄弟，"醉汉直起了腰背，扶住了他，他才发现自己的小臂还在发着颤，"你认得方才那妖人？"

好一会儿，他才慢慢地摇着头。

"兄弟，我说话直，你看上去不够机灵啊。西域妖人很多，有些很危险，你要仔细啊，"过了酒劲的醉汉奇怪地看着他，勾着他的手掌摇了摇他肩头，"但这事只能拜托在你身上了，兄弟，你听明白了么？"

他在点头。他好像除了点头、摇头再不会其他。

"兄弟，如果行不通，最后一步，你去王城找个酒肆，打听一个叫萧郎的人，想法子找到他。他在龟兹交游最广，此刻也在王城。他能把消息送回去，但在他面前别提郭参军……听明白了么？"

他仍只是点头。那人又看了他一会儿，有些失望地叹了口气。"我去石厕，看看有没有后门。兄弟，你……"

"你放心，我听明白了。"他终于开口了，声音仿佛很疲惫。

那人又看了他一会儿，一闪身，没入甬道尽头的黑暗中。

他一步步迈回去，回想着方才轰然涌入脑中的景象。她的身躯像极品的缎子、像羊乳、像水波，带着韵律起伏。在月光照亮的舱板上起伏，带着一丝乳酪般的膻味。但他觉得香甜，那气味混合海水的咸腥，和那头火红的长发一样令他疯狂。无垠的海水忽然转为青灰色的地平线。他在山川平原间的漫长道路上赶路，他总是在赶路，一刻也停不下来。琉璃般的双瞳渐渐不再透明，仿佛隔得很远，越来越冷淡。他当时全未留意。在有羊膻味的帐篷里，他也很少碰她。夜深时他总是摩挲着那枚戒指，阿娘留给他的绿玉戒指。地面在抖动，他抛下了马车，他想追上她，他跌入了地缝，是她的幻影，火红色的幻影。他被她骗入了陷阱。他后脑磕上了天山地底坚硬的石块。借着火光，他模模糊糊地看见了裂缝边的两个人影。是那团火红，和另一个男子。一个他认识的男子，但此时已想不起来了。他听见他的女人在大叫："你把我当作供你交配的牲畜，交配完便扔在一边。我嫁鸡嫁狗都不该嫁给你！"那女人不停地喊着一个名字。他想起来了，是他的名字。这时他终于回过神来。

　　他已经走到了那群坐着的酒客边。有几个人在看着他，他猜想自己的脸色一定很难看。他开始能听见周围的声响。软席间已不像先前那般吵嚷。原来是一曲结束，圆舞筵已空了。乐师也已不见。软席上有人来回走动，有人交头接耳，更多的人在低头喝酒。靠近门帘的几个软席是空的，到处不见那年轻人，但他端回来的银托盘还在软席边躺着。他坐了下来，端起一个银碗喝了一口，纯正的葡萄佳酿。他看见有个长相像鼬鼠的胡人站起来，在一个手持竖琴的小胡子年轻人耳边说了什么。是那个乐师，他认出来了。小胡子乐师坐在那里不动，脸色灰暗下来，好像一个要哭的孩子。隔着一排灯台，一个身穿织锦的男人和一个母猫一样的女人脸贴在了一起。他凭直觉就看出这个身上织锦闪闪发光的男人是个生意人，像卖宝石的那路人。生意人鼻子很大，很尖，说话的时候又像个贵族。"母猫"不时发出"咯咯咯"的笑声，但笑声僵硬，不自然。手持竖琴的小伙子脸上各部分都变了形。生意人站了起来，和那站着的"鼬鼠"不经意地擦身而过，他看见两人的手在一瞬间交换了什么。他慢慢地又喝了一口，再抬起头时，乐师的坐榻已经空了。这时软席上又喧闹起来，原来圆舞筵背后的一层门帘掀开了。一个只有下身裹着轻纱的半裸舞女扭腰走了出来。

乐曲响起来的时候，那年轻人回来了，很随意地在他身边坐下，眯了眼，看着那半裸的舞女，上身轻轻左右摇摆。舞女轻曼的步子踏在织毯上，披着璎珞的身躯柔软得像没有骨头，轻盈得像随时就要飞起来，和着乐音旋转扭摆。那乐音比前一曲更撩人，既神秘又撩人，令人愉悦，令人想随着调子轻轻摇摆，却绝不鄙俗。仿佛是佛乐混合了世俗伎乐。半裸舞女的姿态亦如此，在轻纱和暗光下若隐若现的裸体，扭摆间拨撩人心，却显得自然而然。他不知不觉放松了脊背，出神地看着舞者，回想起他在长安佛寺中见过的飞天壁画，回想起他幼年时常想象的另一个世界。那年轻人转过了头，眯眼看了看他，笑了，道："你好像很喜欢。"他回过头，方才察觉到眼眶有些湿了。他挤出一丝笑，低下头，假装不经意地擦了擦眼。那年轻人只是笑着看着他。他觉得该说些什么，"你去了何处？"

"哦，那里头玩了两把双陆——你想不想去玩两把，"年轻人翘了翘大拇指，指指那熊皮帘子，"今天坐庄的是康傀儡，但他运气不好，玩十局输了九局——只赢了方才那个安西兵士。"

他看着年轻人瞪圆了眼，道："你怎么知道那人是安西军的士卒？"

年轻人嘴角一翘，轻蔑地笑笑。"那醉酒的汉子输急了，把他身上的铜钱全甩出来了。圆形方孔铜币，刻了汉字，一看便是安西军在龟兹的私铸钱，康傀儡是什么人？"年轻人迅速瞥了他一眼，"但是还不够。最后那老狐狸一声不响地把他在军中的印信也赢去了，这傻子大概还领着军职，于是便要赖账，嘿嘿。据说他想要赢康傀儡的一枚飞骆驼。"

"飞骆驼？什么飞骆驼？"他拧着眉头呆呆地道。

"一种波斯银币，正面有一头飞骆驼。据说现在一枚'飞骆驼'可以换一辆驷马马车了，"年轻人转过了脸，摇动身躯，嘻笑着道，"他们说萨珊波斯亡了后，这种铸币越来越少了。那些人对我说龟兹全境已经找不出三十枚了。嘿嘿，要我说，全是那些信火的粟特人抬的价。康傀儡这些人在龟兹尽干这种事儿。不过今天也很奇怪，那老儿是人精中的人精，居然答应那傻子，用他那个不值钱的安西军印章对赌自己一枚'飞骆驼'。要是输了岂非是大亏，哈哈哈。"

"故而，那印章，落在那康傀儡手里了？"他听见自己的嗓音很沉闷，"这军印，康傀儡，拿了，能做什么？"

"安西军不在王城，他也不能做什么，但他可以卖给别人。如果有人想自由进出王城中的汉城。"年轻人看着那舞女，语调轻淡，"他本就是个生意人。"他拧紧了眉头，头垂得很低，年轻人只是看着那裸舞，好像很陶醉，"哈，你说那东西么，我觉得有趣，就赢了过来——康傀儡还想让我选，'飞骆驼'和这印章选一样。我要那种银币有啥意思。这种唐军的印章倒是见得少，可以拿来玩玩。那老儿好像还不情愿，哈哈。"

他愣愣地看着年轻人，道："你是说，那军士的东西现在在你手里？"

"你不相信么？"那年轻人回过头，戏谑地抬抬眉毛，从不知哪个菱格缝中随手掏出一个小囊，手一翻，一枚印章从囊中掉出。是汉制玉方印，半个巴掌大，淡黄色玉石光莹莹的，好像很少用。"打磨做工还不错，"年轻人漫不经心地翻弄着这枚印信，一抬头，看见他的眼神，笑了，"怎么？你也想要么？"

他发着呆没有说话。印章掉出来的时候，他看见了那底部刻着的字，是篆体的"曌"字。

"那送你了。"年轻人看着他微微一笑，将那小囊很随意地递了过去。

他张大了嘴。

"我说送你了，囊里还有一枚'飞骆驼'，也送你了，"年轻人把囊放在他手里，握住，"但你要帮我一件事。"年轻人直视着他，手掌握得很紧。

掌心的印章硌得他生疼。"什么事？"他既未抽手，也未接过去，只是定定地看着那年轻人。

"我说过啦，是个小忙，帮我变个戏法，"年轻人上身前倾，表情忽然变得严肃起来，"在龟兹这里，如果两个人的手这么握着，那么他们就一定是朋友。"

"朋友。"他又重复道，手没有松开，"你要我怎么做？""不急，"年轻人笑了，松了手，身躯又懒散地歪在软垫上，"今夜在'乾达婆'会有'天宫伎乐'合奏，顶尖的乐师，这个月第一次，别错过了。"年轻人看着他将小囊极小心地藏入污迹斑斑的翻领中，又道，"朋友，我该知道你的姓名了。"

她的喊叫声忽然又在他耳边震响。他痛苦地闭上了眼，随后慢慢道："杜巨源。"

"延田跌。"两人击了掌。

琵琶揉弦声间杂着鼓点，好像一声声轻轻揉在了他心上。他觉得神思恍惚，不由得又饮下一大口。碗空了，碗边有一圈花瓣状的凸起。这时他听见延田跌说:"朋友,你运气不错。'乾达婆'的葡萄酒是全龟兹最好的。沙漠里的葡萄酿的,哈哈,我们称它为沙漠葡萄酒。你看见酒柜边上有滴漏的酒瓮子了么?是上百年的陶瓮了,也是从沙漠里运来的。这里的龟兹乐也是最好的,舞女也是。在那帘子后面,藏着隐秘的隔间,赌赢了的人会去,听说跳舞的女人身上什么也没有,"他笑了笑,"'乾达婆'就是龟兹最好的酒肆和女肆,这里能将女奴训练成顶尖货色,啊,"他好像想起了什么,"我方才转了一圈,并未见有汉女,你找着那个送你进来的女人了么?"

杜巨源这才想起他来这里的目的。他试着回想那张脸,才发现脑中一片混沌。他摇了摇头,翻动着银碗的手忽然停住了,碗底圈足内有刻着几条扭曲的刻痕。他觉得那线条像蹿动的火焰。不知为何,这些线条在吸引着他。他把碗翻过去,这些火焰轮廓一般的线条就印在了他脑中,像个谜题,像在对他说话,像要表达什么紧要的意思。但他猜不出。这时他听见延田跌漫不经心地道:"你看这跳舞的蒙面女子,身形轮廓倒像个汉女,今夜我也是第一回在这里见她。但我保证她不是汉女,倒有些像吐蕃人,"他摇晃着脑袋,好像在对杜巨源说话,又像在自言自语,"这舞伎一看便知天分极高。她跳龟兹舞是新手,但已经学到了精髓啊。"

杜巨源不由多向那圆舞筵上多看了几眼。舞女丰满又婀娜的身姿上散发出来的某种东西,他觉得仿佛在哪儿见过。是一种自然而然的撩人,藏着一丝野性。杜巨源听着延田跌反复低声说着"刹步、弄目、撼头、翻手,刹步、弄目、撼头、翻手……""体态始终是曲水般的三道弯。"他忽然接道。

"嘿！朋友，你看到关键了。"延田跌猛地回过头，两眼发出兴奋的光，好像一个终于逢着知音的琴师，"你闭上眼，仔细听听这音乐。"

"我始终觉得，"杜巨源闭目听了一会儿，周围安静了许多，耳中除了乐曲，只闻切切嘈嘈的低语，"像仙乐，不像尘世的曲子。"

"朋友，我不知道你在汉地做过什么，但我很少见到有人能像你这么一句说到要害啊。你该干些大事啊，"延田跌搓着手，兴奋不已道，"龟兹乐以五弦琵琶为主，吸取你们汉人的笙、排箫、鼗鼓，羌人的羯鼓之所长，可以奏出非常复杂的曲调。故而，称之为'天宫伎乐'并不为过。而你此刻听到这个曲子，正是以耶婆瑟鸡寺泉水的滴流之音制成。圣山圣泉天然之音，数百年来便被当地人奉为仙乐，"他忽然停了口，蹙着眉静听了一会儿，随后重重地叹了口气，摇头道，"这里有两把箜篌，其中有一把——我听不出它在哪个位置，真糟糕，第三根弦的音准高了几分。"

杜巨源看着他摇头叹息的样子，忽然觉得这龟兹纨绔子弟身上也有一种很特别的东西。片刻后，延田跌又笑了。"无论如何，今夜看了这女子，也算不虚此行，"他忽然转过头，冲着杜巨源诡秘一笑，"你知不知道，女人身上也有很多弦，经由那些娴熟的手指轻轻拨弄，也会发出各不相同的声响。"

杜巨源朝他看着，笑道："我想，你该是拨弄女人的老手。"

延田跌向他挤了挤眼，伸手抓住他的腕子，道："走，我带你去个更好玩的地方。"

耶婆瑟鸡寺·"飞骆驼"秘窟
行像节前夜·亥时

李天水又听见了泉流声,他不知道自己在石室内站了多久。他只觉到心跳渐渐慢了下来,周流全身的血液、气息、能量也渐渐稳定下来。置身这黑暗陌生的石窟内,他反而越来越平静,仿佛已经忘了他手里还攥着一颗足可照明的火珠了。他让那黄光慢慢覆上周围的石壁。

窟壁上铺满壁画。菱格山岳纹下,画出佛像的是因缘故事,没有佛像的是本生故事。这是沙州石窟中的那个盲眼老僧告诉他的。窟室四方,每面墙约二十步长,他觉得这间窟室和沙州敦煌的佛窟颇似。只有一处不同,窟室正中,矗立着像佛塔一样的四方中心柱。正对着他的一面凿出一个佛龛。光芒透入龛中,变得黯淡了。龛内,一尊金灿灿的背光佛像,正对着他暧昧地笑。佛像坐在莲花座上,周身遍饰七宝,在暗光下闪着。他对着佛龛看了一会儿,又让珠光移向四壁。当微黄的珠光慢慢拂过时,壁画上的颜色像被点亮了,放出了光泽,好像那釉彩是熔化了宝石制成。室内壁画之精美远甚于方才的甬道。但是没有飞骆驼。无论是壁画,还是佛龛和浮雕上,各处都不见一丝飞骆驼的痕迹。他从祫袢的衣襟中掏出了那枚羊髀骨,骨面上歪歪扭扭的线条,和阶梯上的痕迹一样稚拙。那也是一头飞骆驼。他下意识地摸了摸腰间,腰间"有翼神鹿"金牌左侧的那块扣牌上,同样浮雕着一头作势欲上天的飞骆驼。

叮叮咚咚的泉音越发悦耳，像来自天上的琵琶音。声音是从更黑暗的后室传来的。后室在一条短甬道和一个侧卧的佛像影子后，该是凿开了窗口，但他看不见。他忽然意识到这主室内没有开出明窗，四壁和佛龛上也不见烛台，那么即便是白日，这里也该是一片昏黑。虔敬的释家信众礼佛时不会举灯执火，莫非他们要在黑暗中膜拜祝祷？可是这窟内的壁画又是这般精美啊。他又想，难道这是个私窟么？他好像记得那小沙弥说过什么私窟，但是记不清了。可是如此奢华的私窟，是谁供养的呢？

珠光上了墙角，好像在回应他，照亮了两个壁画下方一男一女两个供养人。李天水蹲下身，看见那西域男子的齐肩短发包裹在一条像撒了金粉的锦巾中，身上的锦袍子绣满了金花，佩着长剑的金腰带上缀满了各色宝石。他身后的艳丽女子有一对深蓝的眼睛，肌肤雪一样白，头上插满了鲜花，束腰长裙上金花镶边。裙带上插着一把珍珠手柄的短刀。一男一女俱是看向上方的壁画，身上锦衣的色泽比壁画更光艳。二人脑后俱绘着圆形"背光"。李天水想起了敦煌供养人画，只有国王和王后才可绘上的背光。他凑近了火珠子，盯着王后的肩头看。一只红毛绿冠的鹦鹉踩在湖绿色短衣翻领边。

"快活快活，快活快活……"脑中又响起了疯婆子一般的声音。他想起来了，猛吸了一口冷气。有人盯着自己脊背的感觉又出现了。他原地转了一圈，向后室挪动步子。后室与主室间有条短甬道。他觉得那团漆黑里有什么，但那里一片死寂，淙淙的泉音令那里更显寂静。他望着后室的阴影，脑中又响起了尖叫声，龟兹话的尖叫，带着浓重突厥口音。

"让那些汉人尝尝做奴隶的滋味""待宰羔羊""挂满人头!"……

他闻到一股浓烈的血腥味,弯下腰干呕了起来。他很想吐出些什么,但已经一天没吃东西了。再直起身时,他用铁棒子撑住身躯喘了一会儿气,身体仍很虚弱,但现在绝不是发病的时候。他强迫自己吞下了半个馕,和着水囊里最后一点儿清水。他挪开几步,离那后室入口远了些,也离那泉音更远一些。他感觉好些了。他强迫自己又凑近了那两个供养人像,凑近了那个王后像。随后他看到了更多的东西。

画中的国王虔敬地向斜上方的壁画。他身后的王后两眼也是向上,但看的方向和国王不一致。幽蓝的眼睛似乎注视着某幅菱格画,而不像国王那样只是朝上看。李天水略抬了头,是头顶上方左侧的一幅菱格画,很不起眼,但他照亮这幅画时心头一跳。又是一幅"六师论道"画。但画得格外粗陋,丑恶的外道没有一个回过头看向他,而是显得死气沉沉,像假人。这幅壁画不像这窟里的,显得格格不入,像从另一个窟揭下再贴上来的。这时李天水心中一动。黄光照了上去,沿着这幅图山岳形的菱格边缘,隐隐有一条细缝。他伸出手摸摸了那缝隙,从靴子中抽出匕首,用刃尖比了比缝隙。匕首很轻易地插了进去,稍一用力,壁画的一边翘了起来。他控制住呼吸,把壁画慢慢揭开。"六师论道"的菱格画下渐渐露出了另一幅画,果然。

他听见了一丝轻响,"啪",似乎响在墙壁内部。随后他看到"六师论道"壁画底下的另一幅壁画,是两个神祇同骑着一头双峰骆驼。骆驼双峰间双翼展开。他对着珠光发愣。那是火袄教的神祇，火袄教的战神夫妇。康伯曾带他去见过草原上的袄祠，草原上的流动袄祠对教外信众开放。他愣了好一会儿，绝想不到在这间精美绝伦的佛窟里居然能见着袄教神祇，直至背后忽然传来一阵异响。

他一颤，迅速转身，紧紧攒着匕首。声响是从佛龛发出来的，中心塔柱里的佛龛，从他藏着的地方只能看见佛龛的侧面。他站起身，提着铁棒子，一步一步绕过去。声音更响了，"嗡嗡嗡"，好像空的陶酒瓮拖过地面。他以铁棒护住胸腹，到了佛龛正面。他的身形顿住了。

他看见莲花座层层叠叠的石雕花瓣在慢慢收拢，很快，"哒"的一声，莲瓣并成了一个大石碗。这一瞬间，李天水猜到了后面要发生的事。"呼"的一声火光闪出，一簇火焰从石碗中升起。在一阵"咯咯咯"声中，微笑着的金色佛像开始向后背转过去，好像不愿或不忍再看见他。火光下，慢慢转过来的佛像背面，仍然浮雕着一座神祇，一个女神。女神骑着狮子，四条手臂从石壁两侧伸了出来，上左臂手持月牙形石雕，上右臂手持权杖形的石杵，下左臂手持一个覆了金的石雕圆盘，最后一条手臂上握着一个精美绝伦的圆盒子。他知道这是娜娜女神，袄教的主神。他很熟悉娜娜女神，草原上到处有她的绣像。他含住了珠光，在火光下看着娜娜女神的脸。雕像已被时光搓磨得粗粝漫漶，该有数百年的时光了，但他仍然可以看出那身躯的丰饶、健美，看出那眼眸已经模糊不清的脸庞极美。他看着女神的脸，又看向那圆盒子。盒子外圈是布面的，布面鲜艳，画着一圈人，在晃动的火光下看不清。他的目光又回到了女神的脸上。

这时他看见女神的脸有了神情,他不知道是因为火光,还是别的什么,好像那双看不见眸子的眼睛在看他,在对他笑,在发出邀请。他犹豫了片刻,伸手抓住那盒子,一寸寸移出女神手臂上仅存的两根手指。圆盒子是敞开的,但原本该有盖子。轻得好像空无一物。他将盒子捧至眼前时,小臂在微微抖着。他的目光本能地避开了圆盒的开口,看向了圆盒子外贴着的一圈画布。光洁艳丽的画布上是一队歌舞乐伎,在火光下亮灿灿。李天水将布盒在手里慢慢转了一圈,乐舞人像好像动了起来。画上共有十三个人物,其中六人是奏乐的乐师,七人是戴着面具的舞者。李天水盯着他们看了一会儿。他们不只是在跳舞,好像还在做别的表演,好像在传递着什么。但他看不明白。他将目光投向了盒子内。

盒子内装着纸。淡黄色的纸张极精细,纹路清晰可见。李天水看出那是桑皮纸的纹路,是上好的桑皮纸,沙州官驿的驿将会向往来的胡商"借"一些这种桑皮信纸。桑皮纸在盒子里叠了好几层,写满字的那面朝里,但密密麻麻的线条在火光下透了出来。他将这一沓纸取出来,盒子便空了。他看着手里这一沓纸,纸面不过手掌大,以佛经常见的经折装折页。他便要把这叠佛经放回盒子。可是放不进去了。不管他如何调整,那叠纸却再也放不进去了,总有个方角突出在盒子外。他皱了眉,心想自己取出佛经时,亲眼看见那圆盒恰好能容下佛经的四角啊。他困惑不已地将叠纸翻了个面,想要再试试时,看见原本压在盒底的那面,映出了汉字。

一本佛经上绝不可能既有胡文又有汉字。汉字是蝇头小楷,写在纸背面的一笔一画清晰可见,端正得像阿塔的手迹。

他想起自己完整写出一个汉字时，比跨上了一匹突厥马还要激动。他一直觉得汉字极美。但此时此地，这些汉字让这座暗藏着祆神壁画的龟兹佛龛，让这佛龛背面的四臂祆神像，让雕像下摇曳蹿动的火焰，显得更诡秘莫测。他深吸了一口气，用湿透的手掌慢慢翻开折纸。

绝大部分汉字他都认得。他一开始看不明白，后来渐渐有些懂了。他看见了四十年前的许多旧事，在凉州祆祠内的旧事，在长安宫中的旧事，在草原狼帐中的旧事，在长安城北渭水桥边的旧事。随后他又看见了草原上的旧事，悲惨的旧事。他听见自己的脑中响起了嘶喊声，像一头受伤的孤狼会发出的嘶喊声，用最后的生命力发出的嘶喊声。但他只是默默地一个字一个字看下去。看完后他又站了一会儿。等到自己终于可以想些事情的时候，他又把写在最后的四个字看了一遍："阅后即焚"。明白了这四个字的意思后，他一甩手将这叠纸抛入火焰碗。火舌慢慢将黄纸舔舐得焦黑，他仰起头，尽力让眼泪倒流进眼底。好一会儿，他什么都不能想。后来他开始想着一些词。他想有些词，或许只有当它将要把你压垮、把你压得透不出气时，压得你不想再爬起来时，才能真正明白它们的含义。

比如"离别"，比如"等待"，比如"活着"，比如"生死"，比如"命运"。

他慢慢伸展着关节，全身的关节"喀喀喀"作响。他将那圆盒子慢慢放回了女神的手中。他觉得那两根残存的手指似乎动了动，在他的手离开盒子时极轻微地动了动，似乎将那盒子捏紧了。他看着女神雕像缓慢、平滑地向后转去，背后的佛像渐渐又转了过来。火焰慢慢熄灭，石碗又重新打开成瓣叶。在慢慢沉入黑暗的石窟中，佛龛慢慢复归原状，但再未发出"嗡嗡嗡"的声响。在如同轰鸣一般的寂静中，石窟沉入墓穴一般的漆黑。李天水呆站着，想起那火珠仍含在口中，正要张开嘴，石窟忽然亮了。

一时间，眼前的佛像、佛龛、中心塔柱、脚底平滑的地面，还有四壁上美轮美奂的菱格壁画，尽皆笼罩在一层安宁纯净的幽蓝中。蓝光自穹顶透下，但看不见一点烛火一盏灯台。穹顶的石壁好像一整块巨大的半球形玉髓，忽然亮了。他仰头，觉得脚底像生了根一样，觉得自己正置身于一片蓝色的净土世界。穹顶壁画是被称作"兜率天"的彼岸世界。

穹顶左侧，太阳，如洁白的圆盘，自中心向外勾勒出根根金线，如万缕金光。四只白色飞鸟，优雅地环绕太阳。右侧，有一弯新月，同样绕着一圈白色圆珠，与四只白鸟。

坐于天上正中的，乃是通体洁白圆润的弥勒菩萨，袈裟衣饰则以宝蓝色晕染。

飘浮在穹顶外侧的，乃是日天、月天、风神，及双头金翅鸟等诸神之像，更外侧的乃是一圈翩翩飘舞的飞天。

穹拱形顶下沿部位，绘有一个个用墙栏相隔的楼台。每个楼台中，绘有两个半身乐舞伎，两两相对。仿佛与人间隔开的天阶。

穹顶的其余部分绘满了蓝彩，日天、月天、风神诸神好像飘浮在蓝色的天空中。诸神俱是洁白光润。身姿婀娜的飞天，环绕于穹顶与四壁间。她们似乎介于人神之间，上身赤裸，下着绿裙，横抱琵琶，悠然抚琴，长眉妙目，神情幽淡。

这时泉水声又清晰起来，李天水觉得自己听到了那曼妙绝伦的天宫伎乐,好像忽然升上了九天之上的至福宝地,既无光阴倏忽,亦无人间悲欢。

只有一片宁静的喜悦,自心底升起。

他由穹顶,慢慢看向四壁,再看向佛龛,看向佛龛内的佛像。蒙了一层蓝的石佛像半垂着头,但李天水知道那佛像在看自己。他和那佛像对视着。这时他已感觉不到时间,只觉得那石雕的眼睛活了起来,好像在微微转动,好像闪着眸光。多情的眸光。

李天水看着佛像的双眼,目光片刻不能移开。脑中有什么在苏醒,像一种沉睡已久的知觉。强烈的白光从头顶照射下来,一个沉默的黑袍影子在头顶向他召唤。那黑影像个僧人。他飘浮在了半空中,现世的韵律感消失了,他无时无刻不在感受的时间韵律消失了,取而代之的另一种韵律,一种超越他所有想象的安宁韵律。他仿佛被湮没在了这种安宁的韵律中。周边是无边无际的白光,黑袍在无限白光中缩小成一个黑点。在黑点将要消逝之处,一群周身散发光芒的飞天绕着圈飘了下来,边撒下花瓣,边舞动着身躯,或者弹奏箜篌、琵琶,或者拍着手鼓,或者吹着排箫。韵律感更强了,周围的白光好像也在跟着那韵律摇摆。诸飞天好像水波中的倒影随着白光晃动,慢慢消逝不见。但更多人脸浮现了出来,在头顶着微微摇动着飘浮着,一开始很模糊,后来越来越清晰,都是他见过的面庞。但和他的印象略有不同,或许是神情或许是别的什么。他认出了王玄策,他锐利的眸光不再焦躁,认出了达奚云,他也在微笑,显得平和,随后他又认出了安菩,认出了郭孝恪,认出了安吉老爹,认出了波斯公主。公主的面庞最远,但很亮,像远星。这些脸在那奇特的韵律中轻轻摇晃着浮过他眼前,很快又消散了,像沙漠中的海市蜃楼那样消散在白光中。最后他又看见了那双眼眸,那双多情的眼眸。他觉得自己张大了嘴,因为他认出了那双眼睛。那双眼睛向他眨了眨,好像在笑,又像在说话,好像在说:"噢呀,是我呀,你认出我了呀。"

卓玛,你是卓玛。

卓玛的眼睛向远处飘去,仍然在说话,在说"跟着我"。李天水的心念刚想着跟上去,他的人就飞快地跟了上去,既不是在走,也不像在飞,好像裹在白光中律动,极快地律动,周围的白光也跟着极快地变换。但那韵律始终平和安宁。他跟着卓玛的眼睛极快地移动,直至那白光的尽头。尽头处起先像一片虚空,那虚空波动起来,渐渐化成一片湖面,或者是泉面,因为李天水又听到了泉流声,与他身处的韵律极贴合的泉流声。他看见卓玛的双眼映在了泉水上,眸光和波光一同在闪烁,卓玛的眼睛在说,看呀,看水面。水面也在律动,渐渐地,卓玛的眼睛不见了。李天水一瞬不瞬地盯着水面看,水面上出现了一个摇晃的人影,模糊不清,但像在走绳索,在小心翼翼地、步履不稳地走着绳索。随后人影从绳索走入洞窟时,慢慢变得清晰起来。最后他认出了高玉机。

玉机像个梦游人一般走入了漆黑的洞窟。李天水看着她在迷宫般的甬道、窟室中穿行,好像一个被牵着线的人偶,后来玉机来到了一个黑暗的石室拱门前,她无神的眼睛环顾四周,好像在犹豫,好像在确认是否要踏进去。李天水又一次张大了嘴,却喊不出声。玉机的身影被巨口一般的黑色石室吞没,她身后的甬道、窟室,连同那根她踏过的绳索,跟着她飞速地被吸入那室内，再寻不见。他只能转眼去看绳索另一端连着的佛塔，覆钵状的佛塔，一个客栈的影子，石砌的外墙上好像浮雕着女体。影像掠过水面的速度越来越快，他看见了长安的宫阙。他从来没有去过长安，但不知为何他明白在水面上最后浮现出的，是长安宫城夜晚的灯火和灯火下的青石板长街。

随后白光消失了，一切都消失了。他霎时又回到了黑暗中。

龟兹王城·"乾达婆"酒肆
行像节前日·酉时至戌时

这辆没有车夫的马车在日落前驶入柘厥关时，关下四个卫士甚至没有问一声，车厢内玉机悬着的心终于放下了。她本来已经预备了十几种应对法子，现在她将盖着窗口的绒布帘幕掀起一角，汨汨的水流声听得更清晰了。她看见数道沟渠从一条淡绿色河流的岸边引出，灌溉向一片如画的树木和灌木丛。无数点淡金色的波光在渠面上闪动。阡陌上嘈杂起来，吆喝声、高歌声、幼童们的笑闹声与驴鸣马嘶混杂成一片，玉机放下了帘幕，闭上了双眼。今日她绷得太紧了。无论这马车将她带至何处，此刻她都需要歇息片刻。她盘腿坐在铺着金花黑毯的长榻上，调匀气息，进入冥思。对她而言，冥思一刻，有时胜过沉睡一夜。日间的情境开始在脑中历历浮现。

越过那冰达坂，可怕的冰达坂后，她看见了停在驿道上的马车。车厢形似毡帐的马车孤零零地停在天山山谷口，四匹鞍鞯华贵的突厥骏马一动不动地垂着头，车座上却不见马夫。她凭直觉知晓车厢内也是空无一人。她方踏入车厢，四匹马自行在驿道上疾驰起来，像得了什么指令。片刻慌乱过后她冷静下来，明白这是受过特殊训练的马。车速令她无法跃下车门，一开始她紧张地看着车外青灰色的山棱线一条条向后退，后来便慢慢安下心来。车厢内的什么让她安下心来。当她忽然辨认出来时她的心又开始绞痛起来。是气味，他的气味。他在这车厢里待过。车内熏了香，但她还是辨认出了他的气味。她不去想为什么他会待过这辆马车，尽力不去想他。她只希望尽快忘记这个人，或者将他埋葬在内心最深处。但是那地方止不住一阵阵地抽痛。

现在，顺利入关后，那痛苦又从深处慢慢漫了上来。绳子在冰缝下断开时她的一部分仿佛也跟着掉了下去，落入那无底深渊。她熟悉那种绝望感，但必须挣扎出来。眼前还有一些更紧迫的事要做，还有很多麻烦要解决，很大的麻烦。果然这是一辆去龟兹王城的马车，情况比预想的顺利。她要去的地方正是伊逻卢城。但是这辆马车会驶向何处呢？是当地豪贵的宅邸，还是唐廷的官驿，还是……她又开始想那件她必须做的事，浑身又绷紧了。她一刻也不能浪费。这辆马车或许是上天垂悯她，是在天上看着她的阿娘给她的。阿娘……她舔去下唇咬出的血，掀开黑斗篷，取下了背上的书箧，打开。一条玉制的蹀躞带盘在左侧大方格内，右侧两个方格子最上方分别放着数排香盒子和一个小小的梳妆奁。玉机盯住那条玉蹀躞看了许久，随后打开梳妆奁开始慢慢地补妆。

马车停在了一座酒肆前。酒肆的门面占了两条小巷子间约二十步距离，玉机看不透那门面后有多深。龟兹的民居大多是泥土堆垒，而这酒肆是石砌的。面向长街的石壁上雕着浮雕。玉机原以为是座佛寺或祆祠。但平顶下方的一排琉璃灯映亮了数个舞动着绸带的裸女浮雕，其余墙面隐没在夜色中。两个披着裘毛皮披肩的妖娆女人掀开门帘入肆时，门后传出了弦乐声、阵阵调笑声。她还闻到了一股烤肉的香气。左侧的巷子里走出一个人影，径直向马车走来。有两匹马低嘶起来，玉机知道该下车了。她踏下车阶时那人恰好行至面前三步外,他顿住步子,弯腰扶肩深深行了一礼,极恭敬地道:"有失远迎,尊贵的客人。"他说的汉话带着胡人的调子,但已相当不错。

玉机奇怪地看着他。他直起身时个子比她也高不了多少,是极普通的胡人相貌,说话像仆人那样谦恭。但谁也不会忽视他的存在,更不会把他当作真正的仆人。在她面前的便是这种人。玉机又盯着他看了一会儿,嫣然一笑,道:"我们似乎从未见过。"

"昭怙厘寺主人的朋友,自然便是我们这间小小店肆中最尊贵的客人,"那胡人笑道,"仆下无缘得见再正常不过。"

"昭怙厘寺?"玉机微微蹙了眉。

"我明白了,"那胡人却点点头,忽然压低嗓音道,"马车从店肆左侧的小巷另一头牵入,巷底的栅栏内是新割的牧草,只为最尊贵的客人留备。不会有人看见。"

玉机的黑眸子迅速转了两圈,也点点头,她明白了。她想看这马车的主人,又想这胡人在巷子里便已辨认出了这辆车,是因为没有御车的车夫么?

那胡人吹了声口哨,转身向酒肆边的巷子深处行去。玉机默默地跟在他身后,这时她才看清楚四匹马身上的马勒、肚带、马鞍和连在马鞍上而后兜在马尾巴下的皮带。最雄壮的一匹马,前额中央饰着一块金牌,牌上浮雕一朵金花。红丝线流苏挂在所有的马饰下。玉机伸手拍了拍那匹马额头上的金牌,马停了下来,四匹马几乎同时皆停了下来。这时二人和马车已经进了巷子。巷子很暗很深,只有幽暗的琉璃灯光,从酒肆侧壁上投下。玉机留意到外墙是多棱壁面,她看着那转过身等着她的胡人,开口道:"你是酒肆主人吧?"

那人在暗光下又弯下腰，道："唤我曹破奴便可。"

玉机边点头边道："曹破奴，我在你店肆里不会留太久。"

"我明白。"

她看出他是那种绝不会多说一个字的人。她微微一笑，道："我想要一个绝不会被打扰的、单独的隔间。"

"明白。"

"找一个不爱说话的汉女给我送酒食。""明白。"

"从我的单间里要能看见外头，但外面的人看不见里头，"玉机笑笑，道，"我也想看看你店肆里的歌舞。"

曹破奴仍然没有半分犹豫，道："明白。"

"很好。"玉机深吸了一口气，点点头，龟兹的空气颇为湿润，夜间也不太冷。

"贵人还有吩咐么？"

"暂且这些，"玉机又皱了皱眉，忍不住道，"你也不必唤我贵人。"

曹破奴又深深弯下腰，面朝着泥地，缓缓地道："阁下是天生的贵人。"

玉机隔着黑纱反复端详着自己在镜中的妆容，淡淡的妆面上，乌黑的双眼显得更亮。随后她坐着后退了几步，撩起披肩将深蓝色的短襦衣领口拉了拉，直起身后，轻盈地转了一圈。艳红的石榴裙像一朵花那般绽放开来。玉机满意了，轻轻合上妆奁盒，抬眼向琉璃墙外看去。酒柜暗门后的这片区域，两三对酒酣耳热的男女正脸贴着脸耳语。她从衣饰便看出这些人是当地豪富子女，甚至是贵族。她在心中叹了口气，龟兹女子真美啊。

她知道要去的那地方，往来的多是王城中的豪族，甚至王族。她已经知道怎么去了。现在已经不急了，该好好准备一下。进入这间三面琉璃墙的密室前，她就已经完全平静下来。

这个不大的秘密隔间还有两面石墙，靠内侧那面是石厕廊道的外墙，外侧那面带暗门，通向酒肆外的巷道。玉机便是从这扇伪装成墙面的暗门进来的。她背后那面琉璃墙安在了酒柜后，顶着碗的酒姬和少数几个熟客在柜台前来来往往。稍远处可以看见一尊佛像和几个裸女的浮雕侧影。其余两面琉璃墙对着她面前的半圆形小厅。小厅至多可容二三十人，有一半还被辟作舞场。此时厅内正坐着十来个看客，举止优雅，或者看似优雅。除了两对男女外，彼此隔了三四步远。但玉机看出这些人几乎都互相认识。每当舞筵上的旋舞暂歇，小厅内的火光便会暗下来，一个蒙面的汉女端着银托盘轻盈地在绣毯上穿行。托盘上，叵罗杯和琉璃盘中装满了鲜果子和酒水，但很快便会换成一叠银币，但有时好像只是几张纸片。同时，一个面颊尖削如鼠的胡人也总会在这时站起身，在昏暗中好像漫无目的地背着手踱步。但玉机早已看出这个胡人认识厅内所有酒客。他背过去的手变换手势时，他身后的一个酒客便会把一个盒子或一个小囊放在托盘上。那胡人和酒姬擦身而过时托盘上物件便消失了。玉机会看见他轻轻地点头或摇头。有时那胡人会径直向琉璃墙走来，两眼好像直直地盯着自己，但她知道他看不见。她换下紧身衣袍后又用巾帕将全身细细地擦拭了一遍，没有人向这里投来一眼。但这人一双鼠目中射来的光仍让她心跳变快了。她不自觉地扭过头，呼吸顿时戛然而止。

轻轻的叩门声令她浑身一阵抖。她吸了口气走过去打开暗门，蒙着面的汉女手托银盘站在漆黑的巷子里。她端详着女郎。汉女红色薄纱下肌肤黝黑，两只眼睛又细又长，赤足站在门外，身量高过暗门顶，在寒风中一动不动，也在注视着自己。玉机点点头，将那酒姬让了进来，看着她伏下身，将一盘冒着热气的烤肉，一盏盛着艳红色酒液的琉璃杯，和一个装满果肉的银制葡萄蔓叶唐草纹盘子摆上矮几。直起身后酒姬向外迈去，玉机忽然道："请留步。"

酒姬转身，托着盘子地等着。

"有个络腮胡子的壮大汉人，穿着一身胡袍。你可知他坐在酒肆何处？"

那酒姬看着她，慢慢地摇了摇头。

"那么，他是什么时候来这里的？"玉机紧接着道。

那汉女仍是摇头，但眼神像藏了什么，像有什么话要说。玉机蹙了眉，盯着她好一会儿，终于还是问出来了，"你有什么要对我说么？"酒姬还是摇头，她指了指自己的喉头，接着又摇了摇头。玉机吸了口气，原来是个聋哑人。一个聋哑的汉女，当然是嘴巴最严的酒姬。她不由得暗暗觉得好笑，这酒肆的主人，果然是个人物。

聋哑的汉女这时蹲下身，将手指伸入那琉璃杯，蘸了蘸，在矮几上写下几个字。玉机伏下身细看时，那汉女已经出了门。

只有六个汉字，但写得东倒西歪，颇为粗拙。酒渍又淡，玉机费了会儿工夫方认全。她的表情僵硬了，仿佛不信，又看了一遍，随后，只觉得那脑子"嗡嗡"地响，一时无法思考。

矮几上歪歪斜斜的酒水字，写着：他没死，在龟兹。

"他没死，在龟兹；他没死，在龟兹……"她魔怔了一般喃喃道。随后，她的双眼开始发光，光彩最亮的时候，她蹿过去推开暗门。漆黑的巷道中没有一丝人影。但在墙角另一侧，另一面棱墙上透出了光，是小厅的另一道暗门。玉机深吸了两口气，慢慢走了过去，在门缝边停了一会儿，一侧身，闪入门缝中。

灯火亮起来了，方形的叵罗杯与晃动着酒液的琉璃杯频频交错，小厅仿佛蒙着一片流动着的光雾。玉机站在角落，一时看不清任何人的脸。只有一些人影在不停地摇晃，好像应和着欢快的曲调。但是人影交错时她总能看见有光芒闪过，好像两条人影擦亮了什么。虽然一闪而逝，但她看出那是宝珠和丝绸。

一颗颗宝珠和一片片丝绸从一只手交给了另一只手。银光闪闪的托盘上不时落下一张纸片，立刻会被一只手攫走，速度之快像青蛙或蛇吐舌掠食。托着托盘的汉女扭着腰，时而蹲下身躯，下腰翘臀，一条修长的腿向后抬起。哄笑声中有人向盘子里"咣当当"投掷银币，得了赏钱的酒姬方才起身，摇摆着身躯向靠近舞筵的角落。那里有个人极快地收走了银币。玉机定住了神，沿着墙，从光雾边缘向汉女绕过去。

这时所有的目光已汇集舞筵之上。酒客们开始用手掌拍着毯子，有几个人高声唱起来。"叮叮当当"的一阵响，疾速旋转中，舞娘身上的绯衣、铃铛、金银挂饰、彩色纱巾一件件滑落。片刻工夫，她周身只余下两片垂挂腰下的红纱，如鸟尾般自臀上扬起。纱下赤裸的身躯仅着一双皮靴，也是赤色的。靴尖一丝不差，踏在疾风骤雨般的鼓点上。玉机看着那妖娆丰美的女体飞转如莲，一瞬间竟也有些目眩神迷。回过神时那角落里已不见汉女。玉机心中一急，向舞筵后挂毯蹿去。她记得这条氍毹红毯被掀起过。就在她掠过舞娘身边时，那舞娘恰好转了过来，伸出双臂握紧了她双手，带着她疾旋起来。舞筵外的高喊声越发亢奋起来。她尽力从天旋地转中，从化为无数片碎片的光雾中，从一片目眩神迷中挣扎出一些神智。等到她稍稍能看清对面急旋中的舞娘的脸，她又恍惚起来。这不可能啊。

但是她知道自己对人脸同样过目不忘，尤其是这么一张脸。尤其是这双眸子。这双多情、野性又通透的眸子。

她看着舞姬嘴角掠起的暧昧的笑，看着黑里透红时既硬朗又柔和的面颊，旋转着。她想起了那天夜晚，想起葡萄藤蔓下，高耸的双乳、健美的腰背。噢——，玉机在心里叹了一声，想要挣脱出那舞娘的双掌，浑然未觉此刻两人已转至那挂毯后。

光雾和喧闹霎时被阻隔在外面，挂毯内是一个昏暗的世界。只有一道月光从另一边石墙上凿出的木窗透入，正打在那舞娘麦色的身躯上。她仍裸袒着身体，一条腿微屈，靠着一条高石榻的榻脚，好像她当日靠着那葡萄藤下的木支架一般，平衡而优美，随随便便地便散出万千风情。她的眼眸中含着笑，或许还带着些挑衅，看着玉机。

"卓玛。"玉机盯着她道。

卓玛笑得更愉快了。"噢呀。我知道你忘不掉我。"还是那慵懒的，仿佛带着酥油味的汉音。玉机的眸子转了三圈，道："这里又是个吐蕃人的地方？"

卓玛看着玉机，双眼蒙上了一层烟雾。好像在叹息，好像对她有些失望。"你明明知道不是，我已经离开了我的族人。"

玉机马上道："那么你是投向了九姓胡的秘密火坛。消息是你的，是你要那汉女告诉我的。"

"你脑子转得太快，却弄颠倒了。你看见的那个女子才是火坛的人，我只是个跳舞的。你说对了一样，我离开他们，便只能来这里，至少今夜前，还能活下去。"

玉机看着卓玛淡然的神情，看着她被月光微微照亮的棕色眼眸子，好像含着水的眸子，忽然心里有点儿发酸，道："你为何离开你的族人？"

"你不是都看到了么？"卓玛吃吃地笑。

月光下像铺了一层白纱的楼顶平台。脉脉如水般含情的眼睛。裸露着野兽般的腰背。一颗颗葡萄从摇晃着的藤蔓上落下。玉机的心里酸涩得难受，抬高了嗓音道："他在哪里？你知道他在哪里？"

卓玛的神情凝肃起来。"我找来你，与他无关。"

玉机睁大了眼睛看她。她身上汗涔涔的。

"今天我跳够了舞，明天就要去死了。或许就是今夜，或许就是下一刻，我的族人就要找上我，"卓玛缓缓说道，"你要记住我对你说的话，你不必多问，我只能对你说这么多。"那道光渐渐暗弱，好像乌云慢慢地移动过来。卓玛的声音听上去也越来越远。

"什么话？"玉机听见自己脱口而出。"千万，不要走进那间黑屋子。"卓玛的声音越来越轻，最后一个字几乎听不清了。月光消失了，一时隔间内漆黑一片。玉机好像重新听见了外头的嘈杂声。她愣了片刻，冲向石榴边。

那里空无一人。

丝绸之路密码2：龟兹壁画迷宫　75

耶婆瑟鸡寺·白马河
行像节前夜·子时

　　石窟之后还是石窟，过道后头是光线更昏暗的过道。甬道和窟壁上几乎都铺满了壁画。有几次，珠光撞上窟室内坐着的人，令李天水湿透的脊背又发出一层汗。但没有一个人是玉机。是坐禅的僧人。他们双眼定定的，注视着对面石壁上一幅画。画上是个骷髅，或是美人，或是骷髅和美人。光照在他们脸上时，他们连眼皮也没有眨动一下。李天水赶忙收回了珠子，继续依靠脑中的地图，在黑暗的过道中穿行，上上下下，左折右拐。他很想大声地喊："玉机，玉机你在么？玉机——玉机你在这里么？"但是死寂、昏暗和一种将要困在无止境的壁画迷宫中的恐怖感，让他发不出声响。珠光下的壁画不再活转过来了，他忽然有些希望能再看到一张鬼脸。正当他开始怀疑自己脑中的地图，怀疑自己的记性并没有自己以为的那么好时，他听到了泉水声。

　　他记得在出口的外面，那小沙弥画了一处椭圆，椭圆里有着流水般的线条。随后他就看见了月光。

　　在月光中走了几步后他听见了人声。人声响在栈道上，栈道一直通向山下。李天水像醉了一般摇摇晃晃地走在栈道上，走在七八个人后。前头的人走得很急，他听见一些龟兹语的句子。那些人在赶今夜最后一班渡船，渡口就在山下，栈道的尽头。在木栈道上，李天水怀着些微的希望，将他前头七个人的背影来来回回看了三遍。没有年轻女子的背影。但有一个老妇人和一个年轻男子的背影引起了他的注意。老妇人的背弯得不自然，年轻男子走路的样子像猫，步子不发出一点儿声响。老妇人裹着纱巾的头忽然转过来时，李天水让自己隐没在黑暗里。

渡船不小，李天水抱膝坐在船尾。与拱顶的船舱隔了七八步。他闻着河水的味道，像雪水。河面上的夜风湿润、凉爽，并不太冷，但船舱里始终没人出来。掌舵的是个老僧，摇得并不费力。船顺流而下，不疾不徐地向一片光亮处驶去，渐渐滑入一道河岔口。河面的波纹上映着火光。船在岔口停下了，那个老妇人出了船舱，上岸。船离岸后，李天水看见那老妇人在岸边转头四顾许久，才向光亮的方向走去，那里有一辆四匹马的马车在等着他。老妇人的脸始终隐没在黑暗中。进入那条河汊后，那个年轻人也出了舱，双臂抬在胸前，好像捧着什么。李天水知道他看不见自己，船尾的舱板下陷得很低。那人四顾良久，放开了掬在胸前的双手。一只鸟从他手中飞出，向船后飞去。是信鸽。

那人目送着信鸽一点点消失在河面上方的夜空中，又弯腰入舱。李天水觉得他的侧影很秀气，秀气中带着忧伤。他想那该是个汉人的侧影。是一封忧伤的家信么？后来李天水不想这事了，因为此时他在水中央，看见河面金光闪闪，看见许多点亮的莲花灯缓缓打着转漂向下游，看见两岸一座座佛塔金碧辉煌，随着地势错落起伏，看见岸边随着河面波动着的两排倒影，巨大的佛塔上盖着覆钵形的塔顶，在河上轻轻晃动的自己宛如身在天界。

上岸后，李天水快速穿过一片林地。河水的踪影渐渐消失在浓密的丛林里。出林又行两三里,在地势渐高处他看到了一些草棚子,像牧人们临时搭出的居所。月光亮起来时他看出是废弃的芦苇棚。他选了一个小而厚实的棚子,靠着棚门坐下时他看见自己在一个小土丘上。方才穿过的那片林子已在脚下,就依伏在水边。李天水用倒在地上的枯树燃起了熊熊篝火,脱下破羊袄铺在地上,躺下。热气袭来时,疲倦令他无法思索。

夜空清朗,一轮圆月发出清冷的光辉,挂在王城北墙的墙线上方,可惜星星不多,数得过来。他看着那墙线在山峦间若隐若现,绕过已化为许多光点的佛寺群后,消失不见。他低头看向从耶婆瑟鸡山下的河水引出的沟渠,灌溉着一片如画的树木和灌木丛,看向更远处的耶婆瑟鸡山,仿佛能看见那尊大佛像隐约显露在月光中,但实际上看不见。过了一会儿,他只能看到灌满水的沟渠里和田地上闪烁着银色的月光,周围一切都沉浸在迷人的静谧中。他仿佛又回到了许多个夜晚和许多个草原。草原上倒映着星光,他在梦里跟着阿塔高声唱:敕勒川,阴山下。天似穹庐,笼盖四野。天苍苍,野茫茫……

莲花寺·僧房　行像节前夜·子时

老妇人弯着腰看着马车驶远，慢慢拉下了头巾，露出两个瞥向两边的眸子。连着头巾的披风外袍被风卷向山梁不见。崖壁下的佝偻着身躯的老妇人，瞬间变为一个腰背挺直的高大胡僧。是那秘窟里的莲花精进。莲花精进摸了摸连腮胡子，颜色极淡的眼眸子慢慢地自不同方向扫向四周。随后他仰起了头。

狭窄的山阶通向山梁。月光下，山梁拔地而起。风蚀雨侵的崖壁凹凸起伏，约有四五层，每一层皆隐隐现出连排门洞，在黑夜中像一座神殿古堡。

莲花精进拾阶而上。山阶尽头是个四方底座，底座四面浮雕莲花，底座上原有的佛塔只余下残阶，仅三尺高。他一脚踏上了阶顶，向西面望去。夜色中，在一道道山梁子里，隐约可见一个高高耸立的土墩。他知道那是烽火台，唐人的烽火台，此刻沉静得像深夜时的烟囱。他知道烽火台的北面，他望不见的地方，是唐代的驿路，以及守捉、城、镇、烽燧等严密连接的驿站邮传网。他还是向那里极目望了一会儿，才收回目光，跳下底座。底座后是个巨大的拱门，月光映出了拱门上镌刻的几排文字，其中最大的是三个汉字："莲花寺"。

门内是甬道式讲经窟，他成了莲花精进后，就开始定期在这里讲经。甬道深长昏暗，即便在讲经时也只能点两盏灯，这是他的意思。这样即使七大姓的旧人来听经，也绝对认不出他。莲花精进举烛向前走。光晕掠过穹顶，偶尔映出一抹艳色。黑暗的两侧有时现出一道石阶,通向上层窟室。蜡烛燃尽一半时,莲花精进在尽头的甬道口前停了下来。那里现出一个人影。莲花精进在五步外看了一会儿,是个正一笔笔勾画的画师,仿佛对来人浑然不觉。莲花精进看见有个画师后侧,靠着墙的深处,有个白皙的女体在摆出姿态。那女子后头就是甬道后的木门。木门半开着,透出光微微映出了女体的侧腰。莲花精进蹙了眉,行至那画师背后,用龟兹话问道:"有人来过了么?"

画师没有转头,也没有停下笔,口里道:"两个人,都已经回去了。"

"两个人?"莲花精进眼眸子转起来了,"是什么人?"

画师摇摇头。"没有留下名帖。两人俱是长袍蒙脸,"他顿了顿,又道,"第一个人进了僧房,或许是留下了什么,很快就出来了。"

"嗯,那第二个人呢?"

"在你此刻的位置等了一会儿,在门口听了听,向里面看了一眼,便匆匆走了。"

"未留下什么吗?"

"在画壁上了留了个印,"那画师的语调透出厌恶,"就在这幅画左侧,留白的墙面上。"

莲花精进举烛照亮了那处墙面。墙面上很清晰地印出了一个狼头,血红色的狼头。是七姓中突厥-龟兹后裔的羯氏族徽。只能是羯龙。

他等的就是羯龙。他为何要走呢?怕前头进去的人认出他?那他应该再回来。但他只留了印章。他只想让我知道他来过,而未留下他想要看到的东西。他两只分得很开的眸子对着那墙面附近慢慢转动。没有看见那支狼牙箭镞的金箭,代表着突厥可汗约定的金箭。

他又看向那血红色的狼头,开始觉得有些不安。这狼头原本是蓝色印泥,是羯龙改成了红色。他想起了二十年前羯猎颠尸身上被血水浸透的族徽。忽然有一种怪异的感觉掠过心头。很久没有这样灰暗的感觉了。

他又看了看那半开的门。进入僧房的是什么人呢?如果羯龙能认出他,那么是七大姓的人么?但无论是那些装腔作势的老朽们,还是七姓的崽子们,羯龙都不该害怕啊。他又问道:"小崽子们今夜也在这寺里么?"

"陆陆续续地都进去了。分了好几批。好像进了王姓的那个私窟。"

莲花精进又对着拱洞看了一会儿,提着烛灯进了僧房。

窟壁六棱七面。每面墙后是七姓家族的私窟。墙面上铺满的壁画多已过百年,长明灯下色泽如新。壁上的人像以凹凸绘法绘出,像真人,直欲脱出石壁。其中有七幅人像是真的可以脱出石壁,就像他可以进入耶婆瑟鸡寺内的壁画中。透过那些人像后的琉璃镜,足可看见私窟内的大部分动静。莲花精进微微一笑。七姓私窟的墙面上到处嵌了这种琉璃镜,他们来这里幽会时,就喜欢这种镜子。他们绝想不到从镜子背后那一面能清晰地映出他们的丑态。

七面墙内的僧房很空。铺着芦苇席的地上,长明灯外,只有一个摆满了佛经的长方矮石桌。他绕过一排长明灯,径直向一面墙行去。他方才仔细检查过了,石桌上没有留下任何物件。石桌后就是那面墙。那面墙后是龟兹王姓白氏的私窟。墙面上除了壁画外，还有一行吐火罗铭文。铭文阳刻，凸现在壁面上。他那只空着的手正要对着铭文按下去，忽然顿在了半空。

这行铭文后面，多了一个阴刻的字符。显然是刚刻上去的。

是个"卐"字，左旋的"卐"字。

莲花精进感觉到自己的面色在变白。他看见过这个"卐"字，他知道这个字符是什么意思，他也猜出了这个字符是什么人留下的。

为什么那个人要把这个字符刻在这里，刻在这行铭文后面呢？他马上想明白了。这是个警告，或者说，至少是个警告。它的意思是，我知道你所有的事。他又想到羯龙的事，羯龙来过，看见了这个人，又走了。现在那片乌云又回来了，二十年前笼罩在头顶的那片绝望的乌云。他觉得自己的脸又慢慢变成了死灰色。他的嘴唇蠕动着，嘴里念念有词，从手腕子上解下的琉璃串珠开始慢慢地绕着他光滑的手掌转动。

昭怙厘大寺·舍利塔外墙
行像节前夜·子时

玉机醒来时还残留着梦中的感觉。她又看到了初入王城后看到的景象，但是在梦中更美，或者说，是在梦里的感觉让她觉得更美，更不可思议。

发源于天山冰峰的东川水南流至此，已是温和恬静，从容不迫地贯穿在摄人心魄的梦幻般的佛城间。纵目四望，黄褐色的山体与金红色的佛塔在碧蓝的天空下，仿佛是正在燃烧的火丛。一群鸽子掠过天际，她呆呆地看着鸽群渐渐向东飞远。再转过头，斜阳古刹变幻为夕照下的一片宫阙。她又走在这片宫阙中了，那片已经漫漶不清的记忆最深处的宫阙啊。一个俊美秀顾的僧人正慢慢走在宫阙廊桥上，忽然转过身，在夕阳下对她浅浅一笑。看着那僧人的笑容，她却快要哭出来了。这时那僧人慢慢开口道："他还活着，在龟兹。"

"他还活着，在龟兹。"

她深吸了一口气，掀起了车厢的窗帘。正是夜色最黑的时刻，月光却比她走出酒肆时亮多了。临行时她漫不经心地说出"昭怙厘寺"，那曹破奴立刻又吹了声口哨，四匹马便径直向北驰去。现在她已经快到了。虽然远近的一切都沉在黑暗中，但她听得见流水声，和来时一样的又清又柔的流水声。佛塔的轮廓是天竺式上圆下方。就在她看见东川水两岸高高的山坡时，马车冲向了一面高峻的围墙，丝毫未减速。玉机瞪大了眼看着墙体上的角楼,背脊贴上了车门。就在她正要翻身跃下时,墙门在马头前自行打开了,马车驶入后立刻又合上,她甚至未及看见门后的人。

马车在漆黑的坡道上跑着,速度缓了下来。山坡上有星星点点的亮光,照出了一面殿墙、一个塔顶或一条回廊。被照亮的墙面或圆顶是金色的。一时间玉机又想起了记忆中灯火朦胧的宫城。佛塔和佛殿在夜色的遮掩下,灯火阑珊,鳞次栉比,随着山势绵亘不绝,像极了黑夜中无穷无尽的宫城。待她回过神时,马车已经在石桥后的坡道上停下了。

听见脚步声时玉机心头一跳,她本能地一弯腰,推门蹿下车。月光照出了高坡上一道残墙。墙内不见亮光。玉机猫着腰蹿上了那面高坡,双手一撑,从残墙最矮处翻了过去。高度正好令她可以露出头。她扒着残破的墙体,看着一前一后两个人影,沿着河边走来。一人举着火,折向坡道,另一人停在河边。举着火的人走上坡道后,那火光照出了一个长鼻子傀儡面具。玉机抿紧了嘴,她知道这是康傀儡的面具。

康傀儡行至那辆载着她至此地的马车旁,打开门看了看车厢,很快,又关上门,拍了拍其中一匹马。那马低嘶了一声,四匹马又慢慢跑动起来,辚辚的车轮声很快在河边消失了。康傀儡这回回到了河边,和那个等着他的身影说了几句。玉机觉得那人的侧影像汉人。这时对岸处现出一个匆匆行路的高大身影,像一个在寺内留得太晚的香客。两人等着那身影消失在暗处后,方踏上石桥。康傀儡的背影像个傀儡一样僵硬,另外那人走路的样子看似潇洒,但玉机觉得他紧张。两人在桥中央停下了,这时二人的身影已经离玉机很远。她只能看见康傀儡轻轻摇着火,好像在对着那人说什么。那人也在说话。二人停了好一会儿。月光下,桥下的河流在暗影中像捏皱的银箔纸。

月光稍稍暗下来的时候,二人向石桥另一头走去,很快隐没在黑暗中。玉机呼出了一口气。现在她知道这辆马车是谁的了。她想着这座佛城里住的什么人,她觉得自己猜出了八九分。她又想到了来这里的目的,想到了她必须毁掉的东西。她浑身一阵阵轻轻打颤,伸手将狐皮披肩捂紧时,触及缝入披肩的纸边。是那张敕书。她想起一个宫女便是因这条披肩和披肩内的敕书而死。她想起了她当年初入青雀时,曾对王公说,自己绝不行恶。想起自己当年看见那鹰隼的眼睛时心中的震动,想起自己和达奚云一起熬鹰,又背着他将"萨尔"驯养出了叼狐的本能。她亲手将这条狐皮披肩送给那宫女时,已经料到了那女子的命运,但她什么都没说。那女子待她不薄,是王玄策将她带入宫城时唯一能交上的朋友。

她拼命摇了摇头。月光更亮了,她看见残墙上浮雕着的一排大佛像。浮雕原本全部都是彩色的,经岁月淘洗,只有遮蔽在衣褶下面的一道道细纹仍保留着色彩。每幅像均不见上胸和头部,以说教或是沉思的姿态坐着。她呆呆地看着这些佛像,这些数百年前的无头佛像,在清白如洗的月光下,显得忧伤不已,既庄严又忧伤。她觉得那佛像身上的袈裟也是忧伤的,每一道褶皱都很忧伤。

过桥后,河西的佛城灯火更稀疏,庙宇的轮廓在黑暗中显得寂寥。一声钟声让佛寺群更空旷。钟声是从一座高塔上传来的,塔下闪着火光,是河西大寺最亮处。火光微微映出了白色的塔顶和塔周的高墙。那塔是在河西的最高处,在坡顶。玉机抬头看着那黑暗中的白塔,走上了向河的那一面山坡。她并未执火,沿着上行的坡道,向发着光的白塔一步步走去,好像一只黑暗中向火而去的飞蛾。这里就是昭怙厘寺啊,是阿耶一笔一笔画过的大寺庙啊。

她想起王玄策告诉她"青雀秘档"就在昭怙厘寺里时的情形。"别担心,"王玄策抓着自己的手盯着自己说,"你的秘档就被他们藏在那昭怙厘大寺里,消息绝对可靠。我有那寺庙的地图,会带着那地图。等你逮住了'苍鹰',我便能逼问出'青雀'背后的主事人,那个大人物。随后我们就去把那东西毁了。"

她记得当时自己只是镇静地点了点头,丝毫未露出内心的震颤。

阿娘离去后,她曾努力回想阿娘和她在一起的每一天、每一个时辰,对她说过的每一句话。其实并不太多。

阿娘说过玄奘大师在西域第一大寺昭怙厘停留了六十多日。回长安后,玄奘将昭怙厘的规模形制口述给了阿耶,因为阿耶发愿要绘制一本囊括西域各大伽蓝的画册。

那时母亲出神地看着云,轻轻道:"你阿耶是世上最聪颖、最俊美的男子。"

但父亲的画册还没有完结,他就被……她狠狠地咬了咬嘴唇,四下扫了扫。月光勾勒出了一道道佛寺院墙,在半山坡上起伏错落。佛寺间由一条条平整的山阶相连,蜿蜒向顶的石阶上此刻空无一人。山间偶尔响起一阵虫鸣。云层散开的时候她能看见院墙的一排排凹进去的小佛龛或大菩萨像。佛龛内仿佛闪着琉璃光。绕过一面坡面后,院墙挨得更紧,透过院墙能看见尖锥形的寺顶。满山梁皆是这般凿满佛龛的院墙，层叠错落。她从未在中原见过这般规模这般精美的寺群。

又绕过一面山坡时她看明白了。这一片山坡上的寺群全围着坡顶那座塔，像匍匐在那塔脚下，簇拥着，而那塔便是河西这一片寺群的中心。她循着月光与些微火光，慢慢绕行于暗处。再看不见康傀儡和那个汉人或者其他的人影。

钟声再次敲响时，她已至佛塔下。她感觉佛塔外墙是金色的，但不是黄金或贴了金箔，好像金色的泥土夯成的。外墙拱洞透出了光，黄白色，不像火光，但比火光亮得多。她在半山坡上看见的亮光便是从这里透出的。但是，那秘档藏在哪里呢？

东西两片大寺群她都走过了。此刻她在整个昭怙厘寺的最高处，她转过头便可以看见两座高塔，分列河西这片寺群两侧，比眼前的大佛塔形制略小些。对岸也是寺塔呼应的结构，分布更散，规模更小。从对岸依稀的火光和黑黝黝的轮廓看，可分为七个区域。至少有三个区域更像城防堡垒。她闭上眼，东西昭怙厘寺群的排布慢慢印入脑海，随后靠上了那拱门边的外墙上，从短襦衣内极小心掏出了那张图纸，一点点展开。图纸被压在了书箧最底下，她在马车上已经看过了十数遍了。

黄白色的光芒覆上了图纸上每一条平直流畅的线条，她的手微微颤抖。佛殿佛塔密密麻麻绘满了两三尺长、尺余宽的写经纸上，玉机迅速找到了她走过的许多地方，找到了东面那道残墙和塔基，找到了石桥，找到了西面这片佛寺和她现在身处的佛塔外墙。她看见在佛塔的位置上，有人点了一个触目惊心的鲜红色圆点。圆点上方的蝇头小楷也是鲜红色的，写着三个字，"舍利盒"。是王玄策的字迹。

除此之外，地图上再无一个字迹。玉机将地图反反复复看了三遍，她觉得自己的脸发白了。

"我标出了'秘档'两个字，你也能找到。"王玄策那时在榻上看着她道。

他骗了我。那么"秘档"在昭怙厘寺也是假的么？连"秘档"也是假的么？一切只是他为了要骗我来西域冒险么？

或者是送死。

捏着黄纸的双手冷得像冰块。她靠在拱门边像条濒死的鱼那样喘气。这时她觉得有暖流微微传向指尖，是从淡黄色的写经纸上透出的暖意。她瞪大了眼看着那地图，是阿耶死前数月的笔迹啊。每一笔都是那么美，每一笔都好像对她说：别害怕。但是现在她快哭出来了。

她想对着那地图问阿耶：阿耶啊，我该如何赶在萧萧那些人前面找到那份"秘档"？我该如何救下妹妹，救下这个我唯一在世的至亲的性命？她还不到十五岁啊。是我把她押给了青雀做人质。天上的阿耶啊，我该怎么办啊？

"你认为今夜撤去巡逻守卫是个好主意么？"拱门后有人说了句胡语。

玉机脊背一抖，发了层冷汗，紧紧贴上拱门边。是个女人的嗓音。玉机很小的时候就能听懂九姓胡语。王玄策和他的胡商朋友密谈时，用的就是胡语。那些胡商卖得最贵的就是宫里和西域的消息。这女人的口音和长安城里的胡商们差异很大，她带着草原北族浓重的舌音。

"太后陛下，眼下驻守这座佛城的三千卫士中，更多的是忠诚于王室的武士。他们多是虔诚的佛教徒。如果有人看见这块比月光还亮的佛足玉石被人从东塔搬上了西塔，您觉得他们能保守秘密么？"极纯正胡语，一个字一个字缓缓道来。玉机猛吸了一口气，心"怦怦怦"急跳起来。她在地下巴扎的帐篷里听过这嗓音。是康傀儡。

太后不作声了。过了片刻，她轻声但是恶狠狠地道："等天明后，我要把这些不可信任的人全换走。"

玉机听见康傀儡叹了一声，听见太后又道："今夜是半月，这块石头本该亮得很。天落黑时，七大姓的人等了半日，东边那座残塔下始终是黑的。呵呵呵，他们方才走的时候一定很失望。而等到明天，他们一定会觉得他们的佛祖背离了自己，这样方便他们更好地接受命运。"太后咯咯咯地笑了起来，"你这主意真不错。你有一个好脑子啊，康萨宝。"

"好脑子！好脑子！"墙后陡然响起的第三种声音令玉机一瞬间寒毛直竖。但她立刻听出那嘶哑怪异的嗓音不是人声，而是一种学舌的鸟儿发出的声音。

这时，康傀儡忽然压低了声响道："'青雀'的那只'凤凰'方才问我，他们的秘档是不是还压在这块佛足石下？"好像他知道墙后有人。

玉机拼命捂住了嘴才让自己没有叫出声。她大口喘着气。

"'凤凰'？"太后的语调上扬，含了警惕，"他今天为什么要找你？安西军那边，难道有什么变化么？"

"没有半点儿变化，陛下，他们的'苍鹰'会带走拨换的安西军，和先前'凤凰'留给我的许诺一样。"

"哼，这样最好，"太后冷淡道，"但我似乎听说'苍鹰'那边还没有拿到长安城里那婆娘写的敕书，恐怕不会很顺利吧？"

康傀儡迟疑了片刻。"那只'凤凰'是这样向我保证的。如今我们只能信任他。而且，如果安西军真的有变，太后也不必担心。那利……龙族……峡谷口，羯龙……突厥……北面……"风大了起来，康傀儡刻意压低的嗓音变得时断时续。

"这样最好，"太后的语气依旧很冷淡，"你可以告诉那只'凤凰'，如果事情顺利，明日之后，他随时可以来拿那份秘档。还有，他最想要的，"太后忽然也压低了嗓音，"舍利盒子……秘密，明日……告诉他。"

康傀儡未作声，或者嗓音太低玉机听不清。随后她听见太后又道："明日事发后，长安城里那个婆娘最快什么时候会得到消息？"

"恐怕会很久。安西大都护府在漠北的驿路系统，就控制在凤凰手中。而且，凉州那边……即使事不成，长安城里也会忙上很久，很可能从此便无力将手伸向西边。"

太后笑了起来，是一种心满意足的笑声。那女人一边笑一边向远处行去。康傀儡僵硬的脚步声跟着她。这时太后的生硬的胡语又传了过来，"康萨宝，和'凤凰'这样的人见面，你若忘了事先告诉我……"太后的话被风声盖过了。片刻后，玉机听见了康傀儡惶恐的声音，好像在高声赌誓。很快，两人的嗓音和脚步声再听不见了。

过了许久，玉机才可以松动四肢，慢慢踏入拱门内。

莲花寺·七姓私窟　行像节前夜·卯时

冰块在酒里闪光，鲜花盖在裸体上，有四头狮子脚的大浴盆里，女人在哈哈大笑。两个石雕菩萨捏着艳丽波斯挂毯从拱门顶垂落下来，门边的杜巨源已经有些醉了。

他不知道自己是喝醉的还是看醉的，抑或是听醉的。剔透的琉璃杯被琥珀色的酒装饰得熠熠生辉，像裹着皮毛衣袍的裸女。在这莲花寺的秘窟里，他已经喝下去四杯这种酒了。确实是好酒啊。他想起自己在很多不同的地方喝过很多种不同的酒，尤其是京洛美酒，顶级的佳酿，却仍不及此刻的回味那般绵柔悠长，其深处又如沙漠一般神秘。一阵阵回味好像让每寸肌肤都醉了。这时他想起从前很少喝这么多酒，想起他曾是个很有自制力的人。或许是因为自己正置身于这秘窟中吧。

他觉得这是个秘窟，因为他绝不相信这会是个寻常佛窟。尽管延田跌对他说"莲花寺到了"，又说"莲花寺就是我对你说过的地方"，又说"我们今夜就在莲花寺的佛窟过夜吧"。杜巨源的目光在无生命的佛雕、壁画和有生命的人体间不断飘移。几个俊美的年轻人横七竖八地躺在毛皮的软榻上，心满意足地睡着了。他们衣不蔽体，手脚随便地搁在美妇人的裸体上。那些美妇人更年长一些，半闭着眼，手脚上的珠链和玉环是稀见的贵货。浴盆里的年轻女子一直在"咯咯咯"地笑，一条"鱼尾"时不时伸出热气腾腾的木盆。杜巨源看着那木盆后的壁画，也觉得好笑，咧开嘴傻笑起来。壁画上好像画了湛蓝的海水，人首鱼身的水怪，还有各种半人半虫的怪物仿佛在扭动身躯。浴盆中的女子下身套着半透明的带着尾鳍的鱼皮服。浴盆边站着的三个年轻人，华贵的衣帽穿戴整齐，正一本正经地从头到"尾"揉按着盆中半裸的女子。杜巨源忽然不笑了，水汽中那银光闪闪的鱼皮服他越看越眼熟。

他又想起了海上的时光，想起了那些起风浪的日子里，那个胡女事先为他套上了一袭鱼皮服。银光闪闪的鱼皮服。是种什么鱼的皮？

他心绪不宁起来，猛地又饮下一杯酒。他眯起眼，从贴满金箔的佛像往上看，墙顶上的飞天两两一组，裸露着黑色的上身，在空中飘舞奏乐。墙下八个半裸女乐师也在微微起舞。她们深色皮肤，下身围着的衣裙与壁画上的飞天一般无二，连手中的排箫、筚篥和竖箜篌也一模一样。火光好像随着乐音在摇曳。五六盏灯轮从窟顶错落垂下，交映着烛光。女乐师们更往后的壁角处，有个画师一边在墙上勾勾画画，一边看向灯轮下一具躺在厚毯上白得发亮的美艳女体。她身后的毛毯上，延田跌正慢慢地将鲜花一朵朵投向另一个裸女。满墙都是新画的裸体美人相。精美的波斯联珠纹绣毯上，到处可见翻倒的琉璃杯、滚落的鲜果、花瓣和女子衣裙。自杜巨源进来后，这个秘窟里的人，没人朝他多看一眼，好像他是透明的，或者只是个影子，延田跌带来的影子。此刻杜巨源觉得整个秘窟也在摇曳着，随着慵懒的缓慢的摆荡着的曲调慢慢摇曳着。这时延田跌走了过来，他看上去像这个秘窟里最正常的人。

"喜欢么？"延田跌在他身边坐下，髭须微微翘起。

"你们……"杜巨源的舌头有点儿不利索了，"你们不是……信佛么?"他也在笑。

这时延田跌的表情忽然凝肃下来。自今日日间遇见他来,杜巨源头一回看见他如此严肃,好像变了个人,好像在思索一个极紧要的问题。他微微垂下头,杜巨源听见他的声音也变了,仿佛老上十岁的嗓音。"这里没有人守戒,"他看着杜巨源道,"他们其实什么都不信,从我们的父辈、祖辈、祖辈的祖辈开始,就什么都不信了。"

"但是这王城里有那么多佛寺,"杜巨源瞪大了眼睛,"你是说……你们这些人,还是……龟兹人?"进了这秘窟后,他渐渐意识到延田跌和窟里的男女,与他在王城街道上看见的那些年轻人,是绝然不同的。

"是一样的,朋友,是一样的,"令杜巨源惊讶的是,延田跌的嗓音听上去带了些悲伤,"龟兹,是一座海市蜃楼,是无边荒山与无边荒漠间盛开的一朵鲜花。极美丽,但如梦幻泡影。这里的人,无论是一个王还是一个过客,在这里待久了,有时会觉得自己像个梦中人,有时会觉得自己像片随波漂浮的叶子,或一颗朝露。你看我们在像朝露一般行乐。我常常想,这里真正的信仰,其实是及时行乐。"他略略闭合了双眼,神情中带着一种很深的厌倦,"但佛寺是另一回事,崇佛也是另一回事。在这种佛窟里,我们可以忘记一些事。另一些龟兹人在有中心柱、有佛像、有故事画的佛窟里,可以忘记另一些事。但佛教还是重要的,它能把人凑到一起来,更能把人心凑到一起来。所以即使我们不守戒,或者正因为我们不守戒,我们心里不信戒条,龟兹的佛教反而需要戒律,需要戒律更严苛的小乘佛法。现在的龟兹太散漫了。戒律是佛教三藏之一,是三个最深的奥秘之一。在龟兹，戒律应该和石匠和画师同样重要。"

杜巨源张大了嘴，他几乎一句也没听明白。他呆呆地看着延田跌，他原先以为这个俊秀而又怪异的年轻人，就是个西域的浮浪子弟。但在这个奢贵淫靡、金灿灿又白腻腻的窟室内，这半睁着眼的年轻贵族严肃得像个修行者。

挂毯掀开了，进来一个面目阴鸷的年轻人，看着延田跌点了点头，对他说起龟兹话。那人坐下时只冷冷地瞥了杜巨源一眼。延田跌不时地回应几个词，大多数情况下只是点点头。那人站起来，转身对着八个女乐师做了个手势，意思是"出去""走吧"。乐音戛然而止。乐师们离开的时候，杜巨源看见她们身后更多壁画显露出来。壁画上的裸女如真人般凹凸有致。两个裸女壁画间隔着一面琉璃镜。他眨了眨眼，又一排乐师在对墙前坐下，这回是一队男乐师。除了筌篌、筚篥、排箫外，他还认出了琵琶、长笛和一口被三个乐师抬进来的羯鼓。他从未见过这般大的羯鼓。

"你在看那些画么？"这时延田跌忽然转过脸，身侧那个阴鸷的年轻人已经不见了，他压低嗓音道，"这些裸体美人相，皆是龟兹七大家族中贵妇，甚至土族女子的体相……哈哈哈，这个传统由来已久。"他又换成了一副嬉笑浪荡的神情。

"哦。"杜巨源有些木然地应着。他想延田跌为什么要告诉自己这个呢？他肯定也是这些家族里的人，那么这些该是他们家族的丑事啊。莫非西域的这些大族不觉得这是丑事么？还是只是他，或只是这些年轻男女，觉得这是个乐子？这时又进来两个人，看上去仅二十上下，脸上也挂着那种浮浪嬉笑，和延田跌的神情很像。只有一点不同。他们脸上的嬉笑，像真正未经世事的少年，或是什么都不在乎、什么都不挂在心上的少年。但延田跌的嬉笑后有着什么，这是杜巨源方才发现的。

那两个少年看见杜巨源后，挤了挤眼，好像在和他打招呼。杜巨源对着他们傻笑了笑。他知道他们并不在乎。他们转向延田跌后，也是边挤眼边说话，像在开玩笑，因为延田跌在笑，看上去笑得很愉快。过了一会儿，两人起身，又向杜巨源挤挤眼，向后墙处画师的方向走去，在那个还躺在鲜花里的女人身边站定了。这时他又听见延田跌道："这里的画师也是全龟兹最好的。在龟兹，壁画画师的地位越出所有匠人……说到画师，我想到个故事，一个在龟兹人人知晓的故事。"延田跌的两眼里有一层光雾闪着。

"故事……我喜欢故事，自小就喜欢。"杜巨源听见自己说。他觉得自己神智有些模糊了。

"工匠制作了一个机械玩偶，并把玩偶在一个年轻画师那里放了一夜。年轻画师爱上了玩偶，可当他伸手去摸时，玩偶便碎了。画师因此用墙上的一条绳子上吊自杀了。当工匠发现画师自杀时，他便招呼邻居和官员过来。等人到了，他准备把墙上挂着尸体的绳子剪断。就在这时，画师从墙后走了出来，对工匠说：ّ画师不是画，画不是画师。ّ"

杜巨源愣了片刻。这时他发现自己的脑筋好像能转了，好像比清醒时快了很多。他"哈哈"笑道："这画师原来是个变戏法的。你是不是说过你也想变个戏法？"

一瞬间，延田跌看他的眼睛起了变化。那层闪烁着的光雾不见了，眼神凝成了一处，像一道闪电或一柄剑，只是稍纵即逝。随后，他又微笑着看着杜巨源，但神情不一样了。这时门后传来一阵异香，让他想起情人的眼波，想起了他待过的那些温柔乡，想起了一个人。

"天应该快亮了，"延田跌喃喃道，随后又转向杜巨源，"你运气不错，马上可以看见墨莲的独舞。"

"墨莲……"杜巨源怔怔地道。"墨莲，全龟兹最好的舞女，但没几个龟兹人看见她跳过舞。"延田跌笑道。

"哈哈，为何？"

"一则，所有人只能在日出后才看见她。她还有个孪生弟弟，只在夜间出现。"

杜巨源不知怎的，觉得这事好笑。他哈哈大笑起来。

"二则，她本是太后的侍女，"延田跌淡淡道，"太后起床后，她便要去陪侍，直至入夜。"

杜巨源挤了挤眼，道："故而……"

"故而她只能单为太后舞蹈。只有在日出后，太后起床前，才能请出墨莲献舞，"延田跌叹道，"我们这些人，等这一天，已经等了数年。"

杜巨源笑得更响了。"如此说来，我确实好命。"

这时整个窟室暗了下来，好像那悬吊着的五六盏灯轮同时被吹熄了。一股香气从挂毯外漫入。当杜巨源看见人影的轮廓时，她已经立于窟室正中央的织毯上，那上头，最大的三层灯轮投下幽蓝的光柱，在毯子上形成一个圆。舞者墨莲就站在圆光中，好像她的圆舞筵。杜巨源的两眼眯了很久才看清那三层灯轮的每一层都嵌满了宝石，有明珠，好像还有光髓。宝石闪耀的光投下来形成了光柱。光柱外的窟室越来越模糊，几不可见。

杜巨源看得最清楚的,是墨莲的那双眼睛。他觉得自己见过这双眼睛,见过不止一次。

墨莲曼妙起舞,眼眸向杜巨源转了过来。那眸子闪着蓝宝石一般的光芒,不知是她原本便是一双蓝眼睛,还是光的缘故。杜巨源呆坐在地无法动弹,看着眼眸中的色彩发生了变化,先是像夜幕落下前一刻天际极远处慢慢浸染开的那种幽蓝,随着她轻轻摇摆,又淡成了海蓝色。

墨莲的动作不快,幅度亦不大,只是随着长笛和鼓点慢慢左右摆动。杜巨源看着她,却好像又回到了船上,正在舷板上躺着,正在被海浪轻轻摇晃。

随后杜巨源好像真的看见了大海,听见了海浪声,还有船头划过海水的声音。他看到了他第一次遇见她的情境,他想起那时她是个在海船上祝祷以平息海神怒气的女奴,一个波斯舶主的女奴。如果风浪持续,有时舶主会将这些女奴扔下海。那回他用他在海岛上换来的所有宝货,满满一整箱南海香料,换了这女人。那条船后来被巨浪掀翻了。百宝箧中的鲛人皮和几片浮木救了他们。他想起那鱼皮服唤作鲛人皮,南海探珠人最贵重的鱼皮服,她主人一时高兴赏予她的……后来,他的百宝箧中便多了一套鱼皮服和一枚火珠。

他的心开始抽痛。

火红色的长发,拼命追着他,疯狂地追着,深长的地缝,双脚踏空那一瞬的恐惧和绝望。后脑的剧痛。地缝边站着的两个人一动不动地俯视着他。"你把我当作供你交配的猪狗……"

他隐约看见了他的百宝箧,正背在一个人身后。周围在震动。他听见了一个声音轻声说:"他已经死了。"是她。

丝绸之路密码2:龟兹壁画迷宫 97

另外一人仿佛嗯了一声,说道:"快走!"是个熟悉声音,该是他熟识的人,如今无论如何也想不起来了。

脑后又是一阵剧痛,像要裂开一般。他双手用力抱着头,停止了回想。过了一会儿,他手指触摸到了那枚翡翠戒指,缓缓长出了一口气,仰着头看着穹顶上翩然起舞的飞天,意识渐渐模糊……

昭怙厘大寺·舍利塔佛堂
行像节前夜·子时至丑时

拱门后是一个佛殿，圆墙尖顶，有些像西域的城堡。佛殿是泥夯的，玉机觉得那泥土该是经过精挑细选，在光亮中泥壁像黄金那样光灿灿的，但比黄金柔和。光亮是从佛殿中的一块巨石上发出的。但玉机说不清那是块石头还是块巨大的玉石，抑或是一块巨大的琉璃。她觉得黄白色的光芒是从巨石内部发出的，光芒照亮了整座佛殿，照亮了连接拱门和佛殿的回廊，照亮了回廊上一幅幅鲜艳的壁画。回廊也是泥夯的，墙面极平整，迂回通向佛殿。她想两人的脚步声便该是消失在这条曲折廊道内。这时她已行过整条回廊，确信殿外空无一人。她踏入了佛殿。

殿中未燃火，但巨石的光亮将佛殿映照得有如白昼。她觉得亮光不刺眼，反令佛殿显得庄严。那佛像贴满了金箔，两侧，上百个蓝琉璃小佛密密麻麻整整齐齐坐在铺满侧墙的小佛龛里。每个小佛都闪耀着幽蓝色的莹光。佛像前的黄幔下，黄白色、幽蓝色和金色交织成一片带着神圣感的光晕。

玉机猫着腰，蹑手蹑脚地行至巨石前。巨石长约六尺，宽约两尺，高及玉机腰下，像一块巨大的黄白色海蛤躺在佛堂中央。晶莹的黄白光看上去像在流动，由巨石的深处流出后，慢慢地但一刻不停地在这个佛殿间流动。玉机不由自主地跪了下去，呆呆地看着这巨石。她听说过这块石头。她想起王玄策和智弘谈过这块石头，他们说起这块石头是昭怙厘两大圣物之一，每年成千上万的西域信众赶来昭怙厘，只为在月半和月圆夜看一眼圣光，看一眼石块上的佛足印。

但现在巨石的表面光滑得像一面琉璃。玉机呆愣了许久，黑眸子忽然一亮。她猛地伏下身，贴着地面向巨石底部看去。果然底部不平整，缝隙只有两三寸，但足够玉机伸入一条手臂。那条手臂在石底像蛇一样灵活扭转，但越深入，玉机心跳得越重，一下下砸向紧贴着的地面。她觉得自己的手是在探测什么不可测、不可知之事，但已缩不回手。

在凹陷的足印边缘摸了大半圈后，她慢慢松出一口气。她摸到那片异物表面极粗糙，但它是张纸片。只能是张纸片。她用两根手指捏着那纸张，缓缓地将它从佛足印中抽了出来。是片晒干的桦树皮，像已经历了上百年。古旧的桦树皮共四页，上面写满了线条形的文字。玉机的心沉了下去。压在那足印下的，只是几页古旧的佛经。

玉机瘫坐了下去，失神地看着那巨石。巨石内部的光像波动的水流。过了一会儿，她又挺直了身躯，她想起了"青雀"里的人教会她看消息的法子。她解开随身带着的水囊，小心地滴了两滴在桦树皮上。水迹漫上树皮的时候，那些古怪线形字消失了，她看见一只凤凰的图案正渐渐在树皮一角显露出来。她的双眼放光了。当她用手指慢慢蘸湿四页桦树皮时，她已经读完了那上面的汉字。每一页上记录一个"青雀"出身、亲族、重要履历、特长，以及那些或许只有本人才知晓的秘密。最后几行汉字显得极冷酷，写着那人在长安的至亲身在何处，通过何人可以找到他们。她的档案是最后一页，前面三个人，分别是"凤凰""夜莺"和"苍鹰"。她把这几页纸反复看了四五遍，才渐渐平静下来。她想起王玄策留给她的玉躞带里有火石，正要把手伸向腰间。"咚"的一声震响，有些不稳的巨石一角落地。玉机一颤，桦树皮险些脱手而出。就在这时，在佛像前的黄幔上方，传来一个低沉沙哑的女声："谁在下面？"

玉机周身的血液一瞬间好像凝固了，但几乎同时，她已趴伏在地上。黄幔子上方，传来了"吱吱呀呀"的声响，是踩上木梯子的声响。随后她听到"咿呀"一声，该是木制榫头转动，好像一扇窗很轻地打开。声音就响在佛像头顶后方。过了一会儿，又是一声，窗板又被合上。玉机的身躯紧紧贴着地面和玉石，趴在自己的影子上，等着脚步一点点远去。脚步声没有下来，是在高处消失的。

玉机从那石头后露出头来，像快要被溺死的人那样呼吸。她定定地看向那佛像，但金蓝色的光晕蒙住了佛像的脸。玉机慢慢绕过了玉石，绕过黄幔，绕过了佛像的底座。在黄白光不及的暗处四下找了找，又转过身，绕至佛像的背后，终于找到了那道暗梯。暗梯嵌在佛像的背光内。火焰形的背光石壁，厚近六尺，也贴满了金箔，但隐没在暗处。只有一线光透出来，在昏暗中的背光壁上描出了一条金线。是道木制窄门的门缝。木门也涂了金，几乎辨不出。拉开那道门缝，玉机看见了嵌入背光石壁内部的木梯。石壁内部是凿空的，壁内一条木旋梯盘旋升高。玉机抬头看着木梯。她想那人的声音比木梯的顶端更高。她发现自己在向上爬，好像被什么推着。越往上，心缩得越紧。石壁和旋梯也在收缩，越来越窄，越来越昏暗。转过第五圈时她一阵晕眩。两侧石壁挤了过来，但她知道自己不可能走下去了。旋梯顶端嵌着片木板，一侧也有缝隙，木板很窄，但可容壮汉穿过。她伸手踮足刚好够得上这木板。她深吸了一口气，右手在半空中停了一会儿，手指才插入了木板的缝隙。

她背着书箧的身躯挂了上去，随后蜷起。她松开一只手，掀起那片木板后，蜷起的身躯慢慢向上伸展，慢慢伸入木板后，直至完全伸入一条深长的廊道中。

她蹲在廊道的地面上愣了很久。廊道是拱形的，没有门窗，没有半点儿人影，是一道彻底封闭的长廊。两侧墙上挂着壁灯，淡黄的烛光打在绿墙上，墙面有些发白。玉机一步步向前挪，不让自己的脚步发出一点儿声响。她在跳动的烛光中慢慢走着，有一种悬在半空中的感觉。这时前头响起了脚步声，她背脊立刻贴上墙，一只手颤抖着摸向腰间的玉䃅躞带。脚步声很轻，在尽头转角处的左侧响起，片刻工夫后又消失了。好一会儿她才能挪动步子，她看着自己的影子慢慢折向转角后。

转角后是另一条廊道，没有壁灯，但有光亮，是一圈圈的光晕，也在流动。光晕是从一间黑屋子里发出的。比之佛殿中的玉石光，廊道的光晕显得有些阴暗，流转得怪异，像在扭动，在那黑屋子的门口一颤一颤扭动。玉机觉得这廊道中的光晕比漆黑一片更可怖。她觉得晕眩，她仿佛看见自己细长的身影在发白的绿墙上扭动。好像在可怖地舞蹈。这时，黑屋子里走出了一个人影，人影戴着又高又尖的帽子，一扭一扭走出拱门，好像踏着诡异的舞步。

玉机不知道自己是怎么走到黑屋子门口的。她每走近一步，黑屋子门口阴暗扭动的黄白色光晕就更暗弱了几分，到了拱门口，那光消失了。

是幻象么？是佛殿中的光太亮，此刻还停留在我的眼睛里么？但若那光晕不是真的，我是如何看见漆黑的廊道的？

屋门后黑洞洞的，但有一两点微弱的光在闪，凝神看时，光点又不见了。她确信那不是烛火。黑暗中只有自己的心跳声，越来越重。她很想向后退去，但因为光点显得更可怕的黑暗，吸着她的双腿慢慢地迈过门。

她不敢点灯，在黑暗中慢慢地挪出了四五步。这时，黑屋子微微发亮了。正前方的长方石台，石台上铺着的流苏绸布，绸布上的半身陶塑佛像、木雕狮像、卵石佛像，以及石台两侧的鎏金铜杵、鎏金观音、垂下一条条五色幡巾的铜幡尖，皆隐隐现于月光中。月光是从后墙的木窗忽然透入的，并不很亮，但恰好打在石台正中。那里静静地躺着一个鲜艳的圆盒子。玉机的双眼盯着圆盒子，几乎同时想到了那三个字。

舍利盒。

如果这就是舍利盒，那么我是在佛塔里了？可是佛殿是在塔外，我是怎么走到这里的呢？

她想着那条深长的廊道，忽然一呆。原来那长廊是架在空中的廊桥啊，是连通那佛殿与佛塔的廊桥啊。

月光还在，她已行至圆盒子前。圆盒径长五六寸，尖顶，盒外盖着画布，绘着四个圆珠纹组成的环形。环内四个有翼童子，弹奏筚篥、竖箜篌、琵琶和一种她认不出的竖琴。画得极精美。圆盒子两侧，两头木狮子张口露齿，像在大吼，像要咬断任何一只伸过来的手腕子。好一会儿，玉机才伸出手腕。这时她才发现那只是个盒盖子。

盒盖子很高很鲜艳，如果有人跪伏在石台下，绝看不出上头只有盖子。盖子下没有舍利子，却现出了一叠纸。纸面光洁细腻，该是上好的桑皮纸。

舍利子是释教至尊至圣之物，佛塔便是为供奉舍利子而造的。装着舍利子的盒子，也是这昭怙厘佛城的至宝，为何却盒盖分离了？

玉机的心怦怦直跳，双眼始终牢牢盯住那叠纸。她想起了方才龟兹的太后在佛殿外说的话。关于舍利盒的话。

她想这纸上写着的东西或许关乎"青雀"在西域最紧要的机密，甚至，关乎"青雀"的那个"大人物"。

她慢慢呼吸，展开了纸。只有一张纸，叠了四叠。她闻到了一股树皮香，果然是西域胡商最喜欢用的桑皮纸。桑皮纸上写着几行字，是汉字。她的心跳更快了。月光暗淡，但墨迹浓重，她勉强可以辨别出最上头几行字迹。上面写着，"三兔酒馆，'长耳朵'，火神庙街东，第五条巷口……""蓝背鸦酒肆，火神庙街西侧大市集对面，安……"。玉机的目光挪开了。

原来只是一张账单？玉机在心里嘲弄着自己。她慢慢叠起纸张，感觉失望挥之不去。等到她要将折好的纸放回盒盖下时，拱门外的廊道上又响起了脚步声。

没有半分停顿，她像猫蹿上树干一般蹿上了身侧的铜幡尖，悄无声息地爬上了幡顶。色彩斑斓的佛幡自筒状幡顶垂下，遮住了蜷曲着的身躯。垂下的佛幡没有一丝晃动。

脚步声很轻，很小心，慢慢接近了拱门。幡巾间隙透入的亮光随着脚步声越来越近。铜幡尖下的地面被映亮了，现出了一条人影。接近石台时脚步声越来越慢，来人好像在仔细地查看四周。随后，幡顶下现出了一个人的头顶。玉机的心跳和呼吸仿佛同时停顿。

几乎同一瞬间，她就认出了这个人。

那人伏下身，右手秉烛，伸向石台，反复照了数回，犹豫了片刻，左手再伸过去。石台上只有一个盒盖子，空无一物的盒盖子。幡筒里的玉机看不清他左手的动作，仿佛只是轻轻地动了动，便迅速缩了回来。他猛然直起身，右手的烛火四下照了一圈。玉机捏紧幡杆的手有些湿滑了。那人此刻若在幡杆下抬起头，立刻能看见幡筒里藏着一个人。但那人快速移步向屋子的墙角，秉烛绕墙转了一圈。玉机感觉他在后墙的窗口处停了很久。随后他走出了黑屋子，步履声在廊道中渐渐消失。

玉机几乎是滑下了幡杆。她靠着幡杆瘫坐在地，湿透的短襦衫贴紧了背脊。怎么可能是他？自己看错了么？不，不会错。是他……是他干的……西行一路的记忆片段不断涌现，一阵恐惧从心底泛了上来，她感觉自己发着抖，手脚冰冷。这时，她忽然瞪大了眼，慢慢站起身，掀开身前的一层佛幡，呆呆地盯住对墙。月光打在对墙上，照出了一个轮廓或暗影，那暗影和斑驳的墙面合成了一个图案。一个骷髅头。

玉机心快跳出腔子了。那暗影来自玉机侧后方，是后窗的方向。但她的目光钉死在墙面上，无法转动分毫。

这时背后飘来一股异香。绝非佛堂的燃香，那香气令她恍惚，好像身躯越来越轻，要飘起来了。被那香气勾动着，玉机的头开始慢慢向后转动，直到她看见了一双恶魔的眼睛。

蓝绿色的重瞳，像壁画上天神的眼睛一般美丽。在淡得像薄雾的月光下，那双眼睛却闪着只有恶魔才有的猩红色的琉璃光。

玉机看着这双眼睛，好像一个被钉死了关节的傀儡，凝固在转过头的那一刻，连神情也凝固了。那双眼睛慢慢向后退，好像在催促她，在召唤她。玉机一步步向前挪了过去，她的双脚好像不是自己的。至窗口时，她看见那个人鲜红的外袍上披挂着五色翎羽，又长又尖如鸟喙般的面具遮住了大半张脸，悬在半空。她分不出那人是男是女，呆呆地看着那人在窗外的夜空中摇晃。随后她看见了一根又细又长的绳索，由那人脚下向窗外无尽的夜空延伸。玉机看着那人两腿前后交叉着立在绳索之上，后方的右腿脚尖略略踮起，前方的脚踵翘起，右胯微微向右送出，随着山风中的绳索轻盈地左右摆荡，如舞蹈一般。那双恶魔之眼也在看着玉机，一只手伸向玉机。

玉机的心神放弃了挣扎。她仅存的最后的意志在慢慢远离。她伸出手，拉住了绳索上的羽衣人的手指。那人的手指纤长有力，光滑如玉，但是很冷，比玉机的手更冷。那人就这般轻轻地搭在玉机的手指上，将她拉上了绳索。

玉机不知道自己是如何站上绳索的。夜空的绳索在风中晃荡，玉机却感觉不到一点儿害怕。她只是看着那双眼睛，跟着他，一步步踏在绳索上。起初有些不稳，后来便越走越自如，脱离了意志的身体在长绳上自行控制着平衡。

她感觉到许多光点漂浮在水面上，莲花灯发出的光点，好像一片金黄色的繁星倒影。这回是真正悬浮在了半空中。她听见两岸传来阵阵梵呗声。她忽然想看看前头绳索，想看看这条绳索会将她带去何处。

但她的目光没有法子移开他的双眼。那双泛出红光的眼睛始终锁住了她的心魂,在夜空中一步步退后。心底的什么东西正被唤醒,随着扑面的夜风,随着脚下的光点和僧人的梵呗声慢慢滋长。在冒着热气的浴盆里,在疾驰的马背上,在深夜梦醒时,在王玄策的床榻上,这种感觉有时会浮上来,马上会被自己压抑下去。但此刻,在这条长绳上,那股冲动从未显得如此有力,一下下搏动着心跳。

她好像喝醉了般,踩在黑暗中几乎看不见的长绳索,慢慢从东川水的上空走过。她没有低头,但感觉到那座石桥上有个僵硬的人影,在抬头看她。羽衣人渐渐松开了她的手指,泛着红光的蓝眼睛在黑夜中越来越远。玉机加快了脚步。夜风变大了,有一会儿,她想看看自己会不会掉下去。她奇怪自己未觉一丝恐惧。

月光再次破云而出时,她发现自己正站在一个荒凉的小土台上。她记不清自己是如何走下绳索,如何走到这里的。她也忘记了那双眼睛是何时消失的。四下一片黑暗,但前方不远的高处,黑黢黢的山坳间亮起了火光。绿色的火光,摇曳着,像一簇鬼火。

玉机冲了过去,直至那黑森森的洞口。火光方才就在洞口,此刻已经没入洞中。玉机茫然地跟了进去,让自己沉入黑暗。不管她如何加快步子,距那团绿火始终隔了六七步远。约百步后,漆黑的山洞两侧亮起了壁灯。暗黄色的灯光打在绿墙面上,映出了白色。玉机呆呆地看着那墙面,想起了佛塔内的廊道。这时她看见了身前的羽衣人。那个有着恶魔般双眼的少年或少女,半转过身,看向玉机。闪着红光的眼睛仿佛在对她说话,在说,别跟丢啊,跟上来,就到了。但只有一瞬。羽衣人向右一转身，消失了。

玉机疯了般地扑过去，转角后的拱门上垂挂着素白帷幔，赤金华彩，闪着梦幻般的光泽。她慢慢掀开了帷幔，又看见了月光。月光从打开的木窗外透入，打在对墙上。她飞奔至窗口，黑暗中只能听到泉水流淌的淙淙声。没有绳索，没有羽衣人，没有那双恶魔般的眼睛。

月光更亮了，她身前的地面和墙面铺上了一层银灰色。室内是空的，但最深最暗处，现出了一尊雕像的影子。那雕像前有个烛台。她好像个梦中人那样走了过去，再次擦亮火石，点亮了烛台。烛火是绿的，亮起时，令这间黑屋显得更深幽。她看见了一尊侧卧的大佛像。佛像屈膝累足，衣衫单薄，紧贴两排隐隐突出的肋骨。是释迦涅槃像。烛光一阵阵颤抖，她绕着涅槃像慢慢走了一圈。这时她看清了铺满墙面的菱格画，在蓝绿色的山岳纹下，她看见许多女人。她看见摩耶夫人扶在侍女身上，双腿交叉而立，太子从她臂下肋间诞生；看见魔王之女在引诱盘坐着苦行的释迦；看见一个宫女手托着乳房靠近太子；看见月光王后临终前，在仙道王面前最后的舞蹈；看见一个立于水中洗浴的白皙丰满的少女。看见了更多赤裸的女人。她的泪水禁不住涌出眼眶。随后她又看到了很多男人，看到了魔王的脸，看到了戏蛇的人和倒立着的人，看到了侏儒和吐火人。最后，她在石室中央盘腿而坐，闭上了眼，但壁画中的那些脸在脑中越来越清晰，越来越熟悉。她看见了阿娘的脸。她已很久未梦见过阿娘的脸了。阿娘看着她微笑，像一个母亲对着一个刚出生的婴儿。她看到了萧萧的脸，十五六岁的萧萧正捂着自己的脸，那张脸已变得扭曲，但她知道那是萧萧。萧萧的眼睛一片空洞，透过指缝正盯着一个木桶。血淋淋的木桶。木桶里装着一个被削去四肢的女人。萧萧的眼底在那一瞬间仿佛被抽去了灵魂，又渐渐被刻骨的仇恨填满。她看见了自己的脸，看见自己引诱王玄策时的神情，看见自己被王玄策抱上床榻后，在他身下时的表情；这时她又看见了昆仑奴的脸，那张狞恶兽性的脸，在市集上学猴子叫时眼神中的痛苦，看见了苏海政在突厥狼帐中与可汗们喝下腥臊的牛羊血，灌下含着沙砾的马乳酒时眼神中的痛苦。她双唇开始慢慢蠕动，好像梦呓般，一遍又一遍地喃喃重复着：

> 如达瑜伽态，处处等观无差别；
> 在自我中见众生，在众生中见自我；
> 他即是我，我即是他；
> 无论何处，一视同仁。

绿光又亮了，玉机茫然地转过头，又看见了那双眼睛。只有一双眼睛。琉璃般的眼眸在烛火的绿光中，在这黑屋子一角，时而泛蓝时而泛红，直直盯着玉机。那眸光令黑屋子显得更恐怖，但玉机直直向那眸光挪了过去，仿佛那是闪向飞蛾的火点。羽衣人裹在黑暗中，但这时，她看见了另一个身影。那人直直立于羽衣人侧后方，僵直的样子像一具尸体，但他开口了：

"迷路的羔羊啊，你可是需要指引？"

那人说的是汉话，她马上听出了康傀儡的嗓音和语调。她觉得嗓音有些熟悉，像另一个人。她望了望那僵直的身影，目光不由自主地又接上了那对妖异的眸光。她觉得自己的意识在渐渐涣散。她不自主地垂头弯腰，一手扶肩，听着自己的声音道："迷途的羔羊需要萨宝指引。"

她看见康傀偏在那双眼睛后摇了摇头。"我只是一个使者，一个传话的。指引你的人，是'青雀'的主事人，你看到了么？你们见过面。"

玉机困惑地看着康傀偏头颅的影子，片刻工夫又被那双眼眸勾了过去。两点红蓝光渐渐扩大、模糊，漫漶开来，在眼前混成一片淡紫色的光晕。在这片光晕中，洞窟不见了。她恍惚又看到了那个夜晚。那个她觉得不寻常，但已经忘却的夜晚。那夜她已入睡了，但王玄策硬是叫醒了她。他们是在后院里交谈的。那夜没有燃火，只有月光。此刻看去是淡紫色的月光。她看见那大人物时，那人已在后院门口。大人物转向了她，笑着说了句话，她记得当时她也回了几句。她早已忘干净了，那时自己多大？十三四吧。那人长得像个胡人。这时她有些回过神了，淡紫色渐渐消散了。原来往事是淡紫色的啊。她呆呆地张了口，听见自己说："他便是'青雀'的主事人？"

那黑影点了点头。

"王公与'青雀'的主事人相识？"她困惑地喃喃自语。

"近几年，王玄策在长安城四处请托贵人，求一个去边地立功或去京畿上任的机会，可惜，"那黑影又摇了摇头，"无奈之下，他才想出将你送入青雀的法子，欲走捷径，立功邀宠。他若是当时便知晓那来客是青雀党真正的头脑，他根本不会将你送入'青雀'。因为即便他真的为皇后找到了这个政敌，首先化为齑粉的也一定是他自己！"康傀偏的嗓音越发尖细起来。

玉机睁大了眼，仍看着那两点眸光，又听见自己的嗓音响起："那大人物，他说了什么？"她的嗓音也好像被抽去了魂。

"他说，你的事，已经一笔勾销了，他能保证你在长安的家人无虞，"康傀儡道，"但是他希望你能为他做几件事。"

玉机对着那两点眸光弯腰一作揖，"告诉他，我愿为青雀做任何事，"她低声道，"我愿为拯救受难众生做任何事。"

"任何事么？"

"任何事。'青雀'救众生，我愿为'青雀'，献身。"她又深揖了下去。

"好得很，"康傀儡尖声笑了起来，"两个时辰前，就在这石屋后，青雀存在这里的一份绝密文书被人窃走了。舍利盒一动，主事人就知道了。据说舍利子与舍利盒有感应，因为那盒子藏了舍利子近千年。而舍利子此刻就在他手里。他希望你能为他打开'梦境之宫'。舍利盒里的秘密在这世上仅存的另一份，就藏在'梦境之宫'里。他说，只有你能打开'梦境之宫'。"

"什么'梦境之宫'？那究竟是什么？"玉机张大嘴，茫然道。

"这么说你是愿意了？""任何事。'青雀'救众生，我愿为青雀，献身。"玉机好像梦呓般又重复了一遍。

"好得很。你凑近过来，我细细告诉你。"说着，康傀儡又"呵呵"地尖声笑起来。

第二章

昭怙厘大寺·舍利塔庭院
行像节当日·辰时

  昭怙厘清晨的空气和阳光，总能令她迅速放松下来。阿史那氏站在佛塔内唯一一扇石窗前，看着一群白鸽子掠过山坡间的重重寺顶时，她深深吸下一口气。这时她听见山下传来了龟兹语的祝祷声。

    仿似太阳，仿似月亮，我佛慈悲，赐东川水的河水长流不息，赐我们年年丰收。

  阿史那氏嘴角勾了勾，戴着鸟嘴形口罩的面颊微微转向门口，以突厥语问道："你的男人是不是已经到了？"

  "他刚到。"一个和阿史那氏一样一身漆黑长袍，面颊上系着鸟嘴形口罩的女子应道。口罩上两只幽蓝的眼睛清纯得像少女的梦。马蹄声一般顿挫的突厥音在她口中听上去柔美，她已经在门口站了好一会儿了。

  "七姓的老人也到齐了？"

  "天亮前便到齐了。"

  "祭台已经预备好了？"

  "庭院里，圣火已经燃起。"门口的女子好像绝不多说一个字。

  阿史那氏点了点头，转身走出门。祝祷声响起在塔下。两个妇人穿过一条绿墙长廊,右折进入另一条走廊。廊墙两侧挂了壁灯,但有天光从两侧一指宽的缝隙中透入。祝祷声好像在廊外戛然而止,阿史那氏走到一条缝隙前看出去,满意地点了点头,继续向前穿行。一个辫发的草原武士挺立长廊尽头,碗口粗的手腕子上执着一个火把。阿史那氏接过火把,走入廊后的黑屋子。黑屋四墙斜斜向上收窄,聚成一个尖顶。屋中只有一个石台,石台上放着一个涂了黑红色釉彩的三耳陶罐。阿史那氏身后的女子轻轻抬起了陶罐子。

出门后到了一个露天平台,阳光又射入阿史那氏眼中。"咿呀"一声,一只五色斑斓的鸟儿扑棱棱飞了过来,落至阿史那氏肩头,口中喊着"必须宰了,必须宰了"。阿史那氏转脸抚摸着鸟儿的羽毛,轻声道:"你要学会闭嘴。你说得太多了,只能留在这里。"身后的女子极快地伸出两根雪白的手指,极快地捏住了那鸟儿的一只脚,将它掷入挂在门口的一只银制鸟笼子里。那鸟儿在笼中兀自扑棱着翅膀喊着"必须宰了,必须宰了……"

阿史那氏沿着天台下的旋梯下至地面。旋梯绕着佛殿的圆墙表面。旋梯下立着四个黑衣武士,各持一把大刀,辫发髯面,跟在两个女子身后。六人缓缓绕至佛殿圆墙另一面,穿过了一条回廊与佛殿正门的间隙,进入庭院。

庭院是一大片空地,由佛殿、两条三折回廊与佛殿外墙围成。空地中央,一个巨大的石碗内火光熊熊,六七条火舌贪婪地舔舐着周遭的空气。焰光周遭的空气好像扭曲了,火坛后呆立着的三四十个衣锦披裘的身影在阿史那氏的眼里也扭曲了起来。其中杂着两三个披着金线袈裟的老僧。她对着他们笑了,用带着浓烈突厥音的龟兹语冷冷地道：

"不必惊慌。前日秘召诸位来此地，只为已故龟兹王的葬仪。金花王遇刺身故，诸位已知。金花王白素稽，虽非我亲子，视若己出。我强抑悲痛，三日举丧，正是依金花王临终遗愿。诸位为我，为王室，为龟兹，保守住了这事关龟兹安危祸福的秘密。我以龟兹之名，以王室之名，躬谢诸位。"

阿史那氏左手扶肩，隔着火碗，向对面人群微微躬下身。

"你……你……凭什么以龟兹的名义？"开口的是个瘦削的白须老者，白须长及腹，手中拄了根雕饰精美的木杖。黑色的木杖不住抖动，他的嗓音也在颤抖，不知是因为愤怒还是恐惧。他说话的气息越来越弱，到最后一个词，几乎听不见了。

阿史那氏盯着他冷笑，缓缓道："墨莲，取出金花王的血书。"

身后的墨莲左手稳稳托着陶瓮，右手从瓮中取出一个容器。长方的容器外紧紧裹着一层白布。白布柔滑，像丝绸，但裹着容器的样子像裹尸布。墨莲一圈圈慢慢揭开了白布，众人透过颤动着的空气看着墨莲的每一个动作。揭下后的白布很长，垂过墨莲膝下，很薄，透出了一行行红色的线条，几乎写满白布。长布下缓缓显露出一个黄金方盒，边缘雕镂了一圈忍冬纹。庭院中的每个人都知道是火祆教的纳骨器。风吹得火焰猎猎作响，院内没有一丝其他声响。

"念。"太后大声喝道，排在前头的几个老者不自禁地浑身一颤。

墨莲双手展开布条，开始念起来，轻重音节奏像曲调。龟兹语原本与她柔美的嗓音更相配，但此刻听来有些异样：

"本王毕生不愿事佛，实愿事火。只因先王之命不可违，故事佛至今。释迦供奉奢侈，大耗国力，数百年来，佛寺石窟中伪诈藏奸者众。而沙漠商旅多事火祆，波斯祆教教人心地光明诚实，尊奉火教亦能聚商利。自我死后，龟兹改宗波斯火祆。除三座王家大寺乃是众多先王供奉可保留外，毁弃其余伽蓝寺庙，改修为祆祠。占用土地游手好闲的寺僧，我死后将像驱赶老鼠一样赶出龟兹四关外，那些虔敬诚实往来于沙漠险路的商队萨宝，要像迎候亲人老友一般迎候他们。"

　　墨莲嗓音虽不大，在庭院中每个字听上去都极清晰。两条回廊间，回音不断流转，又缓缓消逝。人群两侧有人呆呆地看向回廊，好像要抓住那幽魂般的声音。一个老僧"扑通"一声跪倒在地，面色灰白，颤抖着手拈转佛珠，口中不住念念有词。龟兹的族长们瞪大了眼，转头互相对望，仿佛要从别人的眼睛里读出什么可怕的谜底。

　　片刻后，最先开口的那个老者转头，伸长脖颈向庭院外望去。几乎同时所有人都跟着他转过了头，好像一下子所有人都醒过来了。

　　庭院外墙是圆墙。墙面内侧凿开一排佛龛，佛像真人大小，金闪闪的，皆半低着头，仿佛在叹息。每两个佛龛间便是一道拱门。那道最大的拱门打开了，但被两柄交叉的长斧封得死死。庭院中有的人能从斧刃下瞥见东川水的波光。但刃面映出的寒光更刺目，有人痛苦得捂住了脸。

　　"诸位是龟兹七姓大族的族长、勋旧，是德高望重者，是龟兹的七根支柱。龟兹王的遗愿不仅仅是留给我这个伤心的女人的，更是向诸位的嘱托。他的话还未说完，各位要听仔细了。

墨莲，念下去。"阿史那氏声音像冷得像穿透身体的刀刃。对面有些人仿佛快要站不稳了。她嘴角又勾了勾。

"我死之后，立我的儿子，金花家族的白萨里拉为王。我儿尚幼，由太后蓝突厥公主阿史那氏辅政。阿史那氏聪慧仁慈，亲善勇敢，定能教授新王，简拔贤良，推行火教，遵奉真神，聚合龟兹内外各方力量，带领龟兹迎来新生，以最虔敬的祭祀、祝祷、行善，迎来阿胡拉·马兹达的恩典。"

墨莲顿了顿。山坡下的脚步声越来越密集。兵甲相擦发出的铿锵声和鸽子的扑翅声不绝于耳。庭院中只听见那伏地老僧喃喃的经咒声，像在超度着谁。

"我死之后，太后须保守我的死讯。三日内，安排龟兹内外诸事，秘召各大族，以丧仪之名，共谋新朝政事。若有贵姓不从，将其族降为平民，若有当众违抗，太后可自行杀伐之事。"

又有"扑通扑通"跪地的声响。一大片灰云盖没了日光，火光将阿史那氏雪白的面颊映得明暗不定。她深吸一口气，嘴角扬起一抹满意的微笑。

"我的葬仪，依火祆教葬俗，骨殖收入纳骨器，太后为主持祭司，维持圣火，为七姓族长，龟兹火祆教大萨宝，昭怙厘大寺、莲花寺、耶婆瑟鸡寺三大住持领路，绕塔七周，将我骨殖送入白塔。自我以后，那里也将是历任龟兹王死后遗骨所归的寂寞塔。

"杀我的凶人是唐人的安西大都护！此事，当时在场的火祆教萨宝康傀儡可以作证，一众舞婢侍卫可以作证，同来的几个唐人也可以作证。或许七姓中耳朵灵敏的人也已经知晓了此事。七姓的族长们还记得龟兹的屈辱么？龟兹已被唐人践踏奴役了十五年，他们贪我财货，杀我族人，自我死后，龟兹再不受唐人辖制。自今起，龟兹汉城中大索三日，将那些沾着龟兹人血的唐人一个不漏处死，将其他唐人驱离龟兹。"

拱门外闪过了几个人影。"狼头帽，柘羯雇佣军，羯龙的人！"有人发声喊道，打破了让人窒息的死寂。所有人的脖子皆向拱门转去，像在水中忽然听见什么声响的一群鸭子。这时阿史那氏大喊一声："羯龙！"

长斧一分，一个锦衣披甲的高瘦年轻人从门外蹿入，至阿史那氏身前五步，忽然跪伏下来，膝行至她跟前，轻轻吻了吻从黑袍脚下露出来的阿史那氏的皮靴靴尖。

"羯龙，起来！"阿那史露出了满意的神情。

羯龙按着佩剑，扶肩起身。他比庭院里的所有人至少高了半头，浓黑的胡子绕口一圈，显然修饰过。他的双目同样浓黑，露出精悍的光。他本算是长得不错，可惜上唇外翻，是天生的兔唇，配上瘦长苍白的脸，显得可怖。

"我们说话的时候，庭院里若有异动，就地格杀。"阿史那氏冷冷道。

羯龙腰弯了下去，极迅速地施了个军礼。他半转过脸扫了眼庭院里的人，他认得出其中每个人，皆是他的父辈甚至祖父辈的老人了。此刻他们在他的目光下发抖。只有那念咒的老僧，嘴里始终不停，那声音已经如"嗡嗡嗡"的虫鸣，由耳孔钻入胸臆，在胸内急遽膨胀，令人窒闷。

阿史那氏皱了皱眉，高举起火把，抬步缓缓向拱门行去。墨莲捧着纳骨器紧跟其后，羯龙走在墨莲后两步。四个辫发髡面、面无表情的黑衣武士跟着羯龙。七个人慢慢绕过了熊熊燃着的火碗。七姓的老人们用颤抖着目光跟着他们，阿史那氏回头瞥了一眼，停了步，从鼻子里哼了一声，转头问向羯龙："告诉我，从莲花寺飞回来的鸽子带来了什么消息？"

羯龙挤了挤兔唇，响起一声怪异的呼哨。哨音中，一只鸽子飞入了庭院，径自落在羯龙的掌背上。鸽子双脚嵌入了一块小木板的凹槽里，像锁着木枷。庭院中所有人看着羯龙将木板从鸽腿上取下，看着这块写板上的字迹。写板长八寸宽五寸，羯龙的兔唇怪异地翻动，带着"嗡嗡"声的语句从他口中吐出：

"私窟拱窗大开，日头越过山头后，七姓的崽子们仍然像一摊摊烂泥，醉卧不醒。除了白延田跌，他正搂着两个乐师，在墙角绕着羯鼓跳舞。"

"搂着乐师跳舞？"阿史那氏仰面大笑起来，"他果然是最出色的一个！好得很。"她转脸扫了一眼身后的人，"你们已经老得迈不开步了么？"

人群最前的白须老人瞪着阿史那氏，但眼神并非愤怒，也非恐惧和绝望，而是无奈。那无奈像烈火后留下的余烬，像被河水搓磨了百年的卵石，像被时间耗干了，筋疲力尽了。他拄着木杖颤抖着迈开了腿。他走了两步后，人群开始跟着他摇摇晃晃地向前挪动，像一座在大风中随时将塌倒的老朽木屋子。阿史那氏嘴角满意地翘起，边走边道："那上面还写了什么？念给他们听听。"

羯龙的兔唇翻动着，每个字都"嗡嗡"作响："他一边跳舞，一边对着一个汉人大声谈论龟兹乐汉乐之异同。"

听见"汉人"两个字，阿史那氏皱了皱眉。"昨夜他带了一个汉人去那里？"她半转向羯龙问道。

"那汉人像个乞丐，"羯龙低头回道，"他常常会带个乞丐或卖艺人，又或者女奴，去那个地方。"

阿史那氏嘴角撇了撇，点点头，道："不奇怪。写板上还有什么吗？"

"就只有这些。"

"多久会有新消息过来？"

"每隔半炷香工夫。"

"那快到了。"

"快了。"

阿史那氏不说话了，举火向前慢慢走。手捧黄金纳骨器的墨莲、面无表情的羯龙、面颊上刀疤狰狞的辫发黑衣人、七大姓的老权贵们，皆如游魂一般无声地跟在其身后。绕塔一圈后，一只鸽子飞越过外墙，掠至佛殿和佛塔之间，好像也在绕圈子，俯视着他们。羯龙又吹了声哨，鸽子踏着写板落在他手上。不待太后开口，羯龙已经解下写板读了起来："白延田跌下令奏乐。此刻他自己吹着筚篥，同时，也在打鼓。他就坐在那口羯鼓上。他命令那个唐人乞丐在他面前跳舞。我们一致认为阁下要我们紧盯的是个疯子、傻子和无用的娘娘腔。"

"让他们继续盯着，每半炷香回报一次。"阿史那氏笑了道。这时她盯住了那鸽子，那鸽子血红的双眼正直视着她眼睛。她吐出口气，从羯龙手里抓过了鸽子。"换只鸽子吧，"她轻轻抚弄着灰白色的鸽羽，那鸽羽抖得厉害，"我不喜欢这只。"

羯龙微微弓腰。阿史那氏捏紧了那鸽子脖颈。每个人都听见"咔嚓"一声，响起了几声惊叫，更像是哀鸣。阿史那氏将垂耷下脑袋的鸽尸递给了墨莲，道："拿去，净化它。"人群又开始无声地绕塔，许多道失魂落魄的目光看着墨莲。墨莲戴着鸟嘴面具，穿着没有一丝杂色的黑袍子，慢慢走向熊熊燃烧的火焰碗。

又过半圈，阿史那氏道："布置在城门口，盯着行像的那些人，有信鸽飞过来了么？"

羯龙躬身道："一炷香前已飞来了。一切如常。"

"一切如常？"阿史那氏皱了皱眉，"那上面写了什么？"

"辇舆载着大佛像，沿着铺路毯西行，过城门时，门楼上贵妇媛女纷纷散花而下，如落花雨。出城后，逆白马河而上，向西北行。临河大道上，两侧树荫边聚满老少，皆跪地不起，祝诵声不绝。四周众僧奏乐。"羯龙不带一丝感情地缓缓道。

阿史那氏微微一笑，道："披上僧袍的龙族人，不但学了突厥话，竟然也学了那些龟兹老朽，文雅起来了。"她瞥了眼身后那群不住发抖的老人，又道："多久能到莲花寺？"

"算时辰已经到了。只是消息还没来。"

这时，拱门外又响起了一阵扑翅声。阿史那氏目中蓝光一闪，羯龙的眼神也变了，目光难以觉察地跳了跳。"行像和莲花寺，该是都有新消息了吧！"阿史那氏低声急促道。

"该是这样。"羯龙回道，他的语气也有了变化。随即，又是一声刺耳的口哨。鸽子飞了进来，是个蓝背的鸽子。这回鸽子脚上绑着一个细小的木筒。羯龙刚抽出木筒，阿史那氏忽然道："给我。"

羯龙的手在空中顿了顿，递给了阿史那氏。阿史那氏从筒中抽出一卷纸。极轻薄的纸张，卷得极小，展开后纸背上现出一个似鹿似狼的有角兽物。阿史那氏迅速瞥了羯龙一眼,目光移向纸张,眉头一皱,微微一笑,道:"突厥语?"

"陛下一定记得,龙族上层人物习突厥语。紧盯着私窟的莲花寺僧众,已多是龙族。"

阿史那氏点点头,开始看那信纸,目中忽然闪出了兴奋的热光。递给羯龙,声音发哑道:"大声念给他们听。"

"行像已至莲花寺,住持莲花精进率众僧迎像、献花,此时恰好乐队离窟,便加入奏乐。窟内众人仍是烂醉如泥,鼓乐声震耳,却无人醒来。延田跌,"羯龙上唇微微一翻,接着道,"延田跌像个傻子一样端坐在墙角,好像在看着窗外头的云。"

"哈哈哈哈哈。"阿史那氏大笑不止,"他可不就是个傻子么?"

龟兹王城·九姓胡聚落街巷
行像节当日·辰时

一片枯叶落在李天水头上,他抬起头,看着灰蒙蒙天空下横斜的枝桠。日光被遮蔽很久了,洒了水的街道闪着湿漉漉的光,白色、红色的果子斑斑点点熟落在地。上空却浮着一片若有若无的尘雾。出了城就是沙漠啊。这时他又想起了昨晚的梦。

他原想梦见草原,却梦见了沙漠。这是他第一次梦见沙漠。沙漠是怎么出现的呢?是山梁,是星空下耶婆瑟鸡山的一面渐渐沙化,成了一片山坡形的大漠,像个无垠的大沙丘的一面,一头接着天,一头向地平线绵延不尽。但那泓山泉还在,他顺着泉流声寻着了闪动着星光的清泉。泉边蹦出一只白兔,一对红眼睛看着他。他觉得那眼神熟悉,令人怜惜。他追过去时,兔子不见了,抬头时,看见它已经蹦上了沙坡老高老高。他知道自己追不上了。那白兔好像回头望了望他,随后升上天际,是旋转着升上天际,好像跳着缓慢的旋舞。升至极高处时,竟带着那沙坡,也开始慢慢旋转。他看着那兔子旋转着消失,看着那沙坡渐渐成了一道旋舞的黄色旋风,直上天际,随后将整座天空染成了黄色,好像整片沙漠升上了天空。

他醒过来时,仍残留着那两只红红的兔眼睛的清晰印象。

身下庭院中的歌声更响了,琵琶与筚篥的合奏越来越急越来越欢快。他看见土屋的房顶上,一排鸽子轻快地走着,其中一两只不时地转头看看屋顶边缘的自己。他是被乐声吸引上来的，没怎么费劲便攀上了这片平顶。他自己也不知道为什么要上来这里，也许是街上太吵嚷人太多了吧。人和驴子挤在了一处，大多是戴着面具的人，没戴面具的人都带着欢笑。每张笑脸都热烈，仿佛也像身上的衣饰一般鲜艳浓郁。但看得多了后，李天水觉得每张笑脸都很像，或者说每张笑脸后的空洞都很像。转过四个街角后他终于寻了一个稍稍安静的街巷，蹲上了屋顶。街衢上的人流越是拥挤，他觉得那空洞就越大，他只想逃离。他知道自己不属于这里。

现在他终于可以静一静了，他可以和这些鸽子，和庭院中听上去更真切的欢快待在一起了。但接下去要去哪里呢？他知道他要留在龟兹，必须做些什么。但他脑中只有三个字，"飞骆驼"。那是唯一的线索。

他下意识摸了摸酒囊，已经空了。他坐直了身躯，这才发现欢庆的人流已经漫入了这条僻静的街巷。几个戴着面具、赤裸上身的少年大叫着互相泼水，奔跑跳闹。他听见了几声清脆的笑叫声，戴着假面追逐的还有几个身着多褶长裙的少女。那些曼妙少女戴着看上去最凶恶的鬼面，手拿着套索追逐泼水少年的样子，令他觉得有些好笑。这时他发现在街巷的深处，两个戴着兽面的人已经一动不动站了许久。他的目光停在了这两人身上。总会有人站在街巷深处，但是在每个人都好像在街上旋舞的今日，他们显得太平静了。是一种显得奇怪甚至有些可怕的平静。好像他们也游离在人群外，像李天水一样从这王城的世界外注视着这座城。从他们略微前倾的站立姿态看，像两个野兽在盯着猎物。好像整个王城都是他们的猎物。这时，李天水才看见他身下的那个年轻的身影。

是个身着青衫的年轻人，倚靠着街角李天水身下这一侧的土墙，正紧张地透过面具四处张望。那人的面具显得异样，只是面部上半截一层红布，上开两个小洞，两耳后插着火红色的翎羽。而街上几乎所有的面具都是木制甚至是金银制成的。他不住转头的样子好像在等着谁，又好像受了惊吓，但并未显得慌乱，而是保持着静气，一种从容的静气。李天水想起他在不少中原人那里见过这种气度。这时他才辨认出那人头上梳直的汉人发髻。

那人转身向街巷行去。李天水看见了他的侧影，侧影很秀气，秀气中带着忧伤。街巷深处两个兽面人扑了出来，像两头扑杀向猎物的猛兽瞬间已至街角。李天水落地的一霎那手掌已牢牢抓住了下头那人的衣袖。那人猛然一扯，"呲——"，水青色的袍角撕裂开来。李天水却抓住了他的手腕，那人另一只手探向腰后，同时回头，看见李天水的脸。这个人顿住了，好像认出了一个老朋友。两个兽面人已经在他身后不到五步。李天水猛地一拉他手腕，拉着他蹿向土墙对街的另一条深巷子中。

巷子越来越窄，铺地的花纹形泥砖泥泞湿滑。那年轻人任李天水拉着他奔走在巷子中，迎面而来或两侧的拱门、屋顶上不断有人向他们泼水、冲着他们笑。两人始终未回头。巷道拥挤，鲜花、水井和不知何用的木槽子布满两侧。一群群孩童不时从巷口蹿出。被二人迅速抛在身后的巷子起起伏伏。脚步声已经越来越远，但他渐渐觉得自己进了一个深不见底的巷道迷宫。就在他开始这么想的时候，李天水忽然发现，不知从何时起，自己早已是被那个年轻人在牵着走。被他拉着手腕的年轻人仿佛对这片岔出无数条曲折小巷的街坊异常熟稔，而自己反而像个木头人偶。

年轻人终于停下步时，李天水发现他立在了一口无人的老井边，弯腰喘气。李天水靠着井口坐下来，看看他，又看看周遭。这是一处深巷的巷尾。早已不闻街衢的喧闹。坐在井口可以看见身前身后的几扇雕着花草纹的大拱门，木制的拱门厚重、斑驳，不仅紧紧关闭而且从外头上了锁。"这里是九姓胡商，亦即西域人说的粟特人聚族地。"李天水听了，转过头，看见那汉人后生已经挺直了腰背，正用探询的目光看自己。阳光这时透了下来，正打在他取下红布面罩的脸上。李天水看见他秀气的双眼带着忧郁，像汉诗中江南的烟霞。他记得阿塔常在夜里给他背诵这些汉诗，有时候，他就会在毡帐中梦到江南。

"阁下是世居龟兹的汉人？"李天水看着他俊秀的脸问道，那不像一张边关戍卒的脸。

"我为杨将军做事，安西大都护杨冑杨将军，"那人却道，笑了笑，但眼里的忧郁没有减弱，反而更增了一分阴郁，"你为谁做事？"他的汉音很文雅。

我为谁做事？李天水呆了呆，是啊，我来这里，做这些事是为了谁呢？是阿塔么？如果是为了寻找阿塔，我不必来龟兹啊。那么是为了波斯公主么？是为了那句对她的承诺么？但我只见过公主在黑暗中的一双眼睛啊，虽然她还会出现在梦中，梦中的形象总是飘渺在夜空，又淡又远。难道是为了王玄策的商队？不，肯定不是王玄策，是杜巨源么？还是……玉机？他甩了甩发辫。他又想起了安吉老爹，背囊里还装着他的馕饼，还有很多人……许多面孔在眼前浮现、交叠，最后重合成一双带着忧郁眼神的俊俏后生的脸。那年轻人还在静静地等着他。这时他想起了那三个字。他见到这人的侧影时便觉得亲近,觉得可以信赖。或许可以试试。

"'飞骆驼',"李天水看着他的眼睛道,"我为'飞骆驼'做事。"

那后生的目光一闪,"你是'飞骆驼'的人?"

李天水点点头。

那后生注视他的神情变了。眼里的忧郁被另一种神气取代,一种捉摸不定的沉思神气,他一边沉思一边端详着李天水。李天水等着他,不知不觉紧张起来。

"杨将军的事,'飞骆驼'想必早已知晓。"年轻后生终于开口了。

"我听说了。"过了一会儿,他回道。他想起了在石室门外听见的那些突厥话,心跳有些重了。

那后生看着他也点了点头,随后道:"现在他们动手了。"

"他们?"李天水皱了皱眉。

"那些谋害了杨将军的人,我想你知道他们是谁。"后生盯着他看,李天水觉得他的目光停在自己眼角下的刀疤上,"你能救下我,只说明一件事,你在盯着那些人。"

李天水笑了笑,未开口。

"此刻他们在对龟兹动手,过不了多久,或许明日,或许更早,他们便会对安西军下手。"后生压低了嗓音,汉音急促起来。

"拨换城的安西驻军么?"李天水凝神望着他道。

"是,拨换城……你们是什么时候知道移驻拨换之事的?"

丝绸之路密码2:龟兹壁画迷宫　　129

那后生凝眉盯向他。

"天山里的皮毛猎人们至少三日前皆知道了。"李天水淡淡道。

"哦？你在突厥人的地方待了很久？"

"不太久，只是一个月总要进一两回北山。我收了他们的皮货到这里卖，突厥打扮能让我的生意更方便些。突厥口音也是一样，"他轻松地笑笑，"我是个生意人。"

"我知道，'飞骆驼'里的人都是生意人，"那后生点点头，像放了心，又斟酌了片刻，望着李天水的眼睛，道，"我觉得你是朋友，我相信你的话。能帮个忙么？"

"你说。"李天水咧嘴一笑。

"两个口信，一个带给伊逻卢的汉城守将，尽快出城！将士、家眷，还有世居唐人，将这里的产业抛了，所有人，尽快出城！另一个，传给拨换守军，那里有个官驿，唤作草泽驿，将消息带到那里便可。只有八个字，'龟兹有变，切勿轻动！'"那后生急切道，说完后，又低声道，"清楚么？可要我再说一遍？"

李天水摇摇头，道："很清楚。"其实对于第二个消息，他不太明白。他只觉得情势危急。从巷子外断续传来的欢闹声令他更觉危急。穿云而下的阳光，此刻像一支支冰冷的利箭，射在他身上。

"你会帮我这个忙的，对么？"那后生看着他的眼睛。

李天水扶着井口，慢慢起身，好像身躯很重，或者背上的箱囊很沉重。"告诉我，我该如何找到'飞骆驼'的联系人。"他看着那年轻人，道，"我想你知道得比我多。"

那后生皱眉看着他，过了一会儿，仿佛醒悟过来。"他们对组织里的唐人这般谨慎么？"他眉梢扬了扬。

"我只是个为他们做买卖的生意人。"李天水无所谓地一笑。

后生点点头，想了想，低声道："这里是个粟特坊市，我们现在在坊市最东头，向西走，走过六口老井，你会看到一段坡道，那坡道向北。坡道最北端有个火神庙，火神庙对面向东数过来第五条巷子里，巷口有一株杏树。那个酒肆就在杏树后。酒肆老板诨号叫'长耳朵'。据我所知，那里是最近的联络点。我也只知道这么一个，"他看着李天水的神情，笑了笑，"你一定在想，为什么我不去那里，为什么要找一个陌生人去做这种事。"

李天水又摇摇头，道："你不必告诉我。我相信你。"

但后生说了下去："因为即便此刻已经身在那家酒肆，我也绝对找不到一个可以帮我传口信的人。如果不是'飞骆驼'里面的人，即使你在满满一屋子'飞骆驼'中间，你也是浑然不觉，好像被关在了一扇无形的门外，好像隔了一重世界。另外，"他忽然顿住了，眼圈微微有些泛红，"街上还有十几个兄弟，此刻我要去找到他们。他们还不知道龟兹王族有变。我要去找到他们，不管还剩了几个人，我要想法子把他们带出城，带回去……"

昭怙厘大寺·舍利塔佛堂
行像节当日·巳时

  自舍利塔塔顶佛堂的后窗口，可俯瞰全寺。阿史那氏此刻就站在了窗边，看着绕塔而建的一重重伽蓝精舍，看着在日光下闪烁的东川水，看着隔川而对的东大寺寺群。东寺规模略小但年月远较西寺久远。她从来不喜欢东寺。此刻她觉得对岸斑驳古旧的寺墙在日光下庄严凛然，好像一张张老脸在看着她，好像那几百年的岁月在看着她。阿史那氏的心急跳数下，将目光投向更远处，投向东南。那里是王城的方向，朝着东南面的半坡上，围墙高峻，依山绵延，仿佛山体天然的一部分。墙顶最高处下方敞开着一道拱门，朝向王城。拱门与通往王城的临河大道相连。她从塔上只看得见大道蜿蜒下山时未被遮蔽的一段。这时还是不见一个人影，静得像黑风暴前夕的沙漠。

  阿史那氏咬着手指，盯着那极远处，一会儿又换了一根手指咬着。指环上的红宝石在她的齿间闪光。她忽然开口道："你也没看见鸽子么？"她问向身侧后的墨莲，但并没有转头。

  "没有，陛下，"双手捧着黄金纳骨瓮的墨莲温顺地应道，"自从羯将军读了最后一条消息后，我再未见有鸽子飞来。"

  "你还记得羯龙都说了什么么？"太后的嗓音有些发哑。

  "他说，辇舆载着大佛像，沿着铺了长毯的临河道上西北行。毯子两侧跪满了人。莲花精进法师走在僧众最前，洒花祝祷。行过两个河曲后，昭怙厘寺大长老迎上了大像，两位长老向两侧人群诵经。河边太挤了,莲花精进法师进入人群劝国人回城,昭怙厘大长老带僧众继续西北行。人群渐退,法师跟上辇舆。此刻舆车距离大寺不足五里。"

"那么我没有记错,"片刻后,太后喃喃道,"五里路,为何迟迟不至?"她咬着手指,一动不动,似乎是在对自己说。

"确实该到了。"墨莲仍然应了一声。

"下头的那些老东西,可有异动?"

"有几个站不住的,羯龙遣人给他们铺了条毯子,坐在台阶边。其他人都站着,一动不动。"

阿史那氏从鼻子里"嗯"了声,想了想,又道:"羯龙呢?"

"方才在塔下,看见他带着人在几道墙门间逡巡,"墨莲顿了顿,又道,"狼卫守在台阶边。"太后又点了点头,这时她看见了山下那条弯弯曲曲、消失在一片青灰色的小树林里的黑黄色的小路忽然抖了抖,像被风吹动的挂绳或者被一根被命运的手指抚弹的琴弦。她的双肩不由自主地也抖了抖。几乎同时,在极远处,她看见一些黑点出现在了小路上,那些黑点缓慢地向山坡向高墙向昭怙厘寺移动,她觉得缓慢得不能忍受。

阿史那氏猛地一把抓住了身后的墨莲,指甲深深嵌入了她的手腕里。墨莲的双眼现出了痛苦之色,但没有哼一声。

"他们来了!"阿史那氏低声道。急促得几乎听不清。

"我也看见了,陛下。"墨莲缓缓点头。

"他们来了。"阿史那氏又重复了一遍,嗓音沉稳了不少。她好像在灼烧的蓝眼睛一眨不眨地盯着那条路,手指仍然掐着墨莲手腕。

"贺喜陛下。"墨莲轻声应道,声音有些发抖,但阿史那氏

丝绸之路密码2:龟兹壁画迷宫　133

未留意。她发现那些黑点虽然移动极缓慢，但又好像片刻间便已穿过林子，上了山坡。黑点忽然间就变大了，鲜艳起来，变成了她熟悉的轮廓。洒满花的舆车闪着金银光，五色经幡在佛像边飘扬，僧众的红黄袈裟仿佛也在闪。阿史那氏的目光在那队红黄色中搜寻，想要找到那个高大的身影。但距离着实太远了。她还未辨清领头的是谁，车队已经进了墙门，视野被高墙和山梁遮蔽了，王城中最虔诚的随行信徒们被隔在了寺外。霎时间，她觉得大寺静极了，好像她正身处一片无人的千年古寺群中。她知道东西大寺的每一处隐蔽角落，都有她的王族亲卫和羯龙的武士们。但这时她的目光搜索不到一个人影。仍不见一只鸽子。只听见挂在白塔上的经幡被风吹得猎猎作响。她盯在了那座石拱桥上。每年行像车从东寺过河，必过此桥。乌云慢慢盖没了日头，桥那边仍然没有一丝动静。桥后的山坡和坡上老旧的墙垣好像一动不动地看着自己。她忽然转过头，大声道："去找羯龙！"

她没有听清墨莲的回话，因为车队又出现了。像从地底下冒出来似的，车队忽然出现在西寺的山坡上，出现在白马河西岸山梁的东南面，正向着西北，向着佛寺和白塔的方向，缓慢地、静静地行进。阴影在她的眉目间慢慢扩散。她认出了昭怙厘寺的主持，她新任命的掌管西域佛教事务的大长老，他走在最前，但行路姿态僵硬，像一个做工粗劣的机械人偶。昭怙厘诸长老垂头丧气地跟在他身后。再往后是不住惊惶转头的莲花寺僧众，他们就像一群被牧羊人赶着的疲惫山羊。但没有牧羊人。按计划此时该押在队后的士兵们始终不见。只有僧众和行像花车，无声无息地向白塔走来，像超度亡灵的送葬车队在浓重的乌云下向这边走来。

没有莲花精进。没有她的那利。

也不见康傀儡。按计划进寺后他应该接管行像。她觉得手掌变得冰冷,忽然发现她的手指还牢牢地掐着身后墨莲的手腕子。墨莲仍静静地站在她身后。她转身猛地一拉墨莲的手腕,大叫着:"下去!快下去。"

墨莲好像吓傻了,一动未动,只看着她。阿史那氏牢牢地盯着她,又拉了一把,把她拖出了佛堂。

经过覆钵形塔顶下的露天平台时,她看见了银色的鸟笼。笼中那只五色斑斓的鸟儿的脸还是冲着她,但已经不会再开口了。那鹦鹉的身躯可怕地扭向了另一侧。一只手从鸟笼外扭断了它的脖子,又关上了笼子。她站不稳了,发现自己是被墨莲扶下了旋转石阶。石阶下的塔基还有七级四方台阶,台阶下整整齐齐躺着四个黑衣人。辫发髳面的黑衣人,显然已是死尸。他们的脖子也齐刷刷歪向一侧。她的双腿好像不是自己的了。绕过围廊走入庭院时她发现龟兹七大姓的老人仍然站在廊道上。每个人都在静静地看着她,那漠然的、慢慢转头的样子像一群活死人在看着一个死人。她紧紧捂住自己的肚腹,压抑住不断翻腾上来的呕吐感。到了庭院中央她又听到了兵甲撞击的声音。她大呼起来,但呼出口时她就后悔了。仿佛有道灵光闪过脑际,她意识到了什么,但来不及了。

"羯龙!"

果然无人回应。院墙的每一道拱门外只有两柄交叉着的长斧,闪着恶寒的光。拱门边上的佛龛中,那些半垂着头的佛像好像挂着嘲讽的微笑。她抬头看天,日头又渐渐露出来了,看着那日光她却觉得一阵晕眩。她右手颤抖着摸向黑袍的袍袖，"噌"地抽出一把短刀，刀柄镶着的珍珠在闪闪发光。她将那刀慢慢插了回去，狠狠咬住一根手指，大步向一道拱门走去，任那血从掌背滴了下来。这时她的左手被人一拉，身后的墨莲紧紧拉住了她。"佛殿，陛下，佛殿。他们挖了墓道，可以通出去。"墨莲跪在地上，掩面抽泣，嗓音里带着哭腔。她瞪着墨莲，听明白了她的话，或者自己觉得听明白了。

"你也背叛我了么？"她的声音像在嘶吼。

墨莲的头低了下去，身形越伏越矮。阿史那氏湛蓝的双眼忽然变得可怕，好像一头被围捕至绝境的凶兽的眼神。她瞪着墨莲不掺一丝杂色的祭司黑袍，黑袍子不住地颤抖，像一朵在风中颤抖的黑莲花。她又抽出了那把珍珠柄短刀，对着低伏在地的女人，扎了下去。

"啪！"她手腕一震，随即是"当啷"一声。她嘶声吼叫起来，叫声中更多的是绝望，像野兽最后时刻的嘶叫。她看见了击中她手腕的是一块弹丸石，石头上沾着羽毛和血迹，像鸽毛；看见弹丸石是从一张弹弓发出的，金色的弓身上嵌着一枚宝石，是龟兹贵姓子弟们常见的打鸟弓；看见弹弓正牢牢握在一个人的手中。羯龙。

羯龙的兔唇此刻看起来是如此阴森可怖。但他的眼睛竟好像透出一丝怜悯，他看着阿史那氏，缓缓道："最后的机会，你错过了。"

她呆呆地看着羯龙，仰天狂笑起来。日光阴惨惨地射下来。她伸出血淋淋的手掌，掐向墨莲。墨莲仍低伏在地，好像想要钻下去，好像不愿或者不忍看到将要发生的一切。

这时诵经声在墙外响起,她抬头,看见最大的一道拱门外,两柄交叉的长斧分开了。她看见了昭怙厘寺长老们灰败的脸,他们步履不稳地挪入了庭院,像被人撵进来的。随后是莲花寺的龙族僧人们。他们明显高大许多,但腰弯得更低。诵经声更响了,听去像给新丧的人家在中庭做法事。所有僧人的目光都刻意避开她。最后进来的是载着大佛的行像舆车,闪着金光的大佛下铺满了花,像盖着一具死尸。最可怖的是她没有看见拉车人。像车自行慢慢地滑入拱门。一瞬间她觉得浑身的血被抽干了。随后她看见佛像下的滑轮连着机械臂。在她看不见的地方,佛像和舆车被花盖住的地方,有人在摇着机械臂。像车在距离她十步远处停下了。她看见正对着她的大佛肚子打开了,好像开了一扇小拱门,从拱门内慢慢钻出一个人。那人仅仅露出半个脑袋时,她就认出来了,或者说,她明白了自己的命运。

白延田跌,先王白素稽的弟弟,白萨里拉的叔叔,龟兹白氏的长男,仍穿着那件七色菱格拼缝而成的长袍,每一格菱格或皮或布,材质各不相同。他跳下了像车,对着日光,仰天长长透出一口气,摸了摸微翘的唇髭,最后才看向立在庭院中央的阿史那氏。他冲着她孩子气地一笑,目光转向低伏在地的墨莲、和墨莲身侧的短刀、弹丸,转头对羯龙笑道:"我对你说过么?必须宰了。"

"你不是在那窟室里么,为何……"她听见自己在说,她觉得那声音已经不像自己了。

"哈哈哈,"延田跌仿佛听到了世上最好笑的笑话,几乎笑弯了腰,挺直身子后,他微笑着冲着阿史那氏道,"你没听过那个故事么,'画师不是画,画不是画师'。"

"画师不是画,画不是画师……"阿史那氏怔怔地重复着,她的脸色看上去像个死人。

延田跌又深吸了一口气,笑着转向羯龙。"我现在才知道,这世上最难受的事就是缩在一口大羯鼓里,简直生不如死。缩在佛像肚子里好一些。但最好的事还是呼吸空气,像今晨这般的新鲜空气,"他顿了顿,看着她懒懒地笑笑,缓缓道,"只可惜过一会儿,会混入些血腥气。"

九姓胡聚落·三兔酒肆
行像节当日·巳时

萧筠走的时候,李天水没有拦他。他选择相信这个年轻后生说的每一句话。

"你一定在想我为什么这么熟悉这地方,"萧筠的秀目迷蒙起来,望着逐渐变淡的日光,"我姓萧,名筠。我的家在江南。我常一个人走在这些巷道上,闻着晚炊,听着鸡鸣,看着夕阳徐徐落下,便仿佛又回到了我的家,"随后他转向自己,笑容像淡薄的日光,"如果运气足够好,我们都能活着离开这里,你一定要去江南看看。那是个很美的地方,但也很远,远得只能在梦中才看得见。但我看你是个走远路的人,应该走得到那里。"

"江南",这两个字从这俊秀后生口中说出,格外轻柔悦耳。他想江南之于萧筠就好像草原之于自己,那里不仅仅是一片看着我们自小长到大的天地。那里是我们的一部分啊。他又想到了萧筠,他想那年轻人心里藏了很多事,对自己也瞒了不少。但他不在意。现在他正走在那条崎岖不平的向北坡道上。坡道地面上落满了枯黄的树叶和各色小果子。鸽群在层楼堆叠的平顶间倏忽来去。他从一个个带着露台的拱门拱窗下穿过,像在崎岖的山路上爬上爬下。巷子越深,两侧楼房挤得越近,偶尔他能撞上从拱门、拱窗内闪出的一双眼睛。日光下的墙面色彩斑斓得不真实,几乎挂满了枯藤。

李天水很容易地找到了拱顶圆墙的火神庙,找到了那棵该有数百年的大杏树,找到了杏树边看上去同样老旧的酒肆。酒肆斑驳的墙面上,靠近门的地方,刻着一个圆底浮雕,像贵族的徽纹。李天水走过去看了看,只看见了长长的兔子耳朵,兔头已漫漶不清。大部分墙面挂满枯干的葡萄藤。他想起那酒肆主人的诨号叫"长耳朵",咧嘴笑了笑,踏进了酒肆敞开的木门。

所有的酒客都戴着面具。进门一瞬间,几乎每道目光都从面具后"刷"地扫了过来。李天水大刺刺地找了一个角落上的矮几坐下。厅堂不大,厅内酒几高高矮矮,矮几上摆着普通的银壶、银碗。几下躺着软榻。他坐下时仍有不少眼睛盯过来,好在他已经习惯了。他放下行囊,懒懒地靠着墙角,自顾自地将酒壶中的液体慢慢倒入面前的碗中。刚满半碗酒壶便空了。李天水一饮而尽,猛吸了一口气,又长长叹出一口气。这些看上去普通的酒器中竟盛着这般佳酿。或许也是自己太多日子没沾酒了。他抬头扫了一眼柜台,看见一个模样机灵的伙计正向他这边走来。他把银壶和银碗翻转倒扣上案面。那伙计点点头,向柜台绕去。他的目光在那翻过来的碗底停住了。

碗底圈足中刻了三只兔子,三只腾跃或舞蹈中的兔子,背对着围成一圈。三只兔子,却只刻了三只耳朵。李天水看了一会儿,才发现它们原来是两两共用一只耳朵。三只兔子各占了北、东南、西南一面,三只耳朵形成一个绝妙的三角。李天水看着这"三兔共耳",忽然觉得悲伤。他想到了梦里的白兔,想到了白兔看着他的红眼睛,此刻又清晰起来。他想到了那白兔在巨大的沙丘上慢慢旋转,像一个祭祀仪式上的牺牲,越转越高,直至消失不见。

"贵客，这是兔月纹碗底。"一口地道的汉话猛然令他回过神来。那伙计已坐在他对面，脸上挂着笑，一手捧着摆了壶碗的银托盘。汉人伙计长相讨喜，眼睛又大又精神，此刻忽然向李天水挤了挤眼。李天水明白那意思，他是说，我是个机灵人，我知道你也是个汉人。李天水也冲他咧了咧嘴，道："什么是兔月纹呢？"

那伙计将托盘置于桌上，有些神秘看了他一眼，眼眸子极快地转了几圈，又笑了，道："这兔月纹嘛，本有故事，出自佛经中的本生故事。贵客知道，这里的人崇佛，这片虽是祆区，来往的客人还是佛教信众多。所以酒具中多有释教渊源。"

"坐，"李天水径自满了一碗酒，端向伙计，"别推，我请你的。"

伙计笑着看了李天水一会儿，缓缓坐下时，李天水又已喝下一碗。他一手支着下颌，另一手翻过银碗，又开始看那碗底。碗底的圈足正像个月轮。那伙计笑嘻嘻地喝下一碗，抬起眼。李天水正直直地看着他，缓缓道："说说那个故事吧，那个本生故事。"

伙计讪笑着道："贵客若是要听故事，不必请我喝酒……"李天水皱着眉摆了摆手。伙计转了转眸子，便道，"那故事叫'兔王本生'，至少我记得唤作此名，说的是林中有一兔、一狐、一猿。一日客入林中，饥渴待毙，三兽欲觅食相救，最终狐狸得鱼而猿得果，唯兔一无所获。兔见一团烈火，纵身而入，舍身饲客。上天闻之怜悯，留兔影于月轮之上。"那伙计口舌极快，李天水静静地听着，目中光点如水波闪烁。

过了许久，他缓缓道："你在龟兹已待了很久了吧？"

伙计飞快地瞥了他一眼，眯眼笑道："小人虽是汉人，却世居西域，自小长于龟兹。"

"你是跑堂穿巷的人，又这般机灵。如果王城中哪个酒馆店肆来了不常见的异族人，该有些消息吧？"

"唉，贵客，你有所不知，"伙计叹了口气，面露为难道，"从龟兹出去的数十条大道小路，连着大漠、天山、葱岭、中原，每日来往这伊逻卢王城四关的异族人，数以千计。消息再灵便，也无法一一知晓，"他眼珠子骨碌一转，"但近来不知怎的，外族人少了许多，听说是为了行像，关门闭了好几日。但往年行像并不封城啊……"

"如果近几日王城中新来了个年轻美貌的吐蕃女人，会有人留意？"李天水注视着那伙计，看见他的面色有些变了。伙计不再笑了，四下张望一圈。过了一会儿，凑近了李天水，压低声道："贵客，我俩投缘，我和你说实话。你要找的女人，在我们店里跳过舞，胡旋舞。她跳的那胡旋舞啊，我和你说，看过的人不用再看第二个人跳了……"李天水"啪"地按住了他手腕子，那伙计吓得向后一缩。李天水紧盯着他道："她还在这里么？"

"唉，贵客，你来晚啦，"那伙计勉强想笑，但看上去比哭还难看，"她在酒馆跳了三日，主人从后院辟出间空屋子留她借宿。但她只在白日里跳，夜间去另一家酒肆，直至午夜前回。但第三日至午夜，酒馆闭门时，仍未见她回来。主人为她留了后门。后半夜，一群乌鸦的叫声吵醒了主人。主人觉得那声音凶恶，点灯起来，看见后院的小隔间透出火光。便是那舞女的屋子。主人在院子里呼喊了两声，无人应答。他回屋后再难入眠，又去了后院，推开隔间的皮毛隔帘。隔间雾蒙蒙的，他只看见正中摆着一只浴桶，走近时，才看清浴桶的水是红的，充斥在隔间里的雾气也是红的。主人吓坏了，举起烛火向四周张望。但没人，小隔间藏不住人。他只看见铺满了四面墙的挂毯上写满了'卐'字，血红的'卐'字。后来他说那是吐蕃苯教的秘符。最可怖的是，吐蕃舞女衣物俱在，却连一根头发丝也找不见了。她就好像被魔鬼连皮带骨整个吞下去了。"伙计说着，嗓音越来越低。起初，李天水的心跳"咚咚咚"的，一下比一下沉重，后来，他觉得心跳到了嗓子眼，觉得头皮被什么刺得发麻，觉得浑身皮肤被什么刺得发麻。最后，他只想呕吐，把在胸腹间慢慢蔓延的恶寒整个吐出去。

那伙计抽回手腕时李天水丝毫没有感觉。伙计好像未留意对面僵坐的人面色白得可怕，顿了顿，又接着道："后来，主人说是吐蕃人干的，吐蕃苯教的人。那女人可能是个逃奴。近年来龟兹的吐蕃蛮子越来越多，招摇过市，呸！"伙计啐了一口，"他令我们不要声张，这些人很可怕，惹不起，唉，"他又重重一叹，"龟兹过客多，这样的事儿很多，来来去去、生生死死，都是一晃眼，见多了……"伙计瞥了眼李天水，见他正直愣愣看着自己头顶右上方，那里一根木棍支开了一扇木窗，便要悄悄起身，听见李天水道："酒馆主人在么？"

"方才还在柜台边，这会儿不知去了何处，许是在后院，"伙计堆下笑，道，"贵客要寻主人，我可以帮着看看？"

"多谢，"李天水点点头，目光仍对着那窗口，"劳烦你。"

那伙计便站起了身，刚要走，李天水忽然又道："近两日，王城有没有来过一个汉女，双十上下，是个少女。眼眸子很黑，很美。"

伙计又笑了。"贵客好福气啊，"他大眼珠子又转了转，道，"我没见过这么个女子，但我听说，昨夜有家酒肆里来过一个中原贵女，像你说的模样。对了，就是那家'乾达婆'酒肆。"

李天水点点头道："谢谢。"他一动不动地看着那窗口。自窗外伸进来藤叶在风中微微摆动，日光如一片金色的雾气一般在藤叶上升起。他想凑近那窗口透一下气，但周围的空气压得他一根手指都无法动弹。光雾弥漫下的窗口显得不真实。这时他看见一只蝴蝶，一只带着圆形斑点的蝴蝶，双翅扇着微光，从窗口飞了进来。厅内的喧哗声一时静了下来。他看着那蝴蝶在光雾中轻盈地上下翻飞，看着翅膀的圆斑上，两点微光不住闪烁，像在奋力地向他诉说着什么。他忽然感觉到一股不可抑制的感动。

那像卓玛的眼睛。

在这顽固的寂静中，卓玛正闪着微光，集聚着能量，最后一次穿越黑暗攀升至光明，用它最后的力量组成一个带翅的形状，渴望着冲向一片温暖的寄居地。或是一个温暖的寄主那儿安定下来。否则，李天水含着泪想，便将在黑暗中永远消散。

"如果你愿意向我而来，"李天水仰头慢慢让泪水倒回眼底，学着那些信徒的样子，闭目在心里祝祷，"把你昨夜的记忆也带来。或者假如你不愿负荷太多痛苦，带给我你扑入火焰前最后的光明时刻——对我便足够了。"

一个戴着面具、翻领胡服的中年人走了过来，挡住了窗口。头伸出了窗外，看了一会儿，挥了挥手，随即便走开。面具后的长耳朵仿佛还动了动。

光雾消失了，蝴蝶不见了。蜷曲的藤蔓慵懒地贴着窗沿延伸，却失去了方才那梦幻般的光泽。酒厅内又喧闹起来。

他重重地靠回了墙角，像一条被卷上岸的鱼那样拼命喘气。一时间，他浑身的气力好像被抽空了。但他的双眼直直地盯向正前方，盯向柜台的方向。那个长耳朵的中年人和另一个也戴着神兽面具的人说着什么。神兽面具下的下巴很长，像刀子，面具后的一双眼睛不时朝自己这边掠过来。时近正午，酒厅里走动的人越来越多，挡住了柜台。李天水勉强起身，视线越过那些戴着面具的酒客头顶，看见"长耳朵"已经到了柜台后面，好像在看一本账簿，另一人则不见了。他走了过去，从金腰带上的一个小囊里取出一枚萨珊银币。他用一根手指将银币压上柜台杨木台面，推到那长耳朵面前。柜台边的几个酒客朝他转过头。长耳朵的目光从账簿上移开了，瞥了瞥银币，又看了李天水一眼，将银币推了回去。从柜台下掏出两枚铜币，是唐人发行的铜币。他指了指铜币，又指指一个伙计。李天水当然明白，但他用汉话道："这不只是酒钱，我还想请店主人帮个忙。"

店主人看了他一会儿，摆手摇摇头。

但李天水看着那双眼睛便知道他听明白了。他又道："店主人认识一个叫作萧筠的年轻人么？他是个唐人。"说完，他紧紧盯着店主人的眼睛。

主人的眼神变得奇怪了。他的目光从李天水又乱又脏的发辫移向他眉目下的长刀疤，又下移向破破烂烂露着羊毛的袷袢外袍，最后在他已被泥尘蒙了一层灰色的皮靴上盯了一会儿。忽然转身便走。李天水绕过柜台追上去，身后喧嚣声大作，腰背猛地被人一撞。他回头,看见酒厅里冲进来一队人,酒客们纷纷避让,用交椅和矮几围出一片圆形区域,将新来的人围在中央。所有人都看向那里。李天水面前的人群高声叫嚷着,却非惊惶,像在欢呼。便在这一晃眼的工夫,主人不见了。李天水身后的人将他推向了那厅堂中央。不大的酒厅挤得满满当当,好像很多人忽然从地下冒了出来。那片空地上响起了乐声。李天水无奈地转头看去,看见新来的人亦是皆戴了面具,但非鬼非兽,而像人脸,只是比人脸夸饰得多,或鼻子极长,或耳朵极厚,或眼睛极大,或釉漆了极鲜艳的色彩,反而显得诡异。

这队人围成一圈,在空地上和着鼓点张开手足踏舞。唯一的乐师敲着腰间的手鼓,另一只手持着一根筚篥。李天水想起他方才见过这个乐师的长下巴。这时李天水认出了"醉胡王"的面具。儿时他在草原集市上见过这种面具,是突厥小儿戏耍的玩意儿。眼前这面具雕工极精,又长又弯的鹰钩鼻、突出的颧骨、细长的耳垂,还有满脸通红的彩绘,皆是惟妙惟肖。戴着面具的人好像也醉了,步点蹒跚,上身两肩不住摇摇晃晃,但始终不失控,反而颇具美感。李天水看出他是在跳着醉舞,而且舞艺很高。这时筚篥"呜呜"响了两声。一人从人圈中蹿出,与那"醉胡王"对舞起来。那人的木面具雕得僵硬,像傀儡面具,但从头盔的造型上,也可能是个将军。"将军傀儡"跳的也是醉舞,步点同样蹒跚而不乱,应和着鼓点忽快忽慢。二人的对舞惹得厅中喝彩声嚷成一片。鼓点陡然变快了,一个戴着女子面具的人跳了进来,那女子面具涂了雪白的釉彩,眼珠子却是蓝的。女面具人夸张地跳了几下,忽然抓住了那"傀儡将军"的右手,在他背后跳起来。两人步调舞姿几乎完全一致,但"傀儡将军"慢半拍。好像那"傀儡将军"就是个傀儡,被背后的"女子"牵着跳舞。

三人的舞步越来越快,筚篥音也加入进来,"呜呜"的声音拉得很长,好像一根越绷越紧的弦。李天水的心"咚咚"直跳,他好像感觉到了什么。这时,"女子"抓着"傀儡将军"的手忽然举起,所有人都看清了"傀儡将军"手里抓着一个水囊,只是他的手腕抓在"女子"手里。水囊里的水泼了出来,正泼在了"醉胡王"的身上。"醉胡王"的舞步终于乱了,上身歪了歪,还是倒了下去。

倒下的"醉胡王"滚出人圈,那面具被扔了进来。那"女子"一伸手接住,右手捏着"傀儡将军"的手腕,左手极快地将"醉胡王"面具套在"白面妇人"面具外头,同时舞步不停。随后,右手一转,将水囊里的水反泼在了"傀儡将军"自己身上。"傀儡将军"跳了起来,跳向人圈。人圈一开一合,又将"傀儡将军"吞入,像一张噬人的巨口。鼓点声又重又慢,带着悲意,但人群一阵欢腾。李天水心头一阵急跳。戴着"醉胡王"面具的"白面女子"开始独舞。李天水已看出戴面具的是个男子,但舞步阴柔,在随后加入的"呜呜"筚篥声中,越来越阴森诡异。这时人圈中跃出一个丑角,丑角顶着一张滑稽的面具,嘴咧得极大,将近耳下。小丑手里拿着一方巾帕,不住地朝面具上扇,那样子更滑稽了。李天水注意到巾帕的一角刺出或画出了一个花纹,是金色的。

周围众人哄笑起来。带着滑稽面具的丑角猴子一般左右腾跃,也和着鼓点,忽然一跃跃至那新的"醉胡王"身后。"胡

丝绸之路密码2:龟兹壁画迷宫　　147

王"转身,滑稽丑角又跃在了他身后。戴着"胡王"和"白面女子"两张面具的人越转越快,滑稽丑角也是越跳越快,而且总比身前那人快一步。无论那新的"醉胡王"如何转身,总也看不见这个扇着巾帕的丑角。叫嚷声在酒厅内震动起来,几乎盖没了急速的鼓点。二人的身姿快看不清了,好像开始跳起双人胡旋,又好像在变什么戏法。便在这时,不知怎的,水又泼了出来,从那滑稽丑角的手里泼了出来,泼在了新的"醉胡王"身上。新的"醉胡王"身形定住不动了,滑稽丑角也不动了,每个人都看见他手里的巾帕换成了一个水囊。但他身上原先没有水囊啊,这戏法是怎么变出来的啊。厅堂静极了,李天水听到了身后有人用鼻子吸气的声音。"新胡王"身躯直挺挺的,像根木头一样慢慢倒下。一边倒,那张"醉胡王"的面具一边滑了下来,从那张"白面妇人"面具上滑下。滑稽丑角跳了过去,左手托住了那快要倒地的"白面妇人"的背脊,右手接住了那滑下来的面具。李天水看着那丑角又将"醉胡王"缓缓戴在外面。他猛地吸了口气,觉得龟兹的空气憋闷。虽然温暖、湿润,但是憋闷。第三个"醉胡王",也就是原先的丑角托着"白面女子"的手轻轻一抬,那"白面女子"竟然直挺挺地飞了起来,在半空中被人圈接住,被五六个人组成的小圈接住。那五六个人抬着"白面女子"转了几圈,拉扯着四肢、头颅,在极快的鼓点和听来极压抑的筚篥声中,转着圈向打开着的木门而去。这时人群才发出一阵叫嚷,轰的一声也向门口涌去。李天水再没看见那戴着滑稽丑角面具的人,鼓点和筚篥声也听不见了,他被身后的人群推挤向门口。

身后有人拍了下他肩膀。他艰难地转过身,看见的是那个机灵又多嘴的汉人伙计。伙计隔着两三个人站在他身后,此刻一句话也没说,大眼睛再也不转了,盯着李天水的眼神凝定锐利,好像忽然变成了另一个人。然后他抬起了手,两根手指捏着一枚硬币,硬币的正面朝着李天水晃了晃又收回。但李天水看清楚了正面的四个篆体汉字,"开元通宝"。这种私铸钱在西域各军镇中心照不宣地流通。李天水在沙州见到这种铜币时,听人说是从安西镇流过来的。那么他是军镇里的人了,为何会来这酒肆做伙计呢?那伙计又看了他片刻,侧身向人群后头一挤,旋即不见。李天水此刻已快被挤出门,他转身沉肩,硬是撞开人流跟了过去。

　　酒客大多挤在了门口,只有零散四五个人在角落慢慢喝酒。柜台后不见人。在柜台和通向二层的木梯后头,垂下了一道破旧的皮毛隔帘。李天水先是看到了隔帘那边有什么在闪光,随后他看见了那伙计的脸。那汉人伙计掀开了隔帘的一角,正盯着李天水看。窗口的日光打在他腰带上,好像将他的眸子映得更亮。李天水绕过柜台,便看清了伙计腰间的腰带。那是一根蹀躞带,一根九环镶金琉璃蹀躞带,是突厥贵人或胡商萨宝才会佩戴的奢贵物。九环下悬挂九枚方牌状的带銙,泛着青金色的琉璃光。每面镶金牌面皆整齐布满了九个圆点,那是典型的粟特工艺,除了一块方牌。

　　在伙计的左腰,皮帘子未遮住的最后一块方牌上,那光芒闪得最亮,正对着李天水的双眼。李天水直直看过去。那块牌子上,原本该是九个圆点的地方,刻着一个图纹。

　　一峰带着双翼的骆驼。

　　那伙计两眼放光看着李天水,好像在等待着什么。

李天水吸下一口气，掀开了羊毛袷袢，露出了袍子里的金丝带。一霎那，柜台后酒罐酒壶、鲜果烤肉，每件物件都亮了。但只是一瞬，好像闪电划过。李天水迅即合起袍子。那伙计的目中露出惊异的光，好一会儿，点点头，消失在皮帘子后。

皮帘子后是个泥壁过道，过道通向后院，过道尽头的两侧是茅厕。那气味很重。伙计不在窄道里。李天水慢慢向前走，看见后院里一条狗的影子蹿过过道口。他觉得那伙计不在后院，决定走向尽头两侧的茅厕。那里没有一丝动静，他只看见右侧茅厕的泥壁上涂抹着什么。走进才发现与其说是画，更像几条线条。初看像稚童在墙上胡乱涂抹，但他觉得这歪歪扭扭的线条中有力量，有一种神秘的特质，在吸引着他。他又看了一会儿，发现那些线条刻得极生动，好像在跳跃，好像跳跃蹿动的火苗。这时，他身边的茅厕里，忽然有个人在说话："看清了？"是那伙计的声音。

李天水盯着那茅厕简陋的木门看了一会儿。没有半点人影。后院的日光透不入窄道，门后很暗。"看清了。"李天水答道。

"出去！从后院出去！"那伙计立刻道，他的嗓音忽然变了，变得锋利、干脆、冷硬，变得像一把刀子，"外头会有个人找你，你就说一句话。'我还记得，那太阳之火。'他会向你出示壁上的图案。跟着他走。"

"听见了。"李天水低声道。茅厕里的人不说话了，厕门后重归沉寂。踏入院子后，那条黄狗一动不动地蹲在地上，也不吠叫，只是盯着李天水。李天水环顾一圈，院墙上不见有门，只有几条皮帘子，后头该是隔间。他的目光又回到了那狗身上，那狗还在看他。对视片刻，李天水忽然又掀开了他的羊毛袷袢。金光照到了黄狗身上。黄狗站起来了，直瞪瞪地看着李天水腰间，随后转过身，跑向院墙，再一蹿，顺着墙根攀上墙头，一转眼工夫，便消失在墙后。李天水一动不动看着那墙头，直到"啪嗒"一声，一道木梯子翻过墙头，架了下来。爬至一半，他停下，向下看去。梯子架在一道皮帘子后头。他知道那帘后是个隔间。他盯着那道皮帘子，直至身下的血腥气渐渐淡去。他在木梯子又僵了一会儿，才慢慢地继续向上爬，爬得很费力，好像方才那一瞬，他又被耗干了全部气力。

他在墙头坐了一会儿。院墙外是个死胡同的巷尾，不见人影，只闻犬吠声。有几条狗追逐着跑向巷子另一头的下坡道，在不远处的拐角消失了。泥夯的院墙涂了蓝色，但裂开了一道道缝隙。他扒着缝隙攀下，尽量不发出声音。落地后他发现四周的庭院里都没有人。墙头有鲜花盛开、有鸽群飞过，就是没有人的声音。有的庭院木门还敞开着。弯过拐角，狗群也不见了。坡道曲折，拐过五六个弯还未出巷。路过了十几个院落后，他觉得这寂静越发不真实。坡道越下越宽，低处水井多了起来。井边也没人。李天水边走边想，这里的住户是一齐出去了么？是去看行像了么？是再不回来了，还是暂时出去了呢？是一同说好了么？在这样一条巷子里，会是个什么样的人忽然跳出来，找到自己呢？还是一直要出巷，要一直走到大路上去，那个人才会出现。王城大道上挤满了人，我走出去的时候，他真的能找到我么？这时，"啊哈——"的一阵叫喊猛然从前头巷口传来，惊得他一抖。但那叫喊声里没有害怕，只有欢闹。像变戏法，或者像躲迷藏的人忽然现身，一队戴着面具的男女从那巷子口互相追逐着狂奔而来。足有四五十人，眨眼工夫坡道上便挤满了人。李天水被卷入了人流，一张张斑斓鲜艳或闪着金光银光的面具在眼前极快地旋转、晃动。周围的男女在放声大笑，或是愉快地大叫，声音很年轻。李天水的羊皮裕祥已经湿了半边。水是从各种水囊里泼出来的，有的少年光裸着上身，只拿了一个大囊袋四处泼水，还有人从井里舀了水随手便向街上泼水。有些男女互相用钩索套人，仿佛泼向或套向面前经过的任意男女，很可能他们互不相识，摘下面具后或许也不会再多说一句话。

将近正午，日光正好，照在年轻人欢闹着的下坡巷里，李天水觉得自己也该叫出来、笑出来，甚至加入他们一同泼水。但他只是靠着一口水井边，疲惫地看着眼前又跳又闹的年轻男女们，不知为何竟觉得有些悲伤。他抬头看看天，日头已升至中天，却裹入云层，只能看见一圈光晕。那光晕让他觉得晕眩。他喃喃地道："太阳之火，那是太阳之火么？"忽然咧开嘴笑了，任那清水泼上他脏乱的发辫，甚至泼入他嘴里。龟兹的水果然清甜。他觉得累了，靠着井壁慢慢滑坐下去。就在他坐上地面一刻，地面上有条人影停在了他身前。李天水抬头，在日光下看见一个刀尖一般的下巴，那人上半张脸上的木面具是一只食肉猛禽的眼睛和嘴，两侧伸出漆黑的羽毛闪着日光。下半张脸又窄又长。李天水的目光闪动，对着他咧嘴笑了。他记得这半张脸，酒肆柜台前的这张刀子脸。他面朝日光对着这张脸懒懒道："你有酒么？"

戴着鹰眼面具的刀子脸目不转睛地看着他。李天水觉得这张脸和这面具真是绝配。刀子脸开口道："有人让我找你。"他说的是汉话，只说了六个字，每个字都清清楚楚。但李天水觉得每个字都冷酷得像一把用冰磨成的刀子，比起那汉人伙计的嗓音，更冰冷锋利十倍。他又咧嘴笑了笑。他当然记得那句话，但不知为何他看着这张刀子脸，那句话却有些说不出口。他咧嘴笑着，撑住地面，想要慢慢立起身。这时，有人向这里泼出了水，身前的刀子脸一侧身，那水兜头泼在李天水脸上。李天水转过脸，看见了一个戴着黄金面具的蒙面人。

蒙面人就在五步外。面具很眼熟，映着日光，金闪闪，却并不刺眼，似乎已被时光之手磨洗得内敛。面具本该挖出眼洞的地方，嵌着两颗蓝宝石。但李天水看出有一双眼睛，正透过幽蓝透明的宝石，直直地看着自己。这时他想起在哪里见过这面具了。便在他发呆的一瞬，他的手腕子一紧，整个人像一头呆羊一般被那黄金面具人拉着走。他只来得及回头看一眼，刀子脸已不见了。

被拉着走了十几步远，他被拉出了巷口，拉上大道。拉套索的人膂力不小，但他至少有一百种法子脱身。然而他只是跟着走。大道上泼水欢闹的人更多，有些胆大的少年用钩索把车上的妇人钩下来。黄金面具人停在了一辆漆黑的拱顶马车边。停步时，他闻到了一股香气，记起那是一种突厥蔷薇的香气，少年时常闻见的带着春意和野性的体香。他仿佛一瞬间又回到了野花开遍的敖包草坡。这时紧抓着套索的黄金面具人开口了。尽管他已经猜到了那嗓音但听见的时候他的心跳仍然咚咚直响。"有人让我来找你。"她用突厥语道。语气冷得像终年不化的雪峰。李天水苦笑了一声，不知该说什么。面前的人又说了一句："上马车去。"李天水听见自己开口说："我还记得，那

丝绸之路密码2：龟兹壁画迷宫　153

太阳之火。"话一出口他便觉得可笑。

套住他手腕子的套索忽然颤了颤,仿佛无法控制般地颤动。李天水的心痛了。那痛苦的颤动好像可以连着手腕的绳索传向心深处。他听见清冽如雪水流淌的突厥语音响了起来。

"你还记得太阳之火?你真的还记得太阳之火?"

她将"太阳之火"重复了两回,突厥语的尾音微微颤动。他猛地想起来了,"太阳之火"的突厥音,发音近似汉音的"弓月"。他想起了她在草坡上对他说过的话,她的汉名之所以叫"乌弓月",是因为她阿塔认为"太阳之火",是永恒的光亮,永恒的强大,永远不会被侵蚀,不会受伤害。

两颗蓝宝石后的眼眸幽光一闪。随后黄金面具人转过了脸,从斗篷中伸出另一只手敲了敲马车门。李天水这时才看见黄金面具人的身躯裹在一条厚厚的黑斗篷下,露出的皮毛像水獭毛。她看上去比数年前更高大了。马车外围着的布幔垂得很低,但有扇车窗微微开着,微露出暗淡的黄光。随后,他便被拉向了敞开的车门。

方踏入车厢,他便被蒙了眼。他并未伸手抵挡。黑布很厚,不透一丝光。他被人按着坐了下来,黑暗中先是闻出了突厥蔷薇的花油香气。香气离得很近,该是只在两步外。随后他闻到了一股草原帐篷里的腥膻气味。他想那该是很好的帐篷,因为那腥膻的羊子味道里还夹着上等的酒香和奶香。他想起他也曾经出入过这样的帐子。她身边仍然带着狼卫呢,他想。

"阿夏!"乌弓月冷冽的嗓音又响起。未闻鞭响,"笃笃笃"的马蹄声和车轮的辚辚声就几乎同时响起。

九姓胡聚落·蓝背鸦酒肆
行像节当日·午时

一群蓝背鸦在屋顶上顿足舞蹈，搅得杜巨源从迷梦中缓缓醒来。他眯着眼，抬头看天，日头高高地悬在庭院上空。时已过午，庭院里的十几个酒桌也已经坐满了人，比他上一次睡过去前喧闹许多。他还想继续睡下去，但是日光刺入他瞳孔的时候，他知道自己睡不着了。那群蓝背鸦扇着日光盘旋了一阵，飞走了。他知道它们很快便会飞回来的。清晨他找到这家酒肆时，便在庭院里看见一群蓝背鸦落在厅堂的泥顶上，那时厅堂里已经坐满了，庭院里也只留了几个石台面。一进门，他便知道这家酒肆便是自己要找的地方。但是自己到底为什么要找来这里呢？他皱眉想了想，是那个人说了句什么。那个贵族少年，延田跌。他对自己说了句什么。但是到底说了句什么呢？他费力地想了很久，却想不起来了。好像要他找什么人，好像让他赶紧走。或者是让他找到什么人，然后跟着那人走，赶紧离开这里。只留有这样的印象了。他用力揉按着自己额头两侧，想起他上一次睡醒时还清清楚楚地记得延田跌的话，此刻怎地又忘了呢？这时他想起了方才的梦。梦中，这些吵吵嚷嚷的蓝背鸦都是飞向南海岸上某处的信鸽，像岸上某个靠海的市集，市集里人头攒动，人人都戴着面具。跨洋而来的鸽子们，交相起落着，各有消息捎来，翅膀下亮光闪呀闪。是重要的消息，至少他在梦里觉得重要。而他最终一只也抓不到。

他叹了口气，喝干了银碗里的酒，慢慢环顾四周。庭院里的人几乎个个戴着面具。杜巨源觉得那些面具不管是雕成鸟兽还是鬼神，都像一面盾牌，像罩在脸面前的一张盾牌。他想起刚进这庭院时，有不少人一直盯着他看，但现在已经没人看他了。庭院里几乎大部分人都互相认识，即使戴了面具也认得出。那些人不停地从软席上立起、走动，和不同酒桌上的人打招呼、击掌。只有一个人除外。

那人或许是除他外整个庭院唯一的汉人。那人面前的桌子在最偏僻冷清的角落里，在榆树和杨树的阴影下，始终在独饮。汉人是个干瘦的中年人，看上去精干，但神情紧张。每回与杜巨源四目相接时，眼神都在不安地闪动。此刻他的目光又转了过来，杜巨源觉得他更紧张了，好像知道有什么事要发生，却无可奈何，也不知如何躲避，只能一口接一口地饮酒。这时杜巨源听到了隔壁桌有人惊讶地大声道："昭怙厘出事了？朋友，你是听谁说的？"是他听得懂的粟特胡语。他不知道自己为何能听懂胡语。酒桌对面的人赶紧双手下压，做了个小声或平静的手势。二人的双眼同时扫了扫周围。距离最近的只有一张小方几，浑身脏污像乞丐又像酒鬼的杜巨源将肘子撑在石台面上，像个傻子一样盯着翻转过来的叵罗杯底看。其余的酒桌都在十步外。酒桌对面的人好像放心了，但是仍然凑近方才开口的人，压低声音说话。起初杜巨源听不清，但情不自禁地，二人的对谈声越来越响，不断有胡语词句蹿入杜巨源耳中。他听见那个给消息的人说"太后已被他们杀了"……"是七姓那帮小崽子"……"是延田跌啊"……"我的朋友说大街上已经满是他们的人了"……"准备准备离开这里吧""我已经买到一张过所了,还需要两枚飞骆驼"……"龟兹又要流血了"……"我的朋友说这些小崽子要尊奉小乘教,小乘律令严苛,火神庙恐难以立足了"。……又听见说"金花王也死了,凶手竟然是大唐安西……",又听见他说"我的朋友说,支持他们的势力,是……"。说话的人猛然压低了嗓音,窸窸窣窣地对着桌对面的人说了许久,桌对面的人也趴了下来,窸窸窣窣地应着。杜巨源始终没抬头,呆呆地看着杯底的线条。二人虽然戴着凶兽的面具,但此时看起来像两只老鼠。不一会儿,两人同时站了起来,匆匆地走了。杜巨源这时抬头,看见有不少酒客正在起身步出庭院。杜巨源放下了银叵罗杯,目光又撞向了那隔着几张空桌的中年汉人,那人两眼死死盯着自己,嘴唇在无法控制地上下翕动,好像要对自己说什么。

"砰!"的一声,连接庭院和厅堂的一扇木门猛地被撞开。一瞬间庭院静了下来。酒客们的双手凝固在半空,面具同时转向了木门的方向。一会儿工夫,庭院中便多了二十多个大胡子武士,手里的弯刀或长斧亮得晃眼,有些锋刃上沾着血迹。每个武士的铁甲外披着狼毛袍子,头上戴的狼头帽在额上露出利齿。这队武士散开,围住了庭院。杜巨源见他们乍一入门,每个人的目光便兴奋地搜寻庭院。是一种嗜血的兴奋。领着这群饿狼般的武士进来是一个漂亮的贵族少年,身形比那些武士小一圈,却最沉静。杜巨源想起见过这张脸,就在昨夜的秘窟里,是后来入窟的两个少年之一。杜巨源记得他还对自己挤了挤眼。这时终于有人用粟特胡语低呼了一声:"是柘羯雇佣兵!"

几乎同时,二十几个柘羯雇佣兵饿狼一般的眼睛齐刷刷盯向了杜巨源的小矮几。

杜巨源不知怎的忽然镇定下来了,或许是因为无处可躲。他看了看趴在石台上的人。在木门被推开,庭院忽然静下来的那一刻,谁也没有察觉那个中年汉人已经绕过榆树和杨树,绕到了杜巨源喝酒的石台对面,像个醉汉那样趴了上去,一只手抓住了杜巨源的窄袖子。石台面被六七个人围住了,掺着血腥气的森冷寒气透入杜巨源脖颈。一把斧子架在他的下颌下,刃面慢慢往上抬,欲将杜巨源架起来。杜巨源下颌顶着斧刃,稳稳坐着,一只手将银制的叵罗杯子捏得"嘎嘎"作响,一会儿工夫,那银杯子被捏扁了。

他听到身后有个粗嗓子用胡语咒骂了一声,脑后风声响起,有人伸出大手抓向他的肩背。

"等一等!"他听见有人用胡语大声道。延田跌的那个朋友从那些像熊或者像狼一样的身形间挤了进来,他的神情和昨晚相比好像变了一个人。他阴沉地看了杜巨源片刻,抓住持斧人的手臂道:"放了他,他是新王的朋友。只是个脑子不好使的汉人乞丐。"

斧刃移开了。杜巨源抬眼瞅着那年轻贵族,傻笑了笑。年轻贵族也对着他阴沉地笑笑,随后看向趴着的人,又开口了:"这个人,你,认识?"他的汉话是一个词一个词蹦出来的。

杜巨源看着他,慢慢道:"这个人,乞丐,朋友,醉了。"他仿佛说着醉话,也像害怕得话说不利索了。

年轻贵族又看了他一会儿,随后转过头,与方才持斧架上杜巨源脖子的柘羯武士交谈了几句,那人像这队武士的头领。杜巨源听懂了大意,是说这两个汉人肯定不是士卒,肯定不是唐人的谍人，不是他们要抓的人。那柘羯武士便用又粗又哑的声音说，那么还能对这家酒肆做什么？年轻贵族说，再仔细搜一搜，那主人可能还躲在这里。去找暗道、暗门，检查柜台后的酒罐子，检查那些琉璃镜。找他们的账簿，还有那些蓝背鸦！把伙计们和那些可疑的人带回去盘问。放出鸽子告诉在"三兔"的朋友，就说蓝背鸦酒肆的接头人或许跑去那里呢，让他们仔细找找。

年轻贵族不带丝毫表情地说了一段后，转身便离开了庭院。那些野兽一样的柘羯武士从庭院中用鞭子牵走了两个戴面具的人，好像牵的是两个牲口。这时杜巨源才听到厅堂里的声响，是一种战栗着的声响，是一阵从嗓子到身体都在簌簌发抖的声响。随后厅堂里也发出了这种声响。对面的人仍然趴着，一只手仍紧紧抓着他的衣袖。杜巨源站起身，几乎是将他拉了起来，看见那个中年人在哭，袍袖子上湿了一片，台面上也湿了。他的眼眶很红，眼睛里还含着泪。杜巨源拍了拍他的肩头，笑着说："我们走！"拉着他向庭院外走去。他不想走厅堂了，不想再听到那种簌簌发抖的声响。庭院外墙是淡蓝色的。外墙的一面是马厩，一面靠墙堆叠了三层二十余罐酒瓮子，杜巨源没看见门。那人松开了杜巨源的手，走去那堆酒瓮子边，小心地抱走了最上层的两个酒瓮，又抱走中层的两个酒瓮。一只蓝背鸦战战兢兢地落在墙头，看着他。马槽里的马转过头，在日光下看着他。他又挪开了最下方的两个酒槽后，一道拱形的矮门全然露出来了。矮门是木制的，但也涂了蓝漆，嵌在墙面几乎辨不出。这时，一匹矮马从马槽里小跑着过来门边，中年人拍拍马背，矮马低头伏身穿过了门。杜巨源跟在中年汉人后，也低头穿了出去。庭院后是一片果园，或无主的果树林子。

中年人在一棵李树下转过了身，眼眶已经干了，他看着杜巨源极严肃道："恩公别误会，我不是被吓哭的。我方才想到了远在中原的妻女。"杜巨源憨憨地笑笑。那人又道："你救了我的命，无以为报，而且此刻便要走。求恩公告知我名姓，或许还有重逢之时。"杜巨源摇摇头道："恐怕不会重逢啦，我姓杜，名巨源，是最近想起来的。"那人瞪圆了眼，道："恩公是城南杜氏，襄阳郡公之子？"杜巨源茫然道："什么城南杜氏，什么襄阳郡公？"那人望着他，摇摇头喃喃道："不会……不会……该不是……"他目光在杜巨源左手手指上的绿玉指环上停了停，指环上的绿玉几乎被污泥盖没了。杜巨源摘下了指环，在中年人面前亮了亮，笑道："你也觉得这枚戒指有看头？"他想起了在"乾达婆"石厕外那个醉酒的军汉，想起了他当时说的几句醉话。这时他的手掌被那中年人猛地一下握住了，中年人将那戒指翻转过来，两眼发直地盯着。杜巨源皱着眉看着他，道："你也知道'日月当空'？"那中年人目光大亮，看着杜巨源道："杜爷，不必提防我了，我也是'曌卫'的人。十几日前，我便知道你要来西域了，我等得心急如焚啊！杜爷，你该知道，安西出事，西域要出事了！长安也要出事了！我都弄清楚了，杜爷，你要将消息火速发回长安啊！"

杜巨源皱眉想了想，道："可是要寻个萧郎？"

中年人一惊，目光严峻起来，沉下嗓音道："杜爷原来都知道了。"

杜巨源有些不知所措地看着他，握着指环的手被他抓得生疼。一颗果子掉落在他头上,他低头看了看,满地都是各色的浆果啊,哪里去寻方才落在他头上的那一颗。

中年人焦急地看了他一会儿,随后环顾了四周的果树,道:"杜爷,恩公,我明白这里不是说话的地方,但我没时间了。汉城中还有几百个安西弟兄呢!"

"你是说汉城么?"杜巨源忽然拧起眉头,他想到了什么,自怀里慢慢掏出一物,塞到中年人手里,"进出汉城,或许有用。"

中年人看着手里的玉制方印闪着温润的光泽,眼中也闪出了光。"原来你有印,其事可成,其事可成啊,"中年人搓着手,嗓音激动起来,将玉印推了过来,"这桩紧要事便交给杜恩公了。"

杜巨源茫然地看着他从衣襟内取出一本簿册,像账簿。"安西军情写在里面了。不止安西,还有凉州,还有青雀的图谋。在最后一页。那页上画着龟兹都督府的方位,都督府原是王宫。王宫前有一片树林,林子外每日坐着两个乞丐。是我们的人。这两人只认军印。龟兹最好的鸽子在他们手里。你让他们把鸽子放去凉州军驿,说十万火急。这两人绝对可信。让凉州城的人不必再发鸽长安。长安宫城里的事,五日前已经密报大明宫了。"

杜巨源皱着眉,没听明白。每一句都没听明白。但"长安宫城"四个字在他脑中不断回响。长安宫城?是那个元宵灯会时亮如白昼的夜晚么,是被镶嵌七宝的旋转灯轮映照得五色斑斓变幻的城墙么,是那个常常出现在梦里的雕花门梁下透出柔和光雾的纸灯笼么?杜巨源只是半张着嘴,像个木人一般点点

丝绸之路密码2:龟兹壁画迷宫

头。中年人对他抱拳行了军礼,看着他将簿册慢慢塞入翻领中,忽然又道:"杜爷,你的袖口该是暗藏了个弩机的搭扣,危急之际,可有大用哩。"他笑了笑,"恩公莫介意,我就多一嘴。我原是安西的军械师。安西军的灯形纸鸢攻具就是我造的。方才摸着了。若是再遇上方才这些畜生,恩公该知道怎么应付他们。"

杜巨源仍只是愣愣地点头。但这时,他忽然想起了延田跌昨晚在秘窟里,在他钻入那大鼓前,让他要去找的人唤作什么了。就在那中年人又拍了拍马背的时候,他缓缓开口道:"你知不知道一个叫沙漠婆婆的人?"

中年人回过头,看了他许久,道:"你说的那个沙漠婆婆,住在一座石屋子里。那座石屋子,就在我画的树林子深处。"

龟兹王宫果林·沙漠婆婆的石屋
行像节当日·申时

　　杜巨源已经走到了树林深处，这片林子又大又深，有十个酒肆后的果林子那么大，恐怕还不止。因为杜巨源还没有看到头。现在日头已将西斜，他在这片林子里已走了将近一刻工夫。林间静谧，与喧嚣的街衢仿佛隔了重世界。寻着那两个乞丐后，他在林边把矮马放走了，或许它还能找到的主人吧。他仍记得那中年人临行前把矮马给了他了，记得他说你袍子里的消息更紧要，要快啊！

　　一路上他也觉得自己紧要起来，觉得身上背着什么担子，而且越来越重。但现在，走在这片宁静的林间，他又渐渐平静下来。淡黄色的柔光洒在铺满了林地的枯叶上，斑斓一片。鸟鸣响起时，一个个迅捷的小黑影掠过穿透枝桠的光束。偶尔有一阵风将枯叶轻轻吹起。他已经看到了那座石屋子。这时他想起延田跌临行前的话，"我和沙漠婆婆住一块，去我家躲一躲吧！"那么这石屋子也是延田跌的居处么？他实在未料到这个贵公子的府邸竟然是一座朴实得有些粗陋的二层石砌平房。

　　杜巨源在石房子下站定，忽然踏足、击掌，声响清脆，他和着节奏，大声用粟特胡语唱起来：

　　　　像月亮般美丽的姑娘，纤腰如柳，笑靥如苹果，像月
　　　　亮般美丽的姑娘，翘首望郎归，五内如焚，看不见玫瑰的

鸟儿，不知春色明媚。像月亮般美丽的姑娘……"

"是阿跌的朋友吧。"

苍老却清澈的声音自石头屋子内传了出来。门开了，杜巨源惊讶地看到了这一张苍老得已看不出年岁的脸，脸上沟沟壑壑相互交织仿佛一个岁月的迷宫。她的眼眶深凹，眯缝的双眼藏在额头和面颊的深纹间，几乎看不见。但杜巨源知道她在微笑。她身上数十片粗布缝合起来的长袍子，令杜巨源想起了延田跌的菱格形缝布袍子，只是延田跌的菱格袍异常鲜丽，眼前老人的袍子却好像在数十年间已浣洗了无数遍。老婆婆的双臂环抱着一个琉璃沙漏。沙漏并不大，但瘦小的老人好像抱着一块巨石一般。

"我的朋友延田跌对我说，这首歌是他奶奶教他的。"杜巨源看着她，说着胡语。在他模糊的印象中，和九姓胡商们的交往远比汉人多。只是那些面庞皆已漫漶不清，但胡语的说法异常清晰地存留在他脑海中，"他说有人会请我进去坐坐。"

"我就是他奶奶，我从小哄他睡觉时，他最爱听我唱这歌。"老婆婆脸上的每一道皱纹都好像在微笑，"进去坐坐吧。"她的粟特胡语发音流畅而优雅。

石屋内的陈设看去与外观一样简朴。杜巨源第一眼看见很多沙漏，形状、大小、色彩不一的各种琉璃沙漏，杜巨源看到一个沙漏的漏口细颈是弯曲的。唯一相同之处是这些沙漏皆很古旧，琉璃色泽早已黯淡，表面斑驳粗糙，好像和那老婆婆一样，布满了皱纹。他还看到一些形状古怪的琉璃酒瓶，同样斑驳古旧，瓶颈上箍着金圈。有一些瓶口中插着没有点燃的蜡烛。有一些奇怪的石头。还有一些挂毯,不是华丽的波斯织纹挂毯,而是一种破损的、古老的粗毛毯子。有些毯子上织着有翼神兽,但图案已漫漶。有两把远远看像藤条制的椅子,走近了才看清是用红柳枝制成的。椅子看上去粗简,但两个扶手雕着一对怪物,上身像人,腰以下像鸟,腿像马。杜巨源盯着扶手看了好一会儿。椅子后靠近石梯的地方摆着几个菱格纹的陶土罐子和水壶,也已经很旧了。房中的每样东西仿佛都很古老。沙漠婆婆正在用一个陶水壶沏茶。

"家里很简陋,"她端上了果茶,据她说是用一种只有在大漠深处才能找到的沙枣沏出,"如果一个人的房子外,拥有那样大的庭院,那么他在房子里也不会需要太多东西。"

杜巨源喝下两口茶后,味道有些怪,但很香。那是一种他从未闻过的香气,浑厚、悠长。他闭上眼,一会儿又睁开,觉得自己适应了一些这间石屋子。他又环顾了四周,寻着了一个话头,道:"你是特别喜欢这些琉璃器么?"他指着地上、桌上和墙上挂着的那些沙漏。

"那些东西叫沙漏,是沙漠居民古老的计时器。"沙漠婆婆眯着眼看着杜巨源。她不笑的时候也像在笑,眯了眼的样子就像一个老太太疼爱地看着自己的孙子。

杜巨源想了想,又道:"老婆婆,你为何需要那么多计时器啊?"

对于这样年岁的老人,早已不需要太在意时间的流逝了。

"我的孩子,"沙漠婆婆看着他,一边点头一边道,"它们不是普通的沙子,它们是从'死神之宫'取出来的沙子。"

"'死神之宫'?"杜巨源瞪大了眼。他又喝下一口,觉得香气更甚。

"塔克拉玛干边缘布满了神圣的'死神之宫',"老婆婆眼睛眯成了一道缝,几乎看不见了,嗓音忽然变得神秘,像在歌唱,或吟诵古老的诗篇,"我每个冬天会去塔克拉玛干取一些新沙子,那个季节的沙漠最平静。"

杜巨源看见沙漠婆婆的目缝里有光在闪,他没有开口。

"我们祖先的灵魂,埋葬在这片沙漠中。这些沙子里有灵魂。毗沙门天神会护佑这些灵魂。"

"你们的祖先是?"杜巨源像一个听故事入了迷的幼童,此时忍不住问道。

"我们祖先,从一个叫作吐火罗的地方来,我们的文字亦来自吐火罗之地。远古时,那里叫作巴克特里亚,你们唐人称作大夏。我时常能梦见那片祖先的故土。"沙漠婆婆眼里的光对着杜巨源不住闪动,却好像没有在看他。

"巴克特里亚?"杜巨源重复道,他觉得这地名好听,声音有魅力,仿佛能穿越久远的岁月。他觉得在记忆深处有回音,仿佛有个女人对他说过这两个名字。"它是一个什么样的地方啊?"过了许久,他问道。

"那里是火教发源的圣地,沟通另一个世界的'入口'也在那里。那里是天神降临、神迹显现的地方。但那里也有恶灵阿赫里曼的'入口'。沙漠告诉我,阿赫里曼已经出现在了巴克特里亚。我们需要寻找另一些地方,另一些神灵眷顾之地,那里也有'入口',但是那些入口狭窄、模糊,只有那些有特别天赋的人可以看见。比如六百年前的鸠摩罗什,他就在耶婆瑟鸡寺佛窟的'入口'自由穿行,"沙漠婆婆朝他微微一笑,"你也有些天赋，但只能算半个通灵人。你需要引导。"

"我就是要去大夏，去巴克特里亚。"杜巨源听到自己在说。他不知道自己为什么会忽然说出这么一句话。

"我知道，我知道，孩子。我会引导你。你是那个要去寻找'入口'的人。命定的人。否则，我不会对你说那么多的，我的孩子，即便你是阿跌的朋友。"沙漠婆婆微笑地看着他，点点头，用手指了指陶碗，示意他继续饮茶。

"但我什么都想不起来了，婆婆，我只觉得鸠摩罗什这名字很熟悉。"杜巨源饮着沙枣茶。他忽然觉得异常鲜香的枣茶味，渐渐混入了一股泥香，令那茶味越来越醇厚。

"那正是你的天赋啊，我的孩子，"沙漠婆婆意味深长地道，"遗忘是一种天赋啊。鸠摩罗什？流行于你们汉地的《金刚经》和《法华经》，全是他所理解的释迦啊。"

杜巨源听不明白了，他愣愣地看着沙漠婆婆，道："婆婆是信仰佛教还是火祆教？"

婆婆笑了。"我么？我信仰这片沙漠，信仰沙漠里的灵魂，信仰每年冬天我都可以听见的灵魂歌声，那歌声充斥在整个沙漠与天空之间。"她慢慢靠近，随后躺入一张用红柳、蒲草和枯藤编织吊床上，一手端起一个精致小巧的琉璃杯，"原谅我，孩子，我年岁大了，需要喝点儿酒，需要躺一会儿。如果我睡着了，请不要叫醒我。"

"婆婆，你安睡吧。"杜巨源柔声道。

沙漠婆婆躺在吊床上，抿了一口，将杯子伸向杜巨源，道："你不想尝一尝么？这种酒也是沙枣子酿的，只有在这里才能尝到啊。"

杜巨源接过杯子浅啜了一口。酒味很怪。递还酒杯的时候，他还是躬身道谢，说了声"好酒"。

"会越来越好的，"沙漠婆婆低声道，"这是在'死神之宫'里摘的，两年前的事了。"

"'死神之宫'？"杜巨源自己也不明白为何这个地名这般吸引着自己，"婆婆，你方才说你会引导我，引导我去哪里啊？"

"你要去哪里呢，孩子，你在找什么呢？你忘了很多事，但你总是能感觉到心里有光在闪现，而且有声音，好像在对你说话。好像你的心在对你说话，但你听不清，也看不明白。"

杜巨源目瞪口呆地看着沙漠婆婆。

"我说的引导就是这个意思，"沙漠婆婆在床上缓缓摇着，她的嗓音好像也在摇晃，"释教说的般若智慧，火教说的灵光，皆非你的肉身五感所能感觉到的。或者说，它不存在于你所处的这一重世界。这是一重灵魂封闭的世界。你需要打开灵魂，看见多重世界，看见无数重世界。但是别急，我的孩子。我可以先告诉你一个'入口'。"她顿了顿，又抿了一口，接着道，"那里也是一个'入口'，通往另一个世界的'入口'。那地方就在你们汉人称为欣衡馆的驿馆后，但没人说得清它具体在哪里。那个'入口'只对极少数人开放，只对那些灵魂已打开的人开放。"

杜巨源说不出话了。方才喝下去的一小口酒，余香泛了上来，和茶香融在一起。一瞬间他觉得自己神游幻境，漂浮在天地之间、山川之上，或者漂浮在无垠的沙漠之上。他听见沙漠婆婆有点儿絮叨的嗓音在耳边飘飘荡荡："但那里已经很久没有开启了，数年来，一群乌鸦一直侵扰着那片沙漠地。神意或许已经不再眷顾那里了。"

"乌鸦?"杜巨源脑中某个记忆被唤醒了,这是个什么信号?

"像乌鸦一般的人,"沙漠婆婆的嗓音在吊床上漂浮,"一百年前他们出现的时候,就已经像黑夜一样黑,这样他们就能躲在夜里,发动突袭。这些年他们频频闯入'死神之宫',令死者的灵魂不得安宁。于是,这些年来,从'死神之宫'吹来的风不再清晰纯净。我再也听不清那里的声音了,那些祖先们的吟唱声。最近我常常做一些噩梦。沙漠越来越黑,流出深红色的血,我被困在了那里,上空遍布乌鸦。"

杜巨源努力地听着,但听不明白,也想不明白。最后他叹了一口气,道:"这些人到底是谁啊?"

"我记不起来了,孩子,我年岁太大了。他们的名字听上去很怪异,很邪恶,我不愿去记住它,"沙漠婆婆说着,伸手摸向吊床挂着的一个绣袋子,掏出了蓝毛线、针、花样,最后是一个暗淡的金牌。"八十多年前,或许将近一百年前了,我祖父把他在沙漠里杀掉的一个人的手指砍了下来,拿到了这个。"沙漠婆婆将金牌伸向了杜巨源,金牌雕成了有些像凤凰的飞鸟形,鸟的额头上有一个"卍"字符号。

杜巨源忽然觉得身上发冷,觉得反胃,好像闻到了血腥气,浓烈的血腥气。他仿佛看到了乌鸦,看到了死尸,看到了尖尖的帐篷,帐中挂满了经幡一般的五色长布,但是阴冷诡异,充满了死亡的气息。死尸就躺在帐篷中,乌鸦在尖顶盘旋。他倒在椅子里捂着胃部喘气,听着沙漠婆婆苍老缓慢的嗓音,"现在只有在特定的日子,空气温暖、新鲜、湿润,而且要有风,像女人的手那样柔和的风。这样我才能从沙漠那里来的风里感觉到我的神,我的毗沙天神,我的故国、我的祖先们的护佑神。那些从沙漠吹过来的风,同时护佑着这里的释迦牟尼和阿胡拉·兹达的信众。"她的音调没有一丝起伏,但平和温静,像哄孩童睡觉的母亲的音调。

杜巨源感觉好些了,他的思虑不知不觉进入了悠远的时空。现在,在这石屋子里,和吊床上的老人一起待在这石屋子里,他觉得舒服。光阴好像停止了流转。但那些沙漏一直在缓缓流动啊,为什么自己感觉到光阴停止了呢?或者说,自己停留在了任意一段光阴里,停留在了任意一个时刻,或许同时是过去、当下和未来,甚至他感觉这石屋子也可以是任意一个空间,可以是沙漠深处,甚至是大海中心。真是奇怪的感觉啊。这时他的目光停在了一个陶罐子上。是个菱格纹陶罐,杜巨源看见有几个菱格纹中画了纹饰。纹饰线条流畅优雅,让他着迷,又觉得熟悉,仿佛最近在哪里看见过。

躺在吊床上的沙漠婆婆仿佛知道他在想什么,转头慈爱地看着罐子,道:"这是我们的文字,它叫婆罗迷。线性、象形、神秘。婆罗迷文也把世界分成两类,一类是阴性词,另一类是阳性词。还有一种特别的种类,是灵性的词语,灵性词描绘的是我们看不见但是能感觉得到的事物,但不是每个人都能感觉得到,需要有灵性的人。你瞧,带着一个小尾巴的,就是灵性词。每个词都有灵魂。如果你留心的话,在龟兹,到处可以看到这种文字。佛经、文书、陶片、壁画、院墙,到处都是。但看得懂婆罗迷文字的人,现在在王城内不会超过三十人了。"婆婆最后叹了口气。

杜巨源想起粟特文也是线形的，是由十七个蚯蚓状的字符和两个特殊字符拼接成。他再次眯起双眼细细看向陶罐菱格上的线条，觉得每条线仿佛都带着魔力，古老的魔力。他喃喃地开口，问道："婆婆，你可知道，罐子上的这些字，是什么意思么？"

"'若这个世界末日降临，沟通另一个世界的是太阳之火。'是一句古老的诗句，我族人的诗句。"沙漠婆婆在吊床上低声道，那苍老变得越来越渺远。

他的心猛然一跳，一种大祸将临的感觉猛地浮上心头。他熟悉这种感觉。与延田跌两日一夜的交往情形一幕幕闪过脑际，今晨在酒肆中的情形，还有那中年人的话亦迅速闪过脑际。忽然间脑中一片澄明。他猛然站起身，抓住了沙漠婆婆的手，那只手干瘦，布满皱纹，但是温暖。他听见自己大声道："这一重世界若祸乱猝起，我们的肉身便消亡了，到时去何处寻找灵魂呢？恐怕你孙子也难以免祸，恐怕会祸及你身。你和我一起走吧。"

沙漠婆婆笑着看向他，拍拍他的手，道："去哪里呢？我的孩子。"

杜巨源怔住，松开手呆立于吊床边，说不出话。

沙漠婆婆凝视着杜巨源的眼睛，双眼的缝隙里发出了年轻人一般清亮的光。"听我说，孩子，明晚，海路巴扎会开夜市。城南沙漠边缘的海路巴扎，有十几个大土墩的地方。你把那个琉璃瓶口的金圈取下来，到了那里，去找一个卖琉璃酒器的老儿，给他看看金圈。他会带你出城。记住，'太阳之火'。"

杜巨源瞪大了眼，又抓紧了沙漠婆婆的手，"但是我，但是你……"他缓缓道。

"我们会相见的。或许是肉身，或许是灵魂，但一定会相见。相信我孩子，我的灵魂早已出离了这一重世界，"沙漠婆婆摇摇头，"孩子，你知道你该去那里，你的心已经告诉你了。孩子，快一些吧，沙子要漏完了。"

龟兹王城·羯龙宅邸　行像节前夜·卯时

腥膻的毡帐子里,羊肉被烤得"滋滋"冒油。羯龙看着阿塔一片片割下布满油脂的肥肉,仍捂着自己的嘴唇。羯猎颠早醉了酒,用通红的双眼看着羯龙,将割肉刀狠狠插在他面前,喷着酒气道:"巴郎子,若有人再敢笑你的嘴唇,你就把他的舌头割下来。"

羯龙看着拿割肉刀上映出的寒光。刀身带着血丝,映出他两瓣小小的兔唇。他死死捂紧了嘴。刀光好像那些人看他的眼光,嫌恶、冷漠、鄙视、嘲弄,无论贵族还是平民的巴郎子们,见了他都是这般眼光,好像一滴一滴喂给他的毒汁,令他满面通红,令他从头冷到脚,令他终日窝在阿塔的毡帐里,默默地宰牛割羊。刀身的寒光越闪越亮,晃得他眼前一花。片刻间,帐子里的景象变了。

旁边阿史那氏和那利在用头盖骨酒杯对饮,一边对饮一边在狂笑。猩红如血的酒液自他们唇角漏了下来。他惊叫起来,虽然已成白骨,但他分明看出那是父亲的头颅。

"你们出卖了阿塔!你们害死了阿塔!"

他嘶声大喊。

阿史那氏笑得更大声,他扑了上去,顷刻间狂笑声转为了惨叫。被绑缚了的四肢阿史那氏赤条条地挂在了木架子下,叫得像个待宰的羊。阿塔活过来了,就在他身边,微笑着看着他,将那割肉刀子递到了他手里……他狠狠地盯着阿史那氏，一步步逼上前，恶狠狠地喊着"你出卖了阿塔，你害死了阿塔！"

忽然一双手握住了他的手腕。柔软的手掌，轻轻将他拉了回去。一切皆远去了，他缓缓睁开双眼。朦胧间，他看见晨曦已微露，漫过窗外庄园中一片李树枝头，漫过垂于窗外的蓝色纱幔，轻薄地落在墨莲光滑的裸背上。

圆床上的墨莲抚摸着羯龙浓黑弯曲的头发，手指轻柔地移至他的兔唇上，又移上他苍白的面颊，不停地爱抚着。

羯龙猛地握住了她的手掌，掌背上青筋在跳。"你什么时候上来的？"他哑着嗓子问，盯着墨莲深蓝色的眼睛，看着她眼中露出了痛苦之色，方松了手。

"你过于紧张了，我的勇士，"墨莲的另一只手握了上来，握住了他的掌背，她的头靠上了羯龙的胸膛，贴紧一下下震动的胸腔，慢慢道："再过半日，一切就结束了，我的勇士，我的爱人。再过半日，你，还有我，都将从噩梦中解脱出来。"

"已经是第十四个夜晚了，不是彻夜未眠，便是自噩梦中惊醒。"羯龙喃喃道。他慢慢捧起墨莲美丽的头颅，抚摸着披散下来的柔顺漆黑的长发。

"那你为何不来找我？"墨莲微微一笑，用小拇指勾着他的卷发。

羯龙仍注视着她的眼睛，幽蓝的瞳孔琉璃般的明澈，苦笑道："你知道，这几日，我脱不开身。"

"但你，是去见了别的女人吧，"墨莲笑道，用手指又捂住了他的嘴，淡淡想，"莫急，也莫解释。莫忘了，我也是个女巫……"

羯龙皱着眉，朝床脚边的毯子看过去。倒放的头盖骨，里面燃着香。一缕白烟几乎笔直地自白惨惨的骷髅中升起。羯龙盯着那缕白烟，才感觉那香气令他放松，四肢肩颈渐渐舒缓下来。他转过头又看向那双天蓝色的双瞳，他觉得异常宁静。他听见头脑里的话断断续续地从口中流了出来："酒肆街上，那夜间走绳索的，真是你孪生兄弟？"

墨莲轻轻捂住了他的嘴，道："你太累了，再歇歇吧，天还未亮，我来你这里，便是让你睡个好觉的，什么都不要想，你想得太多了。睡眠便是忘却一切，放松下来，慢慢找到那个中心，那个点，慢慢走进去……"她的声音轻柔得好像掠过春风掠过葡萄藤叶。

睡意慢慢上涨，便在接引他陷入沉睡的模糊光点已经若隐若现时，"笃笃笃"的敲门声猝然响起，梦境入口之门砰然合上。他昏沉沉地被拉回了现实。一瞬间他怒不可遏，大吼道："谁？！"

门外说话的人嗓音含混不清，好像蒙了面。"来访的女人没有拜帖，"那人说的是口音怪异的粟特话，"只通报了两个字：青雀。"

"青雀？"羯龙用手拧着眉头，想起了一个人，道，"让她等我一炷香工夫。"他回头看见墨莲已经穿上了一件淡绿色的束腰多褶长裙，他轻轻吻了吻她高而洁白的额头。墨莲一笑，捧着头盖骨款款走了出去。

有人在门上轻叩了两声，羯龙端坐在一张兽皮椅上，大声用汉话道："进来！"

一个女子被门口一个高大的身影领了进来，头上黑羃䍦的

丝绸之路密码2：龟兹壁画迷宫　　175

帷纱长过了脚踝。女子进屋前一瞬回头看了看。羯龙指了指他对面铺着软垫的矮几,那女子很自然地坐了下去,好像常客一般。羯龙看着她慢慢除下长羃䍦,头上竟然还戴着一顶帷帽。半透的帷纱长及下颌,盖住了嘴。薄纱后两点漆黑晶亮的眼眸子一眨不眨地看着羯龙。羯龙觉得他看过的汉地美人图,都及不上这双眸子。他的兔唇动了动,好像在笑。"你怎不摘帽?"他的汉话说得拙劣,发声尤怪,几乎辨不出是汉话。

那女子接道:"我听说,在别处,除下帽子,是礼数,在羯龙大人府上,蒙上面是礼数。"女子的嗓音清亮如佛堂檐下的挂铃被一阵风吹响。

羯龙的兔唇抖了抖,忽然大笑起来,"哈哈哈,你是那个叫萧萧的女人吧?"他的唇角向上扬了扬。

女人摇摇头,道:"不是。"

"不是?"羯龙皱了眉,"那么你是'青雀'的哪一个?"

女子未作声,掀起了黑斗篷的一边。羯龙看见她颈口有红光一闪,是火红色皮毛披肩。羯龙还未看清,女子的手已经从披肩内移出,手里捏着一叠褐色的纸片,看上去又韧又硬。羯龙盯了半晌,终于看出那是桦皮纸。他看见每页纸上皆密密麻麻写满了汉字。那女子抽出最底下的一页,将没有字的一面伸向他,一根手指指着树皮纸一角上的一个金色的纹样。

"金凤凰?"羯龙皱眉看着那个角落,脱口而出,"你是那个'凤凰'遣来的?你从拨换来?"他压低了嗓音,急促道,他的嗓音有些紧张。

女子又摇摇头,帷纱下的眼眸好像在笑。手指又伸入红毛披肩,很快又捏出一叠纸,一叠上好的桑皮纸。女子将叠了四叠的纸掀开，指着一角上的一个纹样，人形的纹样。

"傀儡团？康傀儡？你究竟……是何人？"羯龙的汉话说不利索了，他喘了口气，两眼钉子般钉紧对面的女子，"你知道些什么？"

"羯将军稍安，"女子轻轻笑出了声。她的目光越过了羯龙，看向仍弥散在室内半空渐渐变淡的白烟，缓缓道，"我确实知道一些事。"

羯龙的兔唇颤了颤，"康傀儡告诉你些什么？"他的右手慢慢伸向了腰后，那里的蹀躞带上挂着一把刀子，割肉的刀子。

那女子好像什么都没看见，道："他也没说什么。我只知道，今日事成之后，你们肯定需要一份名录。"

"什么名录？"羯龙的一只手紧紧按在腰后，嗓子发哑。

"'飞骆驼'设于龟兹的消息暗网。那些秘密火坛所在之处。以及主持火坛的祭司，与外头联系的接头人。以及消息的存放之处，接头的口令。这些消息，"那女子薄纱后的眸光一闪一闪，"今日事后，你们的头等大事，便是严防消息外泄。至少五日内，王城伊逻卢必须是座死城。但若这张暗网仍留在城中，"她嘻嘻一笑，"安西、北庭的唐军，以及此刻就在天山山谷中的突骑施人，若突然兵临关下……这一层关系，想必延田跌大人清楚得很。"

羯龙眼皮不停地颤着，方要开口，女子摆了摆手，道："我知道你前几日在狼帐里终于与乌质勒喝上马乳酒了，也知道你这几夜与他女儿共寝帐中。那又如何？你与你的主子得到了他的一句承诺么？你拿着他的金箭了么？你对乌质勒了解多少，你的主子对他了解多少？还有安西军，"女子叹了一口气，

"你自然也知道'青雀'的那件大事,但长安何日生变,连我也说不清,你主子敢赌在这上头么?"

羯龙的兔唇也已有些泛白,不住地翕动着,却说不出一个字。

"名录就在这里,"那女子摇了摇手里那张桑皮纸,"你放心,我的开价很合理。"

"你……你们要什么?"羯龙费力地吐出几个字。他的右手仍按在背后,但好像僵在了腰后。

"不是你们,是你。我是我,康傀儡是康傀儡,我们只是联手。"那女子缓缓道。

"那么你是'凤凰'遣来的么,你是他的人么?"羯龙嗓子哑得快听不见了。

"我为'青雀'做事,但与'凤凰'无关。对你和你的主子来说,没有'凤凰'了,他失败了。我给你看这份'秘档'的意思是,'凤凰'在龟兹的所有事宜,将由我接管。我的背后,是比'苍鹰'更高的人物。"女子看着羯龙额上渗出的密密麻麻的汗珠,语气越发缓慢、低沉,透出抑制不住的高傲。好像她天生便要指使人。

"你……你想要什么?"

"很容易。昨日入住龟兹酒肆客栈的汉族女人,绝不会太多。我想不会超过十个。你令盯着市集馆驿的人抄一份与我,飞鸽送至'乾达婆'便可,会有人收信的,如何?"那女子捏着那张桑皮纸,注视着羯龙。

羯龙看着那张桑皮纸,过了半日,点点头。他僵在背后的手已经伸回来了。

那女子把桑皮纸递了过去。羯龙哑然接过，愣了片刻，道："你信我？"

"我了解你。"那女子看着他的神情，轻轻一笑，"但我还有个条件。"羯龙目光一跳，紧张地盯着那女子，身形有些发僵，道："什……什么？"

"将我引见给你主子。"那女子以风铃般的嗓音，愉快地道，"就说我是'孔雀'，'青雀'的'孔雀'。"

突骑施可汗狼帐　　行像节当日·申时

　　李天水静静地坐在毡毛垫子上，眼前仍漆黑一团。但他知道自己又回到了那顶大狼帐里了。一闻到帐子里的气味便知道了。已经隔了五六年了吧，但熟悉得好像昨夜刚离开。他慢慢转头，闻着圆毡帐后壁上挂着的四张鞣制过的黑熊皮的气味，那气味有点儿像腥膻和奶香的混合。还有那张长弓上的漆味。那是莫贺达干的猎具和猎物，连悬挂的方位都未变。一切都是十年前的模样。他还记得十年前他第一回踏入这顶狼帐时的情形。那时他听康伯和他的粟特朋友们说，突厥可汗的狼帐圆顶覆金，可容百人。帐内四壁与地面皆铺着厚厚的羊毛毯，最外面是一层精致的丝面。但是踏入乌质勒莫贺达干的狼帐那一刻，他没有看见想象中的金帐子。那顶毡帐比他想得简朴得多也小得多。他想这帐子顶多不过坐下二十人吧，他想这帐子只比阿塔的帐子更暖和些更牢固些吧，暴风雪的夜里不会"吱吱"作响，帐子里的人不会冷得发抖。至多如此了。那时他想，是因为莫贺达干还不是可汗么？但是康伯说，莫贺达干已经是突骑施最大的头领了。那时他也看见帐中端坐的乌质勒莫贺达干也在注视着他，他直到此刻还能回想起当时乌质勒看着他的眼神。他记得那时他们对视了许久，直至身后的乌弓月用鞭梢捅了捅他的腰……

　　这时身后的乌弓月便用鞭梢捅了捅他的腰。他知道是乌弓月，那蔷薇花油的气味还弥散在身后。

"阿塔令你坐在这里等。"乌弓月压着嗓子说了一句。这么多年了,这个冲什么都敢抽一鞭子的突厥女子,对她阿塔的敬畏始终未变。他早已感觉到了乌质勒,即便蒙着黑布的双眼什么也看不见。乌质勒就在他们身前不远处。但他没有感觉到乌质勒的目光。

一阵"沙沙"声忽然从高处落下,便落在他身前。他知道是一道巨大的挂毯自帐顶垂落至地面,将二人与乌质勒莫贺达干隔开。这时李天水听见一个人从帐门外踏上了帐内的毛毯上。脚步声极谨慎、沉稳,他觉得有些耳熟。那人坐下时,他听到"咚"的一声,什么器物被重重地按上了毛毯。随后他想起了莫贺达干的牛角杯,他想起那是根极粗的牛角。这时他不自觉吸了吸鼻子,知道自己的酒瘾又犯了。随后他听见身后乌弓月粗重的气息声,野花香气更浓了。他有些奇怪,从未有什么事会令乌弓月觉得紧张。

"你前几日给我的口信我收到了,你的意思是伊逻卢已是座危城,龟兹各处将血流成河。依你之见,突骑施是该躲得远远的么?"乌质勒居然说的是汉话。这些年来乌质勒的嗓音并未改变太多,此刻李天水甚至能想象出他温和的笑容,温和中掺着嘲弄。他第一次看见乌质勒这样的神情曾大感讶异,那时乌质勒在帐子里也是用汉话和他交谈,亲切地像一个亲族长辈。此刻他说的汉话似乎也比当年更流畅了许多。

"草原上的雄鹰志在高天,何必留恋这座小小花园,泥足深陷。"是纯正的中原音调,但听上去有些阴冷而怪异,该是用假嗓出声。听不出男女年龄。

李天水的心跳"咚咚咚"变重了。他听过这个嗓音。几乎在那人说出第一个字的时候,他就想起来了。西州驿馆的地下巴扎,地下巴扎中的悬空帐篷,帐篷中的那个披着黑斗篷、面目深陷在大帽子中的人。一股冷气从耳孔钻入他胸腹又蔓延向四肢。

他记得有几个夜晚他梦见了这个人的轮廓,甚至梦见了这个人的面目,但梦醒时便忘了。但他心里清楚,这个人就是王玄策七人商队中的一个,是他杀了达奚云和王玄策。是他杀了安吉老爹。眼前漆黑,但有光在脑中急速闪动,也是他杀了卓玛,他想。他杀了梦中的吐蕃女子,杀了他的一个梦。但他忍住了一动未动。

他双手紧紧攥成拳头,又想,那人为何还要掩藏自己的嗓音,莫非他知道自己在挂毯后,抑或这附近还有"商队"的人?

挂毯另一侧的帐内沉默了片刻。"这是威胁么?"乌质勒的声音很平静。

"没有人能威胁草原上的可汗,'绿度母'的头人只想与可汗做笔买卖。而我是个无足轻重的捎话人。"怪异的假嗓音听上去不带一丝情感。

"你方才呼我什么?"乌质勒的音调起了变化。

"突厥草原上的可汗。"

"这是以'绿度母'之名,还是以吐蕃之名?"乌质勒忽然提高了嗓音。

"可汗大人,这是同一桩事。可汗大人早已知道,'绿度母'的主人,乃是伟大的弃宗弄赞的女人。在吐蕃信众的心中,她便是'绿度母'的化身。"

"你说的信众,是黑教信众吧?但据我的耳目,绿度母乃是佛母,她在吐蕃不是佛母了么?据我的耳目,吐蕃如今是佛教信众更多,是我的耳目弄错了么?"乌质勒的嗓音洪亮起来。

"黑教乃吐蕃原生信仰,数千年之久,佛教西来,本尊、佛母,乃至教义,多袭黑教,以利其传教。绿度母根于吐蕃传统,源流极久远,已不可考。至于如今吐蕃信众,嘿嘿,"两声阴寒的干笑令李天水忽然浑身毛发直竖,"不瞒可汗,如今朝中是黑教掌权,不久便有改宗大事。可汗见谅,事涉绝密。但此刻鄙人可保证,此后释迦之说,将被全然纳入黑教体系,届时百万信众将重归黑教。若有冥顽愚者,嘿嘿,黑教自有法器。"李天水猛然头皮一炸。一瞬间,他想起了深深插入达奚云背脊的金刚杵,想起了那可怖的"呜呜"声,想起了方才在酒肆里听到的那句话,"浴桶的水都是红的"。恶心感阵阵涌上,他弯腰,紧捂住自己的肚腹。他听见身后乌弓月的喘息声越来越粗重。随后他听到一阵咕咚咕咚的喝酒声,像牛饮水的声响。牛角杯又被重重地按在地上。他知道如果乌质勒这般灌酒,便到了做决定的时刻。

"'绿度母'想和我做什么买卖?"他的嗓音变得极低沉,像寺塔上缓缓传出的钟声。

"甚是简单。伊逻卢易主后,龟兹仍将北面尊奉突厥。可汗无须再劳精骑南下,龟兹新王按季遣使北上,可汗安居狼帐坐收商税便可。"

帐内又沉寂了好一会儿。"阿史那氏和那利败了么?"乌质勒的嗓音更低。

那人叹了一声,道:"据我的消息,阿史那氏太后此刻已被宰割成了数十块,便在她自己命人挖掘的墓道里。至于那位原龟兹大相,削骨易容后的莲花寺住持,我想不出两三日,他也会和太后遇上一样的命运。可汗知道,龟兹王城并不太大,而且四关城门已经封闭了十余日,要搜出这样一个人并不会太难。"怪异的嗓音没有一丝起伏,但李天水听出了一种难以掩藏的得意。那是一种操弄别人命运、操弄一国之人命运的得意。

乌质勒又沉默了片刻,问道:"是羯龙么?"

对面的人顿了顿,忽然笑出了声,那笑声像盘旋在死尸上的鸦叫。"果然是草原上的可汗,什么事也瞒不过你的耳目。决定龟兹命运的人就是羯龙,大将军羯猎颠之子。他也该是叮汗的熟人了,过去一月间,羯龙可是这座狼帐的常客。"

李天水在想象乌质勒的神情。长久的沉默于乌质勒是不寻常的,往往意味着他在抑制怒火。"你们扶着谁上了金狮子座呢?"他的嗓音已完全平静下来,甚至听去有些柔和。

"继任的新王亦是金花白氏之后,白诃黎布失毕之子,白素稽异母弟,延田跌。今日午后,延田跌已经在七姓老人的拥立下,登上了狮子王座,并奉佛教小乘为国教。"

李天水想到了昨夜在窟内听到的太后与那利的密语,还有客栈中那场恐怖的面具歌舞戏。现在他想明白了一些事。一日之间,龟兹连续上演了两场宫变大戏啊。他忽然又想起了舍利盒外那圈精美的画布,猛地一惊。画布上那队面具歌舞伎的模样,和客栈中的歌舞戏几乎一模一样。他觉得自己的手在发抖。

是个可怕的预兆么?还是龟兹王家轮回不止的残杀命运,借由面具戏被画在了舍利盒外。这时他又想起了大唐王家的命运,想起了他在舍利盒中读过的那些汉字。他的手颤得更剧烈了。随后他想到了草原上的命运,想到了他在狼帐中见识到的结盟、密谋、交易和叛卖。想到了为何阿塔失踪后,他立刻冒着巨大的危险离开了狼帐、离开了狼卫。

这时他听见乌质勒叹了一声。"无边的大漠边上就只有这么一个龟兹,为了独占龟兹,你们愿意出个什么价呢?"

"吐蕃与突骑施结盟。"那人亦直截了当道。

这时,李天水忽觉肘间一阵剧痛。乌弓月在他身后用力抓紧了他。又一阵"咕咚咚"往喉管灌酒的声音,随后是"哈哈哈哈"一阵大笑。那笑声好像震动了帐子的围壁。"我听说当年阿史那氏贺鲁欲结盟吐蕃,竟然遭拒,如今怎么看得上我这个小部族?"他略带着嘲弄的温和语气又回来了。

那人也冷淡地笑了笑,道:"那面按照突厥第一个雄主土门可汗的面相打造的黄金面具,此刻可还在可汗帐子中?"

乌质勒又顿了顿。"阁下这是何意?"他的嗓音变粗了。

"据我所知,突厥人以为,谁是那张面具的主人,谁就有可能成为十箭突厥部族的主人,统一突厥草原,"那人缓缓说道,"如今的突厥草原四分五裂,离散部族甚众。贺鲁败后,有些部族甚至远来依附吐蕃。他们以为,如今在西域,唯一能与唐人以较短长的,便是吐蕃的骑兵了。可汗已西迁碎叶建牙,其地极好,但若欲重建土门可汗之业,在南面只怕仍需一个强力盟友。大唐是宿敌,粟特人唯利是图、变化无常,即便在西突厥各部内,突骑施也有不少血仇。可汗可以倚赖的朋友不会太多。"那人平稳语调中,隐隐带着一丝非人的冷酷。这语调他在哪里听过,到底是谁?李天水紧皱着眉。

乌质勒"嘿嘿嘿"的笑声，听上去像憨笑。李天水的手肘一阵钻心的疼，乌弓月狠命地抓着他。随后他听见乌质勒说："既是结盟，你带来了什么信物么？"

帐子传来一阵"簌簌簌"的响动，像金属之物擦着丝绸布料。"这支黄金箭镞是阿史那氏弥射统辖下的五弩失毕部部族首领印信，但如今弥射怕是再也用不上了，度母遣我转交与你。"

过了一会儿，乌质勒道："弥射已经被苏海政杀了么？"他嗓音又柔和起来。

"正是。"那人道，"弩失毕五部头领阿史那氏步真告弥射谋反，统辖贺鲁降众的苏海政杀了弥射。于是咄陆五部纷纷叛逃唐人，南下天山后大部被吐蕃收留。"

乌质勒嘿嘿一笑，又道："据我的耳目，这苏海政可是大有问题。他杀弥射没那么简单。我猜，是弥射不肯和他举事吧？"

那人轻笑了一声，过了一会儿，叹道："可汗耳目真是不错。"

"'绿度母'也有意于'青雀'？"

"绿度母只有意于真正的雄鹰。"那人笑着道，"'绿度母'中的主事尊者对我说，那两个假可汗与你相比，便如傀儡草人一般。主事尊者嘱咐我，无论如何，须令可汗收下这支金箭。这并非结盟信物，只是诚心结盟之礼。尊者还说，结盟之日由可汗定，届时可汗将携着十支金箭，戴着黄金面具，与吐蕃赞普歃血会盟。"

帐内沉寂了片刻，随后忽然爆出一阵"哈哈哈"大笑，笑声好像要将帐顶掀起来。李天水觉得两耳内"嗡嗡"直响，乌弓月捏紧他手肘的手掌在不住发抖。

"是份重礼，很重的礼，"笑声止歇后，乌质勒气息平稳地缓缓道，"按照草原的规矩，我该让你带回去一件更贵重的东西。可惜你们要的东西此刻不在我手里。"

"哦？可汗以为'绿度母'要什么？"

"那口箱子。那口装着拜火教的圣物，装着整个火教的秘密，和西域命运的箱子，"乌质勒顿了顿，又道，"怎么？不是么？"

"那口箱子，"那人又叹了一声，语气中流出一丝懊悔，"已经毁了。三日前，已经随着中天山的地动，永远埋入了天山的地底。"

"哦？是我的耳目出错了么？"乌质勒仿佛有些惊讶，"那么，我的朋友，你莫非什么都不想带走么？"他头一回唤那人为"我的朋友"，李天水的肘上猛然又是一阵剧痛。

那人像在斟酌，过了一会儿，方一字一字道："'绿度母'所求，乃是可汗的独女，突骑施狼卫首领，乌弓月。"

乌弓月抠入肉里的手指软了下来，如同一声叹息那般轻软，随后从他的手肘垂落，像一个泄气的皮囊——但被李天水的手掌接住了。李天水湿透但坚实的手掌。

也不知过了多久，帐中又响起了乌质勒低沉的嗓音，听起来有些疲惫，又好像带着嘲谑："你的主人是提议和亲么？"

那人阴阴一笑。"可汗误会了，不过暂借数日。'绿度母'的尊者久闻'突厥蔷薇'之名，甚是仰慕，欲结识草原女勇士久矣。目下吐蕃大军已逼近疏勒。若狼主领精骑循大漠北缘西进，南北合击，城破之日，想必便是突厥吐蕃血盟结成之时。"他说得很慢，嗓音很笃定，好像一个赢定了的赌徒在把玩手里的筹码。

"你们想要乌弓月带多少人去？"

"听闻狼卫个个以一当百，私以为数十人足矣。"

李天水捏紧了乌弓月冰冷的手掌。他听着帐内火盆子中"噼里啪啦"的烧灼声越来越响，听见乌质勒沉重的嗓音响起："你可以带回我的口信，弓月三日后便至疏勒。"

这时李天水忽然想，乌弓月是早已预知了自己的命运么？她好像一个落马前抓紧马鬃的人一样抓着我的手臂啊。

在黑暗中，李天水半转过身，低声道："不要去。"他本还有话要说，但忽然仕了嘴。乌弓月拉下了他眼前的黑布，他从那双许久未见的冰蓝眼睛中看见了他从未见过的东西，看见了一种绝望和悲凉从冷傲和不屑中慢慢浮现上来，看见了她依然野性热烈却不再纯真。他忽然想要避开她的注视，他觉得自从自己不告而别的那天起，便失去了对她说出那句话的资格。

但两人仍然在黑暗中对视了很久，李天水浑然未觉那个吐蕃使者是什么时候走的。

"弓月，阿塔希望你去。"乌质勒轻抚着女儿乌黑微卷的长发。从那隔帘子蹿入帐中后，和那些年一样，乌弓月像一头小马驹一般跪伏在她阿塔身侧。李天水盘着腿坐在二人身后，看着父女二人许久未发一语。帐中再无别人。

"阿塔，你知道我会去的。"乌弓月头枕着她阿塔的膝盖，低声道，"我稍后便回帐准备，明日便出发。"她的嗓音听上去好像要去一次普通的围猎。

李天水的心沉了下去，他张了张口，他想说"莫贺达干，明日我想和她一块去",他想说"莫贺达干,我可以再做一回狼卫",却未发出声。这时他感觉到了背上箱子的分量。乌质勒的目光终于转了过来。壮实魁梧的身躯上是一张和善的圆脸和圆眼睛,此时他的嘴边也挂着笑,是李天水熟悉的温和笑容。"你是不是想起了一些往事?"乌质勒笑道,随手抛过来一物,李天水随手一伸接过。是个长长的羊皮囊,李天水一握便知里面盛满了上好的马乳酒。

"回不去了,"乌质勒看着他像六七年前一样,仰起脖子将酒倒入喉管,眼神没有一丝凶狠,反而好像很惋惜,怅然道,"这些年,药毒在你身上发作的那些痛苦,恐怕已经把你变成了另一个人。"

李天水咧嘴笑了:"莫贺达干,我已经有些习惯这些痛苦了。"他仍然称乌质勒为"莫贺达干"。

"你需要习惯这些,相信我,我需要习惯的痛苦,比你身上那些难熬得多。"乌质勒凝视着他缓缓道,眼神越来越坚硬。

"莫贺达干,"李天水顶住了他的目光,直视着他双眼道,"是你要见我?"

"按突厥之法,叛离狼卫者,乃全族死仇。突骑施的勇士搜尽草原的每一片角落,也要将他捉回狼帐,装入囊中,马蹄踏为肉泥,"乌质勒的语气也坚硬起来,但李天水双眼一眨未眨。乌质勒盯着他,顿了顿,又道,"不过,现在,我需要你做一件事。做完这件事,你的事我便忘了。我保证突骑施的男女也都会忘了。我会把解药给你。而且,或许你可以见到你最想见的人。"

听到最后一句,李天水的双眼瞪大了,忽然好像喘不过气，失声道："他仍……"

"他仍活着，活得很好，"乌质勒在缓缓点头，"此刻他的帐子安在了水草丰茂、几乎不见暴风雪的碎叶草原。除了这几年每逢遇到东边过来的商队就会打听你，他和以前没有什么两样。"

李天水觉得自己的心被揉碎了。但是这么些年在草原，尤其在沙州被人抽鞭子的日子里，他学会了如何不露出软弱的表情。他慢慢卸下了背后的箱子，尽量平静道："莫贺达干要的是这口箱子吧？"

"哈哈哈哈，"乌质勒出乎意料地大笑道，"这口箱子还是由你背着吧。它虽然像火一样重要，但也像火一样危险。你愿意背多久就背多久，"他顿了顿，随后盯着李天水，"我想要你留在我身边，好像你不曾离开过，好像你还是曾经的那个狼卫。三天后，你便跟我回碎叶草原。"

李天水发着呆，看着乌弓月仍头枕着她阿塔膝上，始终一动未动。但他看见她的背脊在微微起伏。

李天水左手抓了发辫，揪紧、松开、揪紧、松开，右手抓起酒囊，仰起脖子一饮而尽。随后，他用袖口擦着嘴，咧嘴道："莫贺达干，这些日子，我在龟兹还有些事要做。"

"你在找'飞骆驼'的人带路，但要带你去哪里呢？去大漠另一边，去葱岭，还是去大夏，交给这口箱子的主人？"乌质勒的眼中又现出了笑意，"巴郎子，我明白告诉你。这件事是个幌子，是假的。用你们唐人的话说，是个局。据我的耳目说，王玄策那伙人来西域是为了别的一些事。你以为长安城里的那婆娘会相信送去一口箱子便能控制西域么？即便控制住西域，她能掌控大唐边军,能清除朝中的政敌么?巴郎子,你太天真了。哈哈哈……"

李天水什么都没说,他平静地看着乌质勒,清澈的目光像草原上的河流那样闪动。随后,他又背上了箱子和背囊,重复道:"莫贺达干,这些日子,我在龟兹还有些事要做。"

乌质勒看着他皱起眉头,"听好了,你这头犟牛。突厥人事火、崇火,突骑施遵奉火祆教。你不信我的话,但你该信我的承诺。到了碎叶后。我会派人护送你去大夏,从碎叶到大夏的山谷中,没有人敢动突骑施的东西。唐人与波斯人约定的期限还有多久?四十日么?听好了,我不知道你的脑子里在想什么。但你如果想要做成这件蠢事,唯一的法子,也是跟我回碎叶。"

李天水咧嘴苦笑了笑,还未开口,乌弓月忽然抬起了头,冰蓝的眸子冷冷瞥了他一眼,道:"我知道他脑子里在想什么。他在龟兹还有一个女人。"她的语调比冰还冷。

乌质勒看看李天水,又看看乌弓月,带着那种洞悉一切的神情,温和地笑了笑。

李天水说不出话了。那么她确实是在龟兹了?那么她还活着,没有被青雀、被吐蕃的乌鸦或者龟兹的黑暗吞噬?那么我还有机会看见她,看见那双乌黑的眼睛么?乌质勒看着李天水的神情,微笑道:"或许他很快就要见到这个女人了。"

突骑施可汗狼帐　行像节当夜·酉时

玉机在狼帐边醒来时，前头进帐子的人恰好出来了。那人已经披上了长斗篷，帽檐很深，看不清面目，但玉机起身时，能感觉到阴寒的光从帽檐下透出，撞入黑纱后的双眼。她知道这个人认出了自己。而早在这人进帐前，她已认出了他。高塔佛堂里那道拉长得诡异的黑影子，空中帐肆上浑身散发死气的宽大黑斗篷……她的心重跳了两下，又迅速压抑住了。现在她知道他是谁了，但现在是在乌质勒的地盘，他绝不敢下手。她觉得那夜之后，自己变得更冷静了，变得更能抑制住情感。无论如何这是好事。

前头有个背脊绷直、高大劲悍的狼卫引领着自己。那人的左肩好像受了伤。切过山坳的风越发冻人，玉机的双手在羃䍦中捂紧了披肩，觉得自己已经完全清醒了过来。她只冥想了不到一炷香，连夜的劳顿疲惫便已经随风消散。狼帐在这山坳的最高处。接近圆帐时，她四下望了望，远近触目可及的皆是一片荒瘠的山体。深褐色布满褶皱的山坡连着山坡，更远处的山体接近赭红色。她虽然是蒙着眼过来的，但在马上始终默想着方位。马蹄子停下时，她心里已有八分把握。突骑施莫贺达干乌质勒的狼帐，就藏在耶婆瑟鸡寺和莲花寺之间绵延山岭中的某个小山坳中。

踏入帐子前，她脑中还闪现着方才冥想时闪过的面孔。是她今日见到过的一些面孔。那个抖着两瓣兔唇的羯龙，那个看见自己那一刻眼中混杂着惊恐、仇恨和疲惫的萧萧，那个两眼里好像蘸满了毒汁的昆仑奴，那个端着头盖骨、美艳绝伦又虚艳缥缈的女巫，那个眯着眼像看一幅画那样看着自己身体的龟兹新王。冥想时她本该什么也看不见。或许是过去一日一夜在她身上发生的事实在太多太快。

她听说过乌质勒的狼帐粗朴，却未料陈设这般简少。圆帐子帐壁挂了一圈毡毛毯子，毯子上悬着箭囊、酒囊和兽皮。挂毯没有丝毫纹饰。地上也铺着粗毛毯，似乎织着漫漶不清的兽纹。毛毯中央的火盆上蹿动着火苗，乌质勒止微笑着安坐在火盆后的折叠胡椅上。胡椅后五六步远，一左一右立着两个人。高大劲健、腰杆箭一般直，但并非先前领她进帐的那个狼卫。这两个狼卫罩着面具，身形也罩于黑褐色的毡毛披风下。只消一眼，玉机便看出这两个狼卫是一男一女。她不知为何对这两人多看了几眼。这时，乌质勒对着她开口了："你说你是青雀在西域新的接头人？你说你的背后是青雀真正的大人物？"

玉机的眼波流转过去，她未料到这个面目粗犷神情温和的草原新贵，汉话说得如此顺畅，连舌音亦轻不可闻。想来乌质勒至少在十余年前已开始熟习汉话。其志不小啊，玉机心想。她慢慢脱下了长幂䍦、黑纱帷帽，逐渐露出了梳得高高的堕马髻、精心描画的浓妆、湖绿色短褥衣和艳红的石榴裙。她隐隐听见帐中有几声粗重的呼吸。她嫣然一笑，对着乌质勒微微作揖道："汉女高玉机，有幸见过可汗。"

乌质勒好像对她的妆容很有兴趣，端详了许久，温和地道："你就是那种拥有十条舌头和一百个谎言的汉族女人吧，你在何处见过我？"

"在天山的深处,在瑶池茂密的松林边,我亲眼见到那可汗的血囊被人射落。"

乌质勒的眼神凝了起来,紧紧盯着玉机。面上仿佛也凝了一层霜,只是一眨眼工夫,他的神情又柔和下来。玉机的笑容一丝未变。"你若是'青雀'的人,应该是我的朋友。你既然是我的朋友,为何会帮助我的仇敌脱逃?"乌质勒微笑道。

"那是两日前的事了,而像可汗这样的人,自然知道,永远会有仇敌变成朋友,朋友变成仇敌。"

"哦?"乌质勒的髭须翘了起来,上身微微前倾,"你是什么意思?"

"我的意思是,不过一个日夜,龟兹情势变了,而在拨换,情势更不可测了。"玉机叹了口气,"在龟兹,可汗事先布好的棋子出局了。'凤凰'此刻生死未卜,龟兹的新王正在全城缉捕他。但是可汗没有出局,因为,"她顿了顿,"目前'青雀'在龟兹有了新的棋子。"

乌质勒的圆眼睛瞪了瞪,好想听到了什么怪话,不可理解但颇为有趣的怪话。他看着玉机,好像对这个妆容秀媚的汉女越来越有兴趣,"你的意思是,那颗棋子就是你?"他嗓音洪亮起来,带着笑道。

玉机轻巧地点点头,道:"正是。其实鄙女方才正是从龟兹王的宅中赶来狼帐。"乌质勒愣了愣,上身向前倾了倾,道:"你的意思,你还是那个白延田跌的人?"

玉机笑着点头。

乌质勒仰面"哈哈哈"大笑起来。玉机看着火盆中的火苗子急速晃动,火苗好像被那笑声震得东倒西歪。良久,她抬了头,顶着那笑声的震响,开口道:"可汗是轻视我么?"

玉机嗓音轻柔,在笑声中几乎不可辨,但乌质勒立刻收了笑。他看着玉机,用温和的嗓音道:"你还不到二十岁吧。"那语气像一个长者在逗弄幼童。

"我年岁确实很小,但仍然配得上做你的朋友,因为我们所认同的那个生存准则一模一样。"

"可否请问一下,那个准则是什么呢?"乌质勒大概觉得越来有趣了,他有点儿逗笑地问道。但玉机看着这双此刻正闪闪发亮的圆眼睛,明白没有什么能逃得过他的目光,知道今日最危险的时刻到了。"为达目的,无所不为。"她缓缓答道。

"为达目的,无所不为,"乌质勒有些惊奇地重复道,"这话从你这样的女娃子嘴里说出来,听上去真是好得很呐。"

"可汗想必知道我母亲是个公主。"玉机平和地道。

乌质勒目光一动,终于抓起身侧的酒囊,慢慢地饮下一口酒,点头道:"我知道。"

"但我在知道母亲是个公主之前,就已经是个孤儿了,"玉机叹息道,"可汗或许不知道的是,杀了我阿耶的人,乃是阿祖,杀了我阿娘的人,乃是我阿舅。所以像我这样的孤儿,如果想要活下去,恐怕不得不干一些大多数人绝不会干的事,且须不断地干,不断地冒险,才能一直活下去。我始终记得那个帮着我活下去的人对我说的话,'这世上只有适者存活'。"

"'这世上只有适者存活',"乌质勒若有所思道,"这又是一个绝妙的说法。"

"我听说可汗也是个孤儿,"玉机继续道,"您一定会知道,尽管我看起来像个孩子,尽管我看上去始终依靠着别人,可我真正依靠的,是自己。我生存至今,是因为我适应了生命中各种意外和所有常人难以忍受之事,并且把这些经验变成了我唯一可依靠的东西。"

"你说的很像我们突厥部落里的吟游诗人。给这个哇里哇啦的女诗人点酒喝,"乌质勒的大手掌拍着毛毯子,嗓音洪亮地大声道,"她是有着天可汗血统的女诗人,她是知道这个世界的行事准则的。"

玉机看见乌质勒身后左侧的男狼卫身形动了动,但是右侧的女狼卫已经像一头豹子那般蹿了过来。蹿至火盆子边时,原本挂在蹀躞带上的一长袋酒囊已经抓在了她手里。玉机伸手欲接,那女狼卫却松了手,酒囊在她三四步远处直坠向地毯。"啪"的一声,盘膝而坐的玉机突然就躺平了,同时脚尖一挑,正够上将将触地的长囊子。她一折腰一招手,再坐起时酒囊已经到了她手上。她麻利地解开囊子,好像什么事也未发生,就着囊口仰头便倒。"咕咚咕咚",居然一饮而尽,随手将空囊抛向那女狼卫,嘻嘻笑道:"狼主,这般乳香的马乳酒,我也是头一回喝上。好东西可要抓紧啊。"

那女狼卫抓着那袋空囊,手背微微发抖,却一个字也说不来。她原本便比玉机高出大半个头,此刻冲着盘坐在地的玉机,像一只欲扑兔的鹰隼,却在落地前生生停在了半空。她僵了半日,忽然冷笑了一声,以极生硬的汉话道:"好得很!你的腰倒是软得很,想来死了爷娘又如何,少不得有人供你在榻上。"说罢,猛然一旋身,一阵烈风般地推门入帐。

玉机乌黑的眼珠子分毫未动,脸上仍挂着笑看着乌质勒,只双颊微微发红,更显得娇媚。乌质勒好像也愣怔了片刻,呵呵呵笑道:"你勿怪她失礼,她自小便野得很。她也没娘。"

玉机笑道:"狼主性情女子,这是把我当作朋友了。"

"那便好,那便好,"乌质勒轻轻拍着地毯道,却忽然收了笑,"饮下了马乳酒,就是朋友了。突厥人和朋友说话,不绕弯子。你来这里想要什么?"

"一个承诺。"

"说吧。"乌质勒捋着胡子道。

"做龟兹新王的保护人。"玉机忽然压低了嗓音,几乎一个字一个字道。

乌质勒捻着髭尖的手指停在了半空,他眯眼看着玉机,哼哼了两声,道:"那小崽子是要踢走吐蕃人么?还是想着南北两边都赌上?"

"谁也不能同时赌上两个西域雄主,况且延田跌大人并没有太多赌注,"玉机缓缓道,"他不喜欢那些野蛮的吐蕃人。"

乌质勒揉着髭须,嘿嘿笑了一会儿,道:"羯龙来我狼帐有一个月了吧,为何瞒着我呢?"

"那时他还不是龟兹的新王。"

"那么就是来探我的动静了,"乌质勒"嘿嘿"笑着,又道,"那小崽子不是要尊崇小乘佛么?"

"那是为了回归龟兹传统,鸠摩罗什前的老传统。突厥人的保护同样是龟兹传统。一百多年来,突厥人的保护下,葱岭东西,天山南北,诸教并行,可汗并不干涉,这是突厥老传统。可汗不欲效木杆、达头可汗故事么?"

乌质勒盯着玉机,嘿嘿了半日,目光像火盆子里的焰光那般闪烁不定。"那崽子崇小乘,是为了摆脱东边的控制么?"

"延田跌大人当然有心自立于大唐之外,但必须在可汗的保护下。"玉机不让乌质勒开口,顾自说了下去,嗓音清亮起来,"三日之后,大唐或将有变。即便事败,四镇边军势将大部退回玉门关以东。简言之,西域格局,两三日内便要大变。突骑施的精骑只须在庭州草原抄掠边镇,牵制庭州驻军南下,一可坐收龟兹之利,二可结好'青雀'。可汗或许听说青雀在朝中盘根错节,主使者,"她忽然压低了嗓音,"乃是凌烟阁图上的人物。"

"原来你都替我盘算好了,"乌质勒捻着须尖,笑了,浓重的眉梢忽然抬了抬,"据我的耳目,你们这次扶立的……"他顿住不说了。

"此涉绝密,恕难告知,"玉机微微一揖,迅速接道,"可汗不必心急,两三日内自有分晓。"

乌质勒嘿然不语,看着玉机,半晌,大声道:"小婆娘,你觉得吐蕃人都是些婆娘么。你觉得那些装神弄鬼的野蛮人横越过大漠来龟兹是为了长长见识么?你觉得让一群乌鸦把叼在嘴里的死肉吐出来是桩儿戏么?"

"草原的雄鹰该想的是另一些事,"玉机忽然正色道,"他该想的是如若吐蕃的势力借此迈出大漠,对草原意味着什么?他该想的是如若突厥部族习得了那种野蛮原始的宗教,对突厥意味着什么?他该想的是,如今吐蕃最精锐的锁甲军仍远在青海吐谷浑故地与唐廷对峙,对可汗意味什么?"玉机说着,看见乌质勒的瞳仁慢慢缩小,最后变成了一条缝,好像一头在慢慢靠近猎物的豹子。很长一段时间,他什么都没说。

"天可汗的孙女啊,"最后,玉机听见乌质勒轻叹了一声,

"你要我的承诺,该有些信物吧?"

玉机的手指探入了她的狐皮披肩,捻出了两叠纸,一叠是折起的桑皮纸,另一叠明黄色,也是折起,纸质细腻得像丝绸。玉机将那叠桑皮纸递了出去。乌质勒在火盆上方接过,但两眼仍然看着那叠明黄纸。玉机笑着道:"这里面写明了离散的五咄陆部突厥三万帐落由可汗收归。三万帐落离散在拨换据史德山堡以北的天山谷地里,可汗去了那里,很容易能找着他们。咄陆五部精骑远多于弩失毕五部,可汗比我知道得更清楚。这纸上盖了唐封的濛池都护的军印,这样,可汗在招抚这些部落时,自然可以打消他们的疑虑,少了许多麻烦。"

乌质勒的髭须微微翘着,两只眼还是瞬也不瞬地看着玉机手里的另一叠纸。玉机笑了,"可汗想来猜到了。这便是从长安宫里盗出的敕书,那婆娘的加急手敕。天山南北四十八军镇将领调防令。秘敕常不加印,所以对许多将官是有效的,嘿嘿,"玉机的两点眸光变得晶亮,道,"即便敕书失效,天山南北的军力分布,戍堡方位,间隔距离,甚至馆驿烽台,可汗一览无余。"

乌质勒一动不动,连一丝表情也未变,已经快缩成一条线的瞳仁盯着玉机,等着她说下去。

"可惜这敕书只能在拨换交给可汗。'青雀'的主事人让我带个口信,明晚,他们将在那里与可汗会晤。到了那里,可汗自然会找着我的主事人的。"这时,玉机眨了眨眼,她看见乌质勒的神情有些无奈,好像一个头回当阿耶的人看着自己五六岁大的女儿。最后他叹了口气,道:"按照突厥的传统,你是不能空着手只带个口信回去的。"说着他站起了身,转身迈向左侧帐壁上挂着的箭囊。玉机的黑眸子仍盯在火盆后。那个男狼卫的发辫散落在面具下的肩颈间，发辫又长又脏又乱，尤其与乌质勒浓黑的束起的粗发辫相比。好像那是一头永远不会被清洗也永远不会受拘束的发辫。玉机的眼眸子就紧紧盯着那头发辫，片刻不移。乌质勒又坐了下来，挡住了她的视线。微笑又回到了她脸上，她双手捧过乌质勒递过来的金箭镞，听着他道："这便是我们突厥的可汗金箭。这支箭尾上刻着的铭文，是古突厥如尼文，意思是'上天与神圣之造作，突厥民众永不灭绝'。你们的主事人——我希望不是那个苏海政一看便知。"

"可汗恩典。"玉机捧着沉甸甸的金箭，深深躬腰一揖。

"还有　桩事。你说你可以代白延凵跌说话。我要如何相信你呢？"乌质勒眯着眼道。

"信物始终在可汗眼前啊。"玉机道。

乌质勒皱了眉，瞪大了眼睛，忽然若有所悟，看着玉机的额头。玉机"扑哧"笑出了声。"可汗看来猜到了，我的眉毛是突厥妆，上妆的是奥斯曼草汁，"玉机指着自己几乎连在一处的双眉，浓黑发紫的眉毛令她的眼眸子更显熠熠生辉，"我的额头是龟兹妆，用了香脂。眉间上，是他画的小金花，"玉机指着自己额上的金纹，若不细看，很像贴上去的金花钿，"我的发髻是唐妆。他说他是全龟兹唯一一个精通突厥妆、龟兹妆、唐妆、粟特妆甚至吐蕃妆的男子。可汗一看便知。"玉机说完，又是"扑哧"一笑。

乌质勒瞪着眼，看了她半日，缓缓点头，道："告诉他，我的口信。他会得到我的保护。但明晚，我也希望在拨换那地方见着他。他也会知道在哪里能找到我。"

玉机捧着箭又是一揖，道："我不会遗漏一个字。"

乌质勒点点头,冲着玉机挥了挥手。玉机低着头,捧着金箭,慢慢地站起身,倒退着点着小碎步子向帐门口退去。至门口时,忽然抬头,向可汗宽大的背后瞥过去,目中有光一闪,立刻低下头,倒退出门。

直至玉机消失在门口,乌质勒方长长地喘出一口气,厚实的身躯突然弯了下去,好像筋疲力尽。火盆子里"噼里啪啦"响了很久。乌质勒转过身,看了看身后的男狼卫。那狼卫仍然一动不动地站着,浑身上下绷得如箭一般直,牛皮一样紧,好像那些发辫也绷直了。乌质勒看着他紧紧攒着拳头,掌背青筋根根虬起,忽然苦笑了一声,道:"我们二人再喝几囊吧,便和先前一样。"

可汗之女狼帐　行像节当夜·亥时

　　李天水步履蹒跚着走到了那顶尖帐子前，昏暗中看见挂在帐门横杆上的马鞭子。他停了步，看着那卷成一团的又粗又韧的马鞭，半晌，方伸出了手。手指将要叩上帐门前，从帐子里传来一声清冷的突厥话："进来。"他的心跳"咚咚"地急跳几下，借着酒劲，推开了乌弓月的帐门。

　　她帐内的陈设几乎没变，与乌质勒的狼帐一样简单，只是四面的挂毯上熏了野花的香气。是他一直说不出名字的草原野花。那香气也几乎与他记忆中的分毫不差。此刻帐中水汽蒸腾。透过笼罩帐内的白雾，他看见乌弓月背对着他，坐在一个帐中央的圆木桶后面。他看见她裸露的肩头如母马般浑圆，看见她肩颈的肌肤好像终年不化的积雪，湿漉漉的浓黑长发好像一道黑色激流泻下雪原。她比三年前更高大丰腴，像一尊娜娜女神雕像。一层带着花斑纹的长袍裹着她的身躯，凹凸毕现。袍子好像一整张薄薄的麂皮鞣制的。在她身侧，一个突厥侍女在为她编发。李天水站在门口静静地等着。一会儿工夫编完了一根发辫，乌弓月半转过身，低声道："你先出去。"那侍女起身弯腰扶肩，一步步倒退着出了帐门。

　　水汽淡了些。乌弓月正对着的妆奁台下堆着箭囊、插着三四把匕首的躞蹀带和两个羊皮小背囊。她已将行囊收拾好了。是醉了么？李天水觉得头脑有些发胀。这时，他看见乌弓月指了指她身侧的另一把交椅，是原先那侍女的坐处。李天水穿过朦胧的雾气,好像穿过三四年的朦胧岁月,坐在了乌弓月的身侧。他看见乌弓月看着自己,看见她忽然微微一笑。他已经太久没看见她笑了。即使在那些年里,她也很少笑。此时看起来像开春融化了的冰雪,像雪水从山间流下,像一朵朵云彩在浅蓝色的天空滑行。李天水不禁有些呆了,这时他听见她轻唤着他的突厥名"玉都斯",是她给自己起的突厥名。什么意思呢?哦,对了,是星星,是在草原的夜晚看星星时她给自己起的。她不许别人叫他"唐狗""汉奴"。他从此就叫"玉都斯"了,是她的"玉都斯"了。

"玉都斯,你又与阿塔喝酒了?"

听到这话时,李天水恍惚间觉得原来时光不是一直流淌向前的,恍惚间觉得原来时光是草原上的河曲,会不断地流转回来。话在嘴边含了半晌,终于还是借着酒力吐了出来:"弓月,我是来告别的。我要先走。"

乌弓月的眸光闪了闪,她的双眸此刻是浅灰色的,像两颗没有一丝杂质的水晶。她没有回应,目光从他的脸面上的刀疤,转向了他的破羊皮祫祥,随后又转回到他的发辫,好像在寻找过去的痕迹。最后她低声道:"你的发辫子太脏。又脏又乱。你的发辫子需要清水,更需要一双巧手。"

李天水低头避开她的目光,摸了摸发辫,咧嘴笑道:"确实,三年多没编了。"

乌弓月慢慢道:"把辫子解了。"

李天水避不开她的目光了,心窝子一阵阵发酸。他慢慢地一根根解开了发辫。不少发丝已被尘土、汗渍或别的污垢黏连成了一绺。他按她的手势把长发伸入水桶,水仍温热。他任由乌弓月搓洗着自己的发辫。她洗得极耐心，比以往任何一次都耐心，好像每根发丝皆是脏污不堪，好像要将她手指的触感通过他的发丝、他的头皮，永远地留在他脑中。李天水上半张脸浸入水中，一动不动，感觉着泪水慢慢自眼窝渗入热水。他忽然问道："你会带多少人去疏勒？"

"三十六骑，"乌弓月语气随意地应道，"三十六骑最好的狼卫。够了。阿塔身边需要人，"这时她"哼"了一声，"你们汉人，不也有一个三十六骑赴疏勒的英雄故事么？"

李天水当然记得定远侯班超的故事，但他只是喃喃地重复着："三十六骑、三十六骑……你明日便走么？"

"明日便走，"乌弓月爽利地道，"是阿塔令你来的？"

李天水在水里摇了摇头，长发忽然被一把抓起，同时腰背猛地被顶向前，头被硬生生拔出了水。"坐直了。这几年，你连怎么坐直都忘了么？"他听见乌弓月轻叱着，咧嘴苦笑了笑，绷紧了腰背。

"阿塔对你说了什么？"乌弓月咬着细绳子开始编发。

"他说我当然可以来，但要我小心你的鞭子，"李天水笑笑，想了想，又道，"他说作为一个男人，你绝不能伤害一个女人两次。"

话音方落，他的头皮忽然紧得生疼。他没有回头，没有吭声，也没有看见乌弓月把他的三四根头发悄悄收入蹀躞带的皮囊里。"那你对我阿塔又说了什么？"乌弓月扎着细绳时，粗声粗气道。

"我说龟兹的事儿办完后，便会去疏勒找你。"

李天水感觉她扎发辫的手指微微颤了颤，又听到她冷笑了一声,道:"你究竟是答应了阿塔,还是要走?"

"我答应他了,"李天水听见自己的嗓音很自然,"只是有个条件。"

"哼,你当然会有条件,"她嘲谑的语气很像她阿塔,"龟兹还没令你死心么?"

他假装没听明白,顾自接道:"还有件必须做的事。你阿塔帐子里的织毯上,圆毯子上,你留意过没有,最外一圈,是联珠纹。那珠圈里,是一对对有翼神兽……"

"是有翼骆驼,是我买来送给阿塔的,原来的羊毛毯子太破太旧,"她"哼"了一声,道,"你为何要和我说一条毯子?"

"后来你阿塔告诉我,你是从粟特人的市集里买来这毯子的。那个市集就在城南皮郎古城废弃的石墩子间。卖主是个老婆婆,她将自己唤作沙漠婆婆。你阿塔是个很谨慎的人,这些事都会问清楚。"

乌弓月的手从他的发辫间停下了。过了一会儿,李天水听见她在背后道:"如果你要去找她,我会很仔细地告诉你这个老婆婆是什么模样。我现在脑子里仍是清楚得很。"她的嗓音柔和起来,手指在他头皮上更轻柔地游走。四壁挂毯上野花的香气仿佛更浓烈了。李天水觉得心里有什么要化开了,想要抓抓发辫,才想起每条发辫皆已牢牢地被她抓在手里。这时,他又听见她道:"你什么时候回来?"

"最晚,明天日落前。"他的突厥话像散开的马蹄子,急促利落,"我答应了你阿塔,一定会回来。我把那箱子留在他帐子里。"

"你知道明天日落时,我便会上马。""我知道。""我希望你能活着回来。"身后的乌弓月手指绞着发辫,低声道,"你只能

丝绸之路密码2:龟兹壁画迷宫 205

死在我手里。"

李天水咧嘴笑了,道:"我尽力活下去,我说了,还要去疏勒找你。"

乌弓月狠狠地绞着发辫子,她的嗓音有些发哑:"现在,山里已经暗下来了。"李天水点点头。帐子里并未燃灯,此刻眼前的水桶也将渐渐隐入昏暗中。

"这座山里的帐篷不多,都是阿塔的亲卫。你只有一顶帐篷能挤一挤。"

"我知道。"

乌弓月绞着发辫的手指狠狠一扯,叱道:"你的突厥话,忘得只剩下'我知道'了么?"

李天水在帐子里慢慢转身,他已经看不清咫尺外乌弓月的脸。四点眸子对视着,像四颗星。

过了很久,乌弓月在黑暗中说:"你知不知道你走后,很多男人都来过这里过夜。"

李天水野兽一般扑上去抱紧了她。

他手指透过麂皮嵌入她的皮肉,就好像她深深抓紧李天水的手肘那般用力。随后他一把掀下那一整张柔软的麂皮。她不知是欢快还是痛苦地哼了一声,双腿箍紧了他的腰,随后在他耳边低声道:"至少你这回向我道别了。"

李天水只是把她抱得更紧。这时,他听见乌弓月一边喘息着一边道:"答应我一件事。"他用一连串的动作回应着她。

"在我、在我……远行前……沙漠、沙漠道上,走五里……陪我走……五里路。"

"好。"李天水在她耳边柔声道。

第三章

城南皮朗·土墩群　行像节次日·午时

日头已将升至中天。城南这个被唤作皮朗的地方，四处黄蒙蒙，一排浅窄的店铺、局促的作坊和屠宰场在尘雾中显得漫漶不清。远处可见灰色的城墙墙线和山峦轮廓。周遭几乎没有民居。或许是因为快到沙漠市集了，李天水心想。直到这时，他才开始注意观察四下，一路上他一直在出神。他无法不让自己想起昨夜。

昨夜，他贴着她赤裸雪白的肌肤时，觉得全身都被点燃了；昨夜，他被压在胸中的愤懑和无奈、被快扛不动的重压、被七八囊马乳酒的酒力催动起越来越强劲的原始欲望，催动着身体。那时他们仿佛又找回了那些年里那许多个狂野、热烈的夜晚，只是昨夜多了几分绝望。他们像两只野兽在绝望中欢愉地叫喊着，他想象那叫喊声透过了帐壁，在寒冷空寂和黑暗的山坳中回荡，好像在黑暗的草原上回荡。

昨夜，有一阵子，他觉得自己恍惚又回到了草原。莫非自己在心底深处仍隐隐有些怀念在草原上疾驰的狼卫岁月？他是唯一一个只救人不杀人的突骑施狼卫。在他第三次围猎中救下乌质勒后，突厥草原上那些最好的武士和最狠的杀手开始和他喝酒。他当真怀念那些日子么？他深吸了一口气。他想，或许那是因为舍利盒里的那些汉字吧，那些汉字太重了，承载了自己难以负荷的身世与命运，压得他透不过气。这让那几年草原疾风的岁月忽然清晰起来。

他想在马上闭上眼睛歇会儿。马是顶尖的,他看一眼皮色就知道。那马从长颈到马面罩了皮甲。"这是我在天山谷地新收的野马,"乌质勒昨夜拍着马对他道,"我原本想留给我最信任的勇士。现在你回来了。"乌质勒看着他,闭口不言了。李天水当然能明白他的意思。八年前,还是七年前,他一个汉奴,从熊掌下第一回救下了莫贺达干。那时十四五岁的乌弓月缠着她阿塔召他进了狼帐,令他喝下了那混着十几种西域草药的马乳酒。莫贺达干说那是令草原武士像虎豹一样彪壮的药酒。他只觉得浑身的血流火一样热,后来他的筋骨果然越来越强劲,野兽般的劲气和欲望在体内日夜涌动着,看见围猎和女人越来越兴奋。他每日只能拼了命压抑下去,过一段日子便要自行放血。每隔半个月,他便要在狼帐子内,当着乌质勒的面再喝下一碗药酒。"否则,你熬不过三个月。"乌质勒那时看着他,平静地道。

但是昨夜,乌质勒答应把解药给他。"解药至少也需要连喝一个月,"微醺的乌质勒笑着道,"那时你已经在碎叶草原了。已经可以见到你的阿塔。"阿塔……李天水闭上了眼。他的头脑累极了,他慢慢地呼气吸气、呼气吸气,像玉机歇息时那样。然后他又想起了那个此时最不该想起的人。

昨夜他喝着酒时对自己说,玉机或许只是个想要活下去的女人,这没有什么不对。自己不需要想她说的那些话,只要想着现在至少她还活着,而且看上去活得还不错,便该为她喝几杯了。

但是今日清晨醒来时,这些话已经无法令自己信服了。他在马上用力甩了甩发辫。长辫子果然齐整干净了许多,一绺一绺被乌弓月仔细地束起来。他苦笑了一声，终于回过神来，看见自己正置身在与鲜艳的王城中心迥异的地方。从沙漠上刮来的风猛厉起来，店肆稀落，过路的人更少，几乎都用布巾蒙了大半张脸。

李天水没想到王城的边缘是一大片山台，看上去如此荒凉。他想山台后面应该便是无边的大漠吧，而散布在山台上的这数十座土墩，便该是数百年前的旧王城的遗址吧。他仍能从这些如今已是断壁残垣的粗糙岩面上，辨出箭垛、角楼、瞭望台、戍卒们的住处和射孔。更靠近沙漠的地方，土墩的年月仿佛更古老。昏黄的日光下，他恍惚觉得那些圆顶土墩像蹲伏着拱起背的神兽，那些尖尖的塔状土墩则像昂头将要插入天际的神鸟。他想起了夜渡罗布淖尔大湖时见过的那些雅丹群。

李天水下了马，抚了抚马背。那马跟着他，在一片空地上站定。一股浓烈的沙漠气息扑面而来。空地四周围了七八个高高矮矮的土墩，空地四处散乱着许多空货栈、铺货布，像卖主走得太急，来不及收走。此时也有人在卖货，靠着外围的土墩摆了不到十摊货。客人似乎比货主更少。李天水扫了一眼，已经看出卖货的和看货的几乎都是吐蕃人。

几个吐蕃人回过头看着他。像支正在挑货的吐蕃商队。李天水和走在最前头的人对了一眼，立刻知道他不是买卖人。那吐蕃人眼里像藏着刀子。他盯着李天水走了过来，身后跟着五六个人和三匹马，同时嘴里说着极粗劣难以入耳的汉话，"于阗货，于阗货，神山堡的于阗货"。他一只手拍着马背，另一只手藏在他"楮巴"长袍子的腰后。这是种吐蕃豪贵常穿的毛边袍子,李天水在沙州见过不少这种装束的吐蕃人,知道袍子后腰的地方有暗缝,里面藏刀子。那人看着李天水越走越近了,目光偶尔转向他身后的皮甲马。李天水若无其事地慢慢向前走,心头却越来越紧。于阗是安西重镇,是唐人的地盘,怎的那人的口吻像在说自家的吐蕃货?神山堡又在何处?

"于阗货,于阗货,神山堡的于阗货",那人的嗓音已在五步外,听上去越来越凶狠。李天水忽然伸手向脑后,一扯,发辫子四散开来。他甩甩发辫,又从羊皮袍子内抓出一个酒囊子,解开仰头便喝。这时那人已至他身侧。李天水摇摇晃晃地走着,感觉面颊被两道狠戾的目光刺得生疼,但那人插在腰后的手臂松了下来。两人错身而过。李天水看见他身后跟着的马是两匹大花马,他知道那是漠北难得一见的于阗花马。花马背上光溜溜的。这吐蕃人说的"于阗货"是这三匹马,他想。是贩马的"商队"。走过这队吐蕃"马贩子"时,他感觉到马边的两个人虬髯汉子同时转过身,盯着他的背脊。随后他们跟了上来,隔开七八步,在他身后慢慢地踱着。李天水咧咧嘴,又猛灌下一口,以突厥语高声唱起来:

　　　　消失了,我眼中的光明,
　　　　带走了我的灵魂,
　　　　如今呵,她在何方,
　　　　苦得我睡不安宁。
　　　　俘获我的是那双迷人的眼,
　　　　还有乌黑的痣,红扑扑的脸,

流露出万般柔情和娇艳，

你俘获了我，却又远远躲闪。

　　李天水边走边饮边唱，身形摇晃得更厉害。身后的两个人逐渐放慢了脚步，过了一会儿，转身回去了。李天水咧咧嘴，继续唱着。这时他看见正前方，靠着一个像粗大圆柱子的土墩，摆着一个货摊。几十块各色玉石横七竖八摆在毛垫布上。垫布边坐着三个年轻的吐蕃女人，一边直勾勾地看着李天水，一边嗑着干果子。待李天水走近，她们冲着他喊"瑟瑟、瑟瑟"。他饮着酒，笑着向她们摆摆手。她们仍不停地喊着"瑟瑟、瑟瑟"，同时冲着他笑。李天水看见她们黝黑的双颊染了一层赭红，黑红发亮，看着他时眼波含情。李天水忽然想起了一个人，立马别过了脸，止住了歌声，向石墩群更深处行去。他把酒囊喝空的时候，已将至山台边缘，山台下是一段不太陡的斜坡，再过去便是平整的沙漠大道。

　　站在高台上他能看见沙漠边缘灰黄色的轮廓线。风声呼呼作响，他想千百年前的卫士们便是听着这一模一样的风声，警戒着那些沙漠部落的突袭、抄掠，警戒着来自沙漠的各种危险。他听了一阵子风声，转身向右侧的一个货栈走去。整片山台边缘只有一个货主，一个满脸布满了皱纹的老婆婆。她的货栈是三层大木屉子。最底层摆满了草药罐子，中间层七八条毛毯子，最上层则歪歪倒倒地堆叠着一堆琉璃沙漏。李天水走到她面前时，那婆婆也在看着他，两眼眯缝着几乎要和眼角的皱纹连成一线了，好像在笑。

　　"老人家还未收货么？"李天水用汉话扶肩作礼道。他想在草原和西域集市做买卖的粟特人几乎皆通汉话。

"我在等着你啊。"那婆婆道,她用的是龟兹话。李天水不会说龟兹话,但他能听懂。他看着那婆婆几乎寻不见的眼睛,皱起眉头,想她明明听得懂汉话却为何用龟兹话回应,想她怎么知道自己听得懂龟兹话,想她这句话是什么意思。

"老人家,你知道我是谁么?"最后他问道。

老婆婆摇了摇头,好像笑着道:"我只知道今日有人会来,是个我要等的人。你不必问我是怎么知道的,沙漠周围的事它们全知道。"她指了指放满了沙漏的最上层木屉。

李天水看着那些沙漏,随后又看了看第二层的毛毯子。他决定先闭嘴。西域不可思议之事太多。他看了那老婆婆一会儿,感觉亲切,每一道皱纹都很亲切,于是明白自己应该相信她。他指着第二层木屉内的一片毛毯子问道:"婆婆,这种绣着飞骆驼的毛毯子,你是从何处收来的?"

又一阵含着沙粒的劲风刮过,李天水身上的袍子猎猎作响,老婆婆看着他眉眼更弯了。风过时她纹丝不动,一瞬间李天水恍惚觉得她已在这地方坐了几百年,已成了这大漠边缘的一部分。风沙和岁月慢慢将她的脸搓磨成了现在这个样子。

过了很久,她缓缓开口道:"骆驼的事,要问沙子。"她转过身,慢慢从木屉子里取出一个沙漏。那沙漏的琉璃和此刻的天空一样昏黄。"一个馕饼。"她伸出一根手指。

李天水从背囊中取出一个馕饼递给她。老婆婆手指仔细抚摸着馕饼饼面上缝起的裂缝,笑道:"是个细致的女娃子啊。"将沙漏递向李天水。李天水愣愣地接过,又听见那婆婆用带着一种肃穆语调的龟兹话道:"你的心里装着两个女人啊,年轻人，装得下么？"

李天水深吸了一口气。过了很久，他终于平静下来的时候，拿着手里老旧沙漏，低声但礼貌地问道："这个沙漏，能否告诉我，关于一个女人的事？"

"但今天我只带了一个沙漏啊。"那婆婆道。

木屉子里堆放着十几个琉璃沙漏。李天水看着那些沙漏，点点头，道："我明白了。"他又行了礼，小心地捧着那沙漏，转身走开。

他记得自己没有拴马，是将那马留在两个石墩之间。那两个石墩的顶部弯曲互相靠拢，合着看好像一个残破的石拱门。拱门下不见了那匹皮甲马，却多了一辆驴车。他并不在意那马，他知道乌质勒借出去的马都会回去的，那是草原可汗的马。但他想不起来先前见过这辆驴车。拱门后，那几个吐蕃婆娘还在那里，其中一个转过来对他使了个眼色。他咧嘴笑笑。走到那驴车边时，他忽然觉得又累又饿，但今日的馕饼已经给了那婆婆。昨夜吃了不少啊，他苦笑着摇了摇头，卸下饼囊、水囊搁在驴车木板上，打开饼囊数起来，还有四十个。原来还剩下四十日啊，他想。

这时他看见那头黑驴子一直转过头看着自己数馕，好像在可怜他。他在心里叹了口气，学了声驴叫，那驴好像点了点头，转过去了。他坐在地上，歇息了一会儿，取出水囊，喝了起来。刚喝下第三口，从山台边缘传来一声尖响，好像有人吹了口哨。李天水回头，眼睁睁地那头黑驴撒开蹄子狂奔出去，竟跑得飞快。待他呆呆地站起身时，那驴车已经带着他的饼囊越过七八座土墩，停在了方才那婆婆的货栈边。他看着那婆婆将三个货屉子利落地搬上车板，一抬腿便坐上了车板前沿。黑驴又跑了起来，却未原路折回，而是从更远的一侧向回跑。这时李天水急蹿了过去。那头无人驾驭的驴子跑姿颇为矫健，拉着载了货栈和老婆婆的驴车，看上去竟并不费力。它在那片石墩迷宫中左折右绕，好像极熟路，一会儿工夫就跑出了这片石墩，跑向一处长长的向下坡道。但李天水已经赶了上来，飞奔在那驴车六七步远处。车上的老婆婆始终未回头，好像已坐着入睡了。坡道前那驴子放慢了脚步。这时一个念头闪过李天水的头脑，他忽然也慢下了步子，就在六七步外跟着那驴车。他跟着跑下了长坡道，跑过了一排浅窄的店铺、局促的作坊和屠宰场，跑过了黄蒙蒙的屋顶架着屋顶仿佛挤在一起的一排民宅，跑过了两侧栽着两排的杨树、榆树的青石板路，跑过了七座佛寺和三座袄祠，跑过了围着高墙的一个个庄园。一扇扇摆满花草的门窗紧闭，昨日拥堵的街衢今日几乎不见人。有些路边站着几个武士，侧目看着他。沙黄色的日光自云层漏下，洒在驴车上那婆婆瘦小微驼的背上。紧紧捏在手里的琉璃沙漏不时闪光。铺满了枯叶的石板路还是湿漉漉的，偶尔见有小兽倒毙路边。驴车走的都是大道，老婆婆始终背朝自己正视前方。就在李天水脚步越来越沉重的时候，他看见了一座广阔庄园后高耸的穹顶。这时驴车停了下来。

幻术杂戏街衢・丝帐子　行像节次日・午时

日光透过又薄又滑的丝面，帐内蒙着梦幻般的淡蓝色。不透光的另半面帐子缝着七条织毯，每一条皆绣工精丽，色泽明艳。每条织毯外缘一圈圈皆环绕着一些纤细、怪异的旋涡状曼陀罗花，粗看像一个个正打着旋的"卍"字。许是因为这些细纹的缘由，蓝蒙蒙的帐内显得有些诡异。

此时帐内坐着三个人，皆盘膝直腰，围坐在一个银制的小火盆后。火焰被架在火盆银架子上的头盖骨盖着。一缕白烟自倒扣着的头盖骨内升起。墨莲仰头望着慢慢弥散开的白烟已经很久了。她通身着一件深蓝色的丝袍，长及足踝，贴着流水般柔美的身躯。饰于丝袍上的金线仿佛也在流动，腰臀间隐约露出一个金丝扣。

身后坐着的康傀儡和萧萧看着墨莲。康傀儡戴着一张木制咧嘴笑傀儡面具，萧萧依然艳若桃李，身上的丝袍亦是紧贴婀娜身段。还是那身绣满了金花的红袍子。她半垂着头，嘴角上挂起的笑意有些阴冷。她不经意地瞥了一眼摆放在身边的一个竹篓子，竹篓上罩着一层厚实的黑布帘。

康傀儡看着墨莲，忽然低声道："看出什么了么？"语速极慢，语气却急切，是干涩的突厥话，听上去嘴里像含着什么。

墨莲仍呆呆地仰着脖子。那白烟在帐内的蓝光中慢慢化开，好像形成了什么图案，但在可辨出前又迅速变幻。变幻了四五回后，墨莲转过了脸。她的脸色是桃花花瓣色，眼睛此刻是淡绿的,如水晶般,但并不透明,好像含着什么。她对着康傀儡摇了摇头,用乐音般的突厥话道:"结起又化开。一场空。在龟兹的这次变故中,你捞不着什么。"

过了很久,康傀儡叹了口气,道:"或许确实是这样。但如果你早些告诉我羯龙的事,或许我还能拿到些什么。"

"我并不知道。"墨莲的绿眸子便深了,深不见底。

"让我看看你的眼睛,"康傀儡笑了,"你的心给那个男人了。"

墨莲的眼眸子一动不动地盯着康傀儡面具后的眼睛,那两个黑洞像无底深渊,她重复道:"我并不知道。"

康傀儡"嘿嘿嘿"地一阵干笑。

"我的药,"墨莲道,"你该给我药了。我告诉了你不少事。"

"你说的是那个女人去了羯龙宅邸那桩事么?嘿嘿嘿,好,好得很,我险些忘了,"康傀儡若有所思侧了侧头,随后将手探入翻领中,"那消息值这么一包药粉,足够你用上一个月了。你也不必再找人去大漠查探配方了,我现在就可以告诉你。麻黄、肉苁蓉、曼陀罗花,调入苏摩酒,研成粉末。可惜只有极偏远的特定地域出产的药草才有效。嘿嘿嘿。"他笑着,将手里的纸包递了过去。

墨莲接过纸包,翡翠珠子般的眸子里一瞬间好像冒出火来。康傀儡望着她,又道:"你好像忘了,是谁把你从沙漠里捞出来的?那片噩梦般的大漠里。"

"是你。但我已经用我的灵魂来还你了。用我一半的灵魂,用我整个夜晚的灵魂来还你了,还不够么?"墨莲的嗓音在微微发颤。

康傀儡垂下手，无动于衷地坐了片刻，起身道："我提醒你省着些用，日后你要找我，或许会变得不那么容易。"他冰冷的语调毫无起伏，"你知道我的生意，无利便有害。如果你告诉我我在这里捞不到什么，那么你已经让我陷于危险之中了。但你也别担心，我的美人，我依然会提前些日子找到你。"

这时萧萧也已起身背上竹篓。二人迈出了帐门，留下了双手微微发抖的墨莲。帐外日光正好，但这条平日里热闹异常的街市此时一片寂静。二人在帐外三四步远处顿住了。康傀儡看见几根人缘仍挂在酒肆和女肆的平顶间，泥顶边缘有些焦黑。他想起那是前夜吐出的火焰烧灼出的。此刻整条街不见一个艺人。算命、卖草药、占卜和卖艺人的帐子也显得寥落。女肆酒肆的门户紧闭，窗口内再传不出一阵阵笑闹乐声。康傀儡又叹了口气，微侧过身，低声道："去找那个女人吧。尽快找到她。在打开'梦境之宫'前，她可能是最有用的筹码了。"

萧萧面无表情地点点头，听着康傀儡又道："要她活着，记住，要她活着。她现在很值钱。"他向小尖帐处侧了侧头，好像听着什么，"你们那只'苍鹰'，"他哂笑了声，"那个苏海政。他还好么？"

"石冢里的那桩事后，他把自己关起来了，关在帐子里，谁都见不着，"萧萧笑道，汉话说得也有些含混不清，"现在他军中那两个唐封的'可汗'正内斗呢。听说其中一个已经被他杀了，而众多部落已经叛离草原南下，他全然统制不住。那日是乌质勒的人救出他的。他早晚有一日会是乌质勒的傀儡。"

康傀儡透过面具上的黑洞看着她，道："狡猾的女人啊，我们该怎么办呢？"

"赶在乌质勒之前控制住他,我们便能控制住青雀在西域的一大半势力。"萧萧笑靥如花。

康傀儡"嘿嘿嘿"干笑了起来,嘴里道着:"狡猾的女人啊,狡猾的女人啊……我们该回去看看,时辰差不多了。"

两人转过身,几步后推开帐门。墨莲仍然坐着,但又长又密的眼帘低垂,覆盖住了她美丽的双眼。她的双眼几乎是闭合的,双手松弛地垂于膝边。左手下方的纸包撕开了,淡黄色的粉末洒在了浅蓝色的毛毯上。

二人迅速对视了一眼。萧萧掏出匕首,蹿去那头盖骨边,一挑,头骨骨碌碌地滚落在毯子上。她从嘴里吐出一片草叶子,吹熄了盆中炭火。头骨和银火盆的架子间现出一张银箔纸,纸上覆盖一层草灰般的余烬。康傀儡看着白烟慢慢消散,也从面具下取出了一片草叶。

两人站着看向墨莲,过了一会儿,墨莲仍然一动未动。白烟几乎消散殆尽,康傀儡对萧萧点点头。

萧萧向墨莲走去,方要伸出手,有人"笃笃笃"地敲响了帐门。萧萧僵住不动了。

"谁?"康傀儡换用粟特话低喝道。

"曹破奴,"是个极恭顺的声音,嗓音好像丝绸般顺滑,"萨宝,有人要见你。"

"谁?"康傀儡又道。

"她说她也是一个女巫,她说这顶帐篷是她的,是她借给里面的女巫的。她说她和一个老朋友方才见到萨宝你入了帐。她说她的这个老朋友也是萨宝的老朋友,她说你们在西州地下巴扎的空中帐肆见过。"

一瞬间康傀儡好像真的变成了一个被钉于地上的傀儡。过了很久,他缓缓道:"你让她等我片刻。"随后他转过脸对着萧萧,"给她行针,等我回来。除我外,谁叩门都不许作声。我一定会在入夜前回来。"他简短地道。

"若你在入夜前回不来呢?"萧萧的嗓音听上去有些异样。

"你还记得我对你说过的三件事么?""记得。""问出那三件事,毁了她。"

萧萧看着他,缓缓点头。康傀儡跨出了帐门。蓝色的帐幕里留下了两个女人。萧萧蹲了下来,仔仔细细地看着墨莲,从箍着深紫色发带的洁白额头到她低垂的黛色眼帘,到她微微翘起的下颌与颈项间的优美弧线,到她挺直着却像沙丘一样缓缓起伏的身躯,到她从袍子下微微露出的雪白脚趾上的淡蓝色……萧萧觉得自己仿佛在看着一个梦境。她的目中露出一丝惋惜,像用眼睛轻叹了一声。这时她手指触摸上了墨莲胸襟上的金饰线,指尖顺着那金线往下滑,滑过腰后,滑过背脊直至她颈后。她的两根手指一捏一提,墨莲随着她缓缓站了起来,像一个被发动了机关的傀儡。墨莲眼帘已经抬起,但瞳孔已失去了光彩。她看上去像一具极美的肉傀儡。萧萧取下她的头饰,将一片长长的黑纱蒙上她脸面,再以圈饰箍紧。那根金线从纱下露出一小段,垂下,连同手掌一齐被握在萧萧手中。黑纱里的墨莲半垂着头,随着身体侧前方的萧萧,自行迈开了腿,慢慢走出了帐子。

帐外依旧行人寥落。几个妇人低头快速走过街心,抬眼看了看两个美艳女子携手穿街而过,又迅速转过头。没人觉得有什么不对劲。萧萧拉着墨莲到了对街,又穿过一个街口后停了下来。巷口一面长墙是石砌的,石墙上方的琉璃灯下,浮雕着四个绸带飘舞的飞天"乾达婆"。

外墙长得连着两条深巷子。"乾达婆"此刻像座死寂的陵墓,唯一的生气在墙角巷口。一辆驷马马车就停在那里。萧萧朝长街前后看了看,又向巷尾伸了伸头,随后轻轻吹了声口哨。四匹马几乎同时掉转头,"笃笃笃"地走入巷子深处。小巷中空无一人,户户门窗紧闭。巷尾最深处似乎是一个屠坊。她扶着墨莲,像个侍女一般推开车门。

车厢内仍如她离开时一般奢华、一般昏暗。幽黄的灯光下,微微映出缀着碎金花的黑毯子、唐风几案、雅致的髹漆摆件、曲颈银灯、流苏挂毯、镂空球形银香炉,还有高玉机那张略敷淡妆的脸。她伸出手,与萧萧合力将墨莲轻轻扶上同样铺着黑毯子的床榻。萧萧双手未停,两眼始终看着玉机的脸,她眼中闪着异样的带着虔信的光彩。

玉机揭下了蒙着墨莲的黑纱布,目光在这绝美的妇人身上游移半日,若有所思。她好像看着个熟人,好像想起了什么事,许久,终于转过眼,对着萧萧微微一笑。萧萧的眼波激动起来。"我方才感觉到了,"她的嗓音忽然变得沙哑起来,微微打着颤,"你说的'瑜伽'。我方才感觉到了,你前夜告诉过我的那种'瑜伽'。你我之间的'瑜伽'!"

玉机看着她,妖媚一笑,却缓缓摇了摇头,堕马髻上的银发钗发出悦耳轻响。"你还是在想着自己。只有全然忘记自身,'瑜伽'才能真正建立起来。"

萧萧的神情霎时萎顿下来,好像一朵被晒蔫了的花。她咬着嘴唇嗫嚅了半日,喃喃道:"你告诉我该怎么忘了自己。究竟怎样是忘了自己,怎样是超脱物外啊?"她本比玉机略高一些,但此刻好像在抬着头仰望着玉机。她的双眼急切随着玉机的目光转动。

玉机只是微笑。她又将目光移向了床榻上的女人,道:"这是什么迷药?"

"他说是沙漠大巫配的药,吸入便有效,"萧萧的目光也转向了墨莲,又急切地补了一句,"我在龟兹听说大漠中有一个巫者集团。"

玉机点点头,道:"他挟制墨莲的药呢?也是沙漠大巫卖与他的?"

萧萧的面上掠过得意之色,迅速应道:"康傀儡的配方我已经查出来了。是麻黄、肉苁蓉、曼陀罗花,调入苏摩酒,研成粉末。"这时她眉间蹙紧了,"可惜,是只有极偏远的特定地域出产的药草才有效用。"

玉机"哦"了一声,道:"无妨。我并不欲接过康傀儡的烂摊子,给这美人儿供药。"

萧萧看着她,紧着眉头道:"那我们留着她何用?"

玉机不应,她的目光定定地停在墨莲半睁着褐色双眼上,忽然转向了萧萧,注视着她道:"你能不能再说一遍'梦境之宫'之事。"

萧萧在玉机的注视下,好像又矮了几分。她的目光颤动着。"康、康傀儡令我,令我在一个舞女身上试过,"她缓缓吸了一口气,又道,"行针后,那舞女,那入眠后的舞女开始说梦话,但是像常人那样说话。那时康傀儡对我说,'你便是钥匙,打开"梦境之宫"的钥匙。'他当时面上的表情就像在沙漠中找

丝绸之路密码2:龟兹壁画迷宫　223

到了一片水塘。"

玉机的目光越来越亮。片刻后,她平静地道:"那么,她此刻是睡着,还是醒着?抑或是进入了一种类似冥思的境地?"

"很像你说的冥思。她此刻被暂时封闭了佛家所言的七识,眼、耳、鼻、舌、身、意、末那七识,但'梦境之宫'更藏在七识之下。"

"那便是阿赖耶。"玉机的黑眸子亮得可怕。

"便是阿赖耶。"萧萧有些失神地看着玉机。

"故而,你若施以行针催眠之术,便能令她七识下沉,令那'梦境之宫'上升?"玉机的秀目中透出柔光,望着她。

"至少我可一试。"萧萧听见自己的嗓音忽然变大了,好像一个急切地想要在先生面前背诵章句的学童。

"女御医。"玉机低声道。萧萧仿佛得了鼓励,目光炽热起来,但一瞬间又变得灰暗,然后整个神情也灰败下来。她的脸色越来越痛苦,抑制不住地扭曲起来。她用颤动的双手紧捂住了脸。玉机看着她,爱怜地叹了一声,柔声道:"行针吧。"

龟兹王宫果林·沙漠婆婆的石屋
行像节次日·申时

龟兹王宫长长的外墙右侧有一大片树林，林子不像王家庄园，更像一片无人照料的野林子。林子是在两条河渠后忽然出现。初时李天水并未留意，因为街边到处栽了果树，直至那片树丛一直绵延至宫墙下。李天水觉得那林子越来越密，好像在这街衢繁华的西域大邑中心凭空冒出一大片密林。最外侧的几排是又密又高的李树、杏树和桃树。一个看上去像守林人的壮实老人坐在一棵李树下。驴车就停在他身边。那人将老婆婆扶下了车，又帮着卸下了三个货囊、货匣，最后是李天水的饼囊。驴车仍停在了原处，两人走向树林内，过了一会儿，李天水才慢慢地跟了上去。

已开始西斜的日光透过密密匝匝的枝叶，在铺着黄色、褐色或绿色落叶的林地上织下图案，仿佛一层绣毯。李天水觉得自己忽然就从王城中心进入另一个世界，树迷宫般的另一个世界。始终没见人影，但前头不远处有"嚓嚓嚓"的脚步声。李天水听出走在前头的是一个很轻但很镇定的脚步，紧跟着一个扛着四个囊袋的人的脚步。两个老人走得不慢，一刻未停，始终沿着一个方向，在满地落叶的林地上沿着一条只有他们才能辨出的林中路。

透入林中的日光明暗变幻，树木时密时疏。不知过了多久，李天水看见了一道矮墙的轮廓，横在前头的树林极深处。

他想那里便到了林子的尽头吧,看上去还隔得很远。这时前方忽然响起了歌声,苍老的嗓音甚是响亮,李天水几乎立刻听出是那老婆婆带着口音的龟兹话:

　　蓝蓝的山脉尽处阳光普照,
　　照得山顶金光片片,
　　爱已逝去,你不再回来,
　　别人都在说长道短,但我不在乎,
　　即使被鞭打八十下,我也永远爱你。

　　歌声在林中回荡向上空,带着少女般的痴情。李天水听入了神。良久,回过神时,看见前头二十余步的林地上。现出了两个矮小微驼的背影。李天水举起右手瞧了瞧,琉璃沙漏内的沙子已漏下去一大半了。沙面上露出一片金箔,是半个狮身形。他盯着沙漏看了片刻,再抬头时,那婆婆和她身后的老人又不见了。李天水皱眉,紧紧盯着林深处光影间的每一丝动静,目光向一片杏树后扫去。这时歌声又响了起来,就在那片杏树后。李天水走了过去。

　　出杏树后豁然现出一片空地。空地上是一座二层平顶石砌的屋子,看上去粗简苍旧,正对着门处栽着两棵小树。树干间悬着一个藤椅子。那老婆婆正背对着李天水,一边轻轻地唱着歌一边地坐在藤椅上轻轻摇晃,同时抚摸着一个俊美青年的脸颊。青年半跪在藤椅下,抬着脸极小声地对着老婆婆说着什么。矮壮老人不见了。李天水贴着一棵老杏,看见自己的行囊和老婆婆的货囊堆在斑驳的木门边。过了片刻,那俊美青年站起身，转身走向石房子，进门前顺手提起了那几个囊袋。随后老婆婆也慢慢从藤椅上起身。在她进入那扇老木门时，李天水看见二层墙面上唯一的拱窗处亮起了灯火，窗口处好像传来了人语声。

他等了一会儿，无声无息地绕着树木从外侧猫行至石屋的门边。老婆婆已经从里头拴上了门。他抬眼看了看，拱窗的窗板向里开着。他看着墙面，随后伸手摸了摸。粗糙墙面凹凸不平，残存着浮雕的痕迹。他在层层裂隙上方摸了一会儿，是忍冬纹的浮雕。浮出墙面不过两三寸，但对他而言够了。他将右手伸至最高，尽力抠上浮雕，足尖嵌入了一道浅浅的缝隙。他试了试，猛地发力，整个人便像一条壁虎，沿着墙面裂隙、凸起和浮雕边缘，眨眼间攀上了二楼的拱窗外。他双臂挂在窗底，双足踩着浮雕凸面，发力上引。他两眼慢慢高过了窗底，看见了屋内的情形。他的呼吸顿住了。

外头天光大亮，屋内即便点了灯，仍显得昏暗。屋内面对面端坐着两个人。那俊美青年背对着他，正对着李天水的是一个双目半闭的老僧。李天水屏息凝神看了那老僧一会儿，连心跳也要停顿。是那盲眼老僧。是那沙州敦煌洞窟内讲经的那盲眼老僧，也是他坠入天山冰窟中梦见的那盲眼老僧。老僧的僧袍依然破旧不堪，蒙着尘土，但闭起双眼的脸面洁净清癯，不见一丝行脚僧常见的疲惫和颓丧。

这时，那青年开了口，是纯正优雅的龟兹音，但语气颇冷淡："此经并非我佛所言真经，但法师既然不远而来，又是我祖母的客人，赠与你便可。"他起身，向石屋子深处走去，那里越发昏暗。但趴着窗的李天水觉得这屋子像耶婆瑟鸡寺的石窟，除了屋中央没有中心龛柱。暗昧不清的四壁上画着壁画。像个贵族的青年走到了屋尽头的对墙边，那里隐约有个龛洞。李天水看见那青年弯下腰，在龛中翻找着什么，过了一会儿，听见他道："怪了。我很清楚这叠经书是压在藏经龛的最底层，何以此时竟高居最上方？"

"陛下并没有错，但梵本《华严经》原该居此高位，并非人力所能左右。"始终未动弹的闭目老僧缓缓答道。

陛下？！李天水浑身一震，险些从窗台上脱手。这俊美秀气的青年莫非竟是篡政龟兹的"新王"白延田跌？！他猛吸一口气，手指在窗沿上加了力，双眼又高过窗沿时，听见那青年冷笑了两声，将那已取出的《华严经》重扔回龛中，又压上一大叠经卷。他拉上了龛洞的小门，上了锁，转过身，侧对着那老僧，淡淡道："若如此，法师明日再来取吧。如若那经书仍在最高位，我便依你所言，遵奉华严。若它在最底层，我一把火烧了它。"随即便背过手，向那石屋子更深处转过去。李天水隐约觉得他转向了一条甬道，甬道边有人影晃动。

盲僧缓缓起身，起身时仿佛无意间踢到了什么。鼓囊囊的影子滚落到窗台下。李天水又撑高了身躯。是他的饼囊。这时，那个盲僧已扶着墙边的旋梯一步一步向楼下踏去。

他等着那老僧的脚步声彻底消失，等着屋子深处晃动的人影不见了，双臂猛地发力，像只灵猫般整个身躯蹲坐窗台，探下身，紧紧抓住了两个囊袋的囊口。正要缩回去时，眼角有艳色一闪。他下意识地转过头，看向了窗台左侧的墙面。墙面正对着烛台，鲜艳的壁画闪闪发亮。壁画上一个赤裸女子摆出的姿势令他面红耳热。他目光多停了片刻，忽然一股冷气从头顶迅速蔓延至指尖和足底，整个人好像就冻在了窗台上。

即便画上妆容如此浓艳，也未能遮盖住那双极逼真的黑眸子中秀逸的神采。他不可能认错。这时，他听见甬道那边，那青年的说话声忽然大了起来。李天水听见他在笑着说"我的美人"，随后便是一阵笑，另一个人的笑声，好像一阵风吹动了檐下的挂铃。李天水紧紧抵着窗边的足尖忽然一阵痉挛，再也支撑不住。他紧抓着两个囊袋，直直地摔了下去。

"砰"的一声闷响，四五只鸟儿从屋前两棵小树的枝梢上惊飞而去。鸟儿消失在林中时，拱窗边现出了白延田跌俊秀的脸。他抿紧双唇，目光迅速扫过那片空地，又望向远处更密的林中。不见人影。但松软的泥地上砸出了一个小坑。身后现出了几个魁梧的身形。他没有转身，缓缓道："去看看吧，最好是个盗贼。若是盗贼，就地处置，否则便活着带回来。"几个人转身，正要下楼，苍老而平静的嗓音在旋梯口响起："是只猫，我看到了。那只野猫的阿耶或阿娘。我想是来找它的崽子的。"

延田跌转过了身，略弯了腰，柔声道："婆婆，一只野猫怎会爬得这么高，怎会闹出这么大的动静啊？"

"快入冬了，林子里的这些小兽皆肥厚了许多，"老婆婆满是皱纹的脸出现在了窗边，她若有所思地望向林子，"别去追了，那小兽定然摔伤了。别再去惊吓它了。"

延田跌弯下腰，伸手握起老婆婆皱巴巴的手背，低头吻了吻，直起腰，向身后那些人做了个手势。魁梧的身影无声无息地退向屋子深处的甬道口。老婆婆转身踏下旋梯，一步步缓缓下至底层。摆放了红柳椅子的旋梯口后垂挂着一面褐色挂毯子，毯子外圈绕着的联珠纹内绣着一对对有翼骆驼。挂毯内像个隔间，老婆婆在毯子边站了一会儿，听见里头有个稚童在学着猫叫，随后是几声真的猫叫声，一童一猫仿佛在对话。老婆婆用龟兹话道："他来了，他走了。他好像也伤了，和这只小猫一样呢。但你也该走了。"挂毯里头未闻应答。过了一会儿，毯子下忽然蹿出来一只小黑猫。那黑猫叼着片骨头，"嗖"的一声向屋外蹿去。沙漠婆婆目视着小猫消失在半开的门外，转身掀起挂毯走了进去。

小黑猫蹿至空地后的树林边，身形忽然顿了顿，拱起了背，好像在蓄力。林子上空忽然传出一阵鸟叫，"嘘嘘嘘，恢恢恢"，前三声平，后三声先抑后扬。那猫把头抬了起来，瞳仁眯缝成了一条线。"嘘嘘嘘，恢恢恢"，又是六声。那猫瞳中放了光，急箭一般蹿入林中，跃出近十步后，在一棵李树下顿住了。树后的泥地被血洇红了一片。

那猫慢慢绕过树，看见脸色苍白的李天水靠坐在树下，他裸露着左胸，一道新伤口割开了狼头刺青的右耳。那猫"呀呜"一声，蹿了那人胸口，舔舐着那条还流着血的伤口。受伤的人却在看着那片方才从猫口掉落的骨片。是一片羊髀骨。李天水一眨不眨地盯着那片髀骨，他的手指绕过猫身，探向大开着沾了血的袷祥胸襟处，掏摸出了一片羊髀骨。那猫伏在他臂弯处不动了。他费力地捡起地上那片羊骨，盯了一会儿，慢慢合上手里的另一片。分毫不差。他疲惫地咧嘴一笑，冲着那猫暗哑着嗓子道："你看，我又掏出来了。你又输了，又该给我点什么了。"他的声音很虚弱。

那猫淡褐色的双瞳直勾勾盯着李天水，这时忽然蹿到地面，在血水上踩了几步，又停下，蹲伏着看向李天水。他看着它的眼睛,勉强一笑,缓缓地一字一字道:"你要我带你去找他么?你是要带路么?"

那猫的尾巴翘了起来。

李天水看着那猫,手又摸向腰后,在䩱蹉带上摸了半日,终于摸出一个黑色小瓷瓶。是智弘和尚留给他的药瓶,管用得很。他拔出瓶塞,倒出黑粉,一点点抹在胸口,一边对着那猫道:"他遇上了什么事了么?"

那猫将尾巴放下,又翘起。

李天水不再看猫。黑色药粉好像在伤口上啃噬或烧灼,但他感觉到伤口的血肉在慢慢收干。他忍着剧痛,又从腰后摸出另一个略小些的小黑瓶。他取下瓶塞,倾斜瓶子向口中倒了五六滴微黄的汁液。底也伽也是智弘所赠,不仅祛毒,还能迅速恢复体力。还剩了几滴。他听着林中鸟鸣啾啾,西斜的日光越来越淡薄,晒在胸口的暖意渐渐凉了下来。他闭上了眼,待那日光凉透了,方睁开眼。那猫仍一动不动地蹲伏着看着他。他低下了头,看着躺在血水里的琉璃沙漏。沙子不知何时流尽了,沙漏上部只留下了一片薄薄的狮身金箔片。与昏黄色的琉璃、殷红的血,在夕阳下斑斓闪映。

李天水用尽全力支撑起了身子,那猫已经转过身,向林子外走去,每一步都极轻柔、极优雅地踏在枯叶上,几乎不发出"嚓嚓"声。他甩动着发辫,醉了酒一般,向那猫尾巴将要消失处跟跄跄去。

钻出林子的时候,夕阳已远远地垂在天边。那辆驴车仍停在林子外。小黑猫一蹿一蹿钻入驴车的车厢。车板上不知何时被人支上了一顶车厢,简易的拱形木架子撑开布幔。在他三十步外的一棵桃树下坐着两个人，像乞丐或闲汉，远远望着他。李天水赶到车边时听见那猫在车厢里叫唤了两声，叫声听上去刺耳。他掀开布幔钻了进去。车板上只有那只小黑猫，长长的尾巴翘得很高，围着车板上的什么物件绕着圈子。李天水伏下身，看见个小凿子，五六寸长的短柄鸟嘴凿子。他盯着那凿子看了很久，随后收入胸襟。他猛地转身钻出去，坐在车板边缘，大口喘着气，好像龟兹的空气此刻格外稀薄。那只猫跃至他身侧，对着他叫，他觉得它深褐色的瞳光比叫声更急切。他不敢看它的眼睛，抬抬头，看见夕阳更低了，将将要碰上西边灰色的山棱线了。他忽然想起了对乌弓月的诺言，但是没动。这时他看见树下那两个闲汉还在远远看着他。他低头想了想，跳下车，向那两人走去。那只猫蹲在车厢边望着他。

是两个中年胡汉，衣袍肮脏不堪，上面满是破洞，满面胡须脏乱得像经年未修。与昨日街衢上那些衣饰鲜丽的人相比，这两人全然不像龟兹人，更不该坐在宫殿外。但这两个懒汉却好像自得其乐，微笑着享受着今日最后的日光和暖意，好像近日在王城中发生的事丝毫与己无关。

李天水走近时，他们还在看着他微笑。李天水弯了腰，扶肩施礼。那两人冲他点点头。李天水指了指那驴车的方向，右手比了比高度，比在他胸口下头。他又想了想，用汉音急切地道："沙弥，沙弥。"

那两人先是皱眉看着李天水，茫然地张着嘴。直至李天水喊道"沙弥"时，其中一人恍然地点点头，用含混的龟兹话道："啊，沙弥，你说的是那个小沙弥。"

李天水疯了般点头，用神情和手势说：就是那个小沙弥，你们看到那个小沙弥了么？你们在车上看到那个小沙弥了么？

说话的懒汉等李天水稍稍停下来，方笑着道："别担心，我的朋友，他是你的孩子么？不像啊，还是你的兄弟？别担心，他被人带走了。"

李天水狠狠地揪着发辫。

那懒汉看着他，过了一会儿，笑得更愉快了，大声道："别担心，我的朋友，他是被一个和尚带走了。那该是他的师父吧。"

李天水松了一口气。但他想那小沙弥为什么要躲到这里来呢，躲到老婆婆的驴车来呢？过了一会儿，他明白过来了。老婆婆是那"飞骆驼"的人。老婆婆也是篡位者的祖母。老婆婆照顾着这小沙弥，也利用他，利用他传递消息。没有人会怀疑这么一个蠢笨的小沙弥。所以他才会有雕着飞骆驼的羊髀骨，所以他才会在崖壁上刻出一个稚拙的飞骆驼。他想起乌质勒说城中在四处捕拿大乘僧人和唐地来的僧人，也在秘密搜捕火祆教中那些联络消息的人。他想这小沙弥一定吓破了胆，吓得逃到了这里。但如果小沙弥回到耶婆瑟鸡寺，该是安全的。耶婆瑟鸡寺是王家寺院，那里头有王族供养的佛窟。他悬起的心慢慢放了下来。

康傀儡马车　行像节次日・申时

萧萧一边慢慢捻转着银针长长的针柄，一边观察着墨莲的反应。榻上的墨莲的耳边、额间、鬓角、鼻侧上已直直插着七根银针。一条五寸多宽的黑色牛皮带上，一排银针闪着烛光。

墨莲颈部微微一拱，轻轻哼了一声，随后嘴唇嚅动了几下。

玉机凝神看着，低声道："脉道未通。百会、四神聪、印堂、风池。"

萧萧依言在墨莲鼻翼两侧的针柄上捻了捻。哼哼声更响了，女人的嘴巴张了张又闭上，说了声什么，仿佛一个词。萧萧伏低下去，面上的神情忽然变了，变得很奇怪。"是汉话。"她回过头，看着玉机，两眼像见了鬼。

玉机蹙了眉，目光凝紧了盯着墨莲，但面上仿佛发着光。她盯了许久，忽然道："燃艾！"

烛火凑了过来，车厢里弥漫开艾草被点燃后发出的气味。萧萧两指捏着艾条，在行针处两寸外熏熨着。墨莲高挺的鼻翼边沁出了汗珠。她的呼吸越来越重，开始吐出一些不连贯的词句。

"她说了什么？"玉机蹙了眉，但面上也微微发着光。

"什么'梦瑜伽'……还有什么'梦境之宫'……"她低伏着贴向墨莲的嘴边，喃喃道。

"梦瑜伽……"玉机紧蹙了眉，面上却放了光，"你确定她说的是'梦瑜伽'么?"

萧萧未应,仍低伏在墨莲口边。墨莲的双唇开合翕动,像一条被扔上岸的鱼在垂死挣扎。良久,她点了点头,"她又说了两遍,'梦瑜伽''梦境之宫',只听得清这两个词。是汉话。"她直直地看着玉机。

玉机忽然微微一笑,她凝视墨莲的黑眸子比烛光还亮,"她的脉轴亮了。"说罢,她的手指在墨莲的腰间轻轻一拉。金线解开了,丝袍的扣子也解开了。玉机拉住袍脚,一寸一寸地将蓝丝袍从墨莲身上脱下。丝袍下不着寸缕。她全然赤裸的那一刻,车厢内仿佛光亮了许多。白如羊脂的肌肤上覆盖一层淡淡的玫瑰色,不知是因为烛光还是行针的缘故。胴体在微微起伏,一股诱人的气息散发在车厢间。玉机死死盯着墨莲腰臀处,始终平静的目光此刻也开始颤动起来。"她的七脉轮要显现出来了。"她转过头,迅速道,"百会、神庭、通里、廉泉。"

萧萧呆呆地看着床榻上的女体。墨莲光裸的胴体与四肢间,每一道起伏、弯折甚至褶皱,皆好像龟兹乐美妙的韵律。但她躯体上并不见有半点光亮。但玉机的嗓音带着某种不容违抗的力量。萧萧迅速在头顶、额上、颌下、手腕四个穴位上捻动银针。墨莲胸腹间的起伏更大,丰润的双唇大张着,好像透不过气,或者急着要说什么。玉机用手轻抚她的面颊、耳垂、后颈,沿着颈项慢慢向下。墨莲的气息好像随着她手指的移动,逐渐平缓下来,肌肉也在逐渐放松。这时玉机用眼神向萧萧示意,萧萧顺着她的目光,看见墨莲腹股间亮起了暗红色的光,红光慢慢覆盖至她的小腹。光芒晶莹如水晶,好像从体内透出。萧萧呆呆地看着,听见一声"朗——"自墨莲喉中发出。那声音极绵长,袅袅不绝。随后墨莲嘴唇开始动了,玉机急喝道:"快听!"萧萧如梦初醒般伏下身,凑近墨莲的嘴边,紧蹙着眉头。墨莲的嗓音像在梦呓,低如蚊蚋,但听得出语调凝重。像是另一个人在说话,另一个人借着她的嗓子在说话。萧萧面上的表情变得越来越奇怪。她看着玉机紧盯着自己的黑眸子,张着嘴,却未出声,好像她听到那些话让她舌头变硬了。过了一会儿,墨莲的说话声变成了一声长音"嗡——"。萧萧长长透出一口气,断续地,低声道:"我记不全了,但我只说她的原话……或许是另一个人的原话……"

"别耽搁工夫!"玉机低声斥道。

"三十六年前,大唐……玄武门、玄武门事变后……"萧萧白了脸,舌头像打了结。

"玄武门事变啊。"玉机的黑眸子闪闪发亮,忽然柔声道,"不急,你慢慢说。"

"玄武门事变后……"萧萧深吸两口气,渐渐平稳了声气,"突厥颉利可汗不失时机,携小可汗突利长驱南下,前锋精骑直抵长安城北郊渭水桥边。当时号称百万,以为太子复仇之名。"萧萧住了口,直瞪瞪地看着玉机。

玉机蹙眉凝思片刻,道:"就这些?"

"她住口了,就这些。"萧萧低声道,"但这件往事……"

"这件往事我很清楚。其时太子早已结颉利可汗为奥援,军中众将在高祖的默许下也慢慢倒向太子,先帝只有先下手一搏,"玉机"嘿嘿"冷笑了两声,"但颉利岂能坐视中原易主,于是兴师问罪。我听人说,那一日对于先帝,实比玄武门之日更危险得多。"

"但人人都说，是先帝在渭河桥边单骑喝退了突厥。"萧萧瞪大了眼，困惑地看着玉机。

玉机意味深长地一笑，只道："烛灯。"萧萧将银烛灯递了过去。玉机一手持灯，另一手的指尖从墨莲耳下、颈后，慢慢轻抚至左胸。萧萧的目光随着她温柔如情人般的指尖，美目中的妒意越来越浓。这时，一点黄光自墨莲腹脐间扩散开来，在灯光下分外明显。一声"汪——"的长音后，梦呓般的声音又从墨莲喉中响起。萧萧瞪大了眼，伏下身静静听着，过了一会儿，她小声道："当时天可汗用了凉州粟特人安兴贵的计策，收买了小可汗突利。代价是万匹凉州突厥良骏。"随着墨莲又吐出了一声"嗡"。萧萧低声道，"她就说了这些。"玉机只低着头。"安兴贵？这个姓名甚是耳熟。"半晌，萧萧补了一句。玉机抬头，目光越来越深湛，缓缓道："安氏一族自西域安国迁居凉州已有两百多年，其势力盘根错节，遍布河陇、关中，甚至在宫中也有他们的人。安兴贵便是安氏的大萨宝。九姓胡人将头领唤作'萨宝'。"

萧萧"咦"了一声，疑惑道："昭武九姓胡，不过是些狡猾的狐狸，远行做买卖的商团而已。他们怎会有这般势力？"

"狐狸？"玉机秀眉挑了挑，"人们总是说他们是狐狸，但其实他们是蜘蛛，编织巨网的蜘蛛。譬如那康傀儡，若龟兹之事如他谋算，他编下的巨网将包纳整个大漠与天山两侧。'青雀'在西域苦心经营十多年，布下的暗网与其相比，好像儿戏一般，"她顿了顿，目光炯炯地看着萧萧，道，"你可知谁是西域最有势力的人？"

"是谁？"

"那个病弱的波斯公主,你原先的主人。从沙州至葱岭的整片祆教地下网络,皆归她掌管。在这片网络中流动的,不仅是珍奇的货物,还有日日不断的机密消息。这些消息从邮驿、军营、戍堡、巴扎、王宫、佛寺、祆祠、狼帐甚至女肆中流转、随后汇聚到各个萨宝、祭司手中。其中那些价值最高最紧要的消息,会经由各种地下暗渠,流入西州总坛。手握着这些消息传送权之人,才是西域真正的主人。现在你该知道,王玄策要护送的那个箱子,真正的经手人和保护者是谁了吧。王玄策始终以为那箱子是个幌子,不,他错了。那本就是一笔大买卖,一笔绝大的买卖。那个婆娘是知道这层利害的。大唐想要扶起波斯残余势力,尤其要与祆教秘密势力结盟;波斯想要大唐助其复国;而萨宝们,他们想要个稳定的西域,他们选了大唐做他们新的保护人。因为'天可汗'击溃了突厥,更因为他们想要借此将势力伸入中原的富庶之地。"玉机漆黑的眸光在灯火边不住闪烁。虽然对着萧萧,但好像看的不是她,而是昏暗虚空中的什么。

萧萧听得两眼发直,道:"我以为萨宝只是个商队头领。"

"萨宝可以是很多种意思。可以是个祆教祭司,可以是个商队首领,可以是使队里的主使,亦可是个城主,"玉机撇嘴一笑,道,"不过它同一个意思、同一个人。因为这些萨宝的身份,始终在不断变换。安兴贵便是这样的萨宝。当年他押注在先帝身上,便是将凉州安氏一族的兴衰都押了上去。他们绝不允许先帝事败。他便帮了先帝一个大忙。"

萧萧正要开口,玉机的目光低了下去,一动不动。萧萧半张着口,看着接近金色的黄光在墨莲的胸腹间亮了起来。玉机面露喜色,急促道:"太阳轮开了,她的空达里尼自行上升了。"萧萧一瞬不瞬地盯着墨莲的胸腹。片刻后,从墨莲喉间发出了一声"让——"。萧萧即刻伏低身,但墨莲的嗓音这回已很响亮。榻边的玉机听着那梦呓,眼眸子亮得可怕。

"于是突利撤回兵马。于是颉利亦撤回草原,带着那人质。那人身上有先帝的血脉。那人、那人是……整个草原上、最大的秘密。"萧萧的嗓音越来越低,面色又有些发白了。"嗡——"的一声过后,车厢内陷入死寂。灯光下,玉机嘴角边的微笑越来越诡秘,萧萧仿佛已经说不出话了。

"当年南下的颉利大军虽然号称百万,但真正勇悍的精骑皆在突利麾下。突利撤兵后,颉利部众已无战心,但草原可汗又不能立刻北退,"良久,玉机盯着银灯上跃动的火苗,幽幽道,"于是才有先帝与颉利渭水桥边交马而语之事。数十年来,朝中始终有流言说那些话是个秘密交易,但没人知道是什么交易。现在我知道了。"

"是……是那大唐人质?"萧萧嗓音发哑了,"……先帝质子于突厥?"

玉机慢慢点头。

"妹妹,如果我找到那个人,那个先帝的后人……"萧萧定定地看着玉机。

玉机不说话,只是对着她微笑。

萧萧目中忽然有光闪过,脱口道:"莫非妹妹已有线索了?"

这时玉机眯起了眼,望向车厢中的某处。她目光好像穿透了昏暗车厢内的虚空,穿透了盖着车厢的牛皮幔子,望向了车外极远处的某个点。黑眸子的光点在眯缝起的眼中发亮。

丝绸之路密码2:龟兹壁画迷宫 239

车厢内响起一声"扬——",尾音绵长仿佛带着叹息,二人急转头,看见榻上女体的心口连同凝脂般的左乳是绿莹莹的,好像那里变得透明,好像透过那绿光能看见墨莲的心脏。"心轮也自行开了。"玉机喃喃道,用手指轻轻抚摸着那女人颈后。墨莲又开口了,嗓音显得喑哑苍老,诡异地在车厢内渐渐响起:

"十四年前,唐攻龟兹。俘龟兹王白诃黎布失毕、大将羯猎颠,唯那利漏网,导引龙族人反攻,大将郭孝恪战殁。之后唐人再败那利。于是,那利与龟兹王、羯猎颠一同被送往长安。两年后,唐廷将诃黎布失毕等人遣送回国。其时,那利、羯猎颠有二心,回国后,那利与诃黎布失毕之妻、蓝突厥王女阿史那氏私通,羯猎颠暗中与唐叛将阿史那氏贺鲁结盟。于是,诃黎布失毕形同架空,成了有名无实的龟兹王。

"长安执政者将诃黎布失毕与那利再次调往京城,问明缘由后囚禁那利,遣使领兵再送诃黎布失毕归国。其时,留守龟兹的羯猎颠响应贺鲁之叛,封闭国境。诃黎布失毕不敢进,不久,忧悒而死于王城东面的泥师城。

"五年前,唐灭贺鲁,羯猎颠失了依靠。杨胄发兵再讨龟兹。为唐军引路的人……"墨莲的嗓音又低哑下去,听不清了,萧萧赶忙将耳朵凑近。

"妹妹,你猜是谁?"萧萧忽然抬了眼,直勾勾地看着玉机。玉机微微一笑:"那利。"

萧萧两眼放光,道:"正是那利。她说,其时,潜藏在唐军中的'青雀'助那利重回龟兹。"这时墨莲沉重地"嗡——"了一声,那声音听上去很疲倦。

"'青雀'自然希望将这个隐患埋在西域,"玉机看着那秀美绝伦的面庞若有所思,指尖仍在轻抚墨莲的颈后,另一只手忽然捂住萧萧的嘴,"禁声!她又要说话了。"墨莲的喉间亮了,一声"吭——"好像就是从那脖颈间的蓝光内发出。嗓音凝缓低沉,由一个仿佛昏睡中的美艳胡女喉中呼出,说不出的诡谲。

"于是那利潜入龟兹,与阿史那氏通。于是二人与唐军做了笔买卖,出卖了当时专国的羯猎颠。于是杨胄在泥师城大败羯猎颠,尽灭其党。于是唐人立了一个傀儡,白氏后裔白素稽。唐人信守承诺,安西大都护杨胄不干预龟兹政事。于是龟兹大权又落入那对男女手中。但是,这对男女真正需要感谢的,是凉州安萨宝的后继者们。"

又一声"嗡——"终结了墨莲的梦呓后,萧萧大声接道:"我果然未猜错。我记得太常、太仆两寺中,有不少太医、乐工、御者都姓安。当年我便有些奇怪。现在想来,是安氏与'青雀'结盟后得以安插在宫中的眼线。那利两次被拘长安,想来是搭上这条线了。"

玉机轻笑了一声:"姐姐你真是聪慧。"

萧萧面色微微一红,低了头,看见这回是墨莲的眉心亮起蓝光。响起了一声"昂——",很低,像低吟。这时萧萧发现墨莲两片丰满的嘴唇已有些苍白,周身汗涔涔的,从她体内散出的气息更浓更诱人。她的胸口又开始起伏不定。"快!"玉机催促道,"她快撑不住了!"

"安萨宝的后继者们,通过那利的关系,将最好的马卖给效忠阿史那氏的龟兹突厥人,以及效忠那利的龟兹龙族人。双方互换了价值连城的西域和中原情报。其时,那个在长安掌权的女人发现了宫中的暗网,暗暗诛杀和收买了一些人。于是,长安和凉州的安氏后人，开始计划将势力伸向西域。他们认定那里将会发生一些变化。虽然西域不在他们传统的势力范围内，但在龟兹，有许多萨宝希望亲祆教的力量掌权。于是安萨宝的后人找到了他们，选了阿史那氏做他们的代理人。而'青雀'，作为凉州安氏的盟友，也终于借此将势力真正深入西域的地下网络。但是龟兹的那对男女不相信唐人，不相信'青雀'。于是，安萨宝的后人，认为自己有义务，为'青雀'在龟兹的秘密行动提供担保。这个担保就是那个交给龟兹王族的舍利子盒。盒中的粟特文字和汉文字，存着'青雀'与安氏的最高机密。如果'青雀'起事成功，且其党首领履行了对龟兹当权者的承诺，那么阿史那氏当即刻毁去舍利盒。如果'青雀'失败，那么王族可以保留此舍利盒，待价而沽，将这事关大唐国运的秘密售于有意者。如果'青雀'起事成功，其首领却背信弃义，那么阿史那氏将委托担保人，打开'梦境之宫'，以舍利盒中的秘密提醒青雀的首领，去践行他的诺言。"

墨莲越来越低的梦呓声戛然而止。萧萧长出了一口气。玉机眉头仍皱着，道："就这些么？"

"就这些，她说完了。"萧萧道。

"奇怪。"玉机凝神看着墨莲的喉间。

"妹妹奇怪什么？"萧萧注视着玉机。

"她没有呼出那声'嗡——'。你听见了么？"

萧萧方欲开口，墨莲的胸口猛烈起伏起来。二人惊得目光一跳，看着墨莲重又张开嘴唇摇着脑袋说起来。

"担保……担保人，即是这座'梦境之宫'的制作者，本姓安氏的康……康傀儡……"

"康傀儡……"玉机倒吸了一口气,"原来是他。"她的眸子更亮了。

"另外,因为制作'梦境之宫',这具肉体成了'迦陵频伽',成了共命鸟。白天与黑夜的两种不同灵魂共存于一具肉身中。由此带来的痛苦只能通过药物缓解。如果她的肉体消亡了,'梦境之宫'不会随肉体消亡,而将通过'梦瑜伽',移至另一个人的梦中。"

这时,墨莲忽然住了嘴,一双美目猛地大睁,失神的瞳孔中泛出红光,摇晃着头,大声呼号。但吐出的是一个个不连贯的词。她的语调变了,虽然仍是汉话,却变成了另一个人的语调,变得饥渴而疯狂,仿佛一个逃荒的人忽然看见粮仓一般。"去、去、突厥草原,去找、先帝血脉。那血脉还有、还有、一个儿子,他的突厥名字叫、叫、叫作'玉都斯'……去、去、突厥草原……"她的双手紧抓着榻褥。握紧、松开、握紧、松开。

嘶吼了数声后,墨莲的声气渐弱,但胸腹仍在不断起伏。她光裸的身体汗湿得好像方从水中出来,在灯台下油亮油亮的。不一会儿车厢内彻底静了下来。玉机竭力控制着自己,但握着银灯的右手仍在微微颤抖。萧萧看着玉机,眼神越来越惊恐,她的嗓音听上去也很惊恐:"妹妹是不是认出了这声音?"

玉机点了点头,随后她笑了笑,在摇曳的火苗边那笑容令萧萧浑身一颤。"何止认出,我曾亲耳听过那做梦的人说过这句话。自两个月前,我至少已听他在梦中说过七八回了。只可惜那时,我只以为他在胡言乱语。"

萧萧盯着玉机的双眼不自觉地越睁越大,好像见了鬼,道:"你是说那、那做梦、做梦的人、是、是……王玄策?!"

丝绸之路密码2:龟兹壁画迷宫 243

玉机只是冷冰冰地笑了笑。

"你是说、是说、王玄策……没死？！"萧萧忽然发现自己的嘴合不拢了。

"或者她是被一个死人的梦闯入了，"玉机用下巴点了点墨莲，"一个死人一两个月前或几天前做过的梦。"玉机的额头也发亮了，一粒粒的汗珠子渗满额间。良久，她长出了一口气，喃喃道："玉都斯、玉都斯，等着我、等着我。"嗓音轻不可闻。

萧萧不自觉地慢慢后退，直至背脊靠上了一侧车厢壁，仿佛才惊醒过来。她直勾勾地看着五六步外的墨莲，赤裸的皮肤仍闪着光，但那淡淡的玫瑰色正在隐夫，一层灰白色泛了上来。她的胸腹也已不再起伏。"她……她……"萧萧忽然觉得自己说不出声了，好像那声音被另一个世界吸了进去。

"她还未死，只是永远也不会再醒过来了，"玉机的嗓音仍好像带着叹息，"空达里尼未能升至她的顶轮，于是只能逆行。"这时她又笑了，萧萧看不清她的脸，但觉得她在笑，"幸好，我们已经听到了我们要找的消息。甚至比我想要的更多。"

"这个、这个女人，如何处置？"萧萧仿佛一时忘了该怎么说汉话，大口喘息，声气低弱，像透不过气。

"送她去轮转吧，尽量不要令她痛苦，"玉机略低了头，双手合十，"后头有个屠坊。令你的昆仑奴动手时麻利些。快些，我在这里等你们。外头天该已经黑了。"

沙漠大道　行像节次日·酉时

当闪耀红光的晚霞开始弥漫在西天时，沙漠大道上的风一阵冷过了一阵。大道一侧是上空一片淡黄的大漠，另一侧是伊逻卢王城最边缘的山台，是古龟兹捍御大漠威胁的最前哨。山台边的两个古堡垒，已被岁月搓磨成了敖包般的粗陋土墩了，此刻在夕照下显出赭红色。两个土墩上遍布孔洞。孔洞后数十对掠食兽般的目光盯着从山台延伸向大道的斜坡。坡上只有两人两骑。

乌弓月将麂皮衣的领子裹紧了，下颌微微抬着，紧盯着山台后的王城方向。她手勒缰绳，背着弓箭囊、行囊，两腿紧紧夹着马背上艳丽的长障泥布，一动不动已经很久了。那边的土墩群之间偶尔有一两群鸽子飞过，但始终不见一个人影。

乌质勒的坐骑在她十步外。他平静地坐在马背上，看着女儿，不时地也看看坡道下的沙漠道。平整的沙漠大道此时被余晖染上了一抹非常轻柔的红色。他把眼皮稍稍抬高一些，就看到了更远处的一丝黄线。并不平直的一道黄线，模模糊糊的，但他清晰地嗅到了风从那里带过来的气味，柔和的目光开始波动起来。他深吸了一口气，转过脸时，看见红光下，马背上挺直着腰背的女儿像他梦中的女神，像梦中那个在风中长辫飘舞的女神。但不知为何他觉得忧虑，他回想着那个梦，同时低声道："太阳就快不见了啊，我的弓月。"

"阿塔，我听那些粟特人说，沙漠里的黄昏好像无穷无尽，但突然之间,一下子就黑了,就好像突然有人把灯吹灭了一样。就好像太阳之火一下子被吹灭一样。"乌弓月仍然未动,注视着那些土墩群缓缓道。

一片阴霾掠过乌质勒心头,他皱了眉。"再不要说这种带着恶兆的话,我的弓月,我的太阳之火永远不会熄灭!"

他的女儿终于转过头看向她的阿塔,在开始发暗的红光下笑了。那是一种只对她阿塔露出的笑容,那一瞬间,笑容化在了红光中。

"阿塔,你陪着我再等一会儿。阿塔,你好像从来没有这么等一个人,等得那么久。那就再等一会儿吧,他会来的。"

"弓月,你或许不信,我现在希望你的情郎晚些过来,甚至再也不回来了。"乌质勒带着叹声道,"这样你就能在我身边多待一会儿,你的心就能在我这里多停一会儿。"

乌弓月没有回话,她已经将背转了过去。乌质勒看着女儿被霞光染红的背脊,忽然道:"那只鹰呢?你不带走么?"

"它病了,这些天它在巫医那里。我猜它在温软的中原待得太久了,唐人也不懂驯鹰。"乌弓月半仰着头,缓缓道。

"它是只绝好的鹰子。即便伤了一只眼、一条翅膀,它仍是只千里挑一的鹰子。你走了,我这里没人拢得住它。过几日一定会飞过来找你。"

"阿塔如果有话要对我说,让它捎来疏勒找我吧。"

可汗在他女儿背后点点头。风刮得更大了,擦过沙漠大道和山台的岩砾时发出窸窸窣窣的声响。可汗望着西面在沙漠的黄线和灰色的山棱线间时隐时现的日头,这时听见他女儿急促响亮的嗓音:"他来了!"

他调转马头,看见他女儿紧紧盯着山台上的土墩群。仍然不见一个人影,但是乌质勒在风声和砾石滚动声中辨出了一串轻微的哒哒声。是马蹄子的节奏。乌质勒听了一会儿,忽然向那两个土墩挥了挥手,随后做了手势。孔洞后的眼睛几乎同时隐没不见。

"笃笃笃"的马蹄声在两个土墩间缓缓响起,乌质勒父女一眨不眨地盯着那边看。李天水像是忽然被风沙卷过来的。他的面色苍白,显得疲惫。他先是冲着乌弓月笑了笑,随后在马背上费力地向着乌质勒弓腰施礼。

待他行近至三个马身外,乌弓月大喊道:"你为何像个贼似的躲着我们?"

"或许因为我不想和你告别时,被很多人盯着。"李天水摸了摸座下的马鬃,栗色马鬃竖直在两道肉脊间。绑缚在马颈至马头上的皮甲被取下了。那马温驯地摇晃着头。

"是阿塔的马。"乌弓月盯着那马。

"可汗不会怪我骑着它不还吧?"李天水轻抚着马鬃,咧了咧嘴。

"我只怪你不说实话,年轻人,"乌质勒大钟般的嗓音又响了起来,"但我原谅了你。你只是不想让我们看到你发作后的样子。你只是太骄傲了,年轻人。但你很快就不必忍受这些痛苦了。"

李天水什么都没说,又一次微微弯了腰。

乌弓月抬头看向极西处。她用马鞭指了指那里,道:"阿塔,趁着那里还有一线光,我想和他走一走。在这条道上走一走。"

乌质勒眯了眯，露出了无奈的神情。他抬了抬了下巴道："别走得太远。我在这里等你们。"

他们已经走了三里路，谁都没开口。他们让自己浸没在那最后一抹绚烂日光中。这时乌弓月勒住了马，她扭头向李天水，长辫子在风中飘舞。"有件事，我一直很想问你。"她用的是汉话。他知道她自小便会汉话。

李天水转脸，清如雪水的眸子等着她。

"那时候，你为何叫我西王母？"

李天水想了想，道："因为一见你就觉得美。但你那时喜欢穿着虎皮，龇牙咧嘴地吓唬人。我便想起了阿塔说过的西王母故事。"说完他就笑了。

"只有你不怕。"乌弓月的蓝眸子看住了他。李天水转过了目光。他觉得心虚。过了一会儿，他看着天边暗下去的棱线道："你一定要去那里么？"

"你一定要离开阿塔么？"乌弓月淡淡道。"我要回去拿解药。"李天水想挤出一丝笑，发现自己的脸已变得无比僵硬。

"你不会回去的。"乌弓月直直看着他。

"那箱子还留在那里。"

"你总有法子取出来的。如果你想要的话。"乌弓月看着他的眼睛，"你不擅长说假话。"

李天水从鼻子里长长地出了一口气，好像如释重负。良久，他看着那灰暗的天际线，道："今晚，我要去找一个人，或是一个地方。"他向乌弓月伸出右手，摊开。半狮身的金箔片在越来越暗的天色中闪着微光。乌弓月朝他手心只瞥了一眼，又转向他的眼睛。"海路夜市，"她撇着嘴道，"这是海路夜市的通行证。今夜是半月，海路夜市开张，就在你穿过来的土墩间。你不需要去任何地方，在这里静静地等着半月升上中天即可，"她"哼"了一声，看着李天水的脸，"你运气不错。你失了不少血，正好歇上两个时辰。"

他们又策马前行了一段路。乌弓月忽道："你没有什么要留给我的么？"

李天水回过神来。他想起草原上临别时的男女赠礼，想起在草原上分别有时意味着永别，故而那赠礼往往是一个人最珍视的物件。他愣了半日，忽然伸手向身后，从饼囊里慢慢掏摸出一个馕饼。乌弓月瞥一眼，撇撇嘴道："是要给我一个别人缝过的饼么？"

李天水的手停在半空，好像不知所措。乌弓月从马上一把夺过，沿着裂缝，掰下了一块，将大半递还给他，"缝过的你自己留着吧。"她冷冷地道。

李天水将那大半个馕小心地包裹好，慢慢放了回去，抬头撞上了乌弓月的目光。她盯了他半天，忽然道："我们比一比吧。""啪"的清响未绝，她身下的马已经箭一般蹿了出去。沙漠道很快变窄了，开始上坡，随后下坡，接着窄道深入沙漠。两边的红柳树飞速后退，分不清是枯死了还是活着。过了一会儿，乌弓月驰上一条干涸的河床边。起先，她始终留意着李天水，感觉到他和自己的马齐头并进。后来，不知怎的，她渐渐与胯下的马融为一体，开始全力疾驰，渐渐感觉不到李天水。面颊、耳边、脑中只有那"呜呜"的风。那一瞬间，她闭了眼。她想，此刻便是死了也挺好啊。此刻若是摔下马，若是被一根红柳枝带倒，或许他就会明白我，就会彻底地真正明白我，明白我没有告诉他的一切。这时她感觉自己在下坡，她没有睁开眼。胯下的马像疯了一般沿着河床岸边冲下去。她在黑暗中感觉着那风，感觉着那种畅快。她痛快得像魂魄脱离了身躯，像飞了起来。她一直想要一种痛快的死法，她想。就在她开始在风中大叫的时候，她睁开了眼，看见李天水在前头等着，在河床对岸离她十个马身的前方等着她。她勒住了马，哭了起来。那哭声越来越响，最后变得像在号叫。

李天水就在对岸静静地看着她，面容忧伤，但接着又大笑起来，好像将那忧伤藏起来了。乌弓月也大笑起来，那笑声也像嚎叫。就在她笑得最响的时候，她吹出了一声呼哨。高亢的尖啸盘旋直上，片刻工夫，昏暗的上空响起另一声啸叫，像是回应。那啸叫声慑人心神。李天水听着自己的心跳，抬起头，看见一个黑影在他目力可及的高空盘旋。他的马也开始嘶鸣起来。

戴着眼罩的鹰隼慢慢而下，张开的双翼几乎覆盖了乌弓月胯下的马身。它在她头顶盘旋片刻，忽然飞过了河床，悬停在了李天水头顶上方。那只独眼盯着李天水，好像含着一团熊熊燃烧的绿火。那鹰只停了极短的一瞬，但足够李天水伸手解下箱子。油布包裹着的破木箱，就系在鹰腿下。那鹰立刻飞了回去，落在了乌弓月浑圆的肩头。黑暗像落幕一般忽然落下。大漠、河床、鹰隼和马上的乌弓月几乎在眨眼之间，消失不见。

幻术杂戏街衢·屠宰坊
行像节次夜·酉戌之间

天已经黑了。从停着马车的地方，向巷子深处再走上十余步，便到了"乾达婆"的马厩。是个大马厩，颇深，马槽前插着十五六根拴马桩。桩子上只垂着绳子。马槽边的草垛子也不见了。绕过马槽棚子，便能在月光下看见一堵后墙的墙顶。在那里，隔着墙便能闻到一股浓烈的腥气。绝不是马厩中牲畜身上的气味，那种气味还可以忍受。

墙顶只比萧萧高半头，踩上搬空草垛后余下的木架子，便上了墙顶。萧萧捂着鼻子，在木架子边站了半天，放开手上的长绳。拖在身后的毛毯子"咚"的一声落地。是两头缚紧卷起的红褐色长织毯，其中一头系着一条五六尺长的麻绳。她将另一只手上的银灯搁在木架上，卸下背上的竹篓子。她捂着鼻子看着那乌黑的背篓。过了一会儿，她闷声闷气道："翻墙，动作快些！"

黑篓子动了动，从里面发出一阵冰冷的"嘶嘶"声，仿佛一条毒蛇在扭动。萧萧"嗯"了声，压低声道："上墙后，我在墙下等你！"上墙后，她在墙顶上坐了一会儿，看见阴惨惨的月光映出墙屠坊的后院，看见门窗紧闭的草棚顶石屋。院内靠墙的地方，她辨出了几条长案板和绑缚牲畜的支架。她将那竹篓子放在墙顶的墙沿上，将银灯置于竹篓边。

有什么动了动，在眼角处。她心头一跳，向下望去。只有那卷毛毯子，正静静地躺在墙下。她捂着鼻子看了一会儿，拍了拍竹篓子，弯腰爬下木架子。墙顶上传来"啪"的一声轻响，她抬了头，看见一个黑影子迅速蹿下墙，像只深夜蹿入后院的凶兽。银灯不见了，随后是"咚"的一声闷响。她弯腰抓起那系着毛毯一头的长绳，猛地甩过墙顶。萧萧看着那鼓囊囊的卷毯开始一点点沿着墙面上升，直至被麻绳带上墙顶，最后消失在墙后。

屠坊紧闭的木门后静得可怕。灯光映出那带着腥气的木门上一根老旧的木条。他咧开嘴，露出森白的尖牙，伸出一只覆满了黑毛的手，抓住木条，一扯。"啪"，门闩断了。他推开了门，血腥气更浓烈了，变得刺鼻。他深深地吸下一口，仿佛很享受。

银灯映不出五步远，但他灰褐色的眼眸慢慢转动。黑暗中，两条长案台上挂着一条条横木。几具开了膛、卸去四肢的牛羊残躯挂在横木上。残躯四周围着蝇虫，其下是几个陶罐子。最腥的气味正是从那些罐子里溢出的。他伸出流着口涎的长舌头在嘴唇上转了一圈，随后一手提灯，一手撑住地板，单臂向前发力，撑着被截去双腿的身躯和那卷毛毯子，两三寸两三寸地向前挪动。银灯上的火苗将要暗灭前，他裹着麻布的双膝终于挨近了最近的那口陶罐子。罐子口上"嗡嗡嗡"的飞虫扑了下来，他等着，一只蝇虫落定在扁平的鼻翼上时，舌尖已经卷了上去。扑上来的蝇虫"嗡嗡"四散开。他动着嘴，眼眸子朝那陶罐子的开口转过去。满满盛着大半罐暗红色的内脏。他舔着嘴唇，将眸子转向那卷地毯。像淬了毒的冰冷眸光似乎穿透了厚实的织毯，扎向毯子里的东西。草棚顶的空隙间斜斜透入惨白的月光,他慢慢转动的眸子定住了。方才那毯子动了动。片刻,他咧嘴笑了。他撑着手臂,将自己不到三尺的身躯移近那毯子,慢慢解开了两端的绳索,用手掌猛地一推。卷起的毛毯滚动展开,绚丽的红褐色流苏织毯上,现出了一具乳白色的裸体。他的眸子里发出了瘆人的光,将银灯的火苗移近那具裸体,上上下下慢慢照了两遍,终于"咯咯咯"笑出了声。那笑声比深夜山林间老鸦的嗥叫更恐怖。

他咬住了银灯,转过身,一手撑住地面,一手在裹住断膝的麻布间摸索。一会儿工夫,他从层层叠叠的破布条间摸出了一把尖刀。五寸多长的剔骨尖刀,在火光下晃着狞恶的碧光。

那断了腿的侏儒昆仑奴不住地翻动着那尖刀两面,背脊激动得一阵阵发颤,一点儿都未留意一个人影渐渐在毯上拉长,又渐渐覆盖上了他后背。

城南土墩群·沙漠夜市
行像节次夜·戌时

　　杜巨源让守着入口一个蒙面大汉仔细查看了他手指上的狮子形金箔片后，已经在这市集中漫步了将近一刻的工夫。不知为何，他扫一眼货栈就能辨出那其中海货的好坏。几乎皆是顶尖的奢侈品，也有一些赝品。南海的苏合香、乳香、肉桂，拂林国的提花亚麻布、黄玉，还有一种罕见的虎斑纹织锦。他在那片织锦货栈边停了好一会儿，盯着最上面一层织锦。纯正的波斯货，金线织锦手工极佳。织锦很长，在货栈暗处还织着几条歪歪扭扭的纹样，他走近几步想要细看。货栈主人这时走了过来，是个威严的老者，隔着货栈冷冷地盯着他看。杜巨源只得向他弯了弯腰，回到窄道上的人流间。他绕了两圈后，觉得看客越来越多了，多是壮年汉子，和自己一样穿着光闪闪的龟兹锦袍。每个人的面相皆甚是严肃，行路时默不作声，与货主交谈的人亦是压低了声，交头私语。这夜市迥异于他印象中的喧嚣熙攘的西域巴扎。他慢慢感觉到一股压迫感，从那些围着土墩的货栈间逼了过来，从一些看不见的暗角涌来。好在自沙漠那边过来的风一阵接着一阵，他大口呼吸着沙漠的气息，好像呼吸着海水的气息。

　　光晕迷离的夜集市虽然像个迷宫，但走了两圈后，他已经发现了不少重复的货栈、商铺。走到第三圈时，他寻着了些规律。香料药物总在一处，隔着两三个土墩是织锦丝布，再隔开十几步路是珠宝玉石,随后是发亮的波斯金银器。再往前又是名贵香料。几乎一模一样的三层斜屋式货栈,几乎一模一样的香气,几乎一模一样的藏在土墩阴影下的货主。货主脸上几乎一模一样的神情。他忽然觉得自己好像又回到了原地,仿佛就在原地踏着步。光雾中他又开始晕眩。这时他终于看到了一堆映着光亮的琉璃酒器,胡乱堆叠在一个大木框里。货主站在货栈后,鼻子很大,很尖。杜巨源只看了一眼便认出了他。他在"乾达婆"见过这人,那时他穿着和此刻一模一样的光闪闪的织锦。

货主斜靠在一个小土墩下,抿着一个小琉璃杯,双眼在暗处。但杜巨源知道他盯着自己已经好一会儿了。他慢慢行至货栈边。两人对视了片刻,货主将琉璃杯放在土墩凸起的平台上,道:"买货?"说的是九姓胡语。杜巨源能听懂,但已经不会说了。杜巨源点点头,从手指上慢慢取下了那个原本箍着琉璃漏嘴的金圈。货主接过了金圈,看了看他,又瞄了眼他的绿玉指环。借着头顶的琉璃灯光,他将金圈慢慢在指间转动一圈。他看见那货主手里不知怎的多了一个银夹子,小心地将薄薄的金片从金圈上夹出。他的指尖捏着寸余长金箔片,用那夹子轻轻拉伸着闪着光的箔片。杜巨源看见那金箔原本的狮形渐渐变了,看见那狮背上渐渐伸出两只翅膀,又隆起两个半圆。狮身显得小了,圆狮头渐渐成了三角。那货主将粗壮的狮腿拉长后,用夹子将一片飞骆驼形的金箔伸至杜巨源眼前。杜巨源定定地看着那薄片。货主点点头缩回手,将箔片置于土墩上的某个暗处。随后,他转向杜巨源,平静地道:"你要的货到了,你的银币呢?"

杜巨源皱着眉看着那货主，过了一会儿，好像想起了什么，伸手向腰后，自蹀躞带上解下一个小囊。摸索一阵，他缓缓掏出一枚小银币。银币正面阳刻着一只昂着头的有翼骆驼，作势欲飞。杜巨源将银币转了过去，他第一回发现反面本该刻着一个王者侧像的地方，却是五条阴刻的纵向线条。每条曲线皆极优美，仿佛在舞动，合起来看像一团跃动中的火苗的轮廓。杜巨源捏着那银币，呆呆地看着，他觉得熟悉，但一时想不起在何处见过这些线条。

那货主劈手夺过那枚银币，瞪了他一眼，看了看那银币的反面，又瞪着他。杜巨源发着呆，他苦苦思索着这银币是谁给自己的，但想不出。那货主背过身去，迅速绕至那土墩后面。杜巨源呆立着，看着他消失，看着他又再次现身于土墩后，手里多了个皮囊袋。货主走了过来，将囊袋放在木框边缘，目光低了下去，嘴里在说："皮囊里。一封信。"几乎轻不可闻。

杜巨源不明白，但却在愣愣地点头。皮囊口被封泥封起，指甲盖大小的封泥上印了个图案。杜巨源俯下身细看，是一个坐着马车的王者，戴着形同太阳光芒的王冠。差不多大小的"飞骆驼"金箔挂在系紧囊口的绳索上。杜巨源觉得封泥上王者像个神祇。"快走！"已背转过去的货主低喝道。杜巨源一惊，将囊袋甩上肩头后又回到窄道上。囊袋发出"叮叮当当"的清响，但不沉。

绕过三圈后，他才发现自己是在同一片区域走过了三条几乎全然不同的路径。人流几乎挤满了窄道，但连步声都很轻。有不少人瞥向他，没人看他背上的皮囊。那些目光瞅向手上的戒指。两侧的压迫感又来了，气息好像也浑浊起来，他又开始觉得晕眩的时候，看见前头不远处有个空地。那里火光很亮，外围站了一圈人。空地是五六座高矮各异的土墩间错落围成的一个半圆。

他走过去的时候，看见人圈里有火光在跳动。他想起了在王城里看见的吐火人。围着看的人并不多，很多人瞥了一眼便走开了。稍远些两个又高又尖的土墩间连着一条粗长绳索，有人在绳上行走。他仿佛还听见了乌鸦的叫声。他从外围绕了过去，没有向里头瞥去一眼。他已经过了好奇的岁数。

在两座间隔挺远的矮墩间，躺着块岩石。他坐在岩石上，两边土墩上透过来的光已甚是微弱，他将自己的身形陷入暗处，伸手去解系在囊口的绳索。绳结打得奇特，无论怎么发力也解不开。我变得这般蠢笨了？他想着，将绳结仔仔细细看了五六遍，目光移向绳结上方封着囊口的封泥。封泥上那坐着马车的王者图案上下颠倒。他伸手，像个孩童那样笨拙地将那圆形封泥转了半圈后，那封印整个脱落下来，同时绳索自行松开。

打开的囊口不过拳头大小。杜巨源看看囊口，半晌，探手入囊。他取出了两封信笺。信封上皆是汉字。近处有人举火走过，映出勉强可辨的字迹，闪出信封上的两个汉字，"过所"，信封很厚。他下意识地捂住了信封，向四周张望，没有人在看他，又低头。第二封上字多了些，左上角写了两个小字"绝密"，正中间七个字略大些，"神山　康堡主启"。信封很薄。信封上也封了封泥。他张开嘴仰起脖子，想着，为什么明明是两封信，那货主却说一封呢？半晌，他轻轻"噢"了一声，将那封封了口的信对折，纳入翻领中，又打开了另一封信。信封内足有十几页纸，每张纸上写满汉字。他看了第一页，没看明白，想了想，将这页移开。之后每一页开头皆是一个人名，像胡人的姓名。他抓着那些信纸，呆坐了半日。又抽出那第一页，空地那边的火光晃动起来，他在心里默念着：

在月亮隐没在西边的山巅前，找到集市中需要拯救的信众，将他们带往神山路的起点。死神宫殿的入口外，有人会在那里接应你们。

他将这句话默念了十遍，一动不动。冷风吹过时他才觉得自己的背脊湿透了。他将那叠纸重又塞入信封，亦对折纳入领口内。他抓紧囊口，摁上封泥，转了半圈，"嚓"一声轻响，那绳索自行抽紧了。他站了起来，觉得双腿好像绑了石块，他将那囊袋又甩上肩膀时感觉肩头重了许多。

他抬头看看月亮，银色的半圆已悬在偏西的天际，像布满了阴影的刀刃。月光清冷，时不时地被黑云遮蔽。空地上的步子声杂沓起来。这时他感觉身后有人在注视着自己的背脊。

他回过头，身后漠然的脸面更多了，引颈看向空地内的人亦多了起来。但没人看自己。他的目光又向暗处扫了三四遍。不知为何，背脊不由自主紧张起来。他拖着沉重的双腿，慢慢地向空地另一头绕去。火光越来越亮，不住地闪耀，像金色的闪电一下下划过身侧。他忍不住转过了脸，看见一道足有七八尺高的火柱子碰上了高悬的绳索。绳索就悬在两座土墩的琉璃灯铁杆间，绷得不太直，两个人正摇摇晃晃着走在轻轻摆荡的长绳上，看身形是一男一女。绳索足有三四十步长。火柱子就喷在那两人脚边一两步远处，绳索看去随时要被烧断。杜巨源的心"咚咚"直跳。有人从外围向空地上铺着的毛毯投去银币。火光闪过十数回时他看清了那两人戴着的面具。前头走的矮个男子戴着一个丑傀儡的笑脸面具，后头那女子好像浑身上下覆盖了鸟羽，尖尖的鸟嘴面具从面上伸出。他盯着那女子看。前头的男子忽然掷起了刀子。先是一把，在月光下银光画着曲线，随后是两把、三把，直至四把，先用手接，随后用嘴，叼住又甩头抛上去。最后那几把刀子都被男子一一吞下，火光明暗间，又从他手腕里透出。矮个子摇摇晃晃地不停掷刀、吞刀、掷刀、吞刀。人群中响起一阵"沙沙"声，毯子上银币的叮当声更响更密集。杜巨源张大着嘴，只看着男子身后那女子，心里数着，一只、两只、三只……在那男子吞刀时，六只鸽子接连从她羽衣下飞出。那女子的羽衣渐渐小了，渐渐变成了一件丝袍，好像那些羽毛眨眼间变成了活生生的鸽子，飞了出去。火光下杜巨源看见那丝袍是红褐色的，紧贴着那女子如流水般律动着的身躯线条。她好像在踏着绳子跳舞。杜巨源原本张大了的嘴，忽然松了口气。他明白这两人永远不可能从绳索上掉下来。

这时那两人已快至另一头的土墩，渐入暗处。人圈开始散开，拥向四面货栈窄道。杜巨源被裹入两排土墩间，那些土墩像残断的古城墙。他看到不少戴着帷帽遮住大半张脸，但显然是贵族的女子。空气中飘浮着异香。他心气一阵浮动，但马上明白了，两侧精致的小木盒小琉璃瓶中盛的是秘制的西域香油。他在哪里也闻过这样的香油气味呢？这时他的双脚好像也快漂浮起来。被人在暗中窥伺的感觉又回来了。心跳得很重，他强迫自己屏住呼吸。他觉得不妙。

货道尽头的土墩后转出一个女人，扭着胯轻轻摇摆地迎面走来。红褐色的丝袍柔顺地裹着身躯。杜巨源想起了长绳子上的羽衣。他的脚步变慢了。七八步后，杜巨源看到了一双猫一般的深褐色瞳孔，清透如琉璃。他仿佛看见一团火红色的长发在她颈后绾起，绾入同是红褐色的头巾中。那双眸子始终紧紧凝视着自己。他迈不动步子了。

是你么？米娜。方才是你在那么高的绳索上看着我么？

那女人扭着胯向自己走来，始终盯着杜巨源的双眼。她的面庞渐渐清晰起来，就像梦里的那张脸，那张美艳而神秘的脸。但是……有些地方不一样，哪里不一样呢？他想起梦里的瞳孔更忧伤，在远处看着他。

这时那女子已在杜巨源身前三步远处停了步，她盯着杜巨源的眼睛，忽然伸出了一只手，向上摊开。她的手和身段一样柔美。杜巨源的目光挪不开了，他感觉自己的手探入了翻领中，慢慢摸出了那封信。火光一闪，他看见对面的女人在笑，嘴角翘了起来。他浑身一颤，米娜从不这般笑！他想起米娜笑的时候也是超尘脱俗，像个世外之人。就在他的这个念头闪过，那女子的面容变了。神秘而清澈的眼眸子一瞬间变得冶艳妖异。仍是一个妖艳绝伦的西域女子，但已不是他的米娜！

他好像见了鬼，身躯抖个不停，捏着信封的手硬是缩了回来。他看见对面的女子脸色也变了，向左侧转过头。杜巨源的感觉一瞬间忽然敏锐起来，他猛然转身，看见左侧正对着自己的一个货主已经站了起来，扬起的手上有光在闪。同一瞬间他平举起左臂，右手搭上去时手指已经寻摸到了扳机的位置。"嗖"的一声，方响即逝。这时恰有火光闪过，他看见了那货主脸上凶狠的小胡子。小胡子的右手已经举过头顶，但手上的刀子再也没机会飞出了。他鼓出的眼眸子瞪着杜巨源，踉跄了几步，"砰"的一声仰倒在地。几个过路的女子莫名其妙地看着他，扎在他咽喉上的漆黑短弩箭隐没在黑暗中。有人已觉出有异，停下来看着倒在地上的人，又盯向杜巨源。

　　杜巨源惊恐地看着那人还在抽搐的腿脚。他方才的每一个动作全凭本能，好像他已经做过上千遍。再转回头时，那个妖异的女子已经不见了。这时身前身后的人正迅速向货道两头退去，有人紧捂着嘴。两侧土墩前，三四个货主慢慢向他围拢过来。身后也有三四个，他看不见但能感觉到。这时他才发现两排贩卖香粉的货主竟然是一色的彪形壮汉，他想笑，但怎么也笑不出来。直直向他走来的一个巨汉，大他一圈高他一头。足有九尺啊，杜巨源抬眼看着这门神一般的巨人，大张着口心想。那巨汉塔一样的上身赤裸着，但藏在一块巨大的铁皮圆盾后。整张脸只露出眼睛，两只嗜血的小眼睛。杜巨源看见他的另一只手上提着一个布满了尖刺的大圆锤，圆锤子后连着铁锁链。他已近得抬起铁锤便能砸上杜巨源。杜巨源的脑中忽然现出一些画面，他在一个大都城中也见过这样的巨人。他想起那时那巨人抡起铁锤将十步远外的一堵厚墙砸出了一个大洞。那堵墙足有外城墙那么厚啊。他看着那巨人抬起了铁锤，他想自己的脑袋绝不会比那墙下残破的木门更硬的。他觉得自己两腿在发抖，但挪不开步子。他明白身后五个大汉的站位，已经封死了他向任何方向转身蹿开的可能。他看见在这个巨汉后头，光晕暗处还站着一个更壮大的身影。他灰心了,看着那铁锤子慢慢举过他头顶。这时,在他的侧后方,响起了一个人的说话声。那人说的是突厥话,他没听清。他还是盯着那铁锤,等着。举着的铁锤在半空顿住了,巨汉转过头看向说话的人。杜巨源听见那人又说了一遍,这时他明白了,或者说他猜出来了。他想起了波斯舶上的老胡教过他一些突厥话。那人说的是:"两封信,你的命。"

什么意思呢?囊子里的两封信么?原来这些人早看见了啊。是要拿这两封信换我的命么?可我的命抵得上那两封信么?我的命快没了啊。他的手放下了衣襟,他决定在死前撕了那两封信。至少撕了其中一封。但那人的声音他觉得耳熟,他转过头,看见侧后方的一个高大蒙面人正直直盯着自己。蒙了大半张脸的布条子上,两只眼眸子亮得好像闪着火光。杜巨源张着嘴看着这双眼睛,听见他又重复一遍:"两封信,你的命。"嗓音更急促,显得有些沙哑。杜巨源两眼发直了,将手指伸入了翻领,慢慢掏出两封信,向那人递过去。那人利索地接过,瞥了一眼,迅速置入皮甲内的袍襟中。这时杜巨源方发现那人浑身上下绑着一片片突厥人的皮甲。那人一把扯过杜巨源的胳膊肘,把他拉至身侧。那巨汉慢慢放下了锤子。那人拉着杜巨源转身向回走。走了两步,杜巨源听见身后有人用胡语说了声什么,是个沉稳缓慢的中年嗓音,但听不明白。

拽着杜巨源的人用突厥语生硬答道:"萨宝说过,要留他活口。"背后的人不说话了。一行人默默走了十余步,将至货道口,前方便是一片空地。十几个人远远地看着他们。这时,杜巨源听见身后那嗓音又开口了,像是念诵了一句诗句。诗句是

用粟特胡语念的,但是杜巨源听明白了。米娜念诵时的神情又浮现在他眼前:

> 造物主阿胡拉·马兹达于光辉灿烂之高山之巅,
> 以无数黄金营造了休憩之地。

扯着他胳膊肘的人继续向前走,未有丝毫反应。身后那人又重复了一遍,身边的人将杜巨源拽得更紧了。"你是什么人?"身后的人逼近了两步,杜巨源缩了肩,感觉背脊发冷。身边那人猛地一拽他的肘弯,杜巨源感觉自己飞蹿了出去。一瞬间,惊叫声在耳边响成一片,他听见身后响起雷鸣般的巨响,他想那是那些巨人在咒骂着。他看见一张张被吓呆的面孔在光晕中旋转,看见黑乎乎的土墩子也在旋转,感觉寒风"呜呜"地割过面颊,感觉绳索在空中飞舞而火光在喧嚣中狂乱闪耀。他一时被火焰晃得睁不开眼。他闭着眼睛由着自己的双腿随着那人豹子一般向黑暗处蹿去。他很惊讶自己居然能跟上。过了一会儿,身后身边一切声响渐渐远离了。最后他发现自己正被那人拉入一个洞口,洞口开在一个残塔般的两层土墩上,一人半高。那人像野兽般爬了进去。入洞后他双脚就软了下去,半身倚靠在土壁上大口大口喘着气,像一条被扔上船的海鱼。"嚓"的一声,洞壁上火光亮起,映出了一张瘦削峻挺的脸。杜巨源喘着气看着他脸上自眼角划下的刀疤,不知何时那人扯下了面布。插在洞壁上的火把焰光摇曳,那人的眼睛亮得像星星,一眨不眨地盯着自己,忽然笑了笑,道:"这些日子,你瘦些了。"

杜巨源仍大张着嘴，靠着洞壁望向他。

那人的目光闪了闪，直直盯着他，伏低身凑近他问道："我是谁？"

杜巨源茫然地看着他脸上的疤痕，随后又看向他的发辫，开了开口，没说出话。

那人看着他，忽然咧了咧嘴，散漫颓然地笑了笑，又问道："我是谁啊？"杜巨源的双眼瞪圆了，开始发亮了。"李天水，"他终于低声道，"李天水。"他又重复了一遍。

"好得很，"李天水笑了，拍了拍肩膀，"好得很，阿达许。你还活着，好得很。"

"可我，我……记不起，很多……"杜巨源看着他的笑脸，喃喃道。

"我知道，"李天水在心里叹了一声，但他又拍了拍杜巨源的肩头，笑着道，"活着便好。"

"你，你也……活着，很好。"杜巨源看着他，喃喃道。

一瞬间，李天水的眼里闪了闪。但他神情立刻凝肃下来，低声道："你肩上扛的事很重。但这事只能你来挑，你明白么？"

杜巨源看着李天水，像个孩童般慢慢点头。

"把外袍脱了。"李天水迅速道，"快些，时辰不多了。"

杜巨源开始解下他的织锦长袍，同时看着李天水一个个解着他身上皮甲的搭扣。一会儿工夫，"哗啦啦"一声，连缀着几十片皮革的皮甲脱落下来。李天水提起一个绳头，一套皮甲便提在了他手里。他接过杜巨源递过来的衣袍，看了看他单薄的亵衣，又将羊毛袷袢脱了下来，扔向杜巨源，道："皮甲扣在里头，裲襜穿在外面。"

杜巨源颇费了些工夫将皮甲扣紧在身躯上。套上那件羊皮裲襜时，忽然想起了什么，摸了摸胸襟处，听见李天水道："还在那里。"他已将鲜亮的龟兹长袍束起，面庞在火焰下发着光，"你果然瘦了，这裲襜正合身。"

杜巨源看着他傻笑了笑，眸子忽然转了转，张口道："你阿塔，阿塔的……袍子。"

李天水无声地咧嘴笑笑。这时他看见杜巨源的眸子前所未见亮了起来，看见他张大嘴，大声道："箱子……那箱子，箱子。"

李天水目光又一闪，他半转过身，指了指那洞深处。"在那里，藏着。箱子在，好好的。"转过头，他又咧了咧嘴，对杜巨源道，"箱子会跟我走，那两封信会跟着你走。我们都有自己的路要走。明白？"

杜巨源看着他，低声重复道："那两封信会跟着我走。"

李天水点点头，拍了拍他肩头，又道："你要小心走路。你的路难走得很。过些日子，我会来找你。我们再见面时，你要把这件衣袍完完整整地还给我，明白？"

杜巨源重重点头，眼中仿佛也闪着光。

沙漠夜市·棱堡　行像节次夜·亥时

　　他高大的身躯极小心极缓慢地踩上一道"土褶皱"，尽力不发出"沙沙"声。千百年前，这些土褶皱原是一级级台阶，通向这座高棱堡第三层。他看得出这是座棱堡，即便它已在千百年的风侵雨蚀中变成了一座粗陋的高墩子。他的故国也有许多这样的棱堡遗迹。他脚下踩的这道窄窄的"土褶皱"离地足有两丈半，这是棱堡第三层最底下的台阶。其上还有第四层。片刻前，在他的头顶上，高玉机和萧萧的身影就消失在那第四层。这是这座棱堡乃至整个土墩群的最高处，足以俯瞰大半个沙漠海路夜市。他守在这座高墩子下，也就是这片夜市的入口，将近半个夜晚了。直至他看见了高玉机戴着帷帽的身影。

　　他今夜守在这里本就是等着这个身影。

　　他知道今晚她一定会来这里。他没有像前两日那样，像在昭怙厘佛城、在羯龙府邸内、在狼帐外那样，远远地跟着她，因为在巴扎迷宫里，那个幽灵般的康傀儡很可能会认出自己。康傀儡永远戴着一副木制面具，好像无处不在，好像认识每一个人，但从来没有人见过他的真面目。

　　这时他已经踏入了"棱堡"三层的门洞里，黑黢黢的洞口看上去像个废弃数百年的佛窟拱洞，一侧的边缘已经完全塌了。从门洞透入的月光只微微映出了五步远。他迅速将身形隐没在黑暗的深处。脊背靠上一道石梯时，他听见了头顶上的人声。通向顶层的石梯砌于室内，保存得远较外阶完整。他弯低腰，拾级而上，六步后，他趴在了台阶上。他听见了高玉机的嗓音。

"那些人是'乌鸦'？从吐蕃来的'乌鸦'？"玉机的嗓音谨慎地压低了，但他仍听得一清二楚。他喜欢听玉机说汉话，他确信这是他听过的最好听最优雅的汉话。他以为汉音、汉话就是为这种嗓子而造的。萧萧开口的时候，他听出二人说话的地方该是靠着面朝夜市一侧最深处的墙。那里该有道窗或者孔洞。

"他们是些畜生，如果真的有那些老僧说的地狱，那么这些畜生就是从那里钻出来的，背信弃义的畜生，"萧萧的嗓音在发抖，"他们……他们……想把我喂……"萧萧说不下去了。这时传来了轻柔的"沙沙"声，他猜想玉机在轻抚着萧萧的后背。"后来是康傀儡救了你？"玉机柔声问道。

"他也是个畜生。"萧萧冷冷地道。

头顶上的屋内静了片刻。"看来'吐火罗'的消息很可靠。康傀儡和'乌鸦'接上头了。"玉机缓缓道，忽然"咦"了一声，"康傀儡把什么人给了那些乌鸦？姐姐识得么？"

"那矮墩子下太暗了，看身形是个幼童啊……对了，那一定是那个小傻子，白素稽之子白萨里拉。这个小傻子最爱往佛寺跑，爱假扮小沙弥和小石匠，爱在崖壁上刻些鬼画符。白家的人都很荒唐。哼哼，所谓君王之家……"

"萨里拉，是'舍利子'的意思啊……他是被注定了的。"玉机的嗓音低不可闻。"什么注定？"萧萧疑惑道。

"没什么……原来白素稽还有一个儿子啊。"

"也是白延田跌的侄子，啊，白延田跌一定会对这个消息感兴趣,"萧萧忽然提高了嗓音,"妹妹你又说对了,跟着这老儿过来果然能捞着些什么。我们此刻该赶紧回去。"

玉机未接话。过了一会儿,他听见萧萧又道:"奇怪,为何他们要挑这地方交易呢?人来人往,这么多双眼睛啊。"

"正是因为这么多人,这么多双眼睛,这里才安全。况且这里又正是个市集,本就是做买卖的地方,没人会向他们多看一眼,"玉机平静道,"除了你说的那个小傻子,康傀儡还给了吐蕃人一个信封,你猜那里面会是什么?"

"消息咯,"萧萧道,他感觉萧萧轻蔑地挑了挑眉,他也很熟悉萧萧说话的样子,"那老狐狸还能卖什么呢?"

"但此刻他卖给吐蕃人的,一定是最贵的消息,"顿了顿,玉机又道,"而眼下,整个西域最贵的消息,只有两条。"

"嗯……"萧萧想了一会儿,忽然道,"那个箱子的消息!那些吐蕃蛮子盯着那箱子就好像乌鸦盯着腐肉!但他们又不信火,鬼知道他们盯着火教的圣物作甚?!"

"因为他们盯着西域,他们绝对不希望大唐帮波斯复国。"玉机淡淡道。他的心头好像被猛扎了一下。

萧萧又"嗯"了一声,道:"妹妹你说两条,那另一条呢?"

"你猜。"

沉默半晌,萧萧一字一顿低声道:"康傀儡做的那个'梦境之宫'。"

"姐姐聪慧。"玉机好像在笑,语调中却杂着一丝忧虑。

"那'梦境之宫'中藏着足以动摇那婆娘和昏君根基的秘密,"萧萧语调有些兴奋,又叹了一声,"可惜我们未全听明白。但只要找到那个……"

"吐蕃人只给了康傀儡一片方布匹,不,是一片毛毯子。"玉机忽然打断了她,她的嗓音仿佛凝重起来。

"哼哼,那老儿恐怕不敢和这些吐蕃蛮子讨价还价。"萧萧冷冷道,却听一声玉机低喝:"他们看过来了!"窸窸窣窣一阵响。他知道她们衣袍擦着后壁蹲了下来。

"他们看见我们了么?"良久,萧萧的嗓音在那壁角边响起,她的嗓音在颤抖,仿佛想到了什么可怕的事情。

"不知道。现在乌鸦们已经四散开来,像在集市里找什么人。"过了一会儿,玉机的嗓音又在那窗口轻轻响起。

"妹妹,我们该回去了。"萧萧的嗓音抖得更强烈了。

"我们去集市。"玉机说得很平静。

"去集市?"萧萧惊诧道,"我们只是来查探那老狐狸和吐蕃人的虚实,何必去这……凶险的集市……"

"我们去集市。"玉机慢慢地,一字一顿地重复了一遍。

"好,"半晌,萧萧终于道,"妹妹,我随你去集市。"

两个人脚步声从顶层沿着石梯慢慢下来时,他已经把背脊贴上了石梯冰冷的背面。他的心也冷得像块冰。他知道玉机要去集市做什么,在这几日内,他已经太了解这个女人。他听着两个女人的脚步声从那些"土褶皱"上匆匆而下,渐渐消逝。走下"棱堡"后,他看见那两个娇柔的身影正绕向市集的入口通道。

他缓缓行至"棱堡"边一片隆起的高地上,那里是山台的边缘,上头也有两座残墙般的矮墩子。他就贴着一面土墙坐了下来。他靠着那面矮墙,背着月光隐没在阴影中,看向通道的另一侧,那里藏着一条下坡道。市集的四个出口中,这条下坡道是通向王城最近的路。他就坐在这里等着她。他知道她一定会从这里出来。

他听着风"呜呜呜"地一阵阵擦过墙后，想着往事。寒气渗过墙体侵入背脊，他挺直的腰杆子往前挪了挪，控制住全身的肌肉，几乎纹丝不动。他不能允许自己在寒气中颤抖。他看着时隐时现的月光从对面的墙头缓缓移至灰褐色的地面，又从灰褐色的地面移向那条坡道。他想那高挂在他背后的半月正在渐渐靠近西面的山棱线。就在月光将那下坡道微微映亮些时，他看见四个带着尖尖的高帽子，浑身漆黑如乌鸦的人悄无声息地跑下坡道。四个人的四只漆黑的手抬着一个人的四肢。被四个"乌鸦"抬着的人手脚被紧缚住，嘴里未发出一丝声响，但腰部仍一挺一挺地挣动。他背脊的肌肉绷紧了，紧盯着那个被抬下坡道的人的脸。月光微微映上了一双绝望的眼睛，他按上剑柄的手慢慢松开了。他认出了那双眼睛，是"傀儡团"中的吐火者。他在心里暗暗叹息了一声，看着那人被乌鸦们扔入了坡道下一个凹下七八尺深的土坑内。土坑是早已挖好的，坑边的土已堆得老高。那些乌鸦开始向坑里填土时他在心里默念祷词。乌鸦们已经消失时，土坑几乎被填满了。他一直觉得自己的意志像狮子，像铁和火，但这时他觉得有个又冷又涩的什么在胃部翻腾摩擦。过了一会儿，他听到了一阵"啊啊啊"的鸦叫，抬头看见七八只黑鸦在坡道上空盘旋，片刻后又向市集和沙漠的方向俯冲去。胃部更难受了，作呕感一阵强过一阵，他尽力抑制住了。这时绷带下的左肩伤口又开始隐痛起来，或许因为寒气透入。隐痛深入筋骨，他开始想起一些事，痛苦方缓解了些。

这时，他看见自己正想着的那张脸出现在了坡道上。他猛地弹了起来，两步蹿至对墙后。他看见李天水的身躯和四肢瘫软得像他身上的破锦布，正被两个乌鸦拖下坡道。被月光照亮的一片坡道上拖出了一条血迹。他慢慢转过了墙，仍将自己隐藏在黑暗中，顿了片刻，迅速蹿了出去，步子比夜晚王宫花园里的猫还轻。

那两个"乌鸦"绕过了刚填上的土坑，架着李天水的肩膀向通往王城的小路疾行。他背脊贴着山台边缘的坡面，看着前头快要消失在黑暗中的身影。他知道再向前便没有土墩了，他也没有了藏身之处。他知道被这两个"乌鸦"发现的后果，极可能意味着马上要招来市集内所有的"乌鸦"。他很清楚自己肩负着什么，身形慢了下来。

两步后，他看见一个人影极快地蹿下坡道，在十步远的侧前方，跟上了前头那三个人。他在黑暗中看清了那人的侧脸，刀子一般的侧脸。他停住了步子，看着那"刀子脸"也同那三个身影一样慢慢隐没在黑暗中。他知道那人虽长着一张刀子脸，却是个救人的人。他慢慢地向回走，依然谨慎地贴着坡面，弯着腰，从月光照不见的一侧上了坡道，正要转入那两座矮墩间时，他听见身后有人低声叫出了他的名字。

"阿罗撼！"

他没有回头，浑身上下每一块肌肉几乎没有一丝动弹。他就这么僵直在原地，等着自己的心跳慢慢平静下来。背后那人在他五步外。他马上意识到那人恐怕早已经盯上自己了，恐怕已经看清了今夜他做的每一个动作。他微微颤抖的手指捏住了剑柄。

"我是一个老朋友。波斯贵族的剑尖不该对着老朋友。"那人的嗓音仿佛一个人捏着鼻子说话。阿罗撼认出了这嗓音。那人闷声闷气地接着道:"我只是想和你说几句话。"

"康傀儡。"阿罗撼转了过来,并未拔剑。眼前这人的嗓音与在西州空中巴扎里的那个主持者一模一样。"我进来时就认出你了,尽管你一直蒙着脸,我的朋友。"康傀儡带着怪异的笑声道。他的波斯话颇为纯正。他仍然带着那个傀儡面具,襟口和袖口的联珠纹闪着金光。

"即便你穿着波斯锦,我们也不会是朋友。"阿罗撼冷冰冰地道。他破碎喑哑的波斯音好像带着冷气撕开耳膜直入心房。

"或许你从不这么想,我的朋友,但我确实想帮你,"康傀儡的嗓音带着叹声,"你知道,我的朋友,你的秘密已经泄露了。我的吐蕃朋友已经知道你是谁了。"

阿罗撼沉默片刻,冷笑了一声,道:"那要感谢你,康萨宝。是你卖给他们的吧?"他的右手又按上了剑柄。

"正是如此。"康傀儡微微躬身道。阿罗撼一愣,他未料到康傀儡几乎马上便承认了。他慢慢拔出了佩剑,狭窄略弯的剑身在月光下闪着寒光。他听见康傀儡笑了,感觉到那笑声比自己的嗓音更可怕。

"我的朋友,我只是个传口信的人。你听完我的口信再动剑吧。你是波斯最好的剑师,这里再没有第三个人了。你想在我身上戳几个洞随你高兴。"康傀儡带着笑道。

"说。"阿罗撼的剑尖仍然指向了康傀儡的前胸,缓缓向前迈了两步。

"我的吐蕃朋友早已从不同渠道得到些消息了,我的朋友阿罗撼，他们早已怀疑你的身份了。最近两年，'绿度母'在西域的网络或许已经超过了尊贵的阿胡拉信众的网络。这真是件遗憾的事。今夜，他们通过与我的交易，只是印证了他们的猜测。你明白，我的朋友，这种交易我是不得不做的。弱者没有选择权。现在，沙漠另一边的强者已经有了个计划。他们想要和你谈谈他们的计划。他们想约在明晚，拨换城外，一个叫据史德城堡的唐人山堡。因为明晚，他们在那里恰好有事要办，他们不能浪费一点儿时间。你到了那里就能找到他们。这就是他们要我带的口信。哦，他们还说了，如果明晚你不带剑过去，那么你将立刻成为吐蕃人的朋友。"康傀儡不紧不慢道。嗓音压得很低，但每一个波斯字音皆发得极清晰。

  月光映上了阿罗撼蒙着黑布的脸。他发红的眼眸子死死盯着那木傀儡面具后的眼睛。那眼眸子在黑暗中几乎看不见。他的目光低了低，看着那斜斜向上的剑尖，剑尖始终稳定地指着康傀儡的胸口。康傀儡的身躯亦纹丝不动，等着他回应。寒风中，衣袍猎猎作响。"你告诉他们，明晚我会去的。"阿罗撼缓缓道，将佩剑慢慢送回闪着金光的剑鞘。

沙漠夜市·毛毯货栈　行像节次夜·子时

　　李天水已在这条货道上来回走了四遍。这条原本卖香粉、香油的货道两侧，此时换成了两排毛毯货栈。货栈前仍挤满了衣着鲜亮的龟兹贵妇，好像方才这里什么也未发生过。他本想借着人流甩掉身后那两条"尾巴"，就好像他当年进入密林子利用枝干躲开饿狼一样。但身后显然是两个老手。

　　他在心里苦笑。是他故意穿着杜巨源的袍子走过空地，故意让这些人盯过来的，现在却要想法子脱身。因为他在这里看到了一样东西。他把发辫收入头巾，把双肩收紧些，他觉得自己的背影看上去该是很像那个瘦了些的杜巨源。他正想咧嘴笑笑，背脊上的抽痛又开始了，双脚仍然很虚弱。这次发作的时长远甚于以往。身后那两人的脚步在杂乱的"嚓嚓"声中很清晰，稳健有力。更靠近自己的那人叫曹破奴，"傀儡团"中的一个汉人这么唤他，就是方才那个用那句诗试探他的人。曹破奴的重心压得极低。是个矮壮敦实的人。他想起了那个在绳子上甩刀吞刀的身影。是个扎手的角色啊，他想。后头那人的步子没那么稳，但更细碎、更狡猾。有几次将将要甩开了，是后头那人先发现了他的背影。李天水在想他们为什么迟迟不动手。或许在等机会，致命一击的机会。但他知道自己耗不起，也无法再耗下去了。必须尽快摆脱他们。他从货道一头再次往回走的时候，目光又瞥向那个最大的毛毯货摊。

　　三四圈人围在货栈前的七八口打开的箱子边，多是妇人。

灯光下，躺在箱子里的毛毯子色泽鲜亮。整条货道上色泽最鲜艳、织纹最精美的毛毯尽在这几口箱子里。他想那定然是粟特商人们说的波斯毯。透过人群的间隙，他看见货栈的主人正静静地坐在一片大毯子中央。是个中年妇人，浑身上下一袭不掺一丝杂色的黑袍，又高又壮，坐在毯子上像一座黑色的小山，坐着的样子又肃穆得像一个祭司。不时地有几枚银币向她丢去，她看也不看便收入挂在腰上的小囊中，好像那些箱子里的货物与她无关。他第一回经过货栈时，她便注视着他。李天水发现她的眼睛很黑，好像把黑夜吸了进去。第二回路过时李天水看见她身下坐着的毯子织纹很熟悉，走回来时看清楚那是一个顶着王冠驾着四马马车的神祇。太阳状的王冠。走第四回时他挤进货栈前，假装俯身看毯子，将杜巨源的锦袍微微撩起，露出了一小段金腰带。再走回来时他看见那女人在向他微微点头。现在是第六回了。他又将渐渐接近那个货摊。他在心里盘算着。那两人在暗处，狼一般的目光片刻不离自己的脊背，他的背脊还在隐隐作痛，气力还在流失。一击即中的把握实在太小。便在这时，他看见毯子中央的妇人站了起来。

他看了她一会儿向货摊内侧挤进去。后头那两个人一时被堵在了人群外。女货主慢慢走到了货箱前，李天水觉得她像一堵墙一样地移动。周围有几个人的眼里发出了兴奋的光，好像在期待着什么。女货主双臂慢慢抬起，直至与肩平。她嘴里开始念念有词，嗓音渐响，反复重复着一段话。几乎所有人抬头看向她。他听出她念诵的是波斯语，古波斯语。他听过有人向他念诵同样的诗句。波斯公主比黑夜更深沉的眼眸。随后他想起公主在念诵这段古波斯诗句后，用汉话又重复了一遍，他想

起当时波斯公主说的是:

> 善者的众灵体在艰难的战斗中，
> 是最得力的助手。
> 假如在尘世某个强盗挡住你的去路，
> 或者你对战争妖魔和贫困产生恐惧，
> 那就缓慢地吟诵这种瓦杰。
> 我们赞美行善者，
> 我们赞美出类拔萃者，
> 我们赞美正教徒纯洁、善良而强大的众灵体。
> 当铺好巴尔萨姆枝时，
> 应该祈求他们的佑助；
> 作战时在疆场上，在两军厮杀的地方，
> 应该祈求他们的佑助。

　　低沉的嗓音还在货栈半空震颤，女货主已转向了他。他想这是在对自己说话么？像草原上女巫的音调啊。这时，货箱子里有一片毯子忽然飞出了箱口，飞舞在了半空中。他张着嘴，看着那片卷起四角的毯子升上半空。片刻后，他听见有人惊叫起来，有人用龟兹语大喊着"魔毯！魔毯！波斯魔毯！"。这时那片飞毯在人群的头顶上方翻卷，极快地移向货道一头又迅速飘了回来。整个货道的人在飞毯下奔走，陷入了一阵狂乱。有人扯了一把李天水的手臂，几乎同时他完全明白过来了。

　　他跟着那货主人向货栈深处蹿去。拉着他的肥壮女人此刻灵活得像一只野兔。蹿至土墩底时，她伸臂挪开了一辆未套着牲畜的木板车。一道低矮的拱门露了出来。那妇人推门弯腰钻入，庞大的身躯几乎占满整个洞口。李天水几乎是跃入洞中。女人返身从里面插上了门闩，又拉着他往下走。李天水感觉自己走在黑暗的向下土阶中。十六七级后，他又踏上了平地。这时灯亮了，是一盏长长圆肚琉璃灯。暗黄色的灯光映出了一个极高的额头，一张饱满苍白的脸，和两个正注视着他的黑眼眸。二人对视许久，李天水忽然咧咧嘴，道："我还记得，那太阳之火。"

"若这个世界末日降临，沟通另一个世界的是太阳之火，"黑衣女人肃然地看着他，道，"当然，当然，孩子。即使你忘记了这句诗，你仍然是我们的朋友。我看到了你身上的灵光。"她的嗓音像男人一般低沉。她的龟兹话带着种奇特的口音。李天水不禁低头看了看腰间，金腰带露出了腰侧一小段。"飞骆驼"金牌边，那枚雕镂着太阳冠驾车神祇的金牌在灯光下闪亮。

李天水抬头时望着女人的眼睛，道："救了我性命的恩人，我想知道你是谁。"他说的是粟特话，他觉得那女人能听明白。

"重要么？"那妇人看着他。

"像我的阿娘那么重要。"

"那么，我的孩子，"那女人道，"我曾是个女巫，沙漠里的女巫。我做过老女巫的侍女，做了很多年。我曾是公主的仆人。我还是个诗人，我在我的毯子上作诗。我也是个变戏法的，你看见了。现在我是龟兹拜火教组织飞骆驼的'萨宝'。我是聚落和商队的头领，祆祠的祭司。你可以叫我塞雷莉亚。"

"塞雷莉亚，"李天水右手扶肩，深深弯下腰，好一会儿，方直起身，他目光闪闪，"那个戏法是怎么变的？"

丝绸之路密码2：龟兹壁画迷宫　277

"我在沙漠和绿洲的边缘生存,很早就学会了驯养鸽子。'飞骆驼'里最好的鸽子都是我驯养的。那四只幼鸽非常小,它们可以藏在卷起的毯角下,但它们的腿脚足够强壮了。因为它们是我驯养出来的。我给它们念诗,它们便会欢快地起舞。就是这样。"

李天水笑了。两人互相望着,沉默了一会儿。有一刻,李天水想起了他从未见过的阿娘。"箱子还在我肩上,"李天水看着塞雷莉亚道,"后面的路该怎么走呢?只余下三十九天了。""别急,我的孩子。你的箱子重得很,你也流了太多血了,我的孩子。而且我们有桩重要的事要托付给你。只有你能帮我们。所以,现在,你吃点儿东西,喝点儿水。我会慢慢告诉你。"塞雷莉亚的目光在李天水面颊上下移动,像一个心疼孩子的阿娘。

李天水在灯光下就着清水慢慢吃下了一个馕饼。塞雷莉亚静静地坐在毯子上看着他,毯子上那神祇的太阳金冠好像被映亮了,要闪出金光。他没有留意塞雷莉亚如何带上了这片起舞的飞毯的。他站了起来,塞雷莉亚将毯子披在了身上。灯光抬高了,照出了头顶上黄褐色的拱顶。虽然已经过数百年,但仍看得出这地下通道的人工痕迹。拱顶平滑规整。提着灯的黑衣塞雷莉亚在身前领路。李天水想起了西州的坎儿孜井道。这条地道也有许多分岔路,但他未感觉到一丝憋闷诡异。或许是前头那个又高又厚的身影的缘故。他恍惚又想起了波斯公主,想起了她的黑眼睛,想起了她念诵时庄肃又奇异的语调,想起了阿罗撼,想起了王玄策。想起了死在井道里的达奚云,那根棒子还在他的背囊里。想起了米娜吟唱的嗓音,想起了杜巨源。只隔了几日啊,怎地好像隔了许多年?这时塞雷莉亚又转过一个拐角,地道渐渐向上,李天水开口道:"我的朋友,杜巨源。会有人把他带出去的吧?"

"会有人把他带到沙漠里去。不用担心,我的孩子。那片沙漠像大海,你的朋友很熟悉大海。"披着毯子的塞雷莉亚没有回头,低沉的嗓音回响在拱顶。

"你生于沙漠么?"过了一会儿,李天水问道。他忽然想了解身前这个妇人更多一些。

"我和我的族人都生于沙漠,孩子,千百年来定居在沙漠深处。沙漠深处神灵游荡,有些出生在沙漠中的女人自小能听懂神灵的话语,沙漠里的人称我们为女巫。他们害怕我们。为了保护自己和帮助别人,我们结成了联盟。外头的人则称我们为'祖尔万'派或者'祖尔万女巫',而正统祆教则将我们视为异端,因为我的姐妹们信奉祖尔万,掌管时间与命运之神。沙漠中的时间与外头的时间不同,我的孩子。有些姐妹认为祖尔万神高于阿胡拉·马兹达。但后来,我跟随的老师随她的情人皈依了正教,后来我跟着她来到了龟兹,也皈依了正教。现在我尊奉阿胡拉·马兹达,尊奉太阳之火。而你的朋友,我想他会在沙漠中得到正教的保护。他身上也有了灵光。虽然恶灵已开始蔓延向整个沙漠。"

李天水低头想了一会儿,低声道:"你本不必告诉我这么多。"

"或许你也将经历沙漠,或许你也要去聆听神灵的声音。"塞雷莉亚边走边道,她的步子渐渐快了。

"我会去疏勒,"李天水又想了想,道,"西去疏勒的路,最近的是沙漠道吧?"

"只有阿胡拉才知道，"塞雷莉亚的嗓音在穹顶下显得格外肃穆，"除了他，谁也不知道命运会把你带向何处。"

李天水不说话了。塞雷莉亚的脚步变慢了，向上踏出的每一步都很谨慎，有时还会停一会儿，好像在辨认或者听着什么。他什么声音也未听见。这时他听见身前的塞雷莉亚道："出去后，迅速蹿向入口处那座最高的土墩。什么也不要管，哪里也不要看，只管向那土墩下冲。在你冲到那土墩前，会有人接应你。那人长着张刺客的脸，却是个救人的人。"

"好。"李天水不假思索道，随后他笑了笑，道，"我见过他。"

"他已经等你很久了。"这时塞雷莉亚侧过身，脸转向李天水，此刻黑眼眸好像把火光全吸进去，"现在你要准备好了。你要走在我身前。踏上最下面的那级台阶开始，你要尽力跑，跑上最上层的台阶后，从你看到的窗口跃下。然后你照我说的做。"

李天水分毫不差地照着塞雷莉亚说的做。他像一头豹子般蹿上了台阶的顶层，甚至未及感觉到脚下的台阶。这时他看到月光从一道矮门投入，矮门高仅及腰间。他没有片刻犹豫，一弯腰钻入窗洞中。门洞后就是黑夜，黑得看不见地面。寒风"呼呼"地从洞口灌入，李天水正要跃下时忽然打了个冷颤。他想这回血确实流得太多了。便在这时，他的背脊被人猛地一推，身躯无法控制地冲出窗口，坠入黑夜。一时间，他的四肢本能地张开，像半空中的野猫刹那间平衡住身躯，触地的一刻背脊迅速蜷起，在坡道上连滚七八圈，随后极快地站了起来。

他开始向那道最高的黑影奔跑，眼前像横了一堵无尽的黑墙，但他仍能看见一道又高又尖的黑影。他像豹子一样奔跑，风声在耳边呼呼地响。他什么也不看，什么也不想。

这时闪出了火光，电光般一闪即逝。是一道长长的火柱。火光映出了头顶上一群黑乌鸦。他只管跑，什么也不看，什么也不想。他听见了"扑楞楞"鸽子扑打翅膀的声音，听见了乌鸦"啊啊啊"地在背脊上叫着，令他的脊骨发冷，听见了飞刀阴冷的"嗖嗖"声。他感觉到一条大毯子从天而降，盖住了他的后背，感觉到乌鸦们又叫嚷着从毯子上惊飞出去，感觉到鸽子的血洒在自己的脸上，感觉到刀刃打在毯子上又弹飞了出去，背脊一阵阵生疼。他只管跑，什么也不看，什么也不想。这时他听到了一阵比乌鸦的嘶叫更令人胆寒的笑声，像山魈的桀桀怪笑，有什么自夜空落下。这时火光再次亮起，他看见一个像人的影子，晃晃荡荡地落在身前十步外。但他知道那不是人。这回火光亮起的时间更长一些，他看见身侧的矮坡上有个人在吐火，吐火的人身边好像还有个女人的身影，看见提灯的塞雷莉亚这时忽然从身后冲了过来，火光暗灭后塞雷莉亚手里的灯光像流星一般急速划过。他知道那吐火人在救自己，他觉得自己认识那女人。但他只管跑，什么也不看，什么也不想。那个像人的影子直挺挺地冲了过来，两腿却不动，像直直地飞过来或者在半空中滑行，只有三步远。这时他看见塞雷莉亚庞大的身躯以鹰隼般的速度向前扑去，那个东西又开始怪笑，刚发出一声，整个身影便被塞雷莉亚盖没。半空中传来一阵"啪啪啪"和"嘎嘎嘎"的声响，好像什么丝线被拉断了，随后是什么木头被压断了。琉璃灯在地上碎裂、熄灭前，李天水看见塞雷莉亚山一样的身影在地上趴着不动了。李天水停下了步子，转身冲了过去，抖着手擦亮了蹀躞带中的火石。他用尽全力将塞雷莉亚翻过来，看见她胸口扎着刀子。塞雷莉亚漆黑空洞的双眼看着自己。她身下的那个人脖子已经断了，大半个身子仍藏在那个木傀儡后。木傀儡的半边身子同关节上的线亦折断了。被扭断脖子的人大睁着眼。是曹破奴。

李天水俯下身，想要背起塞雷莉亚，立刻重重地摔在地上。他喘了一会儿，两手箍紧塞雷莉亚浑圆的手腕，弯着腰拖着她向前走。走了两步，身后传来"咔咔咔"的声响，他扭过头，双手没松开塞雷莉亚。垮了半边的木傀儡在身后的一步远，手中的刀子扎入了他肋下。刀刃撕开血肉时他感觉凉飕飕的。那是个笑脸木傀儡，他也冲着它笑，随后一抬脚把它踢飞了出去。刀子还留在他身上，他慢慢走了过去，地上的木傀儡半抬起头，好像有生命，在哀求。他看了它一眼，一个个踩碎它的四肢关节，"嘎达嘎达"连声作响。随后他抬起脚，照着他的脸面，踩了下去。木傀儡的头颅碎裂的时候，他听见了身后沉重的脚步声。这时月光出来了，一个巨人的身影出现在了五六步外。"啪啪"一阵轻响，巨人正在扯断手里蛛丝般的细线。奇怪的是肋骨下的伤口不太疼了，但他知道里面在流血。巨人直直地走了过来，他笑了笑。巨人比他高大半个头，这时抬起手臂，圈拢，像两个巨形的钳子，随后扑了过来。李天水等着，直到近得可以看到那巨人鼓胀通红的小眼睛，他左脚一勾，右手一搂，搂住巨人略微向左倾斜的半边身子。他的指尖几乎抠入了巨人的肉里，腰腹如硬弓弓弦一收一放，猛地摔了出去。地面"砰"地震响。那巨人"嗷"的怪叫一声，双手一撑欲起，但李天水比他更快，他的肘子已经到了。一声闷响,他听见了鼻骨的碎裂声。巨人没了声响,仰躺在地上一动不动。李天水起身,看了他一会儿,右脚抬起,踏上他的右膝盖,"咔嚓嚓",随后是左膝。他晃了晃身体,行至他脸面边,抬脚要踩,半空中停了片刻,轻轻放下。他看了看四周的黑暗,觉得茫然,又晃了晃身体。这时他听到一声女人的尖叫。火柱蹿出半截忽然灭了。那尖叫听上去耳熟,但他迈不动步子了。他觉得疲乏,原地坐了下来,面向塞雷莉亚庞大的尸身,她的尸身就像一座坟。他慢慢向那具尸身挪动,这时风里的寒气像刀刃一样侵入他体内,带来了浓重的腥气。三个乌鸦一样的人忽然出现在了眼前,他抬眼对着他们咧了咧嘴,任由他们发着绿光的眸子盯着自己,最后任由他们像拖一具尸体那样将自己拖走。

城南土墩群·沙漠夜市
行像节次夜·子时

  杜巨源在黄绿色的光晕中游荡了七八条货道后，慢慢明白了这个市集的格局。偏西侧的那片空地像市集的中心，人流在那里转上一圈后散入空地周边卖黄玉、珊瑚、苏合香、乳香、肉桂、没药树脂、波斯琉璃灯、纹花金银盘、绿松石、藏红花、甘松香和葡萄酒的七八条货道。游荡至最东便是回到王城的坡道，那里有个土墩的黑影高高耸立。他猜绕过空地的最西面该是通往沙漠大道的出口。货道总在重复，但他的晕眩感渐渐消失了。不知为何，他仿佛又呼吸到了熟悉的空气，属于市集的空气。他仿佛又找回了丢失已久的感觉，五感敏锐起来。他慢慢将注意力从货道、货栈、土墩和琉璃灯上移向了迎面而来的人们。他发现很多人和他一样在市集中游荡，看上去像在漫无目的地游荡。但杜巨源明白其中一些人另有目的。他们的穿戴与那些来看货的人无异，姿态气度也很像，只有眼神不同。

  杜巨源只瞥一眼，便能感觉到他们眼神紧张。他们不是来做买卖的，至少不是来买黄玉、珊瑚、苏合香这些的。他们在找另一些东西，或者是另一些货主。杜巨源将自己藏起来，藏在暗处，藏在那些没有目光会投过来的地方。他在那些地方注视着从面前经过的人们。这时他发现还有一种人也在游荡，但看上去并不是紧张，而是绝望。他们像没了魂的野鬼一样在这市集中绝望地游荡,从他面前经过,过了一会儿又转回来。杜巨源觉得即使他们在阴影中看见自己,一遍一遍地看见自己,也不会对他留下丝毫印象。

这时他又转回了那片空地,空地上人流稀少。幻术艺人已不见踪影,只剩下那条绳索还在两座高墩间随风摇摆,那里已变得很暗。蹿跃的火焰连同吐火人皆不见了,几盏琉璃灯也熄灭了。但他看见对面的另一个角落上,有一群暗影不停地来回走动。他不由自主地漫步过去,横穿过仍然弥漫着烟气和欲望气息的整片空地,看见两个像驼峰一般耸起的土墩四周,有一群恍恍惚惚的看上去像纨绔子弟的胡人少年在闲荡。他们在寒风中身穿轻薄的短丝袍、宽松的长裤,袍子领口处用线缝上去的图案是五条曲线,合起来像蹿跃的火焰,在月光下仿佛纯银的丝线。杜巨源从他们中间走过去时未引起半点儿注意,因为他们此刻正聚拢在一处,隔着银箔纸在一种香草下点火,拼命地用鼻子嗅着香草燃起的白色轻烟。

沿着"驼峰"土墩的方向向前走,在一个平顶锥体的土墩下,摆出了一个大货摊。走近时他才发现那并非货摊,而是由九张毛毯拼合起来了一大片坐席。隔得老远他就看明白坐席上的五六个人正在赌钱。他在五六步外站住了,与坐席外观望的几个人一起望向那些赌徒。没人留意他。他看见他们用画着红点和蓝点的羊髀骨赌钱,看见一直输钱的那个人,每次输钱就把数字认真地记录在一本小账簿上。他慢慢地绕向那人身后,看见那人写完数字后,在账簿上乱画着好些扭曲的竖直的曲线……

向前几步,在锥形土墩的另一侧,他看见有个中年乞丐在乞讨，样貌像汉人。他的衣衫就好像用十几片破布拼缝起来的，上头还有七八个洞。他和那乞丐对视了一会儿，跪着的乞丐笑了，嘴里念叨着："看在'太阳之火'的分上……"

绕过土墩走向西半边市集，杜巨源在货道上的第一个货栈前看见一个喜欢唱歌的女货主。那货主卖各种色彩的蔓草纹琉璃器，嘴里不停地哼着同一首歌，好像这世上只有这一首情歌。杜巨源没听明白，但听出那是首情歌。她边唱边照着琉璃镜子，几乎从未抬头看一眼货栈和往来人群。杜巨源站在她身后几步远，看着她在镜面呼出的薄雾上，用指甲画出五条扭曲的线条，擦了又画，画了又擦。

沿着货道前行十余步，至一片灯火暗处，有个踏在扶梯上，正努力将一盏琉璃灯连上土墩洞外铁杆子的工匠。他抬起头，看见那盏琉璃灯的圆肚上雕出的纹饰不是蔓草，而是五条扭曲的线条。下面扶着梯子的壮汉转过头，脸上凶恶的伤疤竟然也像那个图案。

他每走数步就能看见先前看不见的东西。佩剑上银剑鞘的纹样、白皙手背上微微露出的刺青，甚至一个小孩子在土墩上乱涂乱画，皆是那个对他而言越来越神秘、越来越有魅力的扭曲线条。忽明忽暗的黄绿色光晕下，他又有些恍惚起来。他看见那些漫无目的四处逡巡的无神目光在看见他的一刻好像闪了闪，好像被点亮了。他只要和这些人对上了眼，在暗中略微亮出那枚银币和皮囊，哪怕一个手势，一个眼神，就能让这些人远远地跟在身后。

月亮升上山巅前，杜巨源已经转遍了整片市集。这时他确信经过面前的每张脸，每个细小的暗示都没有漏过，便跟在一个长着鼬鼠般脸庞的胡人后面，大步向西半边出口的坡道大步行去。半个时辰前，他与这张鼬鼠脸四目相对时，"鼬鼠"正在给他母猫般的女伴披上披肩。披肩上的蔓草纹是五条扭曲的竖直曲线。

第四章

康傀儡马车　　行像节后第二日·辰时

蓝蓝的山脉尽处阳光普照，
照得山顶金光片片，
爱已逝去，你不再回来，
别人都在说长道短，但我不在乎，
即使被鞭打八十下，我也永远爱你……

　　歌声不知重复了多少遍，总有二三十遍了吧，黄白色的朦胧的光慢慢退去了。他看到了一个老婆婆的脸，脸上皱纹慢慢展开，每一条被时光之刃深深刻出的皱纹，都混合了宁静、慈和，以及一种充满了善意的怜悯，近乎疼爱。李天水从来没有被人这么注视过，从来没有过这样的感觉。

　　李天水用尽全力盯着那老婆婆，仿佛只要一眨眼睛她就会消失。歌声渐远，他没有听够。此刻嘴里发出的声音听上去有些虚幻："能不能接着唱下去？"

　　老婆婆慈爱地看着他，摇了摇头，道："你该起来了，我的孩子。你所守护的东西，就是你的护身符。"老婆婆说的还是那种龟兹话，语调奇异，但安抚人心。

　　他撑着手肘欲起，但身下硌着一大块硬物。李天水不知为何转不过头，他觉得那坚硬的感觉很熟悉，是紧要的东西。他双臂扭向身后，拼了命地抱紧那硬物，疯狂地想着，忽然大叫道："箱子！箱子！"

老婆婆笑着点点头："你终于想起来了吗，还有什么吗？"

还有什么，还有什么要抓住么？这时他感觉到身下流动起来，他无须转过身就看见身下是一片流沙，暗黄色的流沙正在向天际流动。天空仿佛是倒映了沙漠的镜子，是沙黄色的，空中布满了暗黄色的流云，在迅速地飘浮，慢慢和流沙合拢起来。天和地分不清了，合成一个流转的整体，一个圆锥形的漩涡，像个巨大的沙漏。李天水觉得自己正躺在这个沙漏中摇晃，像一张无边无际的永恒的沙床。痛苦在远去，他觉得这沙床像摇篮。他几乎不记得自己是否躺过摇篮，但他现在就想起了摇篮。他像婴儿一样咧着嘴。这时又听到了那老婆婆轻轻地哼起歌声：

蓝蓝的山脉尽处阳光普照，照得山顶金光片片，爱已逝去，你不再回来，别人都在说长道短，但我不在乎，即使被鞭打八十下，我也永远爱你……

他的目光盯在了那老婆婆的手上。晃动着的琉璃沙漏，细沙如水，旋涡状自收窄的细口中流注下去，时间与空间无限循环……

李天水大呼："婆婆，我到底在哪里？"

婆婆的面目此刻浮现在极高远的天上——但李天水分不清那到底是天还是地，在渐渐淡去。布满沙垄般的暗黄色流云的天空中出现了另一些人的面容，一些他熟悉的面孔。波斯公主……安吉老爹……王玄策……达奚云……卓玛……这些面容随着旋转的天地渐渐飘离。看到塞雷莉亚时，泪水终于抑制不住地溢出眼眶。他有些蒙眬的目光追着这些脸直至那天地交合的一线。"他们还会回来吧?"李天水听见自己在大喊。

这时,他听见了一个温和的声音答道:"会的。世事流转轮回,都会在某个时刻回来的。只是一切并非原本的形貌。"

沙黄色的天地急剧塌陷、收缩,他双手紧紧箍住身下,想要抓住这张沙床。但是流沙抓不住。无穷无尽的旋涡开始逆向旋转,越缩越小,快要迫近他的胸口。他憋闷地快喘不过气,惊恐地睁大眼,看着那天地旋涡渐小渐暗,渐渐幻化成了一张脸,一张他认识的脸。这张脸就迫近在他胸前两尺外,正冲着他微笑。是智弘法师的脸。

他的脑袋"嗡"的一声响。他并没有全然醒来,不知自己身在何处。他知道这样的感觉仅仅会停留片刻,在这片刻工夫,他看着智弘的脸,头脑瞬间一片清明。他想起谁说过的一句话,"他少年时习武过度,致使右肩数次脱臼,早已不可发力。"他想起了一片黑色的树皮,树皮上刻着一个别扭的左旋"卐"字,好像刻符号的人用了与常人相反的手法发力。他想起达奚云背脊上的金刚橛,插在他背篓左侧肩胛骨上的金刚橛只留着橛柄。他看着智弘慢慢捻转着绿松石念珠的左手手指,慢慢醒了过来。他先是感觉不可信,不真实。随后觉得可怖,脊背一阵阵发抖,好像一条蛇慢慢爬过了脊背。智弘看着他,仍然在温静地微笑,好像在等着李天水说什么或做什么。他略抬起身,肋下像被猛地抽了一鞭子,血肉深处的剧痛让他想起了夜里经历过的一切。他侧过头,发现自己枕着装了馕饼的背囊。这时他意识到身下没有箱子。他拼命想要撑起身子,却发现手臂抬不起来了。他看着眼前的智弘,忽然费力地笑了笑。

丝绸之路密码2:龟兹壁画迷宫 293

他听见自己道:"是你救了我?"

智弘未答,他的目光仍然在李天水面庞上慢慢游移,好像在观察着或确认着什么。李天水想自己的面色此刻看上去该很像个死人。良久,李天水听见智弘慢慢道:"你伤得太重,寻常人早撑不下去了,"他叹了口气,"小僧用香灰敷了你的伤口,抹了三层方止住了血。一个时辰前,强喂了你半瓶底也伽。饶是如此,你恐怕还需躺上三日三夜才能勉强自行行走进食。"

"法师费心了,"李天水咧了咧嘴,"法师有没有一种让我痛快些的'底也伽'?"

智弘看着他,微微皱起眉。

"可以很痛,但最好快些,"李天水喘着气道,"千万不要那种喝下去会变成个死人,但最后仍会活转过来的药。"

一瞬间,智弘平和温良的微笑没有变化,但眼睛里起了变化。变化的工夫不及一眨眼,在这刹那间,智弘的眼睛是空洞的,好像那双眼睛里原本含着的一切在那一刻被抽空了。随即智弘的整个面部变得空洞,包括光滑的面颊、秃头、眼角的细纹、眉心间稀疏的茸毛,全部空空洞洞。好像在一瞬间,他面皮上的看不见的面具统统脱落了下来,处于无防御或者透明的状态。于是他的灵魂在那一瞬间透露了出来。李天水瞪大了眼,仿佛看见了空中巴扎中那个浑身笼罩在长斗篷中的人,仿佛看见了一顶深不见底的黑帽子。他觉得头晕和恶心,觉得一股冷气从正脚底蹿上头顶。

"佛曰,'不可说,不可说'。"这时,智弘的眼神又变了。温良的眼神上好像盖了一层极薄的琉璃镜面,那镜面闪着妖异的光,好像能直接从李天水的双眼,透入他的脏腑、骨髓,直至魂魄,"李施主,有些事不可说。尤其是不可对着未经世事的童子说。"他转过身,向身后笑道,"见着了,你在矮几下。出来吧。"智弘忽然改用生涩的龟兹话。

"嘿嘿,回回被你看见,真是无趣。"一个嬉笑着的童声从智弘身后的矮几下钻了出来,李天水瞪大了眼,胸腔"扑通扑通"被撞得生疼。他先是看见了矮几下的油布箱子,随后看见一张脏兮兮的光头小脸。小脸冲着智弘傻笑了一会儿,转向了自己,小眼睛眯了一会儿,好像在辨认,片刻后,他吐了吐舌头,对着李天水做了个鬼脸。

李天水的心抽搐起来。这时他终于看明白了,自己躺在一个车厢内,一个疾速向前奔驰的大车厢的右侧。是他曾经待过的车厢。他记起他身下的长榻也是智弘在两日前僵卧过的长榻。他躺在榻上听着"哒哒哒"的马蹄声,心想原来命运这东西喜欢玩弄人啊,他在剧痛中苦涩地咧开嘴。

"你认得这个人么?"智弘也眯了眯眼,对着小沙弥道。他以汉音的语调吐着龟兹音,听来却格外瘆人。

小沙弥起先摇摇头,随后又瞪着眼睛仔细地看了李天水一会儿,忽然拍手道:"想起了!想起了!几日前我在佛寺见过他。就是他。我们也玩过躲迷藏。"

"你们还玩过什么么?"智弘眯眯笑道。

"对了,我告诉你,我们还玩过羊髀骨游戏。多亏了你,你真聪明!"小沙弥转向了李天水,伸出手道,"拿出我的羊髀骨吧。"

李天水看着那小沙弥,他想哭,但这时已连流泪的气力也没有了。他听见了智弘叹息了一声,道:"那髀骨即使在他身上，现在恐怕也拿不出来还你了。"

"那么他就要给我一头羊了，"小沙弥冲着他开心地大笑起来，露出两排白晃晃的大牙。未笑多久，他忽然拉长了脸，神情愁苦起来，嘟囔着道，"唐人和尚，你说，他是不是要死了？"

智弘看着李天水，叹了一声，道："他伤得实在很重。"

"唐人和尚，你想想法子，"小沙弥好像被吓着了，惊恐地拉着智弘的衣裳，"你那么聪明，一定有法子。"

"你不想让他死么？"智弘眼神中闪过异样的光芒，转向小沙弥。

小沙弥愁苦的神情变得有些悲伤，好像要落下泪来。他噘着嘴道："他拿了我的羊髀骨，就要为我收尸，他如果不想为我收尸，就要做我的保护人。现在他如果比我早死，我就少了一个保护人，也少了一个收尸的人啊。"

智弘皱着眉头点点头，好像也发起愁来。李天水的心仿佛又被狠狠地扎了一下。这时智弘微微一笑，转向小沙弥道："我手里恰好有一种药，能治他的伤，能救他的命。"

小沙弥的眼睛亮了，兴奋地道："唐人和尚，那你快些喂他喝吧。"

"但小僧怕他不肯喝。"智弘拍了拍光脑门，愁眉不展。

"他为啥不肯喝，"小沙弥急了，大声道，"这药很苦么？"

"苦并不太苦。这药是从我的一个朋友那里买来的。他那里的药，喝了只有一样坏处，喝完药的人都会变得很听话。"智弘说这，不经意地向李天水投去一瞥。极阴冷的一瞥。

"听话不好么？"小沙弥不明白了，挠着光脑壳疑惑道，"不过我也不是很听话。"他露着牙傻笑了一阵，又道，"你看你不聪明了吧,你不应该告诉他这个。"

"唉,可是像他这种不听话的人,闻着那药味,就不想喝药了。小僧也瞒不住啊。"智弘叹道。

小沙弥又开始挠着头皮。这时智弘道:"此刻只有一个法子。"小沙弥的脑袋猛地转了过去,智弘慢慢接道,"你去劝劝他。你们玩过游戏,他或许会听你的话。"

小沙弥的小眼珠慢慢地转了两圈,好像明白过来了,一拍脑门,道:"唐人和尚你真聪明。"随后,他慢慢转向李天水,忽然做了个鬼脸,道:"喂,你!我忘了你叫什么了。但你要活下去。你要活下去,保护我,或者为我收尸。你明白么?"说完他直愣愣地看着李天水。智弘用手轻轻拍着他的脑袋,像在赞许。李天水的两眼不停地闪着光。

"我喝。"最后他轻轻道。

智弘笑了。小沙弥两眼发出兴奋的光,大拇指不停地指着自己:"他真的听我的话啊。他真的听我的话啊。"智弘又拍了拍他的脑袋,转身行至矮几边,左手摸向几面下。李天水看出那里藏了个暗屉,他想这就是康傀儡的车吧,那里藏的就是他的药吧。乌质勒说康傀儡做的那些肉傀儡就是用的这种药吧。但现在这些都不重要了。

这时小沙弥兴奋地吹了一串口哨,"嘘嘘嘘,恢恢恢"。前三声平,后三声升降起伏。李天水看着他,他拍着手,高兴得手舞足蹈,忽然向李天水挤挤眼,道:"我来给你唱首歌吧。"

李天水一眨不眨地看着他。

我放着羊回了家啊天空上有白云飘,

  我的羊有三头啊有一头大羊一头小羊，
  左边的大羊将小羊拱向右边啊，
  剩下一头在中间跑。
  我是个放羊的人啊天空上有白云飘。
  ……

  智弘已经端了一个银制的酒杯走了回来。李天水想起那原本是车厢内的小银灯，原来取下烛灯便是个酒杯。他看着智弘在他身前坐下，听见他道："好在我的朋友已经将草药碾碎研磨成了药汁，你无须等太久。"但李天水一个字也没有听进去。他此刻满脑子是小沙弥的歌声。"我是个放羊的人啊天空上有白云飘，我的羊有三头啊……"小沙弥已经在唱第三遍了，李天水看着那小沙弥的眼神像看着龛洞里的佛像。

  "你喂他喝。"智弘把银杯递给了小沙弥，微笑着，"你的歌已令他放松下来。这样疗效更好些。"

  小沙弥一只手端着银杯，另一只手慢慢扶起了李天水腰，嘴里仍唱着："左边的大羊将小羊拱向右边啊，剩下一头在中间跑。"这时他唱得兴奋起来，忽然仰起头，尖叫了三声，"呼呼呼"马嘶般的三声尖叫。李天水瞪大了眼，他先前以为只有自己才能将马嘶学得这般像，足可乱真的马嘶。

  几乎同时，车厢前头陡然响起了数声急嘶，仿佛前头拉车的马抢着回应那小沙弥。几乎同时，车厢前部抬了起来，迅速仰起，向后翻转。李天水仿佛看见连着车辕的四匹马一瞬间直立了起来，他吸了口气，背脊一弓一挺，头顶正撞上小沙弥胸口。小沙弥撞上了智弘，又跌跌撞撞退向左侧，倒下去时背脊贴上了右壁上的挂毯。黑色的药汁泼洒在红褐色的织毯上。李天水的双足勾住木榻的边沿,看着坐倒在地的智弘和榻上的自己一同向车厢底滑去。智弘脸上还凝着方才的微笑。这时李天水连同身下的木榻已滑至后厢底,冲开了厢壁上挂着的流苏紫毯,厢壁下与地面连接处忽然开了一道缝,一层厚厚的牛皮被木榻掀起,像一道暗门在他面前乍然开启。

白光刺得李天水眯起眼,但冲出车厢前,李天水眼角瞥见智弘的背脊重重撞上了身侧厢尾正中央的后壁。那片牛皮厢壁没有打开。他两眼一亮,扭过头,却看见在贴上后壁前智弘已经伸出了左手,揪住了快要冲出去左侧车厢的小沙弥的裤腿。他闭上了眼,任由那黑色的雕花长榻载着自己的身躯飞出了车厢。

长榻落地时他只觉得猛地一震,好像那伤口将他腰腹撕裂开来。好像魂魄要从身上的裂口被震出躯壳。他痛苦地转过脸,看见一张矮几和一口箱子静静地躺在他身侧。他睁大了眼对箱子看了半晌,随后抬头看向天空。淡薄的日光在云间闪耀,周围形成了一圈光圈。他想那是晨曦啊。他双唇嚅动着,喃喃着两个词,直至有一张脸慢慢现于他眼前,慢慢靠近,完全遮挡住了日光、白云和天空。一张刀子般锐利的脸。这时他才听见自己在说什么,"太阳之火……"

神山道·欣衡馆　行像节次夜·丑时

大漠就在左边，与沉沉夜色融为了一体。隔开大漠和脚下这条长长的车马道的，是一排胡杨枯瘦的暗影。枝条在带着些许涩味的风中沙沙作响，令杜巨源想起了海上那些没有月光的静谧夜晚，他总是会躺在黑暗的舱板上听着船舷擦过海面。

今夜有月光，但半圆的月亮已快没入山巅。骑着骆驼的接头人高擎着火炬，在前头领路。下了西侧的坡道后，杜巨源就看见了这个骑骆驼上的人，远远举了举火。"鼬鼠"和"母猫"在坡道口忽然就不见了，好像一转眼隐没在了黑夜里。杜巨源只能跟着骆驼，隔着七八步左右走着，他身后那些人跟得更远，脚步声在风中几不可闻。他们是"飞骆驼"遍布龟兹的"消息人"，有工匠，也有画师；有乞丐，也有大庄园里的豪富子弟；更多的是商贾。"飞骆驼"的势力在暗淡的月光下无声无息地撤出了龟兹，身后泥地上的足迹犹如一长串忽隐忽现的、疲倦的星星，过了一会儿便被风沙彻底淹没。

不久，左侧的胡杨树渐多渐密，渐渐向沙漠更深处延展，终于形成了一片胡杨林。又过了数十步，杜巨源看见林中泛出水光，听见身后有人欢呼出声，口里念叨着祝诵词。骑骆驼的人左拐行入胡杨林。身后的人声更响了，听上去越来越兴奋。

进入林中杜巨源才发现穿过胡杨林的是一条河。弯弯曲曲的河面反射着今夜最后的月光。他想原来沙漠边缘还有这样的小河啊，原来沙漠并非干涸得滴水不见啊。他听见身后有人在喝手里的水，有人在用皮囊舀水，有人在用湿透了的手拍打脸面。"阿胡拉"的诵声此起彼伏。沿着河走过百步，胡杨木渐渐稀疏，骆驼上的火光映出了一个建筑的暗影。杜巨源眯着眼走向胡杨林的尽头，看见一个外墙有着带纱罩的高凸窗的庭院，随后听见那边传来了一阵悠长缓慢的乐声。

这时骆驼上领头的人打了个手势，命令身后的人在庭院前一片空地上停下，自己走进了庭院。空地可容三四十人。地上铺着一方绣着飞骆驼的大毯子，毯子上放着十儿罐带铜嘴的陶罐子，铜嘴雕成了狮口状。拧开铜嘴便能流出葡萄酒。小河在毯边拐过弯，绕向庭院后。有个人坐在毯子上，在泛着微光的水边边弹边唱。杜巨源看不明白他弹的是什么琴，他坐在毯边听着。他身后，那些人坐在四处，喝着酒，不少人拿出了乳酪和馕饼。有人捅了捅他的腰，他转过身，见是那个汉人乞丐。干瘦的中年人一眨不眨地望着他。杜巨源笑了，道："我认出你了，你是安西……"中年人忽然一手捂住了他的嘴，另一只手的两根手指夹紧了自己的双唇，同时向身后扫了一眼。没有人看他们，那些人正入神地听着弹唱。"我们有救了，"中年汉人低声道，"这是一个沙漠吟游者，也是'飞骆驼'的信使。我们快到飞骆驼的势力范围了，快到安全之处了。"他眼里闪着光。杜巨源看着他，疑惑地压低声道："你怎么知道这许多？"

中年人狡黠地瞥了杜巨源一眼："兄弟你忘了，我是瞾……"他忽然闭了嘴，看着杜巨源，撇撇嘴低声道，"兄弟不必再装傻了。兄弟手段高啊，既有瞾卫的身份，又成了'飞骆驼'的接头人，还能带出来那么多人。兄弟你此番若能回长安，要得大富贵啊，唉，"他埋头叹了口气，"不像我们这些人,最大的运气,便是终老于边地荒漠,稍有不慎,骨头便不知丢在哪个沟里,唉……"

"长安……边地……"杜巨源喃喃道,"是谁说过,'长安安危,系于边地'。"

那人未听清他在说什么,顾自说了下去:"你看,那一处,便是欣衡馆,是大唐设在沙漠最北缘的驿站。那驿将也是个机灵人,原本是我们的人,也为'飞骆驼'做事。"中年人的手指指着前头那道外墙。庭院内不知何时点了火,带纱罩的凸窗一个个亮了起来。杜巨源隐约看见窗内有人看向这边。

毯子上的弹唱者调子高了起来,杜巨源这时听明白了一些唱词,像在说故事,像粟特胡人们古老的传说。只听那曲子,便知是些悲伤的故事。杜巨源恍惚起来,他想起她听过米娜唱过类似的故事,在火边,伴着五弦琴的悲音唱出。他听见很多人拍起掌,和着音节。扭头看见毯子上的男男女女们面上已蒙着丝布或麻布,这时眼神生动起来,虽然皆是悲戚之色。那弹唱的人裸露着面庞,他有一双灵敏的眼睛、红褐色的皮肤和动情的低沉嗓子。有人给他投去了几枚钱币。

这时领头人紧裹着布巾的脸现出在打开纱罩的凸窗后,同时打开的还有庭院那道带挂毯子的木门。领头人招了招手,杜巨源站起了身。毯子上的人开始鱼贯而入,弹唱的声音不知何时消失了。

木门口站着个年轻的唐人,挺直着身板手举火把。杜巨源走过去时看见他眼睛又大又亮,轮转极快,发着狡黠的光。杜巨源看见门上钉着的挂毯最上方是"太阳之火"的五根线条织纹。门上的木匾写着"欣衡"两字。"过所。姓名、身份、路线、通关印玺。"那人伸出手，低声催促道。

杜巨源张大了嘴，随即明白过来。他从羊皮袍子的襟口内取出了两封信，用手捏了捏，将其中一封递向那人。那人接过，抽出了一叠纸，仔细看了几眼，开始大声呼喊起人名。喊过一人便移纸入袖，同时杜巨源身后一人走向前，解下了面巾。守门的人只瞥了一眼，点点头，门口的人便进了门。不一会儿，守门人手上的纸张皆入袖中，门外只剩下杜巨源一人。杜巨源的眉头皱了起来，这时他才想起那叠纸里没有自己的名字啊。守门的年轻唐人看着他，忽然笑了笑，从袖中又掏出一枚铜币，向杜巨源晃了晃。火光下，杜巨源看清了铜币背面的那个篆体字，"罂"。他低声道："是兄弟么？"

杜巨源皱着眉想了半日，伸出手正要将左手上的戒指拔下来，那人按住了他的手腕，笑道："不必了。我知道你，兄弟。"他嘴角翘起时愈发透着狡黠。随后他晃了晃头，道："跟我走，你的过所早已做好了。"

杜巨源入门前又抬头看了看墙上的凸窗。领头人蒙着的脸看不见了。他看见每个凸窗四周都有五六个小孔洞，不少孔洞内闪着铁箭头的冷光。

"你认识一个叫李天水的人？"二人跨入庭院走了几步后，前头守门的人忽然扭头问他。

杜巨源戛然停步，瞪着眼看他。眉眼机灵的年轻人笑道："别紧张，兄弟，我是看见了这个。"他伸手拍了拍杜巨源身上的破羊皮袄，"他还活着么？"

"他死不了。"杜巨源粗声道。

"兄弟，你怎的不信我，"那年轻唐人笑起来，"我和李天水是朋友。如果你在大漠里遇上他,让他来神山堡找我。就说我和他在酒肆里见过,一定知道。"

"他也会来大漠么?"杜巨源又开始向前走,这时二人已经穿过了庭院,行至院后的驿馆前。驿馆的外观像个阔大的二层西域酒肆。

"谁知道呢?"前头那人说完,一闪身,已消失在驿馆门内。杜巨源回头看了眼身后的庭院,这才发现院墙下开满了花,花上覆着一层细薄的尘土。院墙上插着的火把将花的颜色照得鲜明。杜巨源心里掠过一阵激动,又转过身,看见半开的驿馆门内也微微透出亮光。门内极静,好像先前在他身后的那些人已经无声无息地在门后消失了。他侧身入门,惊讶地看见门内的圆厅极大,比外头看去更大上许多,足可容下上百人。圆厅地面上铺满华艳的圆毯子,毯上空无一人。亮光是从圆厅正中央的旋梯上透下来的。三十多级木梯盘旋通向二层的圆形回廊,木栏杆上插着一根火把。他抬起目光,看向回廊深处,在廊道没有被照亮的一侧,隐约藏着不少拱洞。他想这或许是些更小的廊道吧,这些昏暗深处的廊道将通向何处呢?就在他将目光移下时,看见旋梯上站了个人,就站在燃着火把的梯级上。

除"咚咚咚"的心跳声外,他没听见一丝声响,廊道上也绝无半点儿人影,这人是如何凭空出现的?好像那扭曲的旋梯有魔力,或者这人是西域传说中的巫师。插在栏杆上的火把已经到了那人手中,火光中他看清这人便是那个骑在骆驼上领头的蒙面人。

蒙面人未发一语,转身向二层行去。杜巨源跟了上去。走上梯子的时候,他发现火光下的背影是个妇人高挑挺直的轮廓。妇人步上木梯时的韵律他觉得熟悉,强健的肩背在紧裹的皮衣下一耸一耸。他感觉心快跳出腔子了。上了回廊后,他跟着她走入了离梯口最近的拱洞。果然是条深长的甬道,两壁上弯枝挂灯烛光幽幽。举着火的人始终没有回头,接连拐过三个弯道,杜巨源在五六步后跟着,头脑几乎已经无法转动,甚至连呼吸都很困难。他已经彻底迷失在这片廊道迷宫中,迷失在举火领路人的背影中。但他数着拐口。

拐过了第七个弯后,在廊道尽头又出现了一条旋梯,盘旋而下至底部又是一个圆厅,只是比先前的大厅小一些。火光来自一盏优雅的枝灯,弯曲的枝条灯握在一个披着斗篷的女人手中。那女人好像已在毯子上站了数百年,猩红色的斗篷长及脚踝。连着衣领的帽子下,琉璃般透明的深褐色瞳孔此刻在灯光下火红火红的,那红光仿佛要将杜巨源吞没。刚踏上地毯的杜巨源险些没站稳。

是她,米娜。

领头的女人行至米娜对面,斜斜伸出举火的手臂,米娜同样伸出握着枝灯的手臂,两条优美结实的手臂交错而过,肃穆得像两个祭司在交接圣器。领头人的另一只手接过了枝灯,米娜则接过了火炬。同时,两个女人同时转脸看向杜巨源。杜巨源感觉不到自己的心跳了,他张了张嘴,但四周沉重的静穆压得他发不出声响。他控制不住自己的目光,始终牢牢盯紧了米娜的眼睛,好像那是夜空中转瞬即逝的微弱星光。

领头的女人点点头,转身踏上了旋梯。在旋梯上的步履声将要消失前,杜巨源猛然大喊道:"是你将我救入了龟兹,也是你将我救出了龟兹,我无以为报,请受我一拜。"他跪伏下去,将脸面贴近毯子,对着旋梯深深一拜。领头的女人已经走上了二层梯口,灯光下她的背影停了片刻,随即消失不见了。

过了很久,杜巨源慢慢起身,重又看向米娜。米娜站在那里一动未动,但他忽然觉得眼前的米娜,和那个印象中的他的妻不一样了。那对眸子下很空,像两个空洞。周围的沉静又压了过来。

"你真的忘了很多事。"米娜终于开口了,是他熟悉的只属于米娜的奇异语调,是他熟悉的沙哑嗓音。

杜巨源定定地看着她,他听见自己说:"我会想起你的,我正在努力想起你,正在一点儿地一点儿地想起来。""不,"米娜暗淡的眸子泛不出一丝光,"忘了我吧。"

杜巨源浑身一震。他张着嘴茫然地僵在原地,但米娜已经转身了。

柘厥关·石板迷宫
行像节后第二日·午时

李天水想把他的侧脸看清楚，但眼前始终是模模糊糊的。他被那人抬到了一头牲畜背上，闻气味，是马。路不好走，他在马背上一颠一颠，痛得连呼吸都很困难。那人侧脸很长，看上去像一把长窄略弯的好刀子，像叶蕃人用的刀子。

他就看着那人，咧了咧嘴。那人忽然道："别说话，省些气力。路长得很。"他并未转头，走在那马边，步子极快，两眼始终直直地盯着前方。他说的汉话调子很怪，但不是西域胡人的奇特音调，更粗粝，带着气声。李天水看着他，还是开了口："我们见过面。"说完，他觉得气急，喘了半天。

"朋友你又大意了，和上回一样。"刀子脸面无表情道，仍然未看李天水。李天水还在喘着。刀子脸又接着道："你这个模样，在这种地方活不长啊。你要保的人也活不长啊。"

李天水瞪大了眼，说不出话。刀子脸说了下去："你的事我自然知道。小娃子我们已经找了两天。昨晚我看着他进了车厢。我没动手，因为要先找你接头，再一同去寻摸'乌鸦'的老巢。未料你也被他们抓上了车，未料你在车上又没把人救出来。你是不是块废柴？"

李天水咧嘴笑了。"就是的。"他喘息着道，"就是块废柴。"

这时刀子脸转过脸，看着他，眼神又冷又硬，好像一把几十年老刀子的刀光。他缓缓道："你还算有些运气，还有匹好马。"他伸手拍了拍马颈，那马低低嘶了一声。李天水背脊轻轻一颤，随后笑了。他想大笑，却笑不出声。他仰起头，深吸了一口气，运起最后残留的声气，吹出了一声绵长响亮的呼哨，随后身躯像一片破布一样塌了下去，挂了马背上。马背上的每一寸筋肉忽然变得极柔软，在有节奏地律动着。他睁着眼，但意识在渐渐远去。他只能听到刀子脸的叹声，感觉到那马背上筋肉的律动是如此强健，好像要将活力一点点注入他体内。肋下阵阵抽痛。风"呜呜"地像冰刀一样扎入他背脊，似比昨夜更冷。

　　他有些怀念那件破羊皮袄了，阿塔的那件破羊皮袄。他忽然有一丝后悔，觉得自己或许永远找不回阿塔的羊皮袄了，但马上又用力甩了甩头。会活下去的。我已经活到现在了，我会背着箱子继续活下去，裹着那条带子继续活下去，带着很多人的希望活下去。我会活着找到杜巨源，他能活下来。我会活着见到我阿塔，阿塔也一定能活下来。我会活着走到大夏，找到那个波斯王子。已经活到此刻，我一定可以继续活下去。

　　李天水趴在马背上睁着眼，但看出去是一片模糊。"扑通、扑通"，心跳声并不太重，仿佛和着那马背颠动的节奏。

　　不知过了多久，眼角有光闪动。他眨了眨眼，能看清些了。他转过头，发现身在高处，在小坡顶或者半山腰上。风更大了，仍冷冽地刺着脊背，但令他更清醒了些。他看见了坡下浅绿色的河，反着蒙蒙的日光。一夜间河面上竟然有了薄薄的浮冰，此刻显得寒冷而悲伤。他看见了塔顶拱形的轮廓，在更远处若隐若现。他想自己又回到了这里。他想起了前一晚看见的佛城昭怙厘，那时灯火辉煌，梵唱庄严。他想起了前一晚在佛窟内的险境，想起了玉机。她在哪儿呢？她是走入了那间黑屋子里了么？

一阵鸦叫声在前头不远处响起。他心头一跳，抬眼看见一大群乌鸦密密匝匝地盘旋在山坡顶的城墙上。城墙绕坡顶而砌，是两座关垒的外墙。关垒夹河而立，耸立在绵延数里的寺塔群尽头，筑在昭怙厘佛城山势最险峻之处。绵延向西北的墙线仿佛佛城外墙的延续。

马又开始上坡。李天水这时才发现自己两个脚腕子被绑在了马镫上，箱子和背囊挂在马鞍另一侧。刀子脸已经走在了马前头。李天水看着他收紧绷直的肩背。下坡时刀子脸的背影渐渐向下，一面向东南的城墙缓缓出现在李天水眼前。一瞬间，李天水觉得自己浑身的血液好像被冻住了。那面城墙的墙顶至墙角，用大捆大捆的苇草挂满了头颅，远看像满墙浮雕着的佛面。

马蹄子踏上了一条坡道。坡道就在城关下，坡道上挤满了人。李天水呆望着天，一片阴沉，日光早已被盖没。刺鼻的血腥气随着风一阵阵飘过来。几乎同时他听到了许多种不同的声响。人吼马嘶声、粗暴的呵斥声、祷告声、"阿胡拉"的念叨声、哭声、马鞭抽向地面的"啪啪"声，与乌鸦的怪叫混合在一起，越来越近。李天水明白那是过关待检的人群，是一群想要逃离龟兹的人群。多像一群皮鞭下的惊恐羊群啊，他想。这时他已经接近了城墙，那马走上了半坡。他看见城墙上挂着的，最多的是汉人头颅，胡人的头颅显然非富即贵。另有一些僧侣的秃头，有些面露惊恐，有些则半合着眼，嘴里好像还念念有词。竟然还有妇孺的头颅。一队队军士在城门和山坡间往来穿梭,手执明晃晃的斧钺或剑戟,寒光中泛出血色。李天水忽然打了个寒战,趴在马背上不可抑制地干呕了起来。刀子脸回头盯了他一眼,从腰囊里掏出一条两三尺长的黑布,一圈圈绕在了李天水脸面上,只露出两只眼睛。李天水透过布条间隙艰难地呼气吸气,两眼直愣愣地看着刀子脸径直向城门边走去,一脸诣笑着和一个军头模样的人说着什么。李天水从未想过这张脸上可以做出这般表情。刀子脸说得手舞足蹈,那军头倨傲地仰着腰叉手听着,一边嘿嘿笑,李天水看见刀子脸舞动的手掌闪着光。刀子脸的手忽然拍了拍那军头的肩头,那军头猛推了刀子脸一把,随即用一只大手反抓起刀子脸的肩头,以龟兹话怒斥道:"过来,过来!"刀子脸双脚已经离地,满面惊恐地朝着李天水的方向看,两只手还在半空中舞动,却好像突然做了个手势。随即那军头拎着刀子脸,怒瞪着眼转向坡后消失不见。李天水盯着他们,轻轻地拍了拍马颈。手臂可以动了,但手指依然无力。身下的马迅速蹿上前,转向坡后,那里流淌着一条小山沟。坡道渐渐消失了。人群中有个老僧在念诵往生咒,"南无阿弥多婆夜哆他伽多夜……",没有一丝起伏的梵音在身边响起,又渐渐消失。

经过城门时他看见了正门两侧贴着两张巨幅人脸。李天水看了一眼,目光挪不动了。画上一张瘦长阴鸷的老脸上两颗眼珠正瞥向两个相反的方向。另一张脸轮廓柔和俊秀,眼眸中有股化不开的忧郁。他对着这两张人像看了许久,咧了咧嘴。龟兹画师果然高明,他想,莲花精进画得真像啊,而萧筠怎的还未潜出龟兹?但无论如何,这少年还活着,这思乡的江南少年还活着,他想。

转过两道弯后山沟渐渐扩大，成了一片开阔的谷地。身下的马正跃向谷口。他这才发现这条山后谷道是佛城外墙和关垒护墙间的断裂地带，从山前几乎无法察觉。谷道上只站着刀子脸一人，那军头已不见了。马蹿至刀子脸跟前时，李天水看见刀子脸盯着他，又变回了冷硬的神情。"你又留给我一串尾巴。"他冷冷道。

李天水一怔，扭过头看见一串人影正从谷口慢慢走下来。他咧了咧嘴，抱歉地看了看刀子脸，但心里在微笑。他在马背上用双臂支起了身子，他觉得精力已恢复了些。又是因为乌质勒那些年给他喂的药起作用么？他暗暗苦笑一声。身后那些人已近得可以分辨了。一共九人，全是从人群里偷偷跟来的。一个老和尚，四个舞女，两个猎户，一个秀气少妇和一个红袍老妪。两头不知是谁的驴，驴背上各驮着一个大囊袋。刀子脸静静地等着，随后沉声道："跟着可以。但有三句话。"他声音不大，但在呼啸的风中每个人都能听见。他说的是怪腔调的龟兹话。

九个人同时停了步，看着刀子脸，等着。

"无论看见什么，勿发出丁点儿声响，否则我宰了他。若迷路了，或没跟上，最好立刻拿刀子扎脖颈。此刻回头还来得及。"

八个人死死盯着刀子脸，只有跟在最后的老和尚半垂着头。李天水向他张望着，没看清脸。没有人回头。

刀子脸不再说什么，转头向前走。寒风切过谷地时，发出尖锐的啸声。谷地并不太长，一行人很快开始上坡。这时李天水看见了一道残破的墙垣。残墙的墙线与一条迤逦向北的灰色墙线相接，那是昭怙厘河东寺群的北墙。这段残墙并不太长，其间断裂开宽宽窄窄十数个缺口。是上千年的古墙，他想。他们走入一个满是裂隙的缺口，破碎坑洼的墙体显露出一种黯淡的赭褐色，好像被千年时间之手慢慢擦去墙皮，显露出了本来的面目。有些墙缝中还长着细草。上空掠过一两声鸟叫，抬头看时只有一片灰沉沉的阴霾。墙后是一大片古旧建筑群，或者是一大片相互呼应的废墟。残垣断壁间挨得很近。刀子脸从一座高台下转过时李天水辨出了斑驳残破的箭垛、望楼和半条石阶。半个圆顶石墩更像一座破损的佛塔。再往前他看见了有些墙上残留着破碎的灰泥佛像，地上也有佛像的残躯。紧贴军堡后的似乎是一片古寺群。风力在墙后小了些，发出"嘶嘶嘶"的声响。除了身下的马蹄声，李天水几乎听不见脚步声。打头的刀子脸始终沿着墙根绕行，好像尽量避免自那些的废墟间穿过，好像那里头藏了些什么。

　　这时一行人已绕至古寺群后，残断的墙体渐渐消失了，眼前是一大片石板林。望不到边，看去足有数百片之多。有些直直矗立，有些斜插入泥地，有些几乎倾颓在地。李天水起先以为这是一片坟场，一座乱葬岗，但他马上发现所有的石板上皆未刻上半点文字。它们刻了一种图案，一种圆头柱形的图形。目力所及的每片石板顶端皆刻了这个图形。他觉得这些石板或许比那道残墙、那座军堡和那片古寺群更古老，但这些图形是新刻的，刻画很潦草，像幼童的游戏。李天水看得出那是些男根的符号。

　　草原的石头上也常常能看见古老的粗壮男根图案。但这些石板上的男根图不一样，他感觉到的不是刚强之气而是阴冷森然。

刀子脸停了步，转过身，锋锐的目光一一掠过身后诸人。他用眼睛将先前的三句话又说了一遍。每个人皆用眼神回应了他。刀子脸点点头，打了个手势，那匹马向前走了三步，行至他身侧。刀子脸伸手抓紧了马上的李天水。李天水咧了咧嘴，在刀子脸的注视下慢慢下了马，靠着马鞍喘息了片刻，向后伸出了手。握住他手的是那个秀气的妇人，帷纱遮了半张脸，李天水觉得她是唐人，她的手既柔软又有力。每个人都牵住了前后两人的手。

走过三十余步，几乎不闻半点儿声响。山风远远地响着，好像也在绕开这片石林。笼罩四周的沉寂仿佛自亘古以来持续至此刻。石板的表面像许多西域老人的脸，布满了裂纹。李天水刻意不去看石板顶端的图形，但那一条条裂纹中仿佛也藏着一股阴冷之气。他感觉身后那妇人的掌心越来越滑。石板间距宽宽窄窄，刀子脸放慢了步子，李天水看出他尽量从宽处穿行。但又过三十余步后，几乎所有的长石板皆挨得很近，有时需侧身而过。他早已迷了路。一条条裂纹，一个个男根图案逼了过来，周围仿佛凝结住的空气逼了过来。脊背上的汗早已湿透了紧身的胡袍，他将前后两只手抓得更紧。

这时所有的石板间距皆只容侧身过。胸背贴着石板时他不住地打颤。他忽然发现刀子脸穿过的，皆是未刻上男根形的一面。石板林越来越像一片阴森的迷宫，石板间狭窄的间隙成了一条条越来越诡秘的通道。脚步声越来越沉重，在石板间响起了回音。这时他耳边响起了几声鸦叫，脊背的筋肉一阵惊跳。他没有抬头看。身后忽然响起了"南无阿弥多婆夜哆他伽多夜……"的念诵声，低低地回响在石板间。刀子脸放慢了脚步，但未回头，片刻后，又疾步向前，步子反而更急了。又过十余步，至一片稍宽阔的空地中，李天水终于忍不住向后看了一眼。他吸了一口冷气，重重捏了捏刀子脸的手。刀子脸疾步不停，未有丝毫反应。他一阵晕眩，眼前的石板好像旋转起来。他抬了抬头，望着仍然阴沉灰暗的天空，心想是我失血过多而看到了幻象么？不可能啊。他眨了眨眼，又看了一遍。他确信自己看得很真切。

最后头的那三个舞女去哪儿了呢？她们没有一丝声响便凭空消失了么，消失在这石板迷宫中？

她们身前，本该牵着手的两个猎人面无表情，好像身后从未拉着谁。这时胸口一阵憋闷，他回过神来，发现自己已经越过那匹马，越过刀子脸，仍牵着两只手，折入了两片并排的石板间。这两片石板的间隙又深又暗，望不见尽头。一具白森森的兽骨侧躺在那长长的间隙深处，像马骨。身后响起一声低低的马嘶，这时他才看见高高刻在两片石板上的男根图形。他急转过身，却已经太迟了。眼前的石板又旋转起来，变得越来越模糊。他放开了手，感觉自己也在旋转，随着那两片石板转入黑暗。

大漠·干河床　行像节次夜·寅时

门后就是一整片沙漠。站在这圆厅中的唯一一道木拱门边，杜巨源隐隐看见一条条起伏的棱线笼罩在无限接近于漆黑的深蓝色天幕下。有几颗远星一闪一闪的。

这时，他昏沉沉的脑袋才略略清醒了些。米娜转身前说的最后一句话一直回响在耳边，像大寺穹顶下不断回响的钟声。

"忘了我吧。"

他猛地瞪了瞪眼，又用力晃了晃头。

门后五六步外，火光能照亮的地方，是一条凹下的沙漠沟壑，有丈余宽，蜿蜒伸向沙漠深处。米娜便沿着那沟槽走入漆黑的大漠，高举起的火焰在风中狂舞。她猩红色的长斗篷也飘了起来，急速地波动着，在火光下甚是刺眼。这时她在沟壑边站定了，没有回头，等着。杜巨源慢慢走了过去，踏在混着沙碛和砾石的地上，步履沉重，直至他看得见她的侧脸，看得见深嵌在侧脸上水晶般透明的眼睛。

这时她将火把举过头顶，向漆黑的沙沟对面挥舞了三下。

片刻后，对面的黑暗深处隐隐现出晃动的光点。但看不出人影。他们在风中等着，衣袍猎猎。杜巨源觉得自己紧张得吸不进气。夜幕尽头隐隐还有蒙蒙的月光。杜巨源看见远处的几个黑点，慢慢靠近，慢慢变大，最后披着那亮光向这边走来，迈着帝王般的步伐。是骆驼。

雄健的双峰骆驼，一前一后共两头，慢慢走在对面的沙沟边上,慢慢走下了沙沟。米娜这时转过了脸,看了一眼杜巨源。她的双眼像两个深渊。随后她纵身一跃,跃入沟中。杜巨源像一个丢了魂的皮囊一般跟了下去。

两头骆驼蹲在了沙沟中央。后面一头背上空荡荡的,前面更大的那头,两个驼峰间绑了鞍鞯和两捆毛毯。

米娜向前头那头骆驼走过去,麻利地解开麻绳,取下一捆毯子,将火炬插上了鞍鞯的皮扣上。她向杜巨源侧了侧脸,拍了拍另一束毛毯。杜巨源顺从地走过去,费了半天工夫方取下毛毯。那骆驼站了起来,姿态无比尊贵。米娜一翻身骑了上去。她将斗篷扯下,包裹着身躯的皮衣在月光下闪闪发光。银灰色的皮衣看去光滑如丝,紧贴着凹凸妖娆的身躯。杜巨源看着皮衣上泛出的光芒,恍惚又回到了海上。是鲛鱼皮衣。光泽像月光洒在粼粼海面上。

淡薄的月光时明时暗,杜巨源夹着一捆毛毯,笨拙地跨上那头骆驼。沟底被月光照亮的地方,散列着大大小小的石片,或椭圆,或扇形。杜巨源盯着看了一会儿,原来是贝壳。贝壳间枯黄的苇草被风吹着翻滚向前。杜巨源觉得自己像骑着骆驼走向漆黑的深海。

天色慢慢由深蓝过渡向暗灰。杜巨源双手抱着驼峰,什么也不想,只盯着前面忽闪忽闪的亮光。

风"呜呜"地吹个不停。他昏昏沉沉地骑在驼峰上,像躺在晃动着的甲板上。两头骆驼相距不过两个驼身,但杜巨源看着前头的米娜,感觉可望而不可及,好像他们之间横亘着整个大漠。他索性闭了眼睛,在轻轻摇晃中,感觉到了一种熟悉的节奏。他慢慢地放松了下来。

沙漠中的风也带着一种涩味,一种人迹罕至之地才有的涩味。与大海不同的是,沙漠中的涩味是干燥的。一种可以将时间封存起来的干燥。杜巨源缩起肩膀,意识越来越模糊的时候,听到前头女人的声音响了起来:"坐稳了!"

"什么?"他摇了摇头,仍未清醒过来。

"坐稳了。"前头骆驼上的女人转过了头,杜巨源看见她耳垂上多了一根长长的耳坠,一边摇晃一边闪光,"抱紧驼峰。坐稳了。"她又说了一遍,仍然不带丝毫情感。但杜巨源像个在大漠中求水的人那样,在她沙哑的声音中寻摸着一丝关切。

这时骆驼跑了起来。他低了头,在淡薄的月光中,沟里的沙子也在向前流动。前头领路的骆驼身位好像在降低。他转过头,看见那座驿馆的一点儿暗影。那暗影已经在极远的高处,好像一座海上孤岛的高坡。

原来河道一直在倾斜向下,伸向已有些蒙蒙亮却仍看不分明的无尽前方。

身下的骆驼已到了领头骆驼的身侧。杜巨源看着米娜耳坠上那颗径寸琉璃发出暗红色的光,随着米娜的身躯有节奏地摆荡。那暗光勾勒出了她肩颈优美的弧线。他看得呆了。只隔着两臂远的米娜瞥了他一眼,伸手摘下了耳坠子,递给杜巨源道:"这东西原本是你的。"

杜巨源的心又被刺痛一下。他只能接了过去,用力攒紧在掌心。那坠子仿佛在掌心中微微颤动。他听见米娜猛地大吼道:"抱紧了!"他浑身一颤,迅速将身上的破羊皮袄整个紧贴上驼峰。

霎时间,两头骆驼在黑暗中狂奔起来。

几乎看不见任何参照物,但杜巨源觉得身下的骆驼跑得比许多马还快。他从来不知道骆驼竟能跑得这般快。骆驼飞奔向下,仿佛钻向黑暗的沙底深处。他觉得背脊上的汗正在渗入皮袄。

这时他想起在波斯舶上,在无聊的海面上听过的故事。长年出海的老胡喜欢说沙漠奇闻。他隐约想起哪个老胡商说起沙漠底下有些河道,干涸了以后成了纵横交错的暗道,通向深埋在沙漠底下无数个古城。他的心越跳越快,忽然莫名激动起来。他想起第一次看见大海时,全身的血流抑制不住地奔涌的感觉。

他忽然意识到那个他以为已经遗忘了的自己正在慢慢被唤醒。

这时他的掌心已经湿透,几乎就要抱不住驼峰。他死命地抓着覆盖驼峰的一层厚毛。

便在这一刻,那骆驼发出了一声低鸣。尖锐的驼鸣仿佛从咽喉深处滚了出来,粗粝喑哑有些像驴,只是远比驴子沉厚。杜巨源慌忙松了松手,却听见米娜大喊:"毯子甩出去!"

杜巨源还在愣神,猛然摇晃的火光照亮了旋转着飞向前方的一片黑影,落在米娜骑着的骆驼前。那头骆驼高高跃起,高得像要起飞一般,旋即,借着这股前冲之势,落在了身前的黑影上。米娜手里的火炬照亮了骆驼底下红褐色毛毯上的几何织纹。骆驼的四蹄恰好踏在四个毯角上,由着急速下滑的沙流将毛毯带向大漠下的深渊。

杜巨源呆望着前头,连根手指也动弹不得。前头的骆驼滑速极快,倏忽间已拉开老远。火炬的焰光渐渐缩为一个光点,几不可见。杜巨源抽回拽着驼毛的右掌,汗涔涔的掌心中珠光已成了蓝绿色，不住地颤抖。坐在臀下的那捆毛毯在光下显得鲜亮。他含住那颗仿佛已经涨大好几圈的琉璃球，借着从口中射出的光，解开了麻绳。手臂不受控制地发抖。将毯子从身下抽出时，他几乎喘不过气。再抬头，眼前已不见半点光亮。

身下的骆驼又是一声急鸣，像在催促。

他又迟疑片刻，闭上双眼，紧咬着琉璃球，将毯子尽力甩向前方墨汁一般的浓黑中。几乎同时，他感觉自己腾起在了半空。他的心好像也猛地被抽到了嗓子眼，但未及害怕，又已落地。

他双手箍紧了那驼峰，双眼紧闭，像一个紧箍着一段沉船上断木的人那样听天由命。起初他只能听见"怦怦"急响的心跳，随后是"沙沙沙"的流沙声，越来越响，越来越清晰。又过了一会儿，他听见流沙声不止响在毯子下，还响起在身侧。最后他听见流沙响起在头顶，响起在身周几乎不可能有沙子的所在。他想自己是卷入了漠底深处的沙涡中了。

不知过了多久，他又听见了米娜沙哑的声音。嗓音很虚，从半空中落下，好像旷野上或谷地里的一声呼喊，被风和山壁逐渐抛向远方，不住地回荡。那声发音极古怪生硬，像舌根或喉头处发出，像句咒语。但无论如何，他又听见了米娜的声音。他像个快要溺亡的人终于挣扎着透出第一口气。

他睁开眼时看见前方有光。先是一点，逐渐在黑暗中扩大。并非日光，因为光色泛蓝。但至少有了光，周围的浓黑变淡了。他想大漠下的流沙正载着地毯、骆驼和自己向那光冲过去，他相信那光会接纳自己。

他相信米娜就在光亮处。

石林迷宫·黑结界
行像节后第二日·未时

起初是一片混沌。有亮光，但在扭动。他觉得自己像被猝然扔入了一个黑屋子，却踩不到地面。他只有模糊的感觉，没有意识。意识已凝聚不起来，只能跟着那光、那混沌的空间在扭动。扭动感更猛烈了，那混沌的空间像要撕裂开，被一个张牙舞爪的看不见的恶鬼撕裂开。他听见了声响，带着浓重突厥口音的龟兹话在脑中尖叫。

"让那些汉人尝尝做奴隶的滋味""待宰羔羊""挂满人头！"……

尖叫声越来越撕心裂肺，变得歇斯底里，最后连字音也听不清了，只剩下一声声极尖锐恐怖的叫喊。不止歇的尖叫声中他闻到一股浓烈的血腥味。晕眩感又袭来了，他想抱住脑袋，但感觉不到双臂。只能感觉到自己在下坠。光越来越暗，越来越窄，最后缩成了两条线。互相交叉的两条线，在他头顶上扭动，随后旋转起来，向左旋转。他瞪大了眼看着漆黑中的两条光线，呈一个"卐"字形，在他头顶上慢慢旋转、升高。一声声的尖叫亦随之上升，渐高渐轻。黑暗在他眼前合起，不留一丝缝隙。黑暗中传来了一股股的血腥气。他弯下腰，想将五脏六腑全吐出来。他觉得周围一丝光也看不见的黑暗好像也在扭动，在撕扯着自己。

就在他感觉自己快要被撕裂的时候，脊背触地了。阴寒之气由背脊渗入了骨髓。浓烈的腥气混着腐臭冲入鼻孔。他弹起身,感觉到了自己的手脚肩背。抬头时他看见高处有蒙蒙的亮光。他看了看脚下,禁不住地抖了起来。

脚下的台阶插满了漆黑的羽毛。那是乌鸦的死尸,无数只鸦尸组成的台阶。在他身前还有无数级鸦尸台阶,一直通向头顶光亮处。他腿脚发颤着一级级向上。愈往上,鸦尸台阶愈窄短,但腥腐气愈加浓烈。这座梯台形的鸦尸山好像永远走不到头,始终压在他眼前。他尽力屏息,甚至想合上眼,但合不拢。过了一会儿他发现这座鸦尸山也在极慢地旋转。

鸦尸山顶的光越来越近,上头传来女人凄厉的惨叫声,叫声拖着颤音,好像混合着极度的恐惧、痛苦和绝望。他开始向上蹿去,一步快过一步。上蹿时鸦尸山的一道道阶梯开始在眼前扭动,极快地扭动,像在应和他的步速。腥腐气淡了很多。他看见了鸦尸山的山顶,是个四方的鸦尸平台,四角插着长长的烛灯。烛柄是白森森的人骨。中央用几十根同样的人骨烛灯围了一个圆,只留了一个缺口。缺口正对着李天水。他走入那缺口,双脚好像不受自己控制。这时他看见了两个壮汉裹着兽皮挂着箭囊的背脊。是那两个猎人,那两个跟在刀子脸队后的猎人。

两个猎人分别趴伏在两块长方巨岩上,巨岩漆黑得不掺一丝杂色。猎人们慢慢地从石上爬下,李天水看到他们身下各躺着一个半裸的女人,只下身裹着一层轻纱。两个女人的手腕脚腕被巨岩四角上的铁圈死死箍定。女人的双唇已经发青,眼珠突了出来,脖颈上留着一道暗红色的扼痕。他想起她们是队伍最后的两个舞女。李天水抬起头,有些茫然地看着那两个猎人。他们半蹲在鸦尸地上看着李天水，眼神瑟缩，双唇嚅动着，却一个字也说不出。他们身后，映出一个白惨惨的圆座，一个用人的胫骨和头骨交错堆垒成的圆座，竟像个莲花形。刀子脸盘腿坐在白骨莲花座上。他一直在烛光中狞笑。那烛光打在他脸上，好像惨绿色的。李天水听见他说："两个懦夫。他们怕血。你怕不怕血？"仍然是音调诡异的龟兹话。

"不怕。"李天水听见自己说。

"把刀给他。"刀子脸撇了撇，鄙夷地对着两个猎人道。

李天水接过了刀柄，是吐蕃人常用的刀子，刀身又长又窄，刀尖略弯。他听见那刀子脸接着道："你们坠入了黑结界。杀了这个女人，你们三个一同出去。"刀子脸努努嘴，点向被紧箍在黑石上的第三个舞女。她的面部已经扭曲，朝着李天水嘴一张一合，却只能发出含混的、不像人会发出的"啊、啊"声。她的身躯一阵阵抖动。李天水只看了她一眼，迅速移开目光，转向刀子脸，道："什么结界？"

刀子脸在说话，但一瞬间，他的嗓音好像在扭动，同时他的面部也扭动起来，连同他的整个身体，连同那个人骨莲座，连同整个鸦尸山顶，一同扭动起来。这时从他身后，从鸦尸山下，传来了一阵惨叫声，混杂着男女老少的惨叫声。李天水惊怖得想要大声嘶喊。这时他能听明白那扭动着的声音了，"……那下头比阿鼻地狱更恐怖。"说完，扭动便停止了。过了一会儿，他两眼盯着自己的鼻尖，问道："出去是何处呢？"

"人世间。"刀子脸道。

"人世间。"李天水咧嘴笑了，他陷入这可怖的境地后第一次笑出来。两个蹲伏着的猎人正巴巴地看着他。锁在石台上的第三个女人就在他身侧，抖动已经变成了一阵阵无法控制的抽搐。他的目光移向了手里刀子的刀尖。

阿鼻地狱，他想。我这是死了么，但为何会落入地狱呢？我始终没有杀过一个人啊。我是不是没死透啊，还能回人世。也好。

他拿着那刀，刀尖向下，对着心窝子，狠狠扎了下去。

霎时间，他觉得自己被猛地抛了出去，好像幼年骑烈马被猛地抛离马背。他又被抛入了一片混沌，但是有亮光。亮光稳定、温和，慢慢流转，带着一种熟悉的亲切的韵律，最后汇聚至头顶，成了两条交叉的光线。两条光线发着一闪闪的朦胧柔光，在他头顶上慢慢右旋，成了一个右旋的"卐"字形。他的身躯被一股大力推着，极快地向那"卐"字形右旋的光线交叉点冲了上去。他看着那光点慢慢变大，慢慢化为深浅不同的层层光晕，照亮了他，最后将他吞没。

一时，所有熟悉的感觉同时回来了。

看清那张刀子脸时，他才发现自己始终睁着眼。这时他听见刀子脸身后有低低的诵经声。意识正在渐渐回来。两个妇人远远地坐在山坡下，看向自己。那匹马也在看着自己，就在身侧不远处，马鼻子里不住地呼出白气。马背上似乎还驮着一个人。这时他意识到自己正坐靠着一块石板上。他的目光再次回到刀子脸脸上时，听见他说："从黑结界里出来的人。据我所知，你是第一个。"

他又看了刀子脸一会儿，慢慢撑起了身躯。气力居然恢复了不少，但仍然站不稳，他靠着石板，看见眼前是一列茶褐色的陡坡，山挨着山。他又看见了蓝绿色的河水。天色亮了许多,日光快要从云层中钻出。离他最近那面崖壁上凿出了一连串的拱洞,拱洞外还连着长廊。他就看着那面崖壁,喃喃着道:"已经走出来了么?"

"你靠着的那一块,是最后一片石板了。"刀子脸的龟兹音甚是生硬粗粝,和残存在意识里的那个声音很像。

李天水扭头看了看,顿时一呆。那片石板顶端,仿佛用刀子刻出了一个图案。右旋的"卍"。

他直愣愣地看着那石板顶端,一动也不能动。

"如果你还能走,就快走。前头还有很长的路。"刀子脸的嗓音在背后冷冷地响起,"只有废柴才回头看。"

李天水霍然转头,盯向他的双眼。刀子脸的眼睛一眨不眨。二人对视了许久。李天水眼角一动,看见了地上的血迹。

血迹是从石板后绕出来的,一直蜿蜒向崖壁下的土坡。坡脚下歪着一两棵枯树,两头驴正刨着枯树的树根。李天水看见驴背上驮了两个囊袋,他顺着血迹跟跟跄跄地走了过去。是新鲜的血迹,越近坡脚,越是鲜红得刺目。到了坡下,李天水看见那两个囊袋的底部殷红一片。一阵轻微的脚步声踩着血迹蹑了上来,他急转过身。果然是刀子脸。

李天水忽然喝道:"停步!"刀子脸站住了。李天水盯着他的眼睛,刀子脸看着自己的眼神几乎没有变化,很沉定。但此刻他觉得眼前这张脸随时会变成一张狞笑着的脸。他抬起右脚,右掌迅速在靴子上一抹,手上便多了一把雪亮的匕首。刀子脸看了看李天水,又看了看那匕首,居然笑了,道:"你要和我动刀子?"他说的是汉话,还是那种蛮野粗粝的音调。

"囊袋里装了什么?"李天水的嗓子有些喑哑。

刀子脸重重地呼吸几口，望着李天水道："你什么意思？"

"你杀了那两个女人吧？"李天水定定看着他，"驴子和背囊都是她们的吧？她们该是从酒肆里拿了主人的东西，想要偷出关去。但那东西被你盯上了，是不？"

刀子脸面无表情地看着他，过了一会儿，冷冷地道："我救了你的命，但你不相信我。你是这个意思？"

"你是吐蕃人吧？"李天水长长呼出一口气，道。

刀子脸没作声，几乎连眼睛也没有眨一下，只脸色微微有些发青。坡脚下的两个妇人望向了这边。

"我听过吐蕃人说话。我记得吐蕃人说话的腔调。你是吐蕃人。"李天水紧紧握着狼头刀柄，盯着他的眼睛道。

"朋友，我救过你的命。但你不相信我。"刀子脸的目光始终没躲闪，他又说了一遍。

"把两个血囊子打开吧。我想看看。"李天水缓了缓声气。

"不行。"

李天水又吸下一口气，道："如果我一定要打开呢？"

"朋友，如果你一定要打开，我不拦你。只有一桩事，你打开这两个囊子，灾祸会降临在我身上。"刀子脸慢慢地平静地用汉话道。

"这是为何？"李天水皱了皱眉。

"这个血是辟邪用的。你掉了进去，令黑结界扩大了。我不识路，只能滴着血线走出来。有血迹的地方就是走过的路。而且这个黑结界里的邪灵怕人血。你以为我们是怎么走出来的？你满意了么？"刀子脸冷冷道。

"那么这两个囊子里装了什么？"李天水仍盯着刀子脸问。

刀子脸看了他一会儿，忽然撇了撇嘴，道："朋友，你不信我啊。我说什么你都不信啊。"

他撇嘴的瞬间，李天水仿佛又看见了那张狞笑的脸。他把刀子攥得更紧。这时他忽然听到了一阵诵经声。

舍利子，色不异空，空不异色，色即是空，空即是色，受想行识，亦复如是。舍利子，是诸法空相，不生不灭，不垢不净，不增不减。

老僧背对着他，慢慢走向另一侧的缓坡。诵声渐渐远去。李天水抬着刀尖，始终对着刀子脸，一步步向两头驴子退去。刀子脸没动。那个老妪站起了身。李天水退至驴边。一头驴子见他拿着刀子逼近，低鸣了一声，又低头啃起草根。李天水收了刀子，插入扎紧囊口的麻绳，一勾，囊口开了，露出了一张灰白的粗恶的脸。是其中一个猎人。李天水目光一跳，跨一步割开了另一个囊袋，看见了另一张青灰色的猎人脸。李天水先是觉得心头重跳了两下，随后脸开始发热。他转向刀子脸，哑着嗓子道："你杀了他们？"

"你说的不错。那三个舞女拿了酒肆主人的宝石，想要偷出关，结果被这两个打猎的盯上了。两个打猎走在最后，迷晕了那三个女的。他们扼死了两个。等我发现的时候，这个女人也快断气了。"刀子脸向那马招了招手。始终望着他们的那匹栗色竖鬃小马慢慢地走了过来。李天水看见身上盖着僧衣的舞女被绑在鞍鞴上。正是结界里被锁在岩石上的第三个女人。李天水烧着脸，又抬起了匕首，刀柄转了半圈，指向刀子脸，道：

"按突厥的规矩,你该扎我一刀。"

"你是个唐人,我是个吐蕃,扯什么突厥?"刀子脸冷硬的语调带着一丝讥嘲,撇了撇嘴,"我听说,在黑结界待过的人,即便能出来,也会变成一头蠢驴子。但有件事我要问你。"

李天水觉得自己的脸仍在发烧。他喃喃道:"什么事?"

"走在你后头,第三个人,是个老妪,红袍子。你记得么?"

李天水点点头。"她身量很高,妆容很浓,看上去有些奇怪。"

"还有呢?"

李天水皱眉,低头回想半日,摇摇头,道:"我没看清她的脸。"

"我看清了。她的眼睛很怪,好像眼珠子有病,能听明白么?眼珠子是斜的,这么看你。"刀子脸斜着眼睛,"但是从不同的方向。"

李天水茫然地看着他。过了片刻,他脑子里"轰"的一声响。他呆呆地看着刀子脸道:"此刻这老妪不见了……"

"轰隆"一声响,一块巨石自崖上滚落下,直砸向他身侧的栗色小马。那马原地猛地一蹿,驮着那舞女与李天水的木箱、囊袋,躲开了巨石。巨石自马后两步远滚下山时,李天水挂在了马腹上,用力拍打马颈。那马向高崖上狂奔。这一侧坡上修出了一条马道,通向崖顶。李天水回头看看,刀子脸正在马道上拼命地追着,好像喊着什么,但风声太大,听不明白。小栗马踏上了一条凸出山壁的走道,像人工筑于悬崖边的廊道。小栗马一路狂奔,李天水几乎挂不住马腹了。马背上的女人不断尖叫。李天水正要吹出一声呼哨,背脊后的拱洞中,一条马绊子如毒蛇一般伸了出来,绕上了小栗马的两条前腿。那马趔趄了两步,身躯开始向崖下歪倒时,"啪"的一声,绊马的绳索应声而断。李天水看见眼前有道光划过。是刀光,有人飞刀割断了绳索。

那马跌跌撞撞冲出几步远,终于在崖边站定了。几乎同时,"嗖"的一声自崖上破空而下,李天水在马腹扭过头,看见身后二十步远的刀子脸开始滑下山坡,看见刀子脸的肩背上斜斜插着一支箭。接着又是"嗖"的一声响,李天水松开手脚,瞬间从马腹侧荡入腹下。"夺"的一声,一支箭钉上了木箱,箱子边的女子嘶声尖叫起来。李天水一只手自马腹下伸出,抽出箱子下背囊中的铁棒子。这时"呜——呜——"的响声从那个崖洞内响起。他听出有人在甩套马索,他咧了咧嘴。

绳圈影子从崖面上闪出时,李天水已从另一侧的马腹边蹿出,铁棒子一送一收,套向木箱的套索挂上了铁棒。铁棒猛地再一收,连套索带人一同拽出了崖洞。跌上崖道是一个身着兽皮、猎人打扮的虬须汉子。栗色小马低嘶了一声,埋头向倒在崖边道上的人冲去。马蹄踏处响起了惨号,片刻后便只剩下呻吟声。李天水从棒身上拉下绳索,扭头看去,拍了拍马颈,正要调头向坡下冲。那马引颈高嘶一声,他仰了头,看见头顶丈余处,有一点儿冷光在闪。马腹下的李天水猛地一蹬马镫,腾身踏上马背,那马腾跃着向前飞驰。他从棒上扯下套索,甩着,两脚跨过那女子腰侧,稳稳踩在马鞍上。光点跟着他越闪越亮,忽然向后一缩。但来不及了。"刷"的一声,绳套飞上山崖,长鞭一般凌厉,像长了眼睛,径直套入那光点后。一个人连带着弓箭从那高处的暗洞中飞了出来。落地后,那人在边道不停地滚。小栗马又冲了上去,但李天水紧紧扼住了缰绳。那人滚下山坡,小马刹住蹄子,不住地低嘶。李天水望向这一侧的坡面,未见刀子脸的身影。他打马冲下坡道。

下坡后拐过一个弯,他便看见了刀子脸。刀子脸靠着一块滚落下来的巨石,已经站了起来,或是被身后的人强拉了起来。一把尖利带锯齿的刀子抵着他的脖颈,血污的脸面后出现了一双阴狠的眼睛。刀子般的脸上不带一丝表情。李天水从马腹侧下来了,牵着马慢慢走过去。

"停步!"走近至五步外后,刀子脸后面的人用龟兹语嘶喊,"扔下套索,踢远!"

李天水照做了。

"扔远铁棒子!"

"咣当当"一阵响,漆黑的铁棒被抛下坡脚。

"你还有把刀子,"那人的嗓音有点儿像豺狗,比他的眼神更阴狠,"丢过来。"

李天水盯着他,没动。

刀尖刺入了刀子脸的脖颈,一丝血线流了下来。刀子脸连眼睛也没有眨一眨。

李天水缓缓弯下腰,从靴子里摸出了那把狼头柄的刀子,始终盯着那人的眼珠子。那眼珠子里不停地闪着凶光。李天水把刀子扔了过去,"当啷"一声,正落在那人脚边。那人用脚踩住了刀身。

"让你的马过来。记住,如果这马动一动,我先宰了他,再宰了这匹马。"

李天水伸手抚上马鬃,脸面贴上马颈,磨了磨,又说了些话。他看见那人的眼珠里又露出凶光,便又拍了拍马颈。

小栗马耷拉着头向那人走去,驮着李天水的木箱子、背囊和那个瘫软的舞女,在那人和刀子脸身侧停了下来,低垂着头。

"现在,滚下去,滚下山坡,"那人握着刀,狞笑道,"动作要快,我耐心不好。"

李天水坐了下去,又躺倒在坡面。那人的目光紧紧跟着他,看着他翻身欲滚,眼珠子猛地凸了出来。

一支带着倒钩的漆黑铁箭穿过了他脖颈,粘满血的半支箭身从一侧透了出来。是方才被套索带出的那支箭,是他自己的箭。箭尾捏在了一个人的手上,那只手正不住发抖,马背上,披着僧衣的娇柔身躯也不住抖动。但她的手死死地握住箭身不放。

直至那人倒在地上抽搐时,他也没看见刺透他脖颈的人是紧缚在马背上的舞女。

李天水走过来的时候,刀子脸半躺在巨岩上。李天水从头到脚看了他一会儿,背上那支箭的木杆子折断了,左肩至胸襟处的棉麻布一片暗红色,还在慢慢扩大。刀子脸的肩头没有一丝颤抖。李天水看着他的左腿,裤脚也红了,还在淌血。"没断。"他瞪着李天水,恶狠狠地道。李天水看着他咧嘴一笑。"废柴,你又办砸了。"刀子脸面上泛出青白色,急喘着,瞪着李天水。李天水又咧咧嘴。

李天水不看他了,他起身,轻轻握住了身后那舞女的手腕子。舞女的手腕还在颤抖,她不知何时解开了缚紧细腰的绳索。僧衣已从她身上脱落,她全身只裹着几层轻纱,肤色黝黑但面容秀美。舞女的目光也在发颤,像草原上藏在树丛子里的那些惊惶的小野兔。李天水冲着她温和地笑笑,用粟特话道:"别怕。我只想让你帮我一个忙。"

女人惶惑地摇摇头。"她听不明白……"巨岩上的刀子脸喘息着道,"她是天竺人,贩至龟兹的女奴。"

李天水皱眉看着她。这时那舞女忽然开口了:"我……医……药、草药……囊袋……"她走了过去,伸出手在刀子脸插着箭的肩胛边轻轻捏了捏,又慢慢撕开已被血黏在胫腿处的裤脚,两条又浓又黑的弯眉毛始终紧拧着。刀子脸瞪着她,面上又是一阵青白。李天水缓缓松出一口气,用汉话缓缓道:"你懂医?你有草药?在囊袋里?"

舞女的眼睛发亮了,她用力点点头,随后作了一个好像祷告的手势。

李天水单腿跪下,右手扶肩,向那舞女深深弯下腰。那女子忙也弯下腰。直起身时李天水手里多了一个小瓶子,黑色的瓷瓶。那女子接过瓷瓶,未等李天水开口,拔出小木塞嗅了嗅,瞪大眼睛道:"底也迦?"

李天水咧嘴笑了,道:"送他走,去一个龟兹外的小镇,去一个安全的驿馆。他会告诉你怎么走安全,他也会告诉你哪里有安全的驿馆。能听明白么?"舞女重重地点点头。

李天水俯下身,拦腰将刀子脸抱起,那女子迅速托起他的双股。二人将他轻轻地抬上马背。李天水听见刀子脸"哼哼"了几声,轻不可闻。李天水将他捆紧在鞍鞯上时道:"山路难走,你忍一忍。"随后他拍了拍小栗马的脖颈,又贴着马耳似乎说着什么。那马低下了头,蹄子在坡面上磨蹭着。李天水开始解下木箱时，马上的刀子脸哑着嗓子道："你后头的路怎么走？"

"我会想法子。"李天水背上了箱子，又往装着馕饼的囊袋里插入铁棍，"方才，飞刀子割开绊马索的，是你么？"

刀子脸摇摇头。李天水不作声了，将水囊挂上了蹀躞带。

"你是不是要去找安西军？"过了一会儿，刀子脸低声问。

李天水已将囊袋系紧在腰间，回头看了看刀子脸，想了想，道："你知不知道去拨换最安全的路？"

"没有了，"刀子脸喘着，他的声音很虚弱，"现在去那里的路，几乎都是死路……你凑过来，我告诉你一条路……"他又急喘了一会儿，即便李天水凑上他嘴边，他的嗓音也几乎听不清，"就在……就在山崖内，这是座大山脉，山脉的背面，有条险道，直通唐人修的驿道。穿过崖上的洞窟，就是突袭你的洞窟，就到了……到了山脉背面。整条山脉内凿了无数暗窟，都是佛窟，按五连洞开凿，左旋的五连洞。你只须……只须……从任一洞窟进入，前行五窟后右转。一直这么走，就能走出去……不是什么安全的路，但这是……这是……最近的道……"

"最近的道……莫非安西军，事急？"李天水目光一跳，急问道。

但刀子脸已经合上了眼。

沙下古城·死神之宫
行像节后第二日·巳时

小酒馆到处都蒙着一层淡蓝色。地上的毛毯、四壁上的挂毯和挂饰、四脚是鸟首兽足的矮几、软垫子、烛台、八曲的圆果盘、高脚酒杯、闪着光的割肉刀,不断走过杜巨源身边但看不清脸的酒客,全都好像蒙在一片幽幽的蓝光中。

看得清脸的只有一个人。这人正趴在他桌对面,右手轻轻摇晃着蓝蒙蒙的皮囊,仰起脖子准备再倒下一口。

杜巨源看着他,问道:"你这样真的能忘掉一个人么?"他只知道这个人叫李天水,知道这个李天水是他的朋友,知道这个朋友正想要忘记一些人、一些事。

李天水看着他,缓缓放下了酒囊,咧嘴一笑:"你从来没有喝醉过?"

"从未像你这样,醉瘫在酒桌上。"

李天水叹了口气,像在为他感到遗憾,道:"我喝醉从来不是为了忘记什么。"他抬起头,看着杜巨源的眼睛,"你没在居延海那种地方待过,你不会明白。喝酒是为了活下去,为了不被冻死,"这时他又咧嘴一笑,"但喝着喝着,便成了一种习惯。令自己活得更容易些的习惯。"

"容易些了么?"

李天水未答,又咧了咧嘴,道:"我有个法子,你想不想知道?"

"什么法子？"

李天水在案上艰难地撑起半身，带着醉汉的痴笑，手指点着案面，道："这是果盘，这是酒杯，这是割肉刀，你看到了什么？"

"果盘、酒杯、割肉刀。"

"那么我的酒囊呢？"

杜巨源一愣。酒囊就放在果盘边，比割肉刀离他还近些。

"你将目光只停在果盘、酒杯、割肉刀上，酒囊就消失了，即便它就在案面上。这里也一样，"李天水点点自己的胸口，"你将心思转向其他一些事情，努力不去想这个人，不去想与这个人有关的一切。一开始需要勉强自己，因为她总会跳出来。你需要去找一些事干，一些有意思的事，一些能让时间过得很快的事。尽力让自己沉浸其中，尽力扭过头去。然后那扇门会被慢慢关上。那个人一直在那里，记忆不会消失，但你看不见她了。"李天水笑了笑，"她只会偶尔出现在一个地方。"

"什么地方？"

李天水笑而不语。他的脸在蓝光中渐渐模糊、黯淡，渐渐融进酒馆内的蓝光内。杜巨源想伸手抓向他，右手乃至整个身躯已不听使唤，他心中大急，转头四顾，却见酒馆内的蓝光流动起来，起初很慢，像和缓的流水，渐渐转快，像旋涡，卷走了酒馆的一切。只剩他一人，在蓝光中漂浮。蓝色光晕开始变得越来越真切，好像一层一层无尽的淡蓝色薄纱在身边流转。薄纱后，一个骑在骆驼上的女人渐渐清晰起来。他看见她正注视着自己。随后他感觉到了身下的沙子，沙粒细腻柔软。真切的现实感似乎回来了，但为何周遭的一切仍笼盖在纱一般的蓝雾中?

"米娜!"杜巨源双臂支起身躯前迷迷糊糊地唤了一声,"我睡了很久么?"

"不算太久,你从骆驼上被甩下了,头撞上了沙地。幸好这回是沙地。"米娜在骆驼上冷淡道,"但你需要尽快站起来,有人在等着我们。"

杜巨源憨笑了一声,看向四周。周遭的蓝色光雾深浅流转,变幻不定。他发现那枚耳坠子静静地躺在起伏的沙地上,琉璃球已经涨大了很多。他捡起那琉璃球,踏着沙子,走向先前骑着的骆驼,骆驼蹲伏着在等他。沙地呈现出一片浅绿色。跨上骆驼后他抬眼想看看天,看见的是一片同样的浅绿色,好像沙漠笼盖在头顶上的极高处,像高天一样看不见边际。他以为自己看错了,眨眨眼睛,盯着头上的景象看了好一会儿。头顶上沙漠的颜色变了,慢慢幻化成一种湖蓝色。原来是在沙子缓缓流动。他想起沉海时抬头看见日光下的海面也是这般流动变幻。

他惊骇起来。他想这不是梦,怎的比梦境更匪夷所思?这时,他想起了幼年时看过的一些神怪笔记,一些他儿时梦境的画面开始闪现在脑海。这些画面他早已忘却,此刻却格外清晰。他忽然觉得他来过这个地方,在他儿时的梦里,那时他还在长安。他抬眼看着这沙漠天际,眼眶中忽然涌满了泪水,问道:

"我们是在沙漠底下的古城里么?"

这时米娜回过头看着他,眼神中有些惊讶。

"米娜,我知道我傻了,但我还记得一些事,"杜巨源的嗓音有些哽咽,"我觉得我是个有运气的傻子。过往经历的所有事里,我能记起的是那些最好的瞬间。只是瞬间,稍一眨眼便不见了。那些瞬间现在撑着我活下去。其中一些是我五六岁时在长安的生活,其他所有都与你有关。"

米娜的眼中有光极快地一闪,却被杜巨源捕捉到了。他还听见她在骆驼上深吸了一口气。她开口慢慢地说着汉话,语调像在诵诗,嗓音却有些发涩:"三千年前这片大漠中绿洲连绵,深藏着许多小国,好像南海里的诸多岛国,"她顿了顿,又道,"这个古城,原是大漠中最大一片绿洲的王城,建在一条古河尽头的尾闾处。当时这个古国比如今的龟兹富有 千倍,壮美一千倍。"

这时杜巨源的眼睛已经适应了身周飘渺流动的蓝色光雾。身下的骆驼不疾不徐地驮着他向前,他看见自己正行进在两排建筑中间。他不住地扭头向左右看,心想比龟兹更富有更壮美一千倍的古城原本该是什么样子啊。这些建筑现在看来都像一些破败的木屋子,是他从未见过的木屋子。仿佛是用一根根木椽子很简单地便搭了起来,他没有看见外墙,但看到了残存的院落、廊道、方底尖顶的木窗、木梯、露台、似乎是用作汲水的高木竿,还有很多一根根竖直向上的尖柱子。他的目光在尖柱上停了很久,听见米娜又道:

"当时几乎每座古城都建在河道边,便是你方才看到的河道。后来河道干了,城里的人不得不弃城远迁。断水后,绿洲越来越小,王城渐渐陷入沙漠中,直至被一阵阵黑风暴彻底掩埋。随之掩埋的还有几十代人生活过的痕迹,和他们死后游荡的灵魂。据说有些老人不愿远迁,便和这座古城一起被埋入沙底。你或许能在那些木楼间，看见一两具干尸。"

杜巨源打了个冷颤。不自觉地向望向两边，流动的蓝光变淡了，他看见两侧一片片木楼间有着宽宽窄窄的间隔，像曲折的巷道。巷道深处屋顶层层叠叠，看不到尽头，他听见米娜又道："或许因为这些老人知道自己再也找不到这样一片乐土。他们一生中，太多的记忆，太多的欢乐和哀愁，都留在这里。所以他们决定将自己的灵魂安放在这水晶穹顶下。"

"水晶穹顶？"杜巨源抬起头，看着头顶那如梦如幻的沙流，慢慢明白过来。

"那时的大漠和现在一样，日头毒辣，黑风暴肆虐，这个古国的王便以一整片穹庐形水晶，盖住了整座王城。据说是从'神山'山脉中切割下来的。'神山'就在大漠最中心。当时这个国的巫师说挡住太阳会触怒神灵，令河水干涸，但国王不听。没有人知道那时的人是如何将比一座城池更大的水晶从神山上切割、运下，并倒扣在王城上空的。有十几代人终生生活在比青金石更美的蓝色梦境中，直至某一天，河道里的水真的断流了。古城渐渐沉入沙下，而这片巨大的水晶穹顶吸收了足够多的日曜，数千年来，依然能在沙下发出晶莹的蓝光，为古老的灵魂照明。"

杜巨源抱着驼峰，一动不动地听着。木楼渐渐稀落，楼间的木柱子渐多起来，有些是削尖的，有些是桨状的，他好像见过这些柱子。但是在哪里呢，那地方好像有一片水，好像也有沙漠……

"所以现在这里也叫作死神之宫。"

杜巨源拧起眉头，有个念头跳了出来，他费力地捕捉住

丝绸之路密码2：龟兹壁画迷宫　337

了。他喃喃道:"那个老婆婆也说起过死神之宫。"

他的话音很低,两个驼身前的米娜却忽然转过了头,道:"谁对你说起过死神之宫?"

"一个很老很老的婆婆。"杜巨源呆呆地道,米娜的神情令他有些发愣。

"你见过沙漠婆婆?"米娜嗓音沉了下去。

"她唤作沙漠婆婆么……"杜巨源皱着眉头想了半日,"我记得她也说起过灵魂,还有乌鸦……"杜巨源向左右看着,嗓音有些发虚。他将驼峰抱得更紧了。

米娜已经扭过头去不看他,但前头的骆驼走得更慢了。杜巨源瞪大眼,紧张地向两侧张望。一根根柱子渐渐变成一棵棵枯树,枯枝看上去已石化,在蓝光中不可思议地竖立在这被遗忘千年的沙下古城中。

沙地上一时只闻"嗒嗒、嗒嗒"的驼蹄声。随后他听见了很奇怪的声响,像一阵急促的蹄声。但两个骆驼始终是缓步前行。蹄声中杂着一种"呜呜呜"的声响,他觉得是风声,但马上想起风不可能穿进来。这时响起了人声,是女人的大声呵斥,"抱紧了!"杜巨源霎时间觉得自己变成了一块冰,从头顶凉至脚心。那是米娜的声音,"抱紧了!"那是米娜先前说过的一模一样的声音。他想起那迅疾的驼蹄和耳边的风声,与他先前听到的也是一模一样。他看着前头驼峰间的米娜,她的腰肢在慢慢摆动。一种从未有过的大恐怖慢慢浸润全身,他想自己的脸色一定像个死人。

从身边的半空中又传过一阵蹄声。蹄声很急,又轻又空洞,像从杜巨源看不见的一重空间倏然传来,又倏然远逝。随后他听到了人声，人说话的声音，像有四五个人在同时说话，嗓音很虚，他听不清，但听上去有些凄惶。似乎响起了念诵声，也像从另一重空间传来的。

他捂住胸口，几乎不敢出气。过了一会儿，这些声响渐渐消失了。他艰难地抬眼向前瞧去，米娜的腰背在驼峰间纹丝不动，好像什么也没听见。

两边的枯树上枝杈更多更密了，大部分枝杈从像院落的围墙里穿出。围墙也是木制的，墙内的建筑更高大，残留部分至少有三四层，其中有一层是一条开放向外的长廊，五六根残存的柱子还在支撑着廊道。杜巨源看见围墙的墙面、长廊上的柱头，还有隐约壳间的窗板上，都雕着精细的浮雕。有些很明显，是莲花或荷花的花瓣，对称的花瓣曲线极美。另一些更模糊，也更怪异，像一对半人半兽的怪物，或者有翼神兽。朦胧光雾中，他辨出一个狮子头、马腿、中间仿佛带翅膀的身子。

这时，他第一次看见悬在树上的东西。那东西看去泛黄，很长，自粗枝上垂挂下来。一开始他以为是又长又大的枯死果实，或是一种祈福物，或是一种灯。他的脑中闪过那时在长安城亲眼见过的火树银花画面，印象中那画面也是蓝色的。回过神来时，那东西已出现了四五次，这时他才慢慢看明白了，原来这些东西是人形的。

他的心猛地"咚咚咚"地重跳起来。他慢慢辨出了那东西的四肢、躯干和蒙着布的头颅。它们几乎从头至脚都一圈一圈裹着布，像黄褐色的麻布。原来是些古尸啊，是挂在树上的古尸啊。这是几千年前沙漠居民的葬仪么？还是什么神秘恐怖的仪式？他抱着驼峰的手发冷了。

古尸都很高大，腿又细又长。杜巨源似乎能看见布匹下一双双深凹的双眼，好像正从布条后盯着他。他觉得头皮好像被细针扎着。走在前头的米娜却视若无睹。

越向前行，两侧枯树越密，木制建筑群向两侧渐渐后退，直至消失不见。数十步后，他觉得自己置身于一片挂满古尸的树林中。有两三回，他感觉向身后退去的某具古尸在轻轻摇晃。但没有一丝风。两侧传来的无形重压将他死死按在驼峰上动弹不得，背脊已经湿透了。

这时胸口震颤起来，他以为是心跳，后来他才发觉是那颗琉璃球。藏入了羊皮袄胸襟的琉璃球在心口处自行颤动起来。他骑在骆驼上目瞪口呆，已不知该看何处了。他更不敢将那琉璃球从衣襟内取出。

一只乌鸦从他右侧的枯林间低飞而出，急速掠过沙面后，没入右侧林中。杜巨源半张着嘴看着那只乌鸦倏忽消逝。待他再转头看向林子时，看见蓝光变得更淡更透明的前方，闪出了金色的光点。

金光是从一片片金叶子上闪出的。枯树林的尽头是两排黄金树，略弯的树干、扭曲分叉的树枝、看得见纹理的树叶，皆与真树相差无几。几千年岁月的洗磨让这些金树表面泛出了暗红色。穿行于两排金树间，他恍惚觉得金红色的光与蓝光混成一片紫红色。他觉得裹着金丝绦的高大的古尸在这片紫红色中轻轻晃动。

杜巨源瞪大了眼，眸子一动不动，死盯着经过面前的每一张古尸的脸。古尸面上皆蒙着黄金面具，面具上没有凿出双眼，只额头中央凹下一片椭圆形，仿佛独目。他觉得自己见过这种独目面具，但想不起来。有些是女尸，高挑的尸身上挂满了佩饰。颈间挂着新月形金环，腕上套着三角纹管状金手镯，面具两侧则是管状金耳环或者喇叭形金耳环。男尸皆挂金佩剑，剑首雕着金牛或金狮头。

这个时候，他闻到了一股淡而古怪的气味，有些像南海诸岛上那些树木散发出的异香，但更淡、更庄重，仿佛这气味封存在这穹顶下，经过几千年缓慢的沉淀、发酵，令他的心神无法抗拒地凝重起来。身下的骆驼的蹄声亦开始沉缓起来，"嗒、嗒、嗒、嗒"，周围显得更静、更肃穆。

经过两侧共十八棵树十八具尸体的时候，他终于看明白骆驼左右的黄金树不仅两两相对，而且几乎一模一样。甚至那些紫红色的黄金树自身也是左右对称的，像按照某种极美丽的纹饰图案打磨制成。又经过十八棵树和十八具尸体时，他确定那气味是从每一具尸身上发出的。从悬吊着的千年古尸内发出的香气，令他的魂魄好像随时要脱离躯壳，慢慢升向穹顶。他屏住了呼吸。

这时米娜在前头忽然开口了："这些是生命树，这是条通向神的路径，你已经接近了神灵降临之域，再往前就是祭台，"她的语气仍很平淡，但杜巨源第一回感觉她嗓音有些发紧，"无须屏息，放松，但停止妄念，稳住心神。你可以闭上眼。"

杜巨源闭上了眼，但蓝绿色的光雾仿佛仍飘渺在眼前。他尽力什么也不想，但呼吸不可抑制地急促起来。这时他又听到了一种声音。

杜巨源觉得是自己的耳朵也出了幻觉。自从他头颅受伤后，他常常分不清真幻。听上去像喘息声。难道自己喘息声竟在水晶穹顶产生了回响？但很快，他发现那不是喘息，那是挣命的透气声，是临死前的喘息，绝望的喘息。

渐渐地，那种声响多了起来，好像十几个人同时在上空、在他身周喘息，真切得令他毛骨悚然。他觉得眼前淡蓝色的光变得灰暗起来，好像被无形的手紧扼住了脖颈。他正要捂住双耳时，听见前头"扑通"一声，他心头"咯噔"一响，急睁开眼，看见米娜坠下了骆驼，趴倒在沙地上。

杜巨源跳下骆驼，摔倒在沙地上。沙子是冷的。他起身跑向米娜，看见米娜从沙地上抬起的脸色变灰了。她的双眸也成了灰褐色，瞳孔在放大，变得透明。杜巨源看见她的目光和嗓音都在抖动："邪恶、邪恶……邪恶，你听到了么，那邪恶的声音？"

我早听见了，杜巨源心想。但他什么也没说。

"你没有听见么？那魔鬼般的声音，从沙底下一点点透出来的，那死亡的声音……"米娜双眸睁得更大，模样恐怖起来。她猛一抬手扯去了头巾和发绳，火红的长发倾泻下来，在蓝光中格外惹眼。她苍白纤长的十指插入了发际，低下头，脸面埋入双肘中，双肘在打颤。杜巨源的手举在半空，想要伸向她，却一动也不能动。她忽然从沙上跃起，转动脚踝，旋舞起来。她的神情更像在发狂。

她一边旋舞，一边拼命地撕扯着贴身的鲛皮衣，雪白的右肩立刻裸露出来。皮衣下是赤裸的。她开始唱歌，调子盘旋上穹顶。她越唱越高，右半边皮衣已经被撕扯下来。体内涌起的一股冲动令杜巨源腾身而起扑向米娜，从背后用力抱紧了她。他定定地看着她裸露出的肌肤发愣。

米娜没有挣脱，在他怀里翻转过身，抬头看着他，笑了，痴痴地笑，道："你说，我美么？"

雪一般的裸背上覆满了一圈圈的黑色字符，极细密，从右肩绕向左肋再绕向右腰，是极规整的一圈圈半圆，足有二三十圈，间隔极小但等距。每一圈由一个个细小扭曲的线形字符围成。那些字符像扭曲的蠕虫，像咒文，像鬼画符，只是不像人间可理解的文字。但是如此排布在米娜光莹的肌肤上，有一种妖异的美感。

杜巨源瞪大眼看了一小会儿，忽觉晕眩恶心。刺满大半个背的半圆好像在动，好像在缓缓左旋，好像整个半圆是连接无数根细密轮辐的车轮，像黑色的太阳，像扩散出层层黑色波纹的旋涡。他松开了手，倒退了几步。这时米娜转过了身，他看见她白腻的胸乳腰腹上覆满了另半个一模一样的诡异黑色刺青。米娜向他走近，依偎了上来，他听见她在耳边轻声地重复道："我美么？我美么？"那低哑又飘渺的嗓音此刻听起来如此陌生。她的眼眸子睁得很大很圆，正朝向他，但他觉得她并没有看向自己。那里很空，像个梦游者的眼眸。她说的汉话也像梦呓："他说那是曼陀罗，是他们的道场，他们的天堂，或者叫作坛城，是宇宙之象，是驱离鬼怪的道场，是一切能量的中心，是所有可见之物中最美的形象。他说他将曼陀罗刺在我的身上，一切邪祟无法近身。看来你不是邪祟之人。"她的手指绕着几根微微拳曲的火红色长发，笑着说。随后她推开了他，跳出了三步，优雅地高举起双臂，十指微屈若莲，挺胸收腹。"他们说坛城永恒旋转，于是我一直转、一直转、一直转，"她裸露着上身又慢慢旋转起来，"皮绳子绑着我转，皮绳子吊着我转，以他们为轴,散发出一波波的能量,你看我美么?"

杜巨源呆呆地看着她,没有听明白她的话,但他听明白了她话里说的那股邪恶。原来邪恶便是这种空洞与虚无啊。但为什么把我的米娜变成空洞呢?他的心头猛地蹿起一股怒火,他怒不可遏地冲向她,双手按下了她举起的双臂,狠狠摇晃着她,大声道:"停下来!停下来!停下来!"

她停了下来,一头扎入杜巨源的怀里。杜巨源的胸膛宽阔结实,她的一只手撩开了杜巨源的羊皮袄子的衣襟和亵衣,她的嘴唇越过振动不止的琉璃球,一边搜寻他的心跳,一边喃喃道:"想我么?你要我么?"

眼泪漫过了杜巨源的眼眶。他将她面颊贴紧在他的胸膛,感觉心跳的地方有湿湿的凉意,直渗入心房。他听见她说:"我坏了。我已经被毁了。你还要我么?你还在想我么?"

"恶魔、恶魔、你中了魔,"杜巨源哽咽着道,一半因为悲伤,一半因为愤怒,"到底是什么恶魔,把你变成了这个样子,你碰到的究竟是个什么恶魔?"

"是恶魔么,我曾以为是神,"米娜在他怀中低声呓语,"他对我说神魔一体,他说琐罗亚斯德没有明白这一点,所以火祆教的天堂是分裂的,是假的。他说释迦也没有看到那宇宙中心的能量之源,没有看见天地间的无数入口,通往无数彼世。他能看到,他能于其间自由穿行。你知道么,我一直在寻找我的神。从我离开这片沙漠,漂浮在大洋之上,我就在寻觅我的神。我曾以为找到了,以为你就是那个神一般的男子。我们在海上曾多次死里逃生。但是渐渐地,我仍然感到很孤寂,我感觉到你总是在利用我,利用我的宝物渡过最危险的海域。我渐渐开始怀疑，你有没有尽到一个丈夫的责任，你有没有把我当成你的女人。你知道么，我依然很孤寂，我没有找到家……"米娜说不出话了，在他怀中小声抽泣着。杜巨源无声地将她撕扯下的鲛皮衣慢慢套入她仍在抽搐的双臂、两肩，随后抚着她的背，看上去平滑的鲛皮其实如砂纸般磨手，他低声缓缓道："我们回家，我们这就回家。"

"但现在我已经坏了。我对阿胡拉说了谎，我的灵光再不会闪耀了，我再也找不到回家的路了。"

"你的家是不是在沙漠？"杜巨源搂住她的双肩，慢慢地将她头抬起，看着她的眼睛，温厚地笑着，"你去大海，是不是因为大海和沙漠很像？"他像哄一个孩子般轻声道。

"沙漠，沙漠……带我回家，带我回家……"米娜空洞的眼中第一次有神采闪过。

拨换谷道　行像节后第二日·酉时

　　李天水吹着风，盘坐在崖边的台阶上，就着天竺药酒啃下了馕饼。他盯着最后一个拱洞顶端被夕阳照亮的刻痕，已经看了很久。群山的这一边，崖面一片赭褐色，拱洞顶刻着的一头稚拙"飞骆驼"，好像染了血。午后的风不似晨间那般寒冷，但他心里觉得冷，阴冷。他喝下一口酒，身子更暖了。无论如何，那孩子还活着，他想，这算是件好事。他感觉好些了，那舞女的药酒确实有些效用。他望着西北面挂在对崖后的落日，对面的山崖后头是他要去的地方。余晖染红了他的半个身躯。他想该上路了，快歇够了。但很多事他还没有想通，虽然他已经想了很久。

　　是谁把那孩子、那个小沙弥、那个龟兹王位的可能继承人，从那马车里带到这个地方了呢？不会是智弘。那便是又有人趁乱从智弘手里把他劫走了，这个人或这些人是谁呢？他想起崖洞内的三具尸体，同样是猎人的装束，就横在他最先进入的三个洞窟内。他仔细检查过尸身，皆是在背后猝然遇袭，一击毙命。那人手腕子很硬，如果是为了救我，那他应该是朋友。或许"飞骆驼"中还有人在暗中保护我。他想起了那个飞刀割断绊马索的人。是个朋友么？也是他救出了小沙弥么？但如果是朋友，为什么不等着我呢？或者，为什么不把小沙弥带出来与我相见呢？这些从崖洞内暗中突袭的猎人装束的人，又是些什么人呢？

李天水觉得脑袋发涨了，又猛地倒下一大口，收起酒囊，背上行囊直起身。夕阳越发暗淡，他决定不再想了。他觉得好笑，这条命能不能撑过今晚，现在连一分把握都没有。这面山崖没有坡道，他滑着步向山脚行去。在夕光中走下山坡时，他忽然很希望自己能活过今夜，他头一回强烈地希望自己能活下去，不止为了找到阿塔。

我能活过今晚么？他摸了摸腰间的带子，最近我的命好像也越来越硬，是波斯公主说的灵光真的在护佑我么？那么我的灵光也能护佑我想护佑的人么？

滑至半山腰时，他听到了"嗒嗒、嗒嗒"声，响在东边几乎望不见的山崖拐角后。起初几乎听不见，随后越来越响，齐整如鼓点。李天水心中一惊，迅速望向坡面。火红色的崖面上一毛不生，但在斜下方，接近坡脚处，有几块嶙峋的岩石突出崖面。李天水迅速向那里滑下去。"嗒嗒、嗒嗒"，他已能听出是四匹马，脚力极劲健。李天水靠在一座火红色的石块一侧时，一辆马车几乎同时从那目力尽头的谷道口转了出来。李天水右手指尖扣入石缝止住下滑之势，紧紧盯着沿狭窄谷道驶来的马车，背脊绷紧了。

颠簸的谷道上，马车行驶得并不太快，他看见那高高的车厢时松了一口气。车厢子又长又方，不是康傀儡的拱顶马车，而是更高、更轩敞。车厢四壁外像挂着暗红色的挂毯，在夕阳下泛着点点金光。

当他能听见车轮子的辚辚声时，从巨石外探出了头，看见马后的车座上是空的。他皱了皱眉，这时车厢前的挂毯一动，有个人钻了出来。四匹马似乎同时放慢了步子，但马车已近得能看清这人的一举一动。李天水看着他两只脚踩上铺着宝蓝色坐垫的车座，昂起头，张开双臂，就这般高高地立于车座上。片刻后，那人进入了夕光，太阳金冠闪闪发亮。李天水看见他贴身的长袍子由天蓝、鹅黄、浅橘色、湖绿、葡萄紫、玫瑰红等十几种大大小小色彩各异的菱格形拼合而成，也在闪光。这时那人唱了起来，唱的是龟兹话，歌声在风中飘散。李天水听不清，只觉得是情歌。李天水的两只手抠入石缝中，看着那人像只炫耀着翎羽的孔雀，同时又像云雀般向着夕阳引吭高歌。那菱格袍在淡淡的夕阳下呈现出一种怪异夸饰的美感。李天水的目光移上他的帽子时，不由得一呆。

他的帽子戴在脑后，金灿灿的，呈圆盘状。数十束细小的金枝由圆盘边缘伸出，仿佛日光四射。李天水定定地出神片刻，他掀起锦袍，手指摸上了腰间的金丝绦带。自酒神金牌向左侧数起的第四块金牌，余晖下现出一种柔和的淡橘色。凸出牌面的神祇看上去既威严又骄傲，甚至有几分冷漠。神祇戴着太阳状的王冠，昂着头，看上去正好像戴在神祇脑后。而金牌上的神祇也驾驭着四匹已腾起前蹄的骏马。直至他听清了飘在山间的龟兹话，他才回过神来。

> 蓝蓝的山脉尽处阳光普照，
> 照得山顶金光片片，
> 爱已逝去，你不再回来，
> 别人都在说长道短，但我不在乎，
> 即使被鞭打八十下，我也永远爱你。

这时李天水已看清了立在车座上那人的脸。那张脸俊秀细致如美妇，光滑的皮肤闪着淡黄的光，两撇翘起的髭须在风中一抖一抖。白延田跌，我见过你，李天水想。你便是那个将人头挂满城墙的屠夫吧，你也是那个让人将玉机的裸体画在石墙的恶徒吧。他脊背上的筋肉不住跳动，浑身的血流激动起来。他想扑出去的时刻快到了，他的身躯已经告诉他了。他看了眼身前的岩块，向下推了推，石块在动。他静静地等了一会儿，猛地发力，那块赭赤色的石块好像一团火球轰隆隆一路滚落，直滚至马车正前方两三个马身处的谷道中央。

四匹马高嘶了一声同时顿住了蹄子，车座上的延田跌向前猛地一俯腰，居然站稳了。一时，他有些茫然，看了看那石块，又看了看石块滚落的高崖，仿佛不明白为何会发生这种事。他的脸上闪过一丝愠怒，但很快恢复了平静。他没有跃下车座，半转身向身后的车厢道："马鞭子。"他说的是绵软文雅的汉话。片刻工夫，车厢前的挂毯掀起，伸出一条金鞭杆的马鞭。延田跌接过马鞭子，朝着最右侧那匹马的马背甩过去。那马吃痛，长嘶了一声，向右侧蹿去。石块不算大，另三匹马被带向右侧的崖面，马车贴着崖面转过了石块。延田跌回头又看了看那石头，用龟兹话喃喃道："不是好兆头啊。"

挂毯又掀起，萧萧春花绽开般的笑脸从毯后闪出，接过延田跌递来的鞭子，瞥了眼后头，道："我的王，这石头躺在路中有莲花之形，这是天降红莲宝座啊。"

延田跌扭头看着萧萧，忽然伸手，摸了摸她的面颊，道："都说汉族女人有一条好舌头，却未料你是舌灿莲花。"

萧萧"吃吃"地笑了笑，缩入挂毯后的车厢内。车厢地上铺着一层靛青色毛毯,绣满金花。毯上不见几案床榻,只在毯子一角摆着一个球形镂空银香炉,炉内以烛火将异香熏满车厢。车尾摆着一口羯鼓。毯中央略有些皱起,毯上再无他物。宽大的车厢显得空荡荡的。萧萧看见玉机正在那口羯鼓边,一手揭开了后窗绣着金线的布帘子,一手扶着窗口,呆呆地在看着什么。玉机这时已经穿上了衣裙,是她最喜欢的艳红石榴裙和湖蓝短襦衣,但身子发僵。萧萧等了一会儿,忍不住道:"妹妹在看什么?"

玉机的肩背一抖,极快地放下了布帘子,见萧萧正朝后窗走来,笑道:"方才在崖上竟看见一只孔雀,看得入迷了。"

萧萧皱眉道:"这些光秃秃的山崖上还会有孔雀?"伸手便要掀布,玉机拉起她的手笑着道:"已经转过去不见啦,姐姐方才和他说什么?"她拉着萧萧盘坐在毯中央。

萧萧奇怪地看了她一眼,低头想了一会儿,道:"他似乎并不信任我们。"

"何以见得?"玉机幽幽一笑。

"我不知道,"萧萧蹙眉思索良久,迟疑着道,"只是种感觉。这人看不透,或许是他的眼睛,看不透。他看上去疯疯癫癫的,但他的眼睛一点也不疯。有时候让我有些害怕。"

玉机的眸光闪了闪,正要开口,一股浓烈的血腥气忽然从车窗外透入,盖住了熏香。血腥气是从车厢两侧小拱窗的挂毯缝隙透入的。二人同时捂紧鼻子。前头延田跌的歌声又响亮起来。玉机抢在萧萧前掀起了就近一侧的拱窗挂毯,看见马车已折向西北,夹道的两崖更高更险。此刻在这条只可容六匹马并行的窄道两侧,横七竖八铺满了尸体。有几具横在路中央,马蹄子踏过尸身发出"噗噗噗"和"咔嚓嚓"的声响。马车经过时一些乌鸦惊飞上了山崖，静静注视马车驶过。几乎每具尸身上都扎满了箭。道中央有些尸身未倒下，两两背贴着背，手上仍持着兵器。没有被扎烂的脸抬向两边山崖，眦目怒视。死神几乎都是汉人，有些擐甲执兵，有些平民装束。一道道血水由两侧汇向地势最低的路中央，在最后一抹夕照下映出刺目的光。

玉机静静地看着马车经过每张灰白色的脸。那些脸上有恐惧、有愤怒、有绝望、有不甘、有软弱、有悲哀，很多张脸上还有不舍和留恋。玉机慢慢地呼吸，她觉得每一张她都见过，每一张脸她都熟悉。每一张脸都像她的阿娘和阿耶。她想每个人都是那恶婆娘和那懦夫杀死的。这时血腥气越发浓烈，延田跌的歌声更响了。尸身越来越多，堆叠了起来，但是从汉人渐渐换成了胡人。几乎都是些猎人装束的胡人。这些人的脸血肉模糊，被摔得稀烂。足有数百具。玉机的嘴角轻轻撇了撇。她听见身后的萧萧捂住嘴急促地呼吸着，伸手抚了抚她的背。本已颠簸不已的车厢因为这些尸体晃动更大，玉机不时瞟向后窗。

尸身渐少时歌声也停了，落日已然没入群山后。车头传来延田跌带着笑的声音："那利居然会以为这些龙族猎人能帮他封住这条要隘。这些乌合之众怎会是柘羯雇佣军的对手？人老了真是可笑。"他像自言自语，但说的是汉话。

玉机对着窗外大声道："我的王，让你的马儿跑得更快些吧，天很快要黑了。"

"你在急什么，我的美人，天还亮着呢，"延田跌笑着答道,"你在中原何时见过这般美景?"

这时那条可怖的尸路转过了弯,眼前的崖面矮了下来,像小丘。起伏的山丘红一层黄一层绿一层褐一层,崖面褶皱像五色水流翻滚向前,鲜亮如龟兹女子的衣袍,在橘色晚霞下显得诡谲壮美。玉机看了一会儿,又大声道:"我的王,那利和'凤凰'已经潜出王城半日了,如果'凤凰'抢在我们前头,那么安西军恐怕会进军王城,将大不利于我的王啊。"

"我当然记得,我的美人,那是你的鸽子告诉你的,但我更担心的是那利,"延田跌沉下了嗓音,"他的龙族猎人是些废物,但他仍然是只毒蝎子。他把那小傻子掳走了。"

"从吐蕃人手里掳走了?"玉机瞪大了眼睛,"我的王,从何处得来的消息?"

"从我的鸽子那里,我的美人,我也有些鸽子,"从前头飘来的嗓音掠过一丝笑意,"是的,从吐蕃人那里,或者说,从你的老相识智弘和尚那里,掳走了这个宝贝。"

玉机与萧萧互相凝视着对方。"或许我们该放个鸽子给乌质勒。"萧萧用几乎轻不可闻的嗓音道。玉机摇了摇头。这时她们听见前头的延田跌又道:"我的美人们,这才是我匆匆出城的原因。我不担心你们的'凤凰',此刻羯龙的狼崽子已经进了山堡,今晚那座山上的血就会流入草湖。我只是对那个和尚很失望,他和我说话的样子,就好像自己是个神。现在想来真是好笑,哈哈哈,"这时,他好似随意地问道,"我的美人,那些突厥人到哪儿了呢?你帮我看着乌质勒了么?"

玉机的黑眼眸迅速转了两转,对着窗外大声道:"不必担心这些突厥人,我的王,乌质勒的狼帐还在天山间的星星草原上。我听说吐蕃人已经警告过他们了,这足以使乌质勒缩回爪子。我想他的眼睛盯在了西边,他在天山待不久。况且,'苍鹰'的大军此刻就在天山北缘,在他后面撑着,他可不敢多留。"

延田跌许久未作声,长叹了一口气,又道:"我的美人啊。你们唐人在五年前赶走了突厥人,现在草原空了,但迟早有一天,会有新的可汗鸣镝射过天山。我们这些绿洲小王,望着连绵的雪山,总会不自觉地瑟瑟发抖,那是羊群听到狼嚎时产生的古老恐惧啊。所以我们总是需要一个强有力的保护人。"

"我的王,你心里很清楚,吐蕃蛮子不可靠,况且他们在大漠的另一边,"玉机迅速接道,"新的大唐将足以保证龟兹的安全,届时我们的军堡将遍布草原和大漠。"

延田跌大笑了数声,却不再说话。西边残阳的血色正慢慢隐去,不觉间天色暗了许多,眼前却渐渐开阔起来。五色斑斓的崖面又恢复成单调的黄褐色,但土坡下的平地开始泛出绿意,不一会儿便连成了一片草地。马车走在了草地中央平整的驿道上。土坡迅速向后退,草地很快连成了一大片,略略泛出水光,像沼泽地。入夜前的空气湿润了许多。玉机知道是草湖快到了,那么草泽馆也在眼前了吧。几只飞鸟掠向了草地深处,那里有粼粼的微光,但已笼在昏暗中。她还听到了水声,但望不见河,只能见着几个草甸子。四五匹马围着吃草,马背上微微泛光。偌大的草地不见一个人。她把头伸出窗外,看见了一列黑黢黢的山峦横在前方。山并不高,连绵向西北延伸。她眯了眯眼,看见离得最近的几座山头上,隐隐现出方形的城墙。是方形唐人军堡。她盯着那山头看了很久,直到大山的棱线在渐渐合拢起来的夜幕中变得模糊不清。山南凸出的崖壁上,隐隐有望台和角楼的轮廓,她知道在山北一定更多。这时马车开始上坡,就要进入据史德山堡的外城了。她的心开始重跳起来,看着眼前一个高耸的塔楼和山上层层军堡的暗影越来越近,却没有透出一点儿火光。

沙下古城·黑祭台
行像节后第二日·未时

骑行三百步后，杜巨源终于隐隐看见了两排黄金铸成的"生命树"的尽头。一座巨大的阶梯在明暗变幻的蓝光中若隐若现。阶梯长得看不见两边，梯级通向同样望不到头的高处。但杜巨源此刻已经平静了许多，仿佛已经适应了这片异乎寻常的世界。他想这一片沙世界，即是释家所说的三千大千世界之一吧。他拍着骆驼又走近了几步时，终于确定那无边的阶梯也是沙子堆成的，而且是座圆形的沙梯。只是每一级阶梯的曲线极长，好像没有尽头，好像拉成了一条直线。他觉得这沙梯和这沙底古城里的所有遗存一样，都是被无穷无尽的时间之手打磨出来的，皆是那般可怕，但又有股摄人心魄的吸引力。无论如何，该是到了这沙底古城的出口了。于是他回头看了看米娜。

米娜静静地躺在他身后，抱着这头雄健的骆驼上另一头高耸的驼峰，垂着头像已经睡着了。现在他一个人了，要靠自己把米娜带出去了。他又看了一会儿眼前的沙梯，像一座巨大无朋的沙丘。"走上去，走到头，就该回到沙漠了吧。"杜巨源仰着头，喃喃自语。

"还要走过祭石。"身后传来米娜的嗓音，是汉话。杜巨源猛地转身，看见她的女人仍紧抱驼峰趴着，好像未醒转，她的声音像从梦里发出的："每月十三日，太阳升至天顶之时，国王都会带领国中平民祭神。在古城最中央，他们用沙子堆成了十三道台阶。那古国的国人由高至低分十三等级,按高低站在这十三级沙阶上。最高层一圈台阶站着国王和他的王族。但有人比国王站的还高,那就是巫师。巫师站在祭台边。祭台是一整块透明的长石,方形的,从沙漠的河道底部整块挖出。深青色,接近黑色。台阶上的所有人连同国王皆穿戴着最盛大华贵的衣饰,一动不动,不声不响地看着巫师在祭台上行事。"

杜巨源看着米娜,不敢惊醒她,只是轻轻握起了她的手。她的手很冷。不祥的预感掠过他心头。他想着米娜的话,又抬眼看向眼前巨大的沙阶。这么高的沙阶只有十三级么?

但他总也望不见那最高处。四周蓝色水雾越来越迷离。半晌,他忍不住低声问道:"巫师在祭台边做什么?"

"沟通天神。巫师能和神沟通,所以他必须站在最高处。"米娜慢慢道,只有她会说这般飘渺的汉话。但此刻杜巨源听来,觉得她的嗓音有些发颤,好像在害怕什么,好像那嗓音受了伤,变得越来越脆弱。

杜巨源看着米娜,隐隐觉得他问的事情或许正在伤害米娜,他决定不再追问下去,反正走上去他就能看见一切了。但这时米娜却自行说了下去。

"那日,到了时候,祭台上会躺着一个人。一个活人,但喝了麻药,不能动弹。他是奴隶、罪犯或者战俘。那巫师会用一把石刀切开那人的胸膛,将还在跳动的心脏挖出来。很快那血会将透明的祭石染红,阳光透过石头,深青、血红与金黄混合成一种奇异的光,打在沙阶上的人们身上。那些人认为那是神光。这时血腥气会招来沙漠上的秃鹰。巫师会捧着那颗心脏,又唱又跳,等着那鹰将心脏叼走。鹰只会叼走心脏,不会碰那具鲜血淋漓的尸体。于是祭礼就完成了。但有时候，飞过来叼走心脏是只乌鸦。这就是噩兆。为了让国中之人免于凶事，巫师必须向天神请罪。下一回躺在祭坛上的人，便会是那个巫师。"

米娜的声音这时好像不是从梦里，而是从久远的时间深处传来，嗓音越来越沙哑，直到最后带着"沙沙"声，令杜巨源不忍卒听。他觉得有些反胃，捂着肚子，压下呕吐的冲动。米娜的手更冷了，像冰。他觉得他的女人已经被耗尽了，脆弱得到了崩溃的边缘。他用力握紧她的手，好像他的手是她与这世间唯一的最后的连接。

这时他身下的骆驼走到了沙阶的边缘。两侧的黄金树越发稀少，也越发高大，精美绝伦又扭曲诡异的层层枝桠下每具尸体皆像裹着黄金尸衣的巨人尸身。有几回，杜巨源的眼角感觉有庞然大物在动，他惊转过身时，却看不见一丝动静。他有种走在梦里的感觉，但是是在别人的梦里，因为周围的一切他感觉是如此真切。

这时他感觉米娜的手忽然一动。他转过头，看见米娜抬起了头，她的瞳孔在蓝光中是血红色的，双眼布满了血丝，样子恐怖。他瞪着米娜，觉得自己快抓不住她了。他闭上眼，开始了默诵祷词。这是他刚刚想起的祷词，是许多年前，海上风暴快来时米娜教他的。伴着颤跳着的琉璃球默诵悼词，便能躲过灾祸。内心深处他想米娜真的着了魔，被什么附了身。他感觉到胸口的琉璃球开始颤抖。重复着祷词的时候他想如果这是谁的噩梦，那他就快醒来吧。

他闻到了一丝血腥味，极淡但极真实。胸口处在发凉，他颤着手探入衣襟。琉璃球一团血红，上面布满了红丝，好像米娜的眸子。米娜开始尖叫。叫声既极尖厉又极沙哑。杜巨源缩回手捂住了耳朵，看着她从驼峰上滚落下去。他不顾一切地扑下沙地，扑向米娜，但见米娜跪伏在沙中，双手握拳，浑身颤抖，向着他背后的沙阶念诵着什么。他转过身，看见自那沙阶顶部，现在他能看见的沙阶顶部，慢慢渗下了一片红光。红光和那蓝光混成一片，在流转中渐渐吞噬了蓝光，不断变得更黑更浓，直至底层的沙地，洇成一片猩红。这时米娜开始喘息，好像一个被扼住咽喉的喘息声，杜巨源隐约又听见米娜梦呓般的声音：

"很快那血会将透明的祭石染红。阳光透过石头，深青、血红与金黄混合成一种奇异的光，打在沙阶上的人们身上。那些人认为那是神光……"

这时杜巨源什么也听不见了。他"啊"地大声喊叫起来。有个人披着暗红的光正自高处踏下沙阶，踏脚的方式很奇怪，好像带着某种韵律，好像在沙阶上踏舞，但又走得极慢，像在完成某种仪式。那人戴着黑色宽檐圆帽，顶饰骷髅，上插孔雀翎，右手持金杯，高举过顶。那人左手一柄金刚橛，金刚橛的长柄顶端仿佛一个骷髅，骷髅眼窝子穿着五色绸缎面，垂于柄下。

杜巨源的叫喊声更响了，这时他被人用力一拉，像个傻子一样被人拖至骆驼中间。两头骆驼已经蹲下，背对背，组成了两道墙。身边的米娜的脸色白得可怕，她的手冷得可怕，双眼红得更可怕。她喘得像个快要窒息的女人，但此刻把他护在了远离沙阶的那一侧。

他丧了气,他原本已经鼓足了勇气,原本已经想要担负起他的女人和他自己的命运。未料灾祸将来时又一次是米娜护住了自己。他的双眼呆呆地看着他的女人,忽然看见米娜那一侧的黄金树上,四具金衣古尸在动。一开始动得很慢,慢慢地转头旋腰,慢慢地抬起手脚,又落下,循着某种诡异的韵律,与那个快要踏下沙阶的黑帽人的模样极似。片刻工夫,悬着的古尸动静大了起来,像四个鬼俑在整齐地踏舞,带得古树也晃动起来。舞动着的古尸摇摇欲坠。

米娜拉着杜巨源的手抖个不停,冰冷的手指抠入了杜巨源肩头。四具古尸"通通通通"几乎同时坠落在沙地上,古尸面上的面罩震落在地。光雾成了惨绿色,面具下的脸是惨白色的骷髅脸,缓缓向骆驼逼了过来。杜巨源此刻连喊叫声也发不出了。身后的米娜又用力将他扯向另一侧,但他看见另一边的金树上也已坠下了四具古尸,正在慢慢站直身躯。他张大嘴看着古尸面具下现出的猩红色的骷髅头颅,像在白骨上涂了一层鲜血。红骷髅慢慢向他走来时,他忽然发现这骷髅头也是面具。骷髅下隐约现出了人的面皮。

他瞪大了眼,眼前却恍惚起来。那是张什么样的面皮啊。恍惚中他看到了四个吏卒,拽着乌黑的铁锁链,在拖着父亲走。他死命地拽着父亲的袍角,一个吏卒回过头来狠狠踩向他的手指。他好像要将五脏六腑都哭出腔子,他看见父亲在拼命扭头看向自己,但被木枷子紧紧夹住的脖颈始终没有转过来。一种深邃的绝望,由骨髓透入脏腑。现在他知道了,令他绝望的,不仅是父亲渐远的身影,还有那些吏卒狞恶凶狠的脸。此刻他看着两边舞动着慢慢逼近的骷髅脸,忽然想到了这也是当年的那些脸，忽然想到了他们的相似处，就是这恐怖的面具和狰狞的面皮下，空无一物。恍惚失神间，他没听清米娜的高喊。"火珠子！"米娜转过头，抓住他的手腕子，使劲摇晃着，大声重复着，"火珠子！你这头怯懦的蠢驴子！"他看着米娜的面皮在扭曲，双瞳投射火红色的厉光。他缓过了神。火珠子就在手里，发出和米娜眸子一样的火红色的光，抖得他快捏不住了。

将珠子递给米娜后，他抱着头蹲在沙地上，像要钻入沙地下。他想，也许这样便能躲开那些正在狂舞的骷髅，躲开这场噩梦。他想，自己不正是一头怯懦的蠢驴子么？这时他听见头顶上又响起了米娜的嗓音。米娜像在高唱，又像高声吟诵，那声音升上穹顶，又自顶上回旋飘落。他猛地想起方才在沙地上就听过一模一样的吟诵声。但听着这高高的诵声，不知为何他平静些了，他抬起头，看见眼前的沙地被红光覆盖了，米娜、骆驼和自己已经笼罩在一团透明的红光中。光由米娜掌心中的琉璃球散发出。那透明的圆球此刻看上去像一团火。

米娜的吟声高低起伏，周围的红光在慢慢旋转扩散，八个骷髅已在两头骆驼外围成一个圆，但怪异的步子慢了下来，好像害怕那红光。火红色的光芒在旋转，包裹着他们。杜巨源觉得晕眩，便抱住头又蹲了下去，忽然看见脚下的沙地平滑如镜，好像被红光照得透明，照出了下头埋着的什么。杜巨源盯着那沙面看了半日，忽然发了狂一般地用双手向外刨着沙子。米娜歌声停下来，瞪大眼看着他，道："傻驴子，你在做什么？"他不理，拼命地刨着。红光这时暗淡下来，米娜张开口，却再发不了声。骷髅面具后响起"伊呀嘛啦"四声的声响,沉闷单调,一遍一遍重复着,令人头皮发麻。八个骷髅围起的圈子仍在旋转,像醉酒的疯子那般扭腰蹦跳,向着三头骆驼一点点逼近。两头骆驼的脖子仰着,喉咙里发着"咕噜噜"的兽鸣。米娜越来越绝望地看着杜巨源挖个不停,双眼遽然瞪大了。

被刨出的沙坑中露出了一个鼻尖,随后是双颊、双眼、嘴唇、脖颈,然后是另一个人的双颊和双眼,片刻工夫,沙地上便露出了五六个人的脸。杜巨源停了手,看着这五六张已蒙上死亡的青灰却仍未瞑目的脸。每张脸他都记得。一张神情紧张的赌徒的脸,两张形容憔悴黑眼圈浓重的少年的脸,一张面颊上疤痕狰狞的壮汉的脸,一张张着嘴仿佛正在唱歌的女人的脸,一张眼神不再清澈的小孩的脸。杜巨源愣愣地看着这些脸。八个骷髅古尸更疯狂地踏舞起来。

这时头顶响起"啊——啊——"两声。一群乌鸦自身后飞来,眨眼间掠至红光上方。杜巨源看见那些乌鸦眼中闪出冰冷的光,盘旋片刻,低头俯冲下来,扑向沙坑中的尸首。杜巨源本能地摸向左手手腕下。

红光漫上了那些乌鸦的眼,乌鸦惨厉地"啊啊"叫着,扑打着翅膀急遽后退,在空中回旋了四五圈,掉头俯冲向骆驼边,冲向那些骷髅脸。米娜的双眼发出了疯狂的光,像真的着了魔。她的高咏声嘶哑起来。红光迅速地向外扩散。三只乌鸦疯了一般啄入白色骷髅深凹下的眼窝。骷髅内响起了惨叫声,听着像人声。森白或血红的骷髅头面具在乌鸦的尖喙下不断落地。

四个"白骷髅黄金尸身"倒在了沙地上时,他们的脸被金手指紧捂着，暗红色的血从指缝涌出。他们不住地惨叫着在沙上翻滚。红骷髅下的是四张女人的脸。黑红色的面庞，令杜巨源立刻想起他见过的那些吐蕃女人。但是眼前的四个女人眸子中没有半分神采，漆黑像深夜，像被抽去了灵魂，像那些用来献祭的女俑。

她们从喇叭状的极长的耳环中拔出了金刚橛。她们的动作并不太快，但利落有效。四棱橛尖在半空中刺透了疯乌鸦的咽喉，暗红的血喷涌出来，立刻浸湿了漆黑的鸦羽。乌鸦落下来的时候四个吐蕃女人握着金刚橛扑向骆驼。随着米娜一声尖啸，两头骆驼同时立起。她抓住杜巨源的肩头，猛地一甩，杜巨源壮大的身躯像一个麻袋一样被扔上了驼峰间。是那头雄健的骆驼。米娜跨上另一头骆驼时，当先的吐蕃女子已经扑了上来。米娜扭转过身，高高托起耀目的火珠，裹着银闪闪的皮衣像个女神。那吐蕃女人的身形一顿，好像晃了眼。骆驼臀后的粗尾巴扬起，鞭子般抽在女人腰肋上。"啪！"那女人倒飞出去，口中喷着血。米娜身下的骆驼正要奋蹄狂奔，忽然痛嘶一声，后蹄子一蹬，硕大的臀部连同后驼峰向上猛地一拱。米娜被掀至半空，落下时紧紧抱住了骆驼的长脖颈。身子悬在颈下时，她看见四尺长的金刚橛深深刺入骆驼臀部。一条粗长的血线涌入沙地。骆驼摇摇晃晃像随时会倒。米娜背后一个吐蕃女人双手握着刚抽出散着骆驼血热气的金刚橛向她冲去。

这时一柄短箭划过越发暗淡的火红色光球，划过越来越浓重的血腥气，划过那些死神的面庞上空，扎入了那吐蕃女人的右眼。吐蕃女人倒下去的时候没有惨叫，只是喉咙中发出一连串怪声。骆驼向右侧缓缓倒下，杜巨源像猱猿一般伸出左手，握住了米娜的手腕子，再一收，米娜已经落至身后的驼峰上。他看见在空中米娜怔怔地看着自己。他发现自己已经喊出了口令，身下的骆驼狂奔出去，那速度带起了"呼呼"的风。回过头时，身后两个吐蕃女人已变得很小。骆驼的四蹄踏上沙阶，踏入流溢在沙阶的血色光幕中。

沙阶松软，骆驼踏上三级后总会滑下两级。终于踏上第七级后，头顶忽然响起一阵惊恐至极的叫声。杜巨源看见一个漆黑的人影从沙梯之顶滑落下来。那黑帽咒师像只巨大的乌鸦浑身沾满了血，从顶部直直坠落。他看着那咒师黑色的身影直挺挺地落在那血色沙阶底部，许久未动。杜巨源这时才收起左腕。一阵阴森森的寒气掠过杜巨源头顶，愈是接近顶部，腥臭气愈是浓烈。压在胸口的不祥感越来越沉重。身后的米娜开始喃喃自语，声音极低但极可怕，是他听不明白的语言。他不敢回头看米娜的脸。这时他到了沙梯之顶。

他看见了一整块长石，透明的长石，猩红色。长石后，到了整个水晶穹顶的边界。原来这片水晶是青绿色的，布满无数棱面。极浓极暗的血光从透明的石头中漫出来，吞没了水晶的蓝绿光，仍在向圆形沙阶一点点扩散。祭石上躺着一个惨白赤裸的女人，胸膛被切开了。杜巨源看了一眼便瘫倒在地。

只一瞥，他认出了她是那个领头走在沙漠大道的蒙面女人。随即他想起了有关这个女人的一切。她是那个在西州底下巴扎舞马的不说话的女人，是那个在天山石圈内与他欢爱过的女人，是那个将他装入箱子带入龟兹又将他踢下驴车的女人。她是那个救了自己但他没有选的女人。此时她正静静躺在这块红石头上，一只手里紧紧攥着什么。他倒在地上干呕起来，但从口中流出的只有苦水,极涩的苦水。

这时沙阶下又响起了粗重的脚步声。米娜拼命扳他的肩头,但这惨烈的死亡像一座沙山压着他的脊背。脚步声踏上了沙阶,那两个吐蕃女杀手追上来了。米娜忽然大叫道:"她还活着!"杜巨源呆呆地看着米娜。米娜将他拉向祭台。杜巨源屏着呼吸,这时才可以细细看那具女尸。胸膛被切开处里头已经空了,全身的血仿佛也已流尽了。但他看见那双长的眼睛里,两颗眼珠子慢慢地转向自己。她左手上沾满了血的金刚橛同时慢慢抬了起来,指向自己。

米娜已经面如土色,但他没有一丝害怕。他从米娜手里取过琉璃球,这时球体中散出褐色的光芒,映上了这女尸的面庞,映入了她的双目中。那女尸的目中闪出了光彩,同样是褐色的光彩。她握着金刚橛的左手慢慢放下了。杜巨源蹲下身,看着那两颗好像在对他说话的眼眸,伸出右手,慢慢撸下了左手上那枚沾满了灰泥的翡翠戒指。他轻轻地握住了女尸冰冷苍白的左手,又慢慢地顺着她的无名指将戒指套了上去。女尸的眼中闪出了光,像水光。过了一会儿,那光终于暗淡下来,她的左手随之亦垂落在石面上。沙阶上的脚步声越来越近。米娜颤抖的手臂又拉上了杜巨源,但杜巨源这回没有动,他盯着女尸的左手。左手上,唯独那根戴着戒指的无名指的指尖,兀自翘着,指着石台另一侧,靠着水晶穹顶的另一侧。他抬眼望过去。有一道缝隙,就在石祭台与水晶穹顶之间,可见的有两三寸宽,更多的空隙挡在石台后。

米娜蹿了过去,双手十指抠入缝隙扳起来。杜巨源跨向另一头。"嘶嘶嘶",那石头向外移出了五六尺,粼粼的波光透了出来。石祭台恰好遮挡住了这道半人宽、双肩高的裂隙。穹顶另一侧流着一条沙漠暗河，河面在水晶光下呈现出一种梦幻般的淡紫色。

两人对视了一眼。米娜看着他道："抱紧我的腰。"杜巨源箍住她细腰时，米娜抓着他的手，将已成褐色的琉璃球塞入他口中。

便在那两个吐蕃女人踏上沙阶顶端之时，米娜腰上挂着杜巨源，一纵身，从祭台边跃入缝隙。

"扑通！"

杜巨源在水中睁开了眼，本能地划着腿，很快适应了河下的潜流，他又与水融为了一体。是微咸的淡水，透过河面有暖昧的光在晃动，脚底下也并非彻底黑暗，但如深渊一般神秘莫测，与记忆中的海底很像。他没有一丝慌乱，只觉得宁静。河水在静静地流，流速让他觉得惬意，变幻的光与水色让他觉得惬意，米娜手脚划水的节奏让他觉得惬意，鲛皮在水下闪动粼粼的银光让他觉得惬意，屏住鼻息恍惚觉得自己是一条鱼亦让他觉得惬意。他觉得自己的气息变得很长，屏息的时限仿佛无穷无尽，过了很久他才发现自己竟然在通过口里含着的珠子呼吸。琉璃珠子是暖的，时而在颤动，极轻微，但杜巨源感觉得到，他觉得那珠子是活的，身周的水都是活的。他抱着米娜的细腰，觉得自己回到了很久很久以前，回到了他有记忆以前，回到了最初。他看见米娜修长的手脚在水面下划出的蓝绿色弧纹在他身周优美地扩散开，在暧昧的光影中宛如梦幻。他忽然希望便这般一直沉在这河面下，永远不再踏上岸。他睁着眼在水下睡了过去。他在梦中闻到了风中南海香树的气味，听见了

丝绸之路密码2：龟兹壁画迷宫 365

波斯胡人在甲板上拨响四根令人心里发颤的鲁特琴音，看见了暴风雨前压迫着整个大海的乌云。无数时光碎片纷涌在眼前，好像同时并现。杜巨源分不清先后，好像大明宫中的琉璃镜室，无数影像形象层叠互映。大明宫，大明宫……他在梦中极力搜索大明宫的记忆，只能看见闪着光的琉璃，一片片琉璃瓦铺在宫墙上，屋檐连成一片，像海浪……这时杜巨源听见有人说了一句话，那声音又轻又近，像耳语。他没听清，但感觉海浪一般的宫殿飞檐在向后退去，渐渐模糊。恍惚中远去的宫殿变为了一张人脸的轮廓。人脸在晃动，随后又是两声叫唤，仿佛在吼叫：

"杜巨源！杜巨源！"

粗重的嗓音震动着耳鼓，他霎时惊醒，撑开了双眼。

灼人的日光直射下来，他两眼一花，闭上眼时仍一阵阵胀痛。但他仍看见了日光下的阴影中，一张刻满了皱纹的褐色面庞，听见他带着笑，用西域老人特有的汉话道："欢迎你，远道的客人。神山堡到了。"

拨换草泽馆
行像节后第二夜·戌时至亥时

驶入那道半圆的护墙前,延田跌已看出这座至关重要的山脚军驿是据史德山堡的瓮城。他吸了口气,大唐西北最精锐的安西军便驻守在此。神山道由此南下,经欣衡、连衡、谋常三大军驿,伸向大漠最深处的神山堡。他撇了撇嘴,那是唐人控扼龟兹、于阗,控扼西域的一条大血脉啊。

驶入护墙的拱门时,他抬头看了看那些棱堡角上的箭楼,像山中的猎人在暗中盯向猎物的影子。现在他看见护墙后的那座高塔了。在更早的时候,唐人还未踏足此地的时候,他知道这片山中的九座军堡原本是九座佛寺,是在数百年前的佛寺遗址上建起的。龟兹语"据史德",在龟兹语中便是九座佛寺。他想拨换城北的这片山堡群也卡在了突厥人南下天山的缝隙上,但是他现在要把它们变回九座佛寺,九座能拒敌于天山以北的佛寺堡垒。这是我的九位门神啊。龟兹人将不再受制于野蛮的突厥强盗了,还有那些狂妄的唐人,甚至,包括那些更野蛮的吐蕃人……

马车自行停了下来,停在了后院子里。他知道阿史那氏常常在深夜坐着这辆马车去找那只"凤凰",这几匹马来过这里许多次了,它们已很熟悉后院。此刻前后院子未见一个人,也不可能有一个人。到此刻为止,他的计划几乎没有一丝纰漏。除了那两条漏网之鱼,那利和"凤凰"。他皱了皱眉,慢慢从车座下地。自从进入前院后,他的神情便凝肃起来。车厢内的两个女人也不再发出丝毫动静。马拉着车走入后院最深处的马厩。

走回前院时,延田跌的目光不时地瞥向挨着墙根堆叠的七八堆草垛子。每一堆都高出了墙顶,每一堆边上都靠着一个木梯子。靠近院门的地方,有个木板搭成的狗窝子。没有听见一声犬吠。他微微一笑,已绕至前院。两个女人已经跟了过来,脚步声几乎听不见。整个草泽驿静得像墓穴,看不见一点儿火光,听不见鸡犬之声。只有护墙外不时地"呜呜"地响起一阵风声。

延田跌行至驿楼下。驿楼是覆斗状的方形佛塔,底大顶小,借着微弱的月光,他看见塔基石壁上残存着的佛龛,和一道逐渐向上收窄的石阶。石阶通向二层驿馆正门。玉机和萧萧这时越过了他,在他身前停步。两个女人一只手托着羯鼓,另一只手握着鼓槌,伸向他。他没有马上接过,只是盯了玉机片刻。这个女人的目光闪得很快,她有些心神不宁啊,他想起玉机从车厢走下来时,绕到车厢后站了一会儿。他笑了笑,接过了鼓槌。手腕子连抖三下,"咚、咚咚",鼓点干脆利落,不轻不重,但足以传遍这个驿馆的每个角落。片刻后,塔楼第二层的拱窗上透出了光。窗内传回三声鼓点,"咚、咚咚",滞重得多。延田跌将鼓槌递回,眯了眼。塔内传来一阵"吱吱呀呀"声,有人在下木梯。随后,正门半开的门缝亮了。一个人侧身闪出,向前一蹿,"噌噌噌噌"地下了阶。手上的火炬照亮脸上外翻的兔唇,是羯龙。他看了眼延田跌身侧两个汉女,右手扶肩单腿跪伏下来。

"你的人呢?"延田跌用突厥语道。他嗓音一反常态,变得像突厥人般短促而低沉。

"藏好了。"羯龙以突厥语回道,又看了看那两个汉女。他的嗓音比往常更喑哑。

"你在这里留了几个人?"

"三十个,都是最好的柘羯。"

"其余的人呢?"

"山上藏了。"

"这里的唐人呢?"

"半个人没有。"

"山上呢?"

"也没有。"

"他们人在哪儿?"

"山下,北麓的山下,开阔的河谷地上军帐子连了几十里,"羯龙顿了顿,又道,"我的王,你猜得一点儿未错。"

延田跌看了看玉机,笑了。这个清丽脱俗的汉女,她的黑眸子在火光下亮得像明珠。但这时他皱了皱眉,道:"即便是'苍鹰'的军令,他们也该在山上山下留些人守望。"他换了汉话。

"或许是走得急,"玉机看着延田跌道,"河西很快要起事了,必须迅速调走安西军。疏勒那边正好有借口。"

延田跌点点头,但仍然皱着眉,低头片刻,又以突厥话问道:"搜过这座塔楼么,储存室里有水食么?"

"哪里都有麦饼,我的王,不仅在储存室。几乎在所有的屋子里都有。还有馕和酒水。看来他们真是走得急。"

"进来的时候山上山下全是黑的?"

"是。"

"你们燃了火么?"

"燃了,因为太黑了,"羯龙迟疑了片刻,道,"但我们迅速熄灭了。"

"进院子狗没有叫唤?"

"没听见狗叫。"

延田趺吸了口气,道:"你们啥时到的?"

"天色刚要黑下来的时候,约一个时辰前。"

"一个时辰里,山上山下,还有湖边,一个唐人都没进来?"

"一点儿动静都没有。"

一时间,塔楼下只听得见四个人的呼吸声。火光在延田趺脸上乱晃,他的脸像冻成了冰,猛然间,他大喝一声:"快走!"

喝声未落,他已向后院的马厩奔了过去。只奔出两步,"邦邦邦",一阵急响猝起,延田趺像被踩住了尾巴的猫,猛地顿住身形。他愣愣地看着塔楼上所有的石窗子几乎同时亮起。每个暗角都亮了起来。随着草垛子"哗哗"塌下,二三十条大汉变戏法般从墙根蹿出,手里的刀刃或矛尖反着黄光。他听见羯龙像狼那样嚎了一声,抽出佩剑蹿至自己身前。这时塔楼下的四方台阶"格格格"地响了起来。他转向那里,看着,等着最下方的两格石阶被人从里面满满推出。那里现出一个四尺长两尺宽的长方空洞。背着长弓的擐甲士卒自洞中鱼跃而出,极矫捷,晃眼间占住了前院四角、护墙正门和台阶前。他数了数,共六十四个汉卒。打头的两个人手里的火把晃着他的眼。身后草垛子里出来的人也点亮了火把。他不用仔细搜寻也知道高玉机和萧萧不见了。他在心里冷笑了一声。他看着对着他的十几支箭镞，看着护在身前的羯龙不住发抖的肩膀，觉得自己的心跳还算平稳。

"是他！"草垛子那头有人低喝了一声。延田跌扭过头，火光下那人憔悴的脸上沾满草渣子，但没掩住一股略带忧愁的秀气。这张脸不像士卒，倒像个女子。延田跌嘴角微微一翘，他认出了这张脸。"现在你们相信了么？"那人嗓音也又细又柔，但此刻是冰冷的，"这个贼子自投罗网！"

"你就是白延田跌？"开口的人从石阶那头慢慢走近。身后跟着四个绷紧了弓弦的箭手。那人的汉话短促，嗓音深沉，带着卷音，不待看清他的轮廓，延田跌已经听出他是个突厥人。

"站在你面前的，便是龟兹的新王。"延田跌站得笔直，略抬了抬下巴。来人在五步外停下，现在他看清了一双俊美的蓝眼睛，眼光中有股藏不住的不羁之色，他的两片薄嘴唇冷冷掠起，"你杀了龟兹王、王太后和安西大都护，就是龟兹的王了？"

延田跌没说话，只是对着他微笑。

"你来这里，是来宣布你的王命么？带了三十个柘羯猪？我听龟兹人说，你是个傻子，要不就是个疯子，看来那些人没说错，"那个突厥人嗓音变得低哑，"我只痛心杨将军一世英雄，怎的就死在你这个傻子手里？"

更多的火光照在延田跌脸上，他身前身后低低的咒骂声响成了一片。弓弦慢慢拉紧的声音在草垛边不住响起。延田跌仍然站得很稳，不作声，半睁了眼看着面前的人。

"杀了他为杨将军报仇！"草垛子那边那年轻军士切齿道。话音方落，"杀了他，杀了他……"，吼声由低渐高，由墙边草垛子渐传至石阶处，直至百来人齐声高呼。人群骚动起来，延田跌看见羯龙的颤抖由背脊传至两臂，佩剑好像快拿不住了。他方要开口，一声断喝在塔楼阶下猝然炸响："噤声！"

震耳的呼喊一瞬间止歇下来。延田跌的目光越过那突厥人，看见发声那人已执火立于众人身前。火光中的脸英气逼人，与方才说话的秀气汉人年龄相仿，面容却硬朗了许多。他向前走了几步，锐利的目光却射向草垛子那边，口气生冷道："即便杨将军真是遭了此人的毒手，也该缚送长安交有司裁夺，怎可擅杀？！"

无人作声。前院内众汉卒像刚蹿起的火苗一时被压了下去。静了片刻，草垛子那头爆出一串长笑。"哈哈哈哈哈……"那个细嗓音大笑道，"你等还要让那个婆娘裁夺什么？"他陡然变了副声气，仿佛挟着极深的怨愤，一字一字道，"不如西征疏勒前，先南下平定安西叛乱，尽诛龟兹凶徒，功成后解甲归乡，再不为那婆娘送死。"

人群中起了一阵骚动。发令的年轻军头目光如炬，瞪向了那人，厉声喝道："萧筠，你是在煽动军变！"

"我只是说出了兄弟们的心里话！"萧筠嗓音有些发哑，"杨将军之死，必与那婆娘有关。方才苏海政将军的信使，捎过来的是那婆娘的密谕。她令苏海政将军兼领安西军！这婆娘人在长安大明宫，如何得知杨将军出事？我们这些人还被蒙在鼓里！"

墙根边响起一阵嘈嘈切切的私语声。骚动更大了。萧筠身后一个身着驿将服制的人此时忽然道："杨将军不在这几日，军中流言四起，如今看来并非谣传！安西的将士们被按在这大漠边上将近十年了。苏定方老将军西征贺鲁,大战之地只隔了天山,只不调安西军!我等不得立功便罢了,莫非还要老死在这荒漠野岭?我听说那婆娘信不过杨将军,如今他出事,无论与那婆娘有何干系,只要她主事长安一天,我等既不能行军立功,又不得回乡省亲!兄弟们,我从萧长史!"

"我从萧长史!""我从萧长史!""我也从!""我从!"……一时间,从草垛子至台阶边,呼喝声此起彼伏,越来越响,越来越频密。火光下那发令的年轻将官脸色阴沉下来,他疾行几步,手握马鞭直直指着萧筠,大声喝道:"萧筠,你自方才便开始鼓动士卒抗命,你是何居心?"

"是何居心?"萧筠嘿嘿冷笑了一声,"郭待封,我九死一生逃出伊逻卢城,只存了一个念头,为杨将军报仇!"

此时,始终静立着已有些像个局外人的延田跌忽然笑了,他缓缓道:"这倒巧了,我来这里,也是欲为杨将军报仇。"他的汉话不疾不徐,声调中带着种西域贵族的优雅。

十数把火炬的光同时映上他的面颊,他的脸上好像也在发光。片刻后,有人沉声道:"你说什么?"延田跌抬手遮光,眯眼看过去。开口说话的是那突厥将官,正手执火把对着延田跌的眼睛。

"杀了他,这条毒蛇要咬人了!"萧筠嘶声低吼,嗓音变得可怕。"哐啷啷"一阵金属褡裢急响过后,他身后的驿将领着四五个人已向白延田跌冲了过来。

"谁敢动!兵变处置!"那突厥人暴喝一声,那几个人的脚步瞬间顿住,好像生生钉在地上。突厥人转向他,很慢地重复道:"你方才说什么?"

"谋害杨将军的确实是一条毒蛇，这条毒蛇就藏在你们安西军中，藏得很深，就在杨将军身边，而且，"他顿了一顿，又道，"此刻就在这院子里，就在我们中间。"

没有人说话，只有火把在风中"噼里啪啦"作响和粗重的喘息声。延田跌还听到草垛子那边有人悄悄拉紧了弓弦，羯龙颤抖着又退了两步，已经湿透的背脊快贴上他的菱格外袍了。他在心里叹了一声，他想下棋的人一招不慎，让棋子制住，几乎便要出局了。随后他听见三步外的突厥人沉声道："说下去。"

延田跌没有说话，他抬手伸向自己胸口，慢慢解开衣襟处的暗扣。一片深蓝色绣了金花的菱格和另一片红菱格分开了。他的手探入了蓝菱格内，突厥人背后的三个人忽然蹿了上来，护在他身前，手持机弩对着他，机弩后头，一条漆枪的枪尖距离他胸口不足三尺，乌亮乌亮的。

延田跌从怀里慢慢掏出了一张纸。上等的桑皮纸，有年头了，展开时纸面上的斑痕、树皮纹理和密密麻麻的汉字在火光中忽明忽暗。延田跌的手指很稳定，他的嗓音更稳定，并不甚高，但足以令院中最远的人听得明白：

驿路虽在我手，杨胄之事，瞒不过三日。尔等动手宜速。胄之尸身，尔等妥为保存，三日后，吾将取胄尸、证人与证物回拨换，必要将杨胄之丧，归咎于长安。然后抬尸誓师，起兵应变。届时将如约来王城取粮草辎重，望已预备妥当。

青雀。凤凰。

读完，延田跌嘴角一勾，抬眼看看持矛的汉卒，随即转向汉卒身后的突厥将官，以及那突厥人宽阔肩后的郭待封和台阶边的一众士卒。一时连风声也暂歇下来，火光也静止住了。院落中的空气越来越沉重，自四面八方挤压过来。延田跌听见了一连串粗重急促的呼吸声，好像自那些草垛子边响起。

"你是从哪里拿到的这张纸？"不知过了多久，那突厥人先开了口，他嗓音很哑，说话像很费力。

"三日前，在耶婆瑟鸡寺的一间秘密佛窟内。佛窟内有根中心柱，中心柱里藏着一个秘密佛龛。佛龛内供着舍利盒的盒盖。盒盖子内藏着佛经，但这张纸压在盖子下。这个秘密佛窟是龟兹王家族私窟，这个佛龛的秘密只有被我宰了的阿史那氏知道。哦，对了，还有她的侍女，有时她会打发她的侍女去看看压在盒盖子下的纸。"延田跌笑着拍了拍羯龙的肩膀，好像对着一个新认识的朋友介绍自己的老朋友。

"拿来我看。"突厥将官的嗓音哑得几乎听不清了。

延田跌将写了字的一面翻向他。突厥人手里的火把微微颤动，火光下那些字仿佛在蹿跳。他脸部硬朗的线条有些扭曲，深蓝色的眸子仿佛喷出了火。

"认得出么？"延田跌冷淡道。

"郭参军！"突厥人回头大喝。郭待封早已跨至他身后，这时目光凑近，盯向了那张桑皮纸。只片刻工夫，他的脸"刷"地变白了。他上上下下读了三四回，方侧过脸看向突厥人，突厥人早就盯着他了。二人对望了一会儿，郭待封最后道："是他的字。"二人熊熊的目光同时射向草垛子那头。

那里有个人影动了，灵猫一般迅捷，转过身便蹿上了木梯子。就在他登上墙顶的一刻，突厥人甩出去的漆枪也到了。枪尖穿透了那人的右肩肩窝。他直直栽倒下去，墙后响起"嘭"的一声。墙后再不闻第二声响动。随即又是"夺"的一声，第二个想要上梯的人被钉在了墙面上。漆枪贯穿了背心，手脚犹自抽搐不停。火光照出了墙壁上的人一身驿将服制。突厥人从一个汉卒手里抓过了第三支漆枪，猛虎一般向墙外冲去。众人"哗——"地都跟了出去，像一阵疾风卷出拱门。院子又暗了下来。只留着几个守着四角和门的军士，一会儿瞪着延田跌，一会儿又向门外张望。延田跌在院子里慢慢踱着步子，像主人在庭院闲逛，一只手背过身拉着羯龙的衣袖。羯龙的双脚已有些站不稳了。

延田跌慢慢踱至门口，两个壮实的军士用目光拦住了他。他听见墙外有人在说"他已经死了"。是个清亮的嗓音，汉话说得像先前那个突厥将官，短促利落。他没听过这嗓音。过了一会儿，郭待封生硬的嗓音响起："这个人是谁？眼生得很"。

"我的一个朋友，是阿达许。"那个突厥将官说话了，随后话音一转，"你怎么过来的？""跟着一辆马车。"突厥将官沉默片刻，道："郭参军，你去验一下。"有火光在墙头晃动。半晌，延田跌听见了郭待封的声音，"死了"。那嗓音很疲累，像拉船的纤夫喊出的最后一声号子。随后他又听见了那突厥人的嗓音："你手里的刀子是他的？"

"是。他原想抹脖子，但是没熬到那时候。"那清亮的嗓音回答。

"你一直挂在墙头？"

"是。"

"都看到了?"

"看到了。"

"都听到了?"

"也听到了。"

"好得很,你可以帮我一个忙么?"

"我会处理这具尸体。"

"好得很。"突厥人的嗓音转向外圈的兵卒,"今天晚上,这院墙内外,你们看到的、听到的,没有!什么都没有!你们都是杨将军的亲卫。说出去一个字,立刻军法处置!"他的嗓音沉闷得可怕,"所有人把腿站直了!"墙头火光大亮,又一阵晃动,随后那突厥人又道,"我先去处置一件事,你稍后来塔顶寻我。"火光移向门口,越来越亮,不一会儿映出突厥人那张苍白的脸,他径直走向延田跌,身后跟着的郭待封脸拉得很长。士卒们慢慢拥入门,步子皆很沉。延田跌觉得那个嗓音清亮的突厥人不在这些士卒中。这时他听见那突厥将官对着他说:"你来这里,不是为了告诉我这个的吧?"他用火炬指了指那桑皮纸,那张纸还攥在延田跌手里。延田跌扬起手,将纸片伸入火中。"有人出卖了我,"延田跌看着那点燃被火点燃的纸片慢慢卷曲,化成灰烬,他说起了突厥话,"我确实想要这片山堡。但现在的情势,对你我,对我的龟兹和你的安西军都同样险恶。我想你很清楚,我们已经在一条船上了。我有些消息要告诉你。或许我们可以做个买卖。"

"什么消息,什么买卖?"突厥将官盯着延田跌的眼睛,用突厥话粗声道。他身后的郭待封扭头看向他。

"要换个地方,阿达许。"延田跌看了看四周,掠起嘴角笑了笑,他的髭须微微一翘。突厥人看了他一会儿,转向身后的郭待封。二人凑着头低声说了几句。"换个地方,可以。我们三个人,听你说。"说完,突厥人向院子里的军士挥了挥火把,转身向院后行去。

"四个人。"延田跌轻轻拉了拉羯龙的袖子。

突厥人扭头鄙夷地瞥了羯龙一眼,没说话。四个人向后院深处行去时延田跌再次转头看向护墙门口,恰好看见一个高大的人影正慢慢走过拱门,背上驮着的人肩头好像插着一支枪。

那人走过拱门,又走了数十步后,方将背上的人慢慢放下。

从山脚顺着坡道望下去,可以看见月光在草湖上泛出的点点银光。山脚下的风"呼呼"地响,卷起了那人的长发辫,也卷走了压在山峦上的黑云。月光更亮了,映出了萧笳秀气的脸。那张脸上已经是一片死灰。那人盘坐下来,打开背后的行囊,取出了一个细颈琉璃瓶。瓶中盛着黄褐色的液体。那人远远看着黑暗中草湖上泛出的光点,缓缓道:"萧笳,我们说几句吧。"

萧笳慢慢睁开了眼,双眼已无神,眼中的忧郁此刻仿佛被绝望吞噬,变成了一种令人不忍多看一眼的空洞。他身体其他地方已无法动弹,漆枪枪头扎入肩胛骨,断开锁骨透出。至少断了一根胫骨和两根肋骨。他的嘴唇青灰,但始终一声未吭。看见那人的脸时,他甚至强迫自己笑了笑,他张了张口,然后用胸腔里残存的气息道:"我记得你,你叫李天水。"

李天水没有说话。他掰开萧笳的嘴,将那琉璃瓶的液体灌进去一口。萧笳任他摆布,眼睛未眨一眨。放回琉璃瓶后,他从腰后取出一个皮酒囊,拔出木塞子。风中的酒香混着乳香。

他仍将目光投向那山下闪烁成一片的光点，对着囊子一口一口地喝。萧筠的胸口起伏数下，看着李天水宽阔的肩背，用微弱的气息出声道："你为何喂我喝药？"

李天水未作声，仍看着山下。良久，他缓缓道："方才我背你过来的时候，你在想什么？"顿了片刻，背后只有急促但虚弱的喘息声，他又道，"我猜，是江南吧。"

萧筠胸口急速起伏了几下，空洞的双眼里似乎有光闪过。李天水倒下一口，接着道："你比我幸运，你自小长在江南。我阿塔告诉我是中原人，我至今仍未踏足中原。他说我本该在长安城长大，他说那是座极大极美的城，城里什么都有。在冬天的一些晚上，我和阿塔窝在一片羊皮袄子里发抖时，我会想象长安的样子。走夜路迷了道，我躲进深林子里听着狼嗥等着天亮的时候，也会想象长安的样子。那时我还不会喝酒。"他又倒下一口，回过头看向萧筠，微笑着。萧筠的眸子一瞬不瞬地看着他，眼睛里好像有了什么，好像已经不那么空洞。

"知道我为什么救你么？因为你还想救安西军，因为你心里还有安西军。"李天水摆摆手，道，"你别开口，省口气。你原想利用王族内乱控制龟兹，作为安西军东进响应河西的根基。你失败后，'青雀'的计划变了。苏海政借了秘谕要将安西军向西边引。沿着漠北仓促行军数百里，军心不稳，前有吐蕃和西突厥残部这样的劲敌，在侧翼，突骑施部随时穿出天山谷道南下突袭。苏海政要毁了安西军啊。毁了安西军后，他手里的伊、沙诸军加上刚接收的漠北庭州军，加上西突厥降部，大唐的西北驻军大半归入'青雀'之手。代价就是安西军。你原本昨日便该出城，但你想要去救汉城里那近百个安西士卒。我知道你没骗我。逃出伊逻卢后,你原本可以向东走,顺着驿路,一直走回玉门关内。你在安西掌控驿路,这并非难事。你仍可以扮成个少女或少妇。你知道我早已认出你了,但你在那洞窟里飞刀子救了我,"李天水看着他咧嘴一笑,仰起脖子"咕咚咕咚"猛灌了两口,道,"你冒险回来了。你是想拼了命,再救一回安西军。"

"你说……说完了么?"萧筠看着他,气息微弱地道,"若是……若是说完了,借我把刀子。"

李天水笑笑,从靴子里摸出那把狼头柄匕首。他手指一转,刀身在五指间中极快翻转,跃动的银光好像开出一朵花。"啪!",寒光一凝,他两根手指夹住了刀子,转眼看着延田跌,道:"我还有一句话要问。"

"说……"

"为何你要谋害主官呢?杨将军对你不好么?"李天水在月光下看着那刀刃。

"好,好得很……咳咳咳,"萧筠像要大笑,却爆出一阵猛咳,"好得没把我当个男人……没把我当个……当个人……你知道……知道我怎么……怎么得到、得到杨胄的信用么……哈哈哈……"最后他终于笑了起来。

李天水不说话了。他在沙州听过一些传闻,一些军中的隐秘传闻。他把刀插了回去,一俯身,又背起了萧筠。他听见趴在箱子上的萧筠的嗓音有些颤抖,"你想……你想让我像……像一条野狗那样死么……像一条野狗那样……被许多野狗撕咬……"

李天水不作声,又背起了萧筠,自来时的坡道慢慢走回去。至护墙后,他绕着墙走,绕过大半个圆墙,他在墙外听见了"呼噜噜"的低鸣。他知道那是从马喉咙里发出的声响。他靠向墙,伸出一只手,摸着墙缓行。在一条向上的山道下,他摸到的泥砖成了木板。是拼接的木板。他手指插入拼缝中,略略发力,一条木板被卸下,随后是另一条,声响轻得好像谁搓了搓手。他背着萧筠跨了进去。门板里便是马厩,驷马马车还停在那里,正对门板。有匹马抬头看了看他们,又开始低头吃草。周边不见一个人影,但车厢内有人声。木桩子边上拴着的马一匹也没少。他侧倚着墙,将嗓音压得极低:"这些马里头,有和你相处得不错的么?"

他听见萧筠笑了。"这里头……里头的马,都是……我从小照料到大……七……七年前,我就来了……来这里……当了驿将……"

李天水点点头,扫了一眼那几匹驿马。有一匹黑马的皮色在月光下发亮。他背着萧筠走过去。他解开拴住马嚼子的绳索,挂在马脖颈上,轻柔地抚着马首上乌黑的鬃毛。那马低了头,随后口鼻向他背后伸去。他俯下身,极轻极慢地将萧筠放上了马鞍,尽量不碰上萧筠的右半边身躯。半截枪身仍扎在萧筠肩窝子里,另半截已被李天水折断了。他将绳索一圈圈从鞍鞯和马镫间穿过,将萧筠腰腹双腿绑了结实。萧筠鼻子里不住哼哼。车厢里说话声变大了。在萧筠足踝处系紧最后一个死结后,李天水有节奏地轻轻拍打那马臀。那马开始在原地踢动四蹄,极轻捷,萧筠低声道:"你为何要这么做?"

李天水的目光从马身上挪开,移向他,看了很久,缓缓道:"我没有资格杀你,我没有资格决定任何人的生死。你也没资格。暴风雪、把麦子和羊群都冻死的严寒、薄薄的冰层、野兽出没的森林、天火、能卷走巨木的暗流、湿滑的悬崖、酒、衰老,这些能决定人的生死。但你我不能,里面那些人也不能。"他指了指那马车的车厢,他的嗓音极低,但神情极严肃。

萧筠看着他的表情很奇怪,好像听不明白,但理解,从他说话的语调,从每个字吐出来的方式,从他的神情里理解了什么。这时李天水又接着道:"这是匹好驿马。我让它向东走,它应该听懂了。它能帮得上忙,接下来的事,就看你的命运了。"他又取出了那个琉璃瓶,挂在了鞍鞯上,"你的手可以动。两个时辰,喝下一口,或许有用。"说罢,他转身牵着马掉头。山风"呼呼"地从两条木板被拆下来的方洞外穿入。他止了步子,低头对着马耳说了什么。那马的喉咙里滚出"咕噜噜、咕噜噜"的声响。他拍了拍马臀。那马驮着萧筠轻捷地一跃出墙,片刻工夫,便消失在洞后夜幕中。

这时他才靠着墙,慢慢蹲坐下来,不住地喘着粗气。好像刚刚做完了一件极重的活。他看着那马车车厢,觉得有些饿了,从背囊里取出半个馕饼,是他日间吃剩下的半个。他忽然想数数囊子里还剩下几个饼。三十九个。他记得要去的大夏是在葱岭另一头。他只知道这个地名。他想只怕无论如何也来不及了。但他知道自己还是会去赶这三十九日,用命去赶。

碎裂的馕饼以细密针线缝合,不一会儿便吃完了。他从嘴里吐出那细线,开始想一个人。随即觉得这个时候,最好还是先忘了她。他开始喝酒,一大口一大口地往喉咙里灌。直到皮囊子空了,他还在想她。他叹了口气,向马车走了过去,绕过车头,又行至车尾。车尾穿出了四根金杆子。他恰好可以双手拉紧上头两根，双脚踩牢下头两根，一路挂在车尾进入驿馆。他的手脚又酸麻起来，肋下的刀伤也在隐隐作痛。他想起了那时玉机看着他的眼神，那是进入龟兹后他们第一回四目相对啊。他们没有发出一丝声响，他们用眼睛说了许多话。他知道玉机已经进了那间黑屋子，她的一部分灵魂被吞噬了。但是，方才在马车后，是那个他原来认识的玉机在和他说话，用眼睛说话。他知道玉机还在附近，他要救出她。从这座危险的山堡，从那间关住她灵魂的小黑屋里，救出她。

他行至车厢后头，在车厢底部伸出的两根金杆子间停步，看着隔着车厢的那条绣满金花的挂毯。他想起玉机当时打开后窗时，这条挂毯慢慢卷上了上边两根金杆子的横轴。车厢后壁和他的身躯之间，便多了一个两肩宽的小隔间。玉机当时便是从这小隔间后看见了自己，隔间后才是真正的车厢后壁。

他俯下身，挂毯底部果然有一条缝隙。他右手的三根手指已经插了进去，发力一点点向上抬。挂毯慢慢抬起，几乎未发出一丝动静。他将挂毯缝隙抬高至头可探入，又四下望了望，一猫腰，身躯一挺便蹿入缝隙。

隔间黑得看不见五指。收入两条腿后他轻轻合上了挂毯，向另一头靠过去。方才他已经辨出了车厢内延田跌的嗓音，这人说汉话的调子自己绝不会听错。此刻这车厢里的这几个人说的话，或许关乎安西军、西域、大唐和成千上万的人的安危，他想。他背脊贴在车厢后壁，等着，等一个他觉得一定会来的机会。他想自己被命运摆布了这么久，终于要等来一个挑战命运的机会了。他的心"怦怦怦"地重跳起来。但隔间后，车厢里的人一时都不言语了。

丝绸之路密码2：龟兹壁画迷宫　　383

李天水这时才感觉到隔间有一股若有若无的暗香，在此刻渐渐浓烈起来。那异香令他头脑昏沉，他看向右侧的角落，一团漆黑中仿佛有两点光在闪。香气就是从那里弥散过来的。他右手探入马靴，屏住呼吸，缓缓摸了过去。就在他将将触及那一角的围幔时，"嚓"的一声，眼前忽然大亮。他两眼一花，立刻眯起了眼，身子本能地向后一缩，但瞬间僵住了。猩红色的石榴裙、淡蓝色的短襦衣、火红色的狐皮披肩、半抹白腻的酥胸和黄光中闪闪发亮的两点眸光，同时扑入眼帘。他的呼吸屏不住了，极浓重的香气猛然冲入鼻腔。他脑筋转不动了，只愣愣地看着持着一盏乌嘴银灯的玉机伸出另一只手，捏住了他握在手里的刀子，重又塞回他的靴子里。他这才发觉自己的手脚也已使不上力。

他被玉机推向那个角落时头脑里闪着一段段的意识残片，全是关于她的。他想起那时玉机用迷香刺杀苏海政，想起她在地下巴扎挑选香料。他没有倒在地上是因为一双手捧住了他的肩头，那双手温柔有力。他觉得她在看着自己，但她将他的脸推向暗处。过了一会儿，"呼"的一声，灯火熄灭了。隔间重又陷入黑暗。这时他听见隔间后又响起了人声。

"必须上山，你才能把那些粟特杂碎撤下来？"是那突厥将官低沉的嗓音。李天水记得他自称哥舒道元，哥舒部的哥舒道元。这时他发现自己的脑筋又能转了，明白玉机没有用那种让人变傻的迷香。但是手脚仍动弹不得。他转了转眼，漆黑一片。香气转淡，几乎闻不出了。玉机，玉机你在哪儿呢？

"这些人是我雇来的，听羯龙的号令。山上的人若看不见我们，绝不会下山。"延田跌缓缓道。

"你驾着这辆马车上山,就能寻着那些杂碎么?"

"我和羯龙会稳稳地坐在车座上,车座可以容纳两个人。二位将军可以坐在后头,用枪尖抵着我们的腰。但二位须在车后为我们燃起火把,让我的人能看见我的脸。他们的头领现身后,我把许诺的赏金交给他们,他们自然就会下山。"

他听着,但凝不住神,他又听见冰缝上的玉机在冲着自己大喊,喊的是什么?"腹部、吸气、呼气、放松……腹部,吸气、呼气……"

他按着玉机的话慢慢呼吸,真的渐渐放松下来。他感觉腹部越来越热,头脑清醒起来。说话声又响起。"你若是要搞什么鬼……"口气冷硬,是那参军郭待封。

"郭将军,"延田跌冷冷道,"你若是不相信一个国王说的话,也该相信自己和哥舒将军的枪尖。况且,羯龙现在连一个手指头也不能动。"

李天水咧咧嘴,三人说话间不时地传来的"唔唔唔"的声响,原来是羯龙发出的。他该是被绑得很死,连嘴也被堵上了。

"我说的条件,哥舒将军,你还未给我答复。"延田跌又开口道。

"我的手腕子只需向前送三四寸,你便连吃饭拉屎也不需要了,你和我谈条件?"郭待封冷冷地道。

"月亮偏西前,山上的那些柘羯屠夫如果没有等来我,他们会悄无声息地将山上九座堡里的人都杀了。都是些老弱吧?你们说的这些粟特杂碎,最擅长的便是杀人。其次便是放火,在把这九座山堡里能烧的都烧光前,他们会把能带走的都带走。

丝绸之路密码2:龟兹壁画迷宫 385

安西军紧急移驻山下，原本便易令人心浮动，这时看见山上的熊熊大火，军营会不会陷入一片惊惶混乱呢？即使安西军真如传闻中那般军纪严明，立刻分兵上山救火，据我所知，今夜突骑施的狼帐就扎在附近。看见'九个堡'起火，哥舒将军，你觉得这群狼会做些什么？而且你们的军营里，不但藏着你们皇后的军探子，还有不少将卒多年来受'青雀'势力的蛊惑。哥舒将军，郭将军，今夜，什么样的命运将迎候这支大唐最精锐的边军，你们敢想么？"延田跌缓缓道，甚至有些漫不经心。李天水的头皮一阵阵发紧。

"你再说一遍，你要的是什么？"过了一会儿，哥舒哑着嗓子问道。

"很简单，今夜哥舒将军控制局面后，以代领安西大都护的名义，发密信急报长安。便说龟兹之乱，乃是阿史那氏暗结西域'青雀'叛党，刺杀大都护杨胄，欲引突厥自立。此刻叛乱已为龟兹王弟白延田跌敉平。延田跌尊奉唐室，愿依旧法与都护府共治龟兹，乞求一纸册命。"

片刻后，李天水听见哥舒道："好。"

"很好。我听说哥舒突厥不会轻易说话，因为他们说过的话不会变。"

车厢内的沉默令李天水快透不过气。他也闻不出一丝暗香。这时，车厢上空扑棱棱一阵响，是只鸽子飞落车厢顶。

"是信鸽。"延田跌缓缓道。

"吱——"李天水听到什么绷紧的声音，像皮筋。"啪""呜嘤"。李天水叹了声，那只鸽子怕是活不了了。车厢头上的郭待封两三步蹿了下去，眨眼工夫又蹬了上来。

"飞鸽子传信,是给这车厢里头的人。"哥舒的语调有些讶异。

"只怕是'青雀'党控制的驿使。"郭待封冷冷地道。

"递给我看!"

郭待封未动,李天水听到了卷起的麻纸被展开的窸窣声。

"郭参军,递给我。"哥舒的嗓音变得阴沉起来。没有动静。过了一会儿,郭待封的嗓音慢慢响起。

"'乌质勒人人已至山北,他已经看见了山下连绵的营火。你若已鼓动安西军跟随于你,在山顶最高处点起三堆火。乌质勒大人占领山堡后,将履行他的承诺。'右下角盖着个狼头印泥,哥舒将军。"郭待封的嗓音平静得可怕。

"郭待封,你是什么意思?"哥舒的嗓音低哑得快听不清了。

李天水听着自己的呼吸和心跳。他觉得手脚微微能动弹了,他极缓慢地想要撑起身躯,但只坚持了片刻便滑倒在角落。所幸未发出丁点声响。他抬了头向在黑暗中搜寻那两点眸光,却一无所获。玉机,玉机你在哪里?这时他听见哥舒长长呼出一口气。"你的意思,我通敌?!"他的嗓音已有些颤抖。

李天水又听见皮筋绷紧的声音。郭待封缓缓道:"日间苏将军遣使带来手谕,令安西军随其西征,你却只令三军从山上移驻山北平地。现在我终于懂了。嘿嘿,移营平地,突骑施的狼崽子们骑着马过来突袭,方便得多了。"

"你是头蠢驴子!"哥舒怒斥道。

二人高声叫嚷起来,随即"仓啷啷"的一阵响,是金属兵刃被抽出的声音。李天水再次撑起手肘,片刻后又滑倒。他的心沉了下去。这般要命的时刻,他的手脚却不顶用。

这时,延田跌忽然开口道:"二位可以放下兵器了,这只鸽子不是来找哥舒将军的。"

李天水愣住了。车厢内的两个军将仿佛亦是一愣,一时又静了下来。这时李天水听见了几声轻微的喘息,仿佛就在他身前不远。李天水朝那方向嗅了嗅,背脊忽然绷紧了。

"不是来找哥舒的,莫非是来找你的么?"郭待封"哼"了一声,道,"你能鼓动安西军么?"

"自然也不是找我的。"

"那么这是只迷了路的信鸽,偶然飞上这车顶么?"郭待封冷笑着道。

"你们懂女人么?"

"你说什么?"郭待封莫名其妙。

"我们这里的女人,身上都会带香,大多数女人会买那种采集花香调制的香油。高贵些的女人,身上常佩戴乳香、苏合香、龙涎香或安息香的香囊。这些香气能深入灵魂。还有些香气能令男人发狂。其实好的香料只有几种,但每个女人身上的香气闻上去皆有所不同,你们可知为何?"

没有人开口,李天水的心跳"咚咚咚咚"直响。延田跌顾自接道:"因为每个女人的身上生来都带着特别的气味,极淡,但令人愉悦。她们涂抹的香气,与天生的气味相混,便有了一种独一无二的体香。即使那女子日日换香,你也能闻得出来。"

李天水听见身前的喘息声中混杂着一阵极轻微的衣帛摩擦声。

"少啰嗦,这鸽子找谁来了!"哥舒低声急道。

"哥舒将军，想来你既不了解女人呢，也不了解鸽子，因为你缺乏耐心，"延田跌听去好像在叹气，"但鸽子了解女人，用这里，"他顿了顿，"鸽子的嗅觉比你们想象的灵得多。而有些驯鸽子的人，专驯鸽子的嗅觉，让它们在老远的地方，就能闻到一个女人的气味。"

"你绕了这么大的圈子，莫不是想说，这车厢里原本有个女人？"郭待封仿佛觉得有些好笑了。

"不是原本，就是此时此刻。她就在车厢内。"

李天水胸口在"怦怦"震动。他身前反而静了下来。郭待封忽然哈哈大笑起来，好像听见了极可笑的笑话。但哥舒没笑，当郭待封的笑声渐渐平息时，哥舒忽然沉声道："你的意思，说的是这车厢里有暗门，里头藏着个女人？"他的嗓音极凝肃。

李天水用半个肘子微微撑起了身躯，两眼仍在寻找那两点光。这时他听见延田跌叹了一声，道："一个背叛了我、私自交通突厥的女人，现在我只希望你将你的枪尖挪后四五寸，我来把她揪出来。然后你们就什么都明白了。"

他听见延田跌缓缓向车厢后部走了过来。

后窗打开，黄光泄入。一道寒光同时刺了出去，刺向开窗的人。李天水心头一紧，背脊拱了起来，如一张劲弓猛地被拉满。但为时已晚。"当啷"一响，她的匕首坠地。那一刀没有刺中，玉机的手腕子反被扣住。隔间一亮，后窗被掀开至最大，他看见藏在开窗边的哥舒扣着玉机腕子猛地一拉，玉机整个身躯猛地从窗口被拉入车厢。这时他的身躯弹了出去，隔着车厢后壁的牛皮幕布撞上哥舒的腰肋。"砰！"哥舒闷哼了一声，倒

丝绸之路密码2：龟兹壁画迷宫 389

退几步坐倒在地。"咚！"玉机落地，紧接着响起"呲——"的一声。是刀尖刺入了血肉。呻吟声同时响起，是延田跌的声音。透过后窗他看见延田跌坐倒在毯子上，手捂着右胸，指缝间喷涌出一条条血线。玉机在毛毯子发了疯般打滚，延田跌的目光跟着她，郭待封的手也在跟着她，手里弹弓的皮筋已经拉得很满。他的手在抖。"嘭！"玉机撞开了车门，翻滚下去。弹弓上的石头同时飞了出去，木门"啪"的一声被打穿了。

玉机自地上爬起身，极快地自车后掠过，但郭待封也扑了上来。"噗"的一声闷响，郭待封"哎哟"一声，手里的弹弓"啪嗒"坠地。他抱着酸痛的手肘，转头看见一条铁棒子从挂毯后伸出。月光下的铁棒子漆黑发亮。就在他身形一顿的工夫，那女人的身影和脚步消失了。郭待封看见挂毯被一个人的肩背顶着，已升至半人高。那人一头突厥的发辫。郭待封想起方才在墙后见过这人，他后来应该去找个地方杀了萧筠。郭待封当然知道萧筠没死，验尸是为了安西军和杨胄的颜面。他想起哥舒道元称这人是朋友，是"阿达许"。哥舒也唤过他的汉名，他记得叫"李天水"。他从背后把那杆枪抽了出来，是他父亲的遗物。李天水扛着那挂毯，棒子横在了胸前，手臂不住抖动，好像那铁棒子太沉了。郭待封鄙夷地瞥了他一眼，再看看那棒子时，瞳孔猛地一缩。

"你从何处得来的这棒子？"郭待封的枪尖指着李天水的鼻尖，相距不过五寸，他狠狠盯着李天水的双眼，"谁给你的？"

李天水的眼睛明澈，手臂仍抖个不停，他淡淡道："是一个朋友的遗物。"

郭待封的脸色变了，他的嗓音有些发涩，道："达奚云？"

"你认识他么?"李天水撇撇嘴。

"他死了?"郭待封的瞳孔又在收缩,憎恶地看着他的发辫,"你杀了他?"

李天水看着他的眼睛,又撇了撇嘴,略抬了下巴,一声不吭。

郭待封死盯着他,忽然"嘿嘿嘿"笑出声来。那笑容像在哭,月光下他的眼眶也在泛红。笑了片刻,他开始轻声吟唱,"'长驱蹈匈奴,左顾凌鲜卑。弃身锋刃端,性命安可怀?父母且不顾,何言子与妻?名在壮士籍,不得中顾私。捐躯赴国难,视死忽如归'。达奚,你的棒子也是你阿耶的遗物,和我阿耶的枪是用同一块黑铁铸成,现在我要替你收回来了。"他的枪向李天水又逼近了两寸,"你不说,好得很,我会问出来的。你们这对藏在夹缝里的狗男女,我都要活口。"

这时李天水眼中冷光闪过,握住铁棒子的手忽然不抖了,稳得像磐石。他冷冷地看着郭待封,忽然道:"你叫郭待封?"

郭待封冷笑了一声,道:"你想求饶?"

"郭孝恪是你什么人?"

郭待封陡然瞪大了眼,道:"你也配直呼阿耶的名讳!"

"你不配做他儿子。"

郭待封鼓胀起的双颊在微微颤动,由红转白,最后青白不定。他目光凶狠似狼,慢慢收回枪尖,但是左脚跨前一步,作势欲刺,他磨着牙道:"这是你自寻死了!"

"你再动一动,我便抬脚了。"车门那边响起了哥舒的嗓音,声气很喘,也很弱。两个人同时转过了头,看见哥舒靠在门边的阴影里。他左手仍紧紧捂着右肋,右手五指紧握着一张大弓的弓弦。即使在背着月光暗处,李天水也看出那是张极霸道的突厥反曲复合大弓。三棱箭的箭头闪着光,直指郭待封的胸膛。李天水深吸了口气。他看见哥舒的手脚都很稳,只是脸色更苍白了。他听见哥舒喘息着又道:"你可以试试,是你的枪快还是我的箭快?"

郭待封死死瞪着哥舒,方要开口,门后响起了延田跌的笑声。"我曾听说西突厥十部近百个掌兵的诸俟斤、叶护、莫贺达中,最为狡狯、最善用谍人的,便是突骑施莫贺达干乌质勒。现在我总算明白了。"他的嗓音仍是温和优雅,只是虚弱了许多。

郭待封目光一动,忽然仰头哈哈大笑。"原来是两条突厥狗,给我演了一回苦肉计!想来萧筠和这女子亦是你们的棋子。萧筠已被你们弃了,这个女人自然更不能留给我。妙得很啊……哥舒,四年多了,我始终把你当兄弟,杨将军更是视你如子,哈哈哈……"笑声中郭待封侧转过身,前行数步,将枪尖对准哥舒脚下弓弦上的箭镞,只隔了数寸。他一根手指扣住了另一只手上握紧的弹弓皮筋,半个拳头大的弹丸子正对着李天水。他的双眼已经发红,嘶声道:"哥舒,我先宰了你,再宰了这条狗,易如反掌。"

哥舒怒瞪着门内的延田跌,但箭镞却转不过去了。他目光转回郭待封,看着他,良久叹出一声,低声道:"你是头蠢驴子。"

"嘿嘿,是蠢驴子,"郭待封将枪向后一拉,缓缓道,"哥舒,蠢驴子不想再犯蠢了。我是想试试,是你的箭头快还是我的枪尖快。"哥舒瞪着他咬了咬牙,握着的曲弓轻轻发颤。

"伏牛山下的水真清啊，伏牛山上的云真白……"这时车厢后头传来了吟唱声。郭待封的脸猛然转向挂毯。挂毯已经卷了上去，挂毯下，李天水坐在那隔间的地毯上，铁棒子已搁在了一旁。

"二叔……只有他唱这歌，他只对亲友唱……"郭待封哑着声音，他的嗓音在颤，"你见过我二叔么……莫非……你也杀了他？"

"伏牛山上的云真白，伏牛山的风里有花香……"李天水仍在轻轻唱着，对着这安西将官平和地笑着。他忽然发现这个冷硬的年轻将领，还只是个孩子。郭待封的眼睛惊疑不定闪个不停，一会儿转向李天水，一会儿又转向哥舒，口里喃喃道："我二叔，怎会……对你……唱这歌……"

这时，又是一阵"扑棱棱"自空中掠过。三人皆是一呆，郭待封手里的皮筋弹了出去。又是一声哀鸣，鸽子在半空中扑腾了片刻，直直落下。郭待封迅速横移一步，伸手一抓，将那鸽子犹自颤抖不已的身躯抓在手里，极快地将另一块弹丸扣了上去。

延田跌的半张脸在门口现了出来，他仍捂着右胸，嘴角在吐着血沫，俊秀的面颊在黄光中显得诡异。每个人都看着郭待封用嘴将那鸽子脚上卷着的纸抽了出来，他的眼睛仍死死盯着哥舒手里的弓，用另一只手将那张纸捻开。

纸比巴掌大不了多少，密密麻麻写满了扭曲的墨迹。上好的桑皮纸。

郭待封抬眼，目光扫了扫眼前诸人，最后看着延田跌，道："是粟特胡文。"

延田跌伸出涂满了血的左手，微笑着道："我能看懂粟特文，这里或许也就只有我能看懂粟特文。"他右手撑着身躯，向门外缓缓移动。

郭待封左手不自觉地递了过去。

"你别再干蠢事。"哥舒忽然哑着嗓音道。

郭待封瞪着哥舒，哥舒的蓝眸子透亮，好像两颗澄澈的宝石。郭待封的手一时停在了半空中。

"我身上有箭伤七处，五处是行军路上遭突袭，护卫中军留的。都是突厥人的三棱箭扎的。其中有三回你亲眼所见。我的军职是拿命换的。现在你相信这个不男不女的疯子？"哥舒的蓝眸子盯着他，一个字一个字道。

郭待封大口大口出着气，却发不出声来。门口延田跌的神情已有些不自然。这时李天水忽道："似乎他有话要说。"他已经跳下了车，用下巴指了指车厢门后。几个人转过了头。羯龙的脸在门后露了出来。他俯卧在门后几步的地毯上，胸腹拼命蹭动，塞了布团子的嘴里"呜呜呜"响个不停，翻开两瓣的上唇显得更可怖。他两眼瞪着郭待封手里的纸，眼珠子好像要瞪出眼眶。

"你想说什么？"郭待封皱了眉道。

"你把手里那纸，翻过来看看。"李天水镇静地望着他。

郭待封的手没有动，而是盯着李天水，他盯了一会儿，目光从哥舒、延田跌的脸上慢慢掠过。他的眼神有些茫然。最后，他看着羯龙，手腕子翻了翻。

桑皮纸上没有字的一面，印着一个血红色的狼头。羯龙的双眼方才就死死地瞪着这狼头图案。郭待封的脸色陡然也变了，两眼好像要喷出火来。他用枪尖点了点羯龙，道："你下车。"

羯龙慢慢地蹭至门口，他的双臂被反绑在身后。"扑通"一声，他滚下了车门。郭待封将枪尖穿过了纸片，低了低，挑至羯龙面前。他黑着脸，道："读！"车内的烛光映上了纸上的文字，羯龙双目中的光掺杂着暴怒、绝望和恐惧，像一头被猎人紧缚的狂兽。郭待封用枪尖挑去了他嘴里塞着的白布。羯龙爆出一阵剧咳，又急喘了许久，方凑过去，像要把那张纸吃了一般瞪看那些字，开始读起来：

"小娃娃……小娃娃在我手里。我的龙族勇士全死了。现在延田跌在拨换，我想现在他是一个人，他的柘羯人也全死了，山上和山下无一活口。他从来不相信那些雇佣兵。那个姓萧的汉人，是他故意放走的，那汉人出城后在驿路山崖上用驿鸽子报了信。随后他跟着那些只会杀人的屠夫，进了军驿。这都是那个魔鬼计划好的。他要借汉人的手，把这些屠夫全杀了。他希望那些人全死在这里，包括那个蠢……蠢东西……羯龙。那个蠢东西没认出我，让我给他的雇佣兵带路，你知道，这座山堡里哪些山坳里藏着陷阱，我再熟悉不过……现在……现在那些屠夫全掉进去了……然后，他算好了时辰……等那些汉人再回到山下，他就会潜入山堡……随后是他的亲卫……"越往下读，羯龙颤抖的嗓音越是可怕，这时他忽然顿住了。他的头好像被谁猛地一扳，扳向门口的延田跌。每个人都瞪向了延田跌。李天水看见延田跌脸上渐渐泛出灰白。

羯龙发颤的目光回到了纸上，他的汉话说不连贯了，"……他们秘密训练的龟兹骑兵……时间不多了，我的朋友。我会找到他,我会杀了这个魔鬼。看到他们主子的头颅高悬在山脚下,那些七姓的娃娃就会死心。我的朋友,很高兴收到你的信,你当然不想在龟兹出局。你押错了那个蠢婆娘,但现在,阿胡拉又给了你一个机会……龙族人没有死绝……我们手里还有那个傻小子,他会是龟兹的新王……我要价不高,你去找乌质勒,我知道你能找到他……告诉他,龙族人箭头已经对准了那条谷道,他只需要让突厥骑兵从后头撵……杀光那些汉人后,这座山堡就归乌质勒,告诉他我每三个月去狼帐子拜谒,告诉他他会得到龟兹商税的三成……我们的交易只能这么做……如果事成,以后龟兹不再有'飞骆驼'了,只有'傀儡团'……而你是龟兹唯一的萨宝……现在我要去找那个魔鬼了……谢谢你告诉我那个女人卖了他的事。'青雀'很清楚这魔鬼不会听他们摆布。现在汉人在等着他,我要抢在汉人之前宰了他。他算计好了一切,却被一个女人卖了……想来是我们的祭祀灵验了……全龟兹将再次供奉阿胡拉。屠魔后,我会在约定的地方等你。月亮沉没于北方高山之巅前,我会一直在那里。"羯龙一个字一个字地读到最后,好像要把每个字都嚼烂了再吞下去。他说话本就含混,汉话更是生硬,嗓音中不时带着"嘶嘶"声。但车厢外的每个人都听懂了他发出的每一个汉音。

山风自门洞"呼呼"地灌进来,一时所有人都像被冻结了。面色变得最可怕的是羯龙,他趴在泥地上,像头野兽般喘息着。李天水始终盯着延田跌的脸,他看见这个龟兹贵族面部变得越来越透明。

"若是这种消息,像这样的鸽子,至少会飞出去十只,从不同方向飞出。那利是个极谨慎的人,"最先开口的哥舒,他的声气平静了许多，似乎已缓过劲了，但面色依然苍白，"所以，此刻康傀儡该已经收到信了。"他是冲着李天水说话。李天水点了点头。哥舒长叹了一声，道："安西军中兵马精悍，但在西域至关重要的消息网络，实在是差得太远。"

郭待封有些茫然扫了哥舒和李天水一眼，他的枪尖仍指着哥舒的箭头，两眼又死死地盯着那封信。"血红色的狼头……是羯猎颠，"他哑着嗓音道，"羯猎颠……我亲眼看见过血红狼头的大纛，阿耶就战死在这人纛下……你们怎么说是那利？"

"十四年前，袭杀你阿耶的是那利的龙族骑兵。龟兹羯姓是突厥贵种后裔，那利的龙族人是突厥龟兹混血，但二人交好。故而那利率龙族出征时，常打着血红狼头旗号。羯猎颠死后，他在龟兹的庄园、姬妾、财宝乃至雇佣的柘羯杀手，尽为那利所有。"哥舒缓缓道，"另外，我还听过一些传闻。"

"是他杀了我阿塔。他和那个突厥贱货把我阿塔出卖给了你们唐人。"羯龙咬牙切齿地嘶声道。双手绑缚在背后，但头颈硬挺着，直直地抬向延田跌。

郭待封看看地上的羯龙，又看看靠坐在门边的延田跌。延田跌已面无人色，他的双腿蜷起，腰板仍挺得很直。片刻后，郭待封忽然仰面长笑起来："哈哈哈哈，我从军戍边十二年，终于等来这一日！阿耶，今夜待封可为你报仇了！"他收住了笑，看着哥舒，道，"我已有了个法子。"

哥舒看着他，还未开口，李天水忽道："你是想把他绑了，吊在塔楼下，且用火光照亮，"他指了指延田跌，"将那利和康傀儡引过来。是么？"

郭待封斜乜他一眼，将枪尖转了过去，道："你有什么话说？"

"不好。这法子不好。"

郭待封"嘿嘿"冷笑一声，逼近了一步，道："怎么不好？"

"那利与康傀儡俱是极凶狡的老狐狸，你觉得他们会上钩？况且，即便你报了仇，但安西军仍在险地。"李天水看着他的枪尖，平静道，"山上的柘羯或许已被杀灭，但你莫忘了，最大的威胁是乌质勒，和龟兹的骑兵。"

郭待封不住"嘿嘿"地笑，道："说说你的好法子。"

"把这两个人交给我，"李天水笑笑，大剌剌地道，"我要问他们些事。"他指了指延田跌和羯龙。

郭待封转头看看延田跌、羯龙，又看看李天水，目光闪烁不定。哥舒忽然沉声道："让他去问！"郭待封又看了看哥舒，慢慢放下了枪尖。谁也未留意到延田跌的目光直直盯着对面的门柱已好一会儿了。这时，他蜷起的双腿忽然蹬出，"嘭！"车厢一震，随即四匹马高嘶起来。李天水心头一跳，糟了！但来不及了。他身子方蹿出，四匹未拴的骏马已狂奔起来。宽大的车厢在他身前半尺一闪而过，迅速从穿过门洞而出，向上坡狂奔而去。须臾，马蹄声便消失不见了。

郭待封驾着马，只一会儿便回了马厩时，他有些丧气。"今日大部兵马整军下山，山路上到处是马蹄子和车辙印。我这马也赶不上突厥马的脚力。"他下马，垂着头，向马厩最深处慢慢走去，那里并排拴着三匹驿马。李天水和哥舒道元躺在两匹马的马鞍子上，双目闭合，好像俱已入眠。李天水身下那匹是鬃毛根根直竖的突厥马。第三匹马的鞍鞯上结结实实绑着羯龙。

郭待封走近时二人微微睁开了眼，李天水将头扭向身侧的哥舒，道："感觉如何？"

"确实不太痛了，"哥舒透出一口气，"这底也迦能接续断骨么？"

"只是止痛，"李天水笑了，"或许还能接续些精力。"

二人仿佛都未听见郭待封方才说了什么。他脸面垂得更低了，迟疑半日，猛地抬起脸道："若不是我这般莽撞，那贼子绝逃不出去。我……我还误信了奸人的挑拨，险些……险些……实在有愧！"他口里忽然结巴起来，目光直愣愣地注视着鞍鞯上的二人。李天水无所谓地笑笑，哥舒看了他一眼，摆摆手，道："不必再提。"

"但此刻，此刻……山那边，安西军危在旦夕……我们……我们寻不着贼子，困守在这山脚下，什么也做不了！""砰"的一声响，他一拳砸向一根拴马桩，碗口粗的桩子竟被捶得一斜。哥舒这时转向了李天水，道："你还有什么法子么？"

李天水双臂曲肱枕于脑后，望着极远处的一两颗远星，摇了摇头，干脆又合上了眼，低声道："等。"

"等？"哥舒皱了眉。

"等。等山里的动静。那几人在暗处，我们也藏在了这里。等他们先动。也等鸽子来。今晚这山里的鸽子该是忙得很。"他撇了撇嘴，笑道，"郭将军的弹丸要预备好了。"

"嘿嘿嘿。"郭待封干笑了笑。

这时双手反绑面朝下扑在鞍鞯上的羯龙忽然开了口，他嗓音像破了："或许我知道那老家伙说的'老地方'在哪里。"

李天水猛地睁开了眼。哥舒道元转头看向他，急促问道："你为何会知道？"

"七八年前，那利自中原潜逃回龟兹后，便藏在这山上，"羯龙缓缓道，他的嗓音虽刺耳，语调却已平静下来，"那时我阿塔还在，有两次，遣我去那山顶上的佛寺送信。他令我将信放入寺墙外的佛龛里便走。但我知道是给老家伙的信。那时我已经知道了他们的一些事。"

李天水撑起了上身，看着哥舒，道："'九座堡'的山顶，有个佛寺么？"

哥舒拧紧了眉头，一时没言语。良久，沉下声道："草湖驿馆原本是山堡的瓮城，瓮城外的护墙连着外城墙。外墙绕向山后，与一段内墙相接。连接处就在山顶。那两道墙后，确实围着个古寺。不过……"他顿住了，抬头看向马厩上的草棚顶，仿佛要透过那里看向山顶。李天水一眨不眨地等着他。

"几乎没人去那古寺。"哥舒压低声道，"古寺佛殿废弃了数百年，墙垣皆塌了。然而殿中的大佛像却像新凿成一般，分毫未损。那座佛像有十多人高。这是第一个去那山顶礼拜的士卒回来时说的，两天后，他就跌进山坳的裂口，摔烂了。之后，先后有五个士卒夜里偷偷登顶翻墙入寺。回来后没有一个活过七日，皆死于非命。那些日子，军中谣传大起，杨将军立刻明令禁止将士入寺。据我所知，连同杨将军，安西军上下两万余人，近半年来无人去过那里。"

马厩最深处的羯龙忽然"咯咯咯"笑了起来，像个老婆子刻薄的笑声。另一头的郭待封狠狠地盯着他，忽道："即便杨将军下令后，军中也有些胆大的军士上过山顶。我知道有个人背着主官醉了酒,甚至翻过墙在佛堂残壁后过了一宿。这个人到今日还活着。"

"我知道他,"哥舒迅速接着道,"他回来后一直说着疯话,惶惑人心,军里已经不能待了,只能遣去沙漠军驿。"

"他说了什么?"李天水直直看着哥舒。

哥舒仰着头,边寻思着边道:"他说那夜他吓得无法入眠。残殿在深夜里传出异响,他看见佛像的头在转动,两眼中仿佛透出异光。他逃出了佛殿,靠着外墙捱过了一宿。"

"那时醉酒的他已吓醒,但仍睡不得。他听见墙背后不断传来狼嚎声,那些佛龛仿佛也有响动。他还看见有怪影子在墙头上一闪。那影子,据他说,是狼头人身子。但这两年来,没人见过山上有一匹狼的影子。"郭待封黑着脸道。李天水的目光不住闪动,他觉得自己周身的血变热了,越流越快。羯龙又"咯咯咯"地笑起来。郭待封的枪尖挺起,指着羯龙,正要开口。李天水忽然大声道:"我去山顶!"

郭待封和哥舒应声转向李天水,随即两人迅速对视一眼。李天水接道:"若我未料错,延田跌会赶去那里。那利和康傀僳也会在那里。还有另外一些人。"自然,玉机也会去那里,他想。

二人看了他许久。郭待封转过去冲着哥舒道:"你这朋友,叫李天水?"

哥舒看着他点点头。

"赵郡李?陇西李?"

哥舒摇摇头。

"身手、胆魄比达奚云如何?"郭待封皱眉道。

哥舒笑了，鞍鞯上绑着的羯龙又"咯咯"笑起来，道："比你强得多。"郭待封猛地扭头怒视向他。李天水目光清亮，直视着郭待封道："郭将军，也只能是我去。"

"哦？"郭待封皱眉看着他。

"郭将军，你要亲领留守草湖馆的一百个中军亲卫拒敌。这些人都是你平日训练的，若龟兹过来三千骑，你能挡上多久？"哥舒也坐了起来，沉声道。

"如果那些狗崽子现在来，我能守到天亮，"郭待封傲然道，双眼仍盯着李天水，道，"这小子上山顶，你去哪里？"

"他即刻便要翻过山去，赶去大山另一面的军营，"应声的是李天水，"即便这里有驿鸽，今夜也不稳妥了。此刻安西军危在旦夕，哥舒将军要以副都护代行大都护之职，稳住军心。"

郭待封黑着脸想了半日，终于点点头，用枪尖指了指羯龙，"那么这条狗呢？"

"他随我上去，"李天水笑了，"他要带路。"

"你不怕这条狗咬人么？"郭待封看着羯龙，恨声道，"你莫忘了，这山里有很多吃人的山坳子。"

"我不怕。"李天水笃定道。

拨换"据史德"山堡·山顶佛寺
行像节后第二夜·子时

山中又响起一声狼嚎。辨不出究竟是响在山坡的哪一面。十岁后他就已经不再害怕这种叫声。有时,在草原外听到狼嚎,他反会觉得亲近。但此刻在这座黑得看不清前路的空山里,他的背脊却有些发汗。风"呜呜"吹散他的发辫,他任由这匹突厥马散蹄向前驰骋。

这时,他感觉眼角亮了些,一抬头,月亮露了出来。今夜还是半月。他想象着陷入黑暗中的那另外半个月亮。

"今夜是半月吧?"左右手足紧缚在两侧马镫子上,趴在鞍鞯上的羯龙道。

"你有话说?"李天水低头看了他一眼,一手轻轻搭在缰绳上,另一只手摸上了挂在鞍下的酒囊子。

"你叫李天水?"过了一会儿,羯龙忽道。

"你早听到了。"李天水不看他,马背上猛灌下一口。

"嘿嘿,嘿嘿,"羯龙干笑了一会儿,努力别转了脸,"你是个大人物啊。"

李天水握着皮囊子举在半空的手停住了。他低头凝视着羯龙血污的侧脸。

"我有个女人,她叫墨莲,她是个好女人。是我害了她。"羯龙带着"嘶嘶"的嗓音在风中一响即逝,"我让她给那个坏女人当侍女,让她卷了进去。她是个好女人,但她也有秘密。她是康傀儡的人，她从不让我在夜里找她。她从不在夜里出现，不让我看见她入眠时的样子。但有一两次，她在白昼时，在我身边睡了过去。她开始梦呓起来，就一会儿，便清醒了过来。她的梦呓里有你的名字，朋友，还有你的身世。你是个大人物啊，朋友。"

李天水听着，望着城墙轮廓的暗影随山势逐渐上升。这条上坡山路原来是贴着墙根盘山绕向山北最高处，此刻还未及山腰。依稀有三四个箭楼一闪而过。他等着羯龙说下去。

"大人物，我还知道，你也有个女人，高玉机。是这个名字么？那条下作的狗，要我在车厢里的熏香里放些迷香。他要迷晕了她们，卖给康傀儡。康傀儡出了高价，他有些新消息。来自草原，和波斯，嘿嘿。那个小娃子的消息也是他送给那条狗的，嘿嘿嘿……"

"你没有放迷香？"李天水打断了他。

"我也许是条狗，但我不下作，我还记得我姓羯，突厥贵种之后，嘿嘿。我原本以为我找到了个好主子，嘿嘿。"

"你为何要告诉我这些？"李天水略略勒了勒缰绳，马速放缓。

"因为你是个大人物啊，朋友。过去三个月，我的人在龟兹的街头巷尾布满了眼线。自从我知道你是谁后，就让人盯住了你。嘿嘿，"他有些得意地看了眼李天水，"不必惊异，这一个月来出入柘厥关的每个人的底细我都必须查清楚。你能和'飞骆驼'的主事人接头，你能出入乌质勒和她女儿的狼帐子。我的大人物朋友，我只想让你帮我一个小忙。"

李天水看见一些黑黢黢的方屋顶从城墙后微微露出。平直的城墙转角上耸起了角楼的暗影。是典型的汉式军堡。过了片刻，他问道："延田跌知道了这么？"

"我瞒了那条狗。嘿嘿。"

"怎么帮你？"

"我的女人失踪两天了。我的人能盯住全龟兹的每个角落。两天了，没人见过她。你帮我找到她。如果她还活着，想法子让'飞骆驼'把她带到一个安全的地方。别让康傀儡找上她。如果她死了……"说到这里他停了停，"如果她死了，把她的尸首烧了，将她的骨灰和我的混合，撒入沙漠里的一条干河床内。她做梦的时候说过，我们的灵魂能在沙漠底下相遇。"

这时李天水忽然勒住了马，抬头看了看。上坡出现了一面城墙的暗影，近得能看见一个个凸出于墙体斜斜向下的轮廓。李天水知道那是"马面"城墩，专为城防死角修筑。他方才看见的箭楼便筑于"马面"之上，箭楼上的强弩兵可清除暗藏在墙根下的敌兵。他想这该是内城的城墙了，已过了半山腰了么？一路上，无论是在箭楼、角楼还是在城垛上，皆不见半点亮光，不闻丝毫声响，李天水忽然觉得比置身荒野更孤寂。他吸了口气，道："你一定活不下来么？"

羯龙翻起兔唇，惨笑着摇摇头。

半月更亮了些，有条人影在箭楼边的城垛上晃过，似乎颇为高大。他凝神盯了一会儿，再看不见一点儿动静。狼嚎声又响起，像从山背面传过来的。他放回酒囊，手里多了把刀，"嚓嚓"两声，缚紧马镫子和羯龙手脚的绳索断开了。"你可以走了。"他淡淡道。

"你要放我走?"羯龙趴在马背上愣了半晌,道:"你知道怎么上去么?"

"你在这马背上也已趴了半个时辰,"李天水咧嘴笑了笑,"你说过一句话指路么?我们不也上至这里了?"

羯龙说不出话了。

"这是你的马吧,"他拍了拍马颈,轻抚了抚那排竖直的鬃毛,"安西军入驻前,它跟着你来过不少回吧?好些年了。是匹好马,识途得很。"

又一声狼嚎响起。过了一会儿,羯龙低声道:"我的事呢?"

李天水摇摇头,道:"我很少帮人什么忙。"

羯龙脸色变了,听见李天水又缓缓道:"你的事,用你的这匹马换。这买卖做么?"

羯龙愣住了,许久,忽然笑了。李天水第一回见他笑得竟然不难看。羯龙缓缓将手足挪下马,过了半日方站稳,他冲着马上的人略弯了弯腰。李天水摇摇头,道:"山上已经混进来不少人。你最好快些下山。"

"内墙和外墙间,接了一段佛殿的残墙,"黑暗中已看不清身影的羯龙"嘶嘶"道,"那段墙很邪门。"

"谢谢,"李天水拍了拍马颈,想起一事,勒缰扭头道,"那利扮作的老妇人上山时,他身边还有别人么?"

黑暗中发出了"咯咯"响,是牙关猛地被咬紧的声响。"没有。"羯龙的嗓音低沉得可怕。

李天水的心沉了下去。他猛地扭头,发力一拍马颈。

月亮黯淡得像盲人的眼睛。李天水已经到了外城墙与内城墙的连接处。一道布满了裂口的矮土墙横在面前，灰蒙蒙的。即使在这般昏暗的月光下，他也看出这道墙已年月久远。身后又响起了一声狼嚎，胯下的马低嘶了一声。狼嚎似乎就响在那条土路下。李天水呼出一口气。穿过那道箭楼的门洞，驰上这条土路，直至一路飞驰至此，该不过半炷香的工夫吧，他想。原来是条秘密捷径啊。马蹄子在土路上几乎轻不可闻，只听"呜呜呜"的风声卷在耳边。他又轻轻抚了抚马背。好马啊，是他最喜欢的不起眼的好马。未料羯龙如此懂马。

残墙墙面上隐约可辨一些凹坑，原本该是拱形，但此刻看去已不太像佛龛。龛内未见一尊佛像。他下了马，沿着土路慢慢走近那段佛墙。那马低嘶了一声。他扭过头，挥挥手。那马甩了甩尾巴，掉头沿着土路跑入黑暗中。土路在墙根消失了，这时他已行近墙门。残破不堪的拱门，比李天水的头顶高不了多少。拱门另一侧是墙面上最大的佛龛，一人半宽，半人高。龛洞虽然已经塌了半边，但龛内卧着尊像。是墙面上唯一有保存了佛像的龛洞。

他站在这尊卧佛外两步远，直直盯着。卧佛一臂曲肱撑头，微合的双目好像正看向他。佛像完好无损。月光这时在佛像上明暗变幻，他看见那尊卧佛如水波般晃了晃，随后又是一下摇晃。他闭上了眼，并不觉晕眩。他在黑暗中静静地感觉着自己的心跳、血流、气息。体力、精力还在逐渐恢复中，伤口的隐痛减弱了许多。没有发病的征兆。他睁开眼，又看向那卧佛。不再摇晃了。月光又明亮起来，水一般流泻在墙面上。他注视着墙面上两排残龛和残存的固定佛像的木桩子，慢慢靠近拱门。心跳不知为何剧烈起来。他猛然回头，大龛里的佛像头颅转向了他，仍在微合着双眼，对他微笑。一瞬间背脊湿透了。佛龛又波动起来，这回李天水觉得不像水波了，是一种不连贯不自然的波动。好像佛龛同时鼓起凹下。怎么可能啊，他心想，是我睡得太少了么？

这时他想起了一尊相似的卧佛像。他想起了耶婆瑟鸡寺的王窟中，那尊陷在阴影中的涅槃塑像。涅槃佛像在一间小黑屋子里，那屋子黑得连月光都照不透。而此刻，面前的卧佛像却好像吸引了所有的月光，变得越来越亮。周围的墙面、没有佛像的残龛、土路，正沉入越来越深的黑暗中。不一会儿，他的眼前就只剩下这尊卧佛了。这时他觉得，眼前的涅槃佛像和那晚佛窟中涅槃佛像暗影一模一样。好像它从未在眼前消失过，好像它并非由人工斧凿而是自然形成，好像他一瞬间又回到了耶婆瑟鸡寺的石窟或者时空本就相通，只是人的头脑将它们区隔开来。

侧躺的佛祖身形瘦瘠，屈膝累足，右胁而卧，衣袍单薄，紧贴身体，佛衣的褶皱条条可见。他看着那佛祖的神情，那是种什么神情呢？不是苦痛，不是悲哀，那微合的双目是看着我，同时也是看着佛祖自己啊，是看着佛祖自己的涅槃啊，李天水想，佛祖看着自己的涅槃是如此平静。佛祖看着自己的涅槃就像看着我的生死悲喜，就像看着世上万千人的生死悲喜。如此平静。这时，他看见佛祖涅槃相有了神情。好像他透过佛祖的涅槃相看见了一个人的神情。他觉得自己的双脚在动，在向卓玛迈去。

他不知怎的透过佛祖平静的面相看见了卓玛，卓玛在看着他。

卓玛的神情很模糊，但也很平静，又像有话要说。像在招引他，又离得很遥远。像在微笑，又带着淡淡的悲伤。他觉得清晰，又好像模糊不明，时时在变幻。他觉得真切，又不像人类的神情。

李天水流着泪向卓玛显现在黑暗中的面庞走去。

卓玛的面庞也暗了又亮，像有浮云迅速掠过。恍惚中他看见的不再是卓玛的面庞。是另一张脸，或是另一双眼睛。黑暗中一双乌黑发亮的眼睛。这时涅槃佛像淡去了，一瞬间他的世界里只剩下那双眼睛。他觉得双目移不开半分，好像那是他在这个世界的起点和归宿，也是他永远靠近不了的一团火。

玉机的双眼在渐渐后退，远离自己。

李天水向那双眼睛狂奔过去，以自己无法控制的速度。但他无论如何拼命，那双眼睛都触不可及。他只能奋力前扑，上爬，腾跃。这时他看见了光，白光从头顶上透下来。他终于移开了双眼，抬了头。头顶的白光越来越亮，像从一个巨大物体上照射下来。他目眩神迷，因为恐惧、欢喜、惊奇、感动混杂在一块儿而动弹不得。他听见仙乐飘飘，像泉水流动的旋律。他隐隐感觉他正被一只手掌牵引，一只温软有力的手掌，让他想起一个人。他看见诸飞天裸而不媚，身上笼罩着一层神圣的光。他们手持琵琶、箜篌、排箫、手鼓，颈背跃动、屈肘耸肩、运胸摆腰、击掌合拍、手捏花瓣、臂舞璎珞，起伏跌宕，像诗的韵律。他看见飘浮在蓝色天空中的风神。看见被一粒粒圆珠子环绕的洁白月亮，看见四个飞鸟间的淡黄色太阳，和坐在天上正中间的弥勒菩萨，看见那强烈的白光原来是从弥勒身上发出，看见弥勒菩萨在下降，而玉机的双眼在上升。看见双眼中的目光越来越淡,悲戚之色越来越浓,但像要迎向终将消逝的宿命一般逐渐接近那光芒耀眼的弥勒佛。李天水发现自己像个绝望的跳崖人,扑向那双眼与菩萨将要交汇的一片金光中。

山顶佛寺·镜窟　行像节后第二夜·丑时

"啪嚓！"有一层薄片碎了。随即是"嘭！"的一声。李天水的额头磕上一片硬物。他觉得磕得并不太重，硬物也并不太硬。他想原来不是深渊啊。但头脑里"嗡嗡"作响。眼前有光在乱晃，各种颜色的光交汇成一片，像大风下的湖面那样晃着。除了"嗡嗡"声，再听不见别的响动，但那声音将真切感带回来了。于是他一动不动，等待着世界在他身周逐渐展开。那进程比他想得快很多。"嗡嗡"声、胀痛、眩晕渐渐平息下来时，眼前的白光分离出一种黄光。片刻后，他意识到那黄光是镜面映出的火光。镜面就在他眼前，不过两三步远。火光燃在他吊灯上，吊灯就垂在他方才坠落下的高处。

他几乎在一瞬间明白了这些。随后他看见了镜子里自己的身影，看见自己趴在散发着淡淡膻气的羊毛织毯上，像个奢华酒肆里的醉鬼，或者像贵族家中一条垂死的老狗。他看着自己木然的神情，方发现自己其实仍未清醒过来。随后他看见了琉璃镜面的黄光中依稀显出了另一些身影，正坐在他背后的软垫子上。

离他最近的是一个老妇，身上红色长袍袍脚拖曳在地，灰白色的长发垂在腰际，正半转过身看着自己的脊背。老妇人的瞳孔是幽绿的，有一个瞳孔偏在眼角处，好像在看着别处。此刻她盯着李天水的眼睛里，阴狠之色越来越浓重。正对着红袍老妇三步外坐着个蜡黄脸的中年人。那人的脸像一个蜡像，骨骷肌肉像捏出来的，突兀而僵硬，唯一带着一丝活气的两颗黑眼珠正斜睨着李天水。他向身侧看时不转头，只转转眼珠子。蜡像脸的另一侧站着个巨人，他不知道这巨人有多高大，因为他只看到了巨人的两条腿。圆柱般的两条巨腿上上下下绑满了一小块一小块的兽皮，像个贴满了猎物皮毛的巨型妖怪的腿。随后他看见粗如树干的腰两侧各挂着一把小斧子，仿佛还沾着血。他背脊上一阵发凉。随后他看见了智弘和尚。

智弘和尚的大帽子帽檐极深，将他的大半张脸埋进了阴影中。但李天水仍然第一眼就认出了他。李天水看不见智弘的眼睛，但知道智弘正盯着自己。他通过镜子冲着智弘咧嘴笑笑。

这时他的笑容凝固在了脸上。智弘的坐垫后头，在织毯的尽头，在琉璃镜几乎映不出的最远的墙角，堆叠着两捆地毯。压在上头的那捆地毯的一端朝向自己，开口处露出了一张脸。黄光中漫漶不清的一张脸，但李天水还是看见了两只乌黑透亮的眼睛。那两只眼睛正凝视着他。

就在这一瞬间，李天水方才真正清醒过来。

他听见那蜡黄脸说了句什么，巨兽般的两条腿迈开了，带着"噔噔噔"的闷响，向自己躺着的地方一步步迈过来。他的手脚像被无数根缝衣针扎着，动弹不得。他绝望地对着镜子里的自己笑笑。他苦笑着看着自己被猛地拎起，离地尺余高时，他看见了巨人上身和双臂也如双腿一般绑满了兽皮，看见一条条粗粗细细的麻绳绕向他肉山一般的身躯背面。那巨人摇晃着方斗状奇丑无比的大脑袋，将镜子里的自己的双臂拉成一条直线，直至骨骼"咔咔"作响。随后，那巨人学着李天水那样咧开嘴笑着，将一道丝线慢慢地缠上了李天水的右腕，然后是右肘，然后是左腕，然后是左肘，再后是左右足踝和膝盖，最后是脖颈儿。丝线的另一头缠在巨人的九根手指上。覆盖两只巨掌的毛皮手套也像兽皮缝上的。李天水觉得巨人的手指灵活得像没有指节，像舞女的腰肢。他牙齿咬得"咯咯"作响，强忍下自每个关节处传来的剧痛，和身后传来的一阵阵腥臭。他看着镜子中的自己双臂被巨人扯上扯下，像一个活着的肉身傀儡。

软垫上有人说话了，嗓音听上去很温和很圆润。"这人是老相识，他叫李天水。若非他猝然光临，我们该请他落座，为他倒一杯水的。"智弘已经不再掩饰他极纯正的中原口音。现在他想怎么宰了我就能怎么宰了我，李天水绷直了脊骨想。

沉寂片刻，李天水感觉身后的巨人像个幼童那样笑起来。是那种喜欢慢慢扯断昆虫手足的幼童的笑声。他一点点拉扯拗转着李天水的关节。李天水听着"嘎嘎嘎"的骨骼声响，看见镜子中的自己脸色煞白。这时他感觉到有人在看着自己，从正面看着自己。但他的正面只有镜子。起初他以为是镜子中的某人甚至自己的目光。但随后，他觉得那目光来自镜子背后。这面镜子背后还藏着人，那人能看见自己，他想。这目光他看不见，但他能感觉到。他的心跳快了起来。

巨人手指上的线稍稍放松了些，李天水方可略抬抬头。他被镜子隔开的这一半穹顶上，吊着圆形双层灯轮，烛火白光刺眼。他隐约看见灯轮远离自己的一侧墙面上靠着一架木梯。

"我们可以接着谈下去。"智弘缓缓道。

红袍子老妇那双怪异的双眼这时转向了智弘。"你想让这个人继续活下去？"嗓音阴鸷短促，像屠夫在屠宰牲畜时才会发出的声音。

"那利将军，急什么，"智弘笑了，"我与他甚是有缘。他从沙州一路跟来，跟到了龟兹，又跟来了这里。现在我已经不急着处置他了。说不定我还想带他走。"

"你想带走的，是他背上的箱子吧！"雷鸣般的嗓音猛地从镜面后响起，是带着浓重舌音的汉话。李天水心头猛地一震。是乌质勒！突骑施可汗在这镜面后！

镜面后的另半间窟室内。

蜡黄脸眼珠子转向了智弘。"他背上的箱子是那口从长安带过来的箱子？你先前和我说那箱子已经埋在天山山谷的裂缝里了。"他的尖嗓音高了起来。

"什么箱子？"那利那两只怪异的绿瞳也紧张地转向智弘。

"那利将军，那口箱子和我们正在谈论的龟兹大局绝无一丝一毫关联，"智弘阴阴一笑，"既然我已经找到这里，既然这面镜子后还坐着草原上的可汗，我们绝不该浪费一点儿时间。"

那利盯着蜡黄脸。智弘又笑了，道："那利将军，你不必责怪康萨宝。他是个守规矩的买卖人，是我先找上他的。多方买卖在西域是准许的。那利将军，拿出你的筹码吧。"

"延田跌的人头！还有那个龟兹白姓的小傻子！"镜子后的嗓音好像洪水忽然迸涌而来。

双肩猝然传来的一阵剧痛令李天水的头颅不自觉地向后一仰，这时他从镜子里看见那利的手抖了抖。"不能在这里交易了，这里已经不是合适的地方了，"他狠狠瞪了康傀儡一眼，又看了眼那面镜子，声气慢慢平静下来，"这里有两个保护人，龟兹怎么分呢？"

"如果你能执政龟兹，恐怕须分出两份商税了，"康傀儡尖声笑起来，"但是如果你同时有了这样两个保护人，我能保证，龟兹的疆域将至少大上一倍。天山内部的数十条暗道，大漠南道和西道，都将是龟兹的商道。龟兹的商利恐增十倍！前提是你能拿得出那小傻子，还有白延田跌的头颅。"

"那利将军，这地方可是你自己定的。你还是快些拿出来吧。"智弘淡淡道。

"现在这只飞虫闯进来了，"那利指着李大水慢慢向后弯的脊背，"嘿嘿"冷笑一声，"你们还觉得这里可靠么？"

"或许我能解释下此事，"蜡黄脸的康傀儡开了口，他的嗓音尖细别扭，不像真实的嗓音。他叹息了一声，接道，"你在这佛殿里待了许多年，你不明白这佛殿有古怪么？不明白这佛殿中的世界，和外界不同么？"

李天水慢慢呼吸，令几乎不能动弹分毫的全身筋肉慢慢放松下来。他看见镜子里的红袍老妇盯着康傀儡，那双朝向两个方位的眼珠子，仿佛正同时看向两个世界。

"殿中佛像的笑容看上去像恶鬼，佛龛前的烛火看上去像在扭动。还有我们头顶上的灯轮，黄色的火焰却发出白光，映在镜子上又是黄色的。你和智弘法师俱是高僧大德，没听说过结界么？"这时康傀儡笑出了声，像没忍住，"据说释教中也有这种说法，所谓'十玄缘起互涉互入'。普通人看不见，但能译经的高僧们有能耐看见五感外的诡秘世界，那利将军和法师始终未觉有异么？"

李天水看见那利两只眼珠子朝着不同的方向转了两圈。眼中闪过一丝慌乱，但很快又恢复了平静。随后他"嘿嘿"笑出了声。他身侧的智弘也笑了。蜡黄脸的康傀儡也笑了，他边笑边道："这只飞虫或许是误撞入了结界里了。结界一旦发动，他自己也不会明白是怎么进来的。身陷此等结界，随时随地可能丧失神智。那利将军如果不是存心要将我、智弘法师和可汗大人困在此地，便快些将筹码掏出来吧！"

"快掏出来吧！"雷鸣般的嗓音又在镜面后响起。

那利浑身又是一抖，良久，他低声道："按你所说，如果撞进这里的，还有别的飞虫呢？"

康傀儡还未应答，镜面后嗓音又猝然响起，李天水眼前的镜子仿佛也在颤抖。"那利，若要成为一个真正的王，有两个先决条件。你只有多疑，但你没有学会果断，恐怕也学不会了。"李天水听见乌质勒仿佛叹了口气。

镜子里那利的脸色刷地白了。这时李天水听见扑棱棱地一阵响，从他方才跌入窟内的门洞响起，在穹顶扑翅一阵后。一只灰鸽子出现在了镜面上。镜中的康傀儡扬了扬手，鸽子已经到了他手腕子上。

康傀儡打开鸽腿上的纸卷看时，一旁的智弘忽然笑道："既然可汗这般说，那么无论那利将军手里有什么，恐怕都已经出局了。"

"唉，恐怕确实如此。"康傀儡叹息了一声，又缓缓道，"方才的消息是，延田跌还活着，而且似乎并不在那利将军手里。"

那利的脸色转为了青灰色，像死人的脸色。康傀儡和智弘已经不看他了，仿佛他已经是个死人。

"实际上，尊贵的可汗，吐蕃的使者方才提议过，"康傀偘向着镜子，恭敬地扶肩弯腰，慢慢道，"龟兹事务可以仍旧遵循传统，以天山以北的可汗作为唯一的保护人。"

"哦？"镜面后，乌质勒沉厚的嗓音微微上扬，仿佛觉得很有趣，"那么，吐蕃的主事者，会给出什么承诺呢？"

"潜入龟兹的'乌鸦'们，'绿度母'的'乌鸦'们，还有从大漠深处潜入龟兹的那些谍人，一日之内，尽数退出龟兹全境。"智弘亦在软垫上弯了弯腰，缓缓道。

"哈哈哈，"洪钟般的大笑仿佛摇撼着镜面，道，"吐蕃在龟兹经营多久了？有三年了么？你的主子岂肯轻易地拱手让出？说吧，他想要什么？"

"吐蕃和黑教的主人希望，"智弘朗声缓缓道，他的声音在这窟内回响不断，清正的汉音听上去却越来越诡异，"毁弃龟兹全境内的佛窟、佛塔、寺院，将其中一半改为黑教祭祀地和寺院。黑教咒士免于赋税、刑罚，有罪者告黑教大祭师决判。龟兹全境仍可推行火教。"

"呵呵呵，还有么？"

"唐人在沙漠北缘，在龟兹四境设立的几十处军驿，'绿度母'的势力亦将全数退出。吐蕃执政者只求四处，即神山道以北四馆。"

那巨人"咯咯咯"笑着，手上又加了力。李天水难以控制呼吸了，头颅与脊骨不住地向后仰。他的双眸尽力转向眼角，绝望地看向镜中窟室最远处的角落。无论如何扭转脖颈，再看不见玉机的眼睛。他只看见叠在玉机下的那卷毛毯，似乎微微动了动。

丝绸之路密码2：龟兹壁画迷宫 417

"好得很，好得很，神山道……"乌质勒笑道，他的嗓音放慢了些，李天水仿佛透过镜子看见了他眯起的圆眼睛，"我听说通过那条道可以穿越沙漠……"

"可汗不会有兴趣的，"智弘摇了摇头，"那条神山道，与沙漠里许多的河流、湖泊一样，时有时无，方位也总在变化，像条活的路。极少有商队能通过这条道穿越大漠，连驻守在这条沙漠道上的唐军也已不足千人。如今这条道路主要是为那些愚蠢贪婪的盗宝人去送命准备的。唐人辟出这条沙漠道是为了对付吐蕃，这点可汗再清楚不过。可汗把这条道留给吐蕃，可汗觉得这买卖合理么？吐蕃还会把这个疯子留给可汗与萨宝。"智弘指了指压在下面的那卷毛毯子。李天水看见那卷毛毯在不住扭动。

"什么疯子？那里头是谁？"乌质勒高声喊道，"那里头是谁？"

"请原谅，可汗，在康萨宝收到那个消息前，我原本也不知道，"智弘微微躬身道，"我在门洞边看到了一个穿着七八种颜色的衣袍、头戴金冠的疯子。他胸口挨了一刀。为了确保万无一失，我把这个疯子带上来了。他也算是个老相识了。"智弘最后笑了笑。

镜子后沉静了下来。康傀儡蜡黄的脸上，眼珠子不住转动。李天水看着那卷扭动越来越剧烈的毛毯子，咧了咧嘴。穿着红袍子的那利一步步极慢地向那把木梯子边移动。

"只是你的老相识，"片刻后，乌质勒高声道，"你们吐蕃人的老相识。他不是你们选的新王么？"

"可惜选错了，"智弘平静地道，"还未坐稳金狮子座，他便在回信中对吐蕃无礼。他遣人暗杀了柘厥关后的结界和通往拨换的驿路两侧的'乌鸦'们。他从那两个女人那边,搭上了那个掌控着'青雀'的大人物,那个大明宫也忌惮的大人物。他觉得可以将野蛮的吐蕃踢开了。哈哈,他或许觉得自己是个神了。"

"把他制成肉傀儡,你有几分把握?"过了许久,乌质勒忽然道。

"至少六成把握。"答话的是康傀儡尖细的嗓子,"若是如此,我们便不必另寻其他合适的王族后裔了。"

"你很不错,"乌质勒笑着道,话音里含着不加掩藏的讥刺,"你若留在中原,我敢说也能干成不少事,哈哈哈……"

"谢可汗赏识,"智弘面不改色,只微微弯了腰,"如此一来,还剩最后一桩买卖要谈。"

"哦?"

乌质勒大笑时,李天水身后那巨人也"咯咯咯"地笑了起来,笑得浑身颤动起来。勒入李天水皮肉的银丝也随之乱颤。李天水觉得自己浑身上下的每处关节好像正被慢慢撕扯、锯割。他的下唇咬出了血。这时他看见镜子中的智弘忽然站起了身,指了指自己的脊背,道:"我想要这只飞虫,"又指了指卷起玉机的那条毛毯子,"这只'孔雀',留给可汗。"

李天水的心头猛地一缩,头脑里又开始嗡鸣起来。卷着玉机的毛毯子看不出丝毫动静。他听见乌质勒又在笑,但笑声冷淡了许多。"你是个好买卖人,"他的嗓音同样冷淡,"你是怎么看出我想要这个汉女的?"

"我们自然也知道可汗更想要这个突厥汉奴,"智弘叹了口气,"但他是这次买卖我们必得不可的货物。可汗已经把他的阿塔留在了草原,此番又得了这个妇人,这笔买卖绝不能算亏。"

"箱子归我。"智弘话音方落,乌质勒忽然接道。

智弘直直地看着镜面,好像愣了愣。康傀儡的眼珠子不转了,仿佛已置身事外。那利的一只手已可摸上那梯子。李天水的四肢关节随着巨人手指上下颤动,好像一种诡异的舞蹈。此刻他已经感觉不到痛楚了,甚至连背上箱囊的重量也快感觉不到了。

"那口箱子里装的东西,只与拜火教世界有关,'绿度母'本无兴趣。"过了半晌,智弘缓缓道,"可汗自取。"

"爽快。你回去告诉你的主子,我今夜就会赶去疏勒,让乌弓月带着狼卫回草原吧。葱岭边的疏勒现在已远比龟兹重要。"乌质勒大声道。

"可汗莫忘了,今夜我不能只带回口信。"智弘忽道。

"嘿嘿,康傀儡可是写盟约的老手。"

"仍需可汗的金箭为信。"智弘平静地道,"上回拜谒狼帐时,可汗承诺过。"

"好得很。你会拿到金箭的。"过了一会儿,乌质勒道,语调平静得可怕,"康傀儡,我会遣个人过来取货。结束后,你随着那人来我的狼帐。"他的嗓音好像离镜面远了许多。康傀儡极僵硬地弯了弯腰。

"可汗要走了么?"智弘忽然道。

"我时间不多,"乌质勒冷冷道,"我说过了,你会拿到金箭。"

"可汗要去疏勒?"智弘皱眉道。"我说过了。""今夜中原或将有变,可汗不会不知,"智弘皱着眉盯着镜面道,"恕小僧直言,若中原生乱,可汗或该东进。这正是收复颉利可汗故地之大好良机。"

"嘿嘿嘿,"乌质勒的笑声极冷淡,"没有你说的机会。我手里正拿着一张纸,其上写着:'三日前,青雀的宫变事泄,皇后收宫女及十二卫中郎将数十人下狱,连夜拷掠,又飞鸽传令收捕凉州都督以下军将数十人。皆是秘密行事。天可汗第四子,十年前假死的"青雀"李泰,亦已被捕拿。'嘿嘿,你们低估了那婆娘啊。"

康傀儡的眼珠子不转了。智弘的眉头皱得更紧。"可汗何时、从何处得到这消息?"他的嗓音竟然也有些凝滞。

"就在方才和你说话时,我的人亲手交给我的。绝对可信,"乌质勒的嗓音离得更远,同时在镜面后传来一阵轻微的"吱吱"声。李天水的脑子此刻几乎是一片空白,但他仍辨出那是弓弦在慢慢拉紧。"你没听到鸽子飞过来,那是因为我几乎不用鸽子收消息。"这时一声锐响盖过了他的笑声。"啪嚓",镜面上忽然露出了金光,正闪在李天水眼前。是一个黄金箭镞。箭头穿透了琉璃镜,锯齿形,箭身的一半穿过墙面,兀自不住颤抖。箭身周围的镜面破裂成了蛛网状,正对着自己的脸,映出仿佛破碎成无数片的脸。

这时他听见智弘长叹了一声,道:"世事难料,稍纵即逝。谢可汗赠箭。吐蕃亦有金箭,小僧便是金箭使。我看见两份盟约已然拟就,自当回赠金箭以定其约。"智弘弯下身,居然从软垫中也取出了一支金箭。李天水的身躯被拉向半空,又俯倒下来,脸冲下,压向地面。那巨人仿佛找到了一个新玩法,笑得更开心了。李天水的目光离开镜面前看见智弘的左手挥了挥。又是一声"啪嚓",就在可汗金箭扎透的琉璃镜边响起。李天水的脸快要砸上毛毯时戛然停顿。巨人"咯咯咯"笑着。李天水努力抬起脖颈,头颅一点点仰起来,看向那两支金箭扎透的镜面。

两箭相隔只两三寸,镜面正中,那蛛网状的裂痕正在扩大了。康傀儡绕过自己,在镜面前将两叠纸串入两支金箭。他走远后,李天水的目光仍未从镜面移开。裂缝在一寸一寸极慢地向四周延伸,好像什么活物在生长。这时他听见智弘道:"别让你的巨人把我的飞虫弄死了"。康傀儡说了句什么,像粟特话。那巨人把他猛地一下向上拉。上升的一刹那,他看见数不清的网眼般的破裂面上映出了自己数不清的脸。他感觉到智弘慢慢经过身旁,仿佛还看了自己一眼。智弘伸出左手拔了拔,那金箭纹丝不动。镜面后响起乌质勒的大笑声。吐蕃的金箭被拔进去,乌质勒的箭仍留在那里。智弘退回去时盯了他一眼。裂缝仍在逐渐扩大。这是怎么了,他想着,看着越来越多的小破裂面上,自己的脸不知何时变成了一对眼睛,看见蛛网般的裂缝上映出了无数对眼睛,看见那些小裂面上的两点目光正直视着自己。这时他听见有人在喊他的名字,仿佛从很远的地方,仿佛就在耳边。"李天水,李天水……"

是玉机的双眼,玉机的嗓音。

他以为自己听到的是玉机的呼救声,但他立刻发现自己的双耳未闻任何声响,那嗓音只响在头脑里。随后他听到玉机的嗓音变成了,"腹部、吸气、呼气、放松,腹部、吸气、呼气……"他的身躯在半空中被慢慢向后拉,直至背脊与地面平行。他看着穹顶和灯轮上刺眼的白光。巨人又翻了个面,他的脸重朝向地面。周身的痛楚这时变得可以忍受,是习惯了么?他的腹部微微发热。仰头看向镜面时他张大了嘴,镜面上的裂纹已经扩大到了一人高。他看见那裂缝变色了,成了红色,血一般的红色,血红色如蛛网般布满镜面中央。

康傀儡和智弘说了句什么。再一次被翻过去时,他看见了现实中的玉机。玉机乌云般发髻散乱下来,贴在灰白的双颊上,两只乌黑的眼珠子死命地向上抬着,看向自己。她被四马攒蹄地反捆了手足,嘴也被堵住了。她身下的地毯像一卷地图摊开着。这时他的脸又被翻向了镜子。他觉得自己的腹部燃起了一团火。他想在碎裂的镜面中再次找到玉机的身影,却看见了那孩子的身躯。

密密麻麻如蛛网般的血红色裂缝上,映出了小沙弥的身躯。和他记忆中的小沙弥一般高矮,一模一样,还是那般憨傻的神情。但身躯是碎裂的,仿佛被划开了无数条血线。这时,镜中的小沙弥仿佛看见李天水在看自己,对着他笑了,忽然吐出了舌头,做了个鬼脸。李天水的心头忽然觉得被刀割了一样难受。那小沙弥挤了挤眼,又笑了,笑容一派天真,仿佛在安慰自己,忽然高举起了右手,左手下垂,张开了嘴,他的嗓音响起在李天水脑中,是在梦里听懂了的龟兹话:

　　　　天上天下唯我独尊,今兹而往生分已尽。天上天下唯我独尊,今兹而往生分已尽……

李天水看着自己的泪珠滴落到毯子上,一滴、两滴,至第三滴时,他又被翻转向后。腰腹部有股力量在攒动。他任由头颅翻向巨人那一面,足底朝着镜面。闻到浓重腥恶的臭气时他仰起了头,发亮的目光正对上那巨人又小又浑浊的双眼。他开口道:"你是不是胆子很小?"

那巨人怔住了,好像听不明白,或者不明白这个垂死之人为何还能说出话。巨人十根柔软的手指在半空僵住了。李天水看见玉机的手足已经被拴上了一根碗口粗的木棒子,像一头待宰的牲畜,木棒子就架在那窟室转角墙上的两个龛洞间。玉机身下,另一条毛毯子也打开了,延田跌斑斓的菱格袍上沾满了血,血线仍在从他肩头上的两个血洞中不断涌出。但他看见延田跌好像在笑。玉机和延田跌两侧,智弘和康傀儡的蜡黄脸转过头看向自己。李天水仰起头,接着道:"你的身体长得越大,你的胆子就越小,就越是怕死,所以你把自己包裹在一层层猎物皮毛中。为了吓唬人,也为了保住自己身上的每一块皮肉。我猜这些猎物都不是你捕获的。你胆子越小越懦弱,你就越是需要暴虐残忍,"这时李天水咧了咧嘴,"我说对了么?"

那巨人连眼珠子也没有稍动一动,只直愣愣地看着他。他的瞳孔里是一片虚空。窟室静得能听到巨人粗重的呼吸声。镜子后好像透过来乌质勒的一声叹息。李天水看着那巨人,又道:"但是你躲不过的。"

康傀儡尖叫了一声。尖细至极的嗓音中,李天水背脊拱起又弹出,足底撞上碎裂镜面时响起了"砰"的震响。一道金光从他眼角闪过。他的身躯自下猛然荡起,势若雷霆。"啪嚓"一声,他知道那巨人的下颚碎了。巨人大张了口,口中飞溅出五六颗下齿,向后仰倒下去。他随着巨人的双手往下落,半空中时看见智弘的左手掌心被那锯齿状的金箭头刺穿了。李天水足底蹬上镜面一刻,乌质勒的金箭激射而出。他愣愣地看着自己的手掌,仿佛不信。落下时,李天水的身躯正砸在那方欲起身的巨人身上。镜面开始"啪啪"作响,他回头,看见血红色蛛网裂缝中央现出两个漆黑的箭洞,孔洞四周每一片极小的破裂面皆在不断地凹入凸出、凹入凸出,好像活了过来。窟室震动起来,好像那两支射出的金箭是两把钥匙,两把稳住这窟室的钥匙。此刻两把钥匙拔了出来。他看见穹顶在摇晃,挂在顶下的灯轮晃得更剧烈,片刻后终于直直落下。"砰!""啪嚓、咔嚓",他听见了巨人头骨和颈骨同时碎裂的声响。他看见巨人脸上灯轮的烛火不自然地扭了扭,旋即暗灭。

　　眼前顿时一团漆黑。是一团摇晃着的漆黑,无声地摇晃着,如墓室般死寂。李天水压在巨人身上,双臂大张,背脊一弓,死去的巨人的十指与小臂抬了起来。他收缩腰腹,身躯慢慢向下挪近巨人的腰侧。他闻到了血腥气,移动肩膀,片刻后,他感觉到银丝线挨上了斧刃。他双肩上下移动着,"啪啪"声中,银丝一根根断开。他留心听着窟室另一侧的动静。灯火熄灭后那里再未发出丁点人声。无论是坐于软垫上的智弘、康傀儡,还是躺在毛毯上的玉机、延田跌,还是最远处木梯子边始终未敢爬上去的那利,一瞬间仿佛消失了一般,仿佛猝然落下的黑暗将李天水与这些人隔开了一个世界。银线尽断,双臂双腿仍麻得像四根木头。他再次拱起腰背,在黑暗中搜寻那两点光。仍只有一团漆黑,晃动仿佛更剧烈了。他听见了石壁碎裂的"咔咔"声。他的心狂跳起来。这时他感觉身侧一亮,急转过了头。

淡淡的白色微光,亮起在镜面中央满是鲜红色裂纹处,近似圆形。黑暗中,像一轮布满了蛛网状鲜红色裂纹的圆月。那光亮也在晃动,正变得越来越大,越来越亮。他想不明白光自何处来。当那光亮渐至一人高,将每一丝裂缝都映亮时,他又看见了小沙弥的身影。小沙弥的身影就在那光亮中,带着无数条血红的伤口。他看不清小沙弥的神情,只见他微微弯下腰,向自己伸出了手。小沙弥也在摇晃着。

他一拧腰,从那巨人身上翻了下来,后背贴上毛毯子,脸正对着镜面。但亮光和小沙弥皆已不见,镜面仍是一团漆黑。又是幻相么?他觉得背脊下的毛毯在左右横移,"啪嗒",一小块碎石砸上了额头,他想起了在天山石冢遭逢地动时的情形,猛地收腹,坐了起来。镜面就在咫尺外,但手臂伸不出去。他挺动腰腹一寸寸挪向前。更多碎石砸上头顶。这时他感觉腰背被一根木棒子抵住了,碗口粗的木棒子。他急转头,终于看见了那两点眸光。

眸光好像近在咫尺却又触不可及的两颗星。他觉得被绑缚在棒子下的玉机好像笑了笑。他想象不出她是如何仅用腰腹之力挪至此处的。随后他的腰背被木棒猛地一顶,身躯被顶得直直冲向镜面。回头想要再找玉机,眼前一亮,旋即暗天。方触及镜面,身躯已穿镜而过。他心头狂跳,但在半空中已明白了过来。那是镜面如活物般自行翻转,便在触及碎裂镜面的那一刻,他飞向了镜后。肩头忽然一阵剧痛,半空中好像被狼爪子猛地搭上。他背脊发了一层冷汗,"砰"的一声坠落在地。又是一道刺眼的白光。当他睁开眼时,看见身边毛毯上躺着的是面色比死人更难看的延田跌。

一个和原先几乎一模一样的窟室。但这窟室的穹顶上挂着的是枝灯，在一片经幡间闪着火光。窟室在微微摇晃。这时他看见了镜面。他慢慢撑起了身躯，发现四肢恢复些气力了。他行至镜面前，那镜面也在轻摇晃。又看见了蛛网状的裂纹，中央现出两个孔眼。没有血线，仿佛方才看到的真是幻相。他原以为将看到自己灰白的脸，但破裂的琉璃镜映出的是另一个窟室的景象。正是他方才身处的那个漆黑窟室。那窟室现在有了光，是月光。月光从裂开的穹顶漏了下来。每一次摇晃都自穹顶带下一阵碎石子。镜面另一侧，他看见几颗碎石子打在玉机的腰背和额头上。玉机好像浑然不觉，继续向后弯着腰，大张着的嘴就快够上了被反绑在木棒子上的绳索。

这时他看见了那镜面上的裂隙，两个孔眼中央，现出一条裂隙，四五寸宽。由顶部贯穿至地面。每一阵晃动皆让裂隙变得更大些。他用手指插入那裂隙，猛然向左右扳去。丝毫扳不动。他盯着那条缝隙，退后，猛地扑上去。"嘭！"他重重地撞上镜面，弹回。起身后他抽出行囊中的那根黑棒子。这时他发现木箱子不见了。回到镜面前时，他发现那箱子躺在玉机和墙面之间，这时他想起箱子上的绳索早已被那些银线勒断了。玉机已经用嘴咬开了一个手腕上的绳结，但他看见康傀儡正向玉机走过去。镜面晃得他几乎看不清那张蜡黄脸，但康傀儡手里拿着一个闪着光的什么。几颗拳头大的石头砸在康傀儡头顶，他仍然直挺挺地迈向玉机，像具会走路的死尸。李天水看见玉机两只手已经松开了，但足踝仍被反绑着。他忍着浑身灼烧般的剧痛，将黑铁棒子用尽全力捅向那道缝隙。"噗"，棒身穿透了镜面，卡在缝隙间。

霎时，镜面的晃动戛然而止，镜面后的窟室亦不动了。李天水身处的这一侧窟室微微一震，随后又是一震。镜面后所有人一瞬间定住了，仿佛那一侧的时光停了。那张蜡黄脸停了步，呆若木鸡地看向穿过镜面的黑棒子。李天水又看见了智弘，智弘和尚靠着最远处的墙面，他头上便是穹顶的裂口。他左手抬着，嘴里咬着仍穿透手掌的那支金箭，正一点点地将那箭身向外拔。这时他也转眼看向了镜面。月光映上了他的脸，他脸上看不出丝毫痛苦或是惊愕。那利已将爬至木梯一半了，那对看向两个方向可怕的绿眸子此刻转了过来。只有玉机，仍在竭力地后仰着腰身，双手十指快要够上绑紧足踝的绳结了。这一瞬几乎决定了镜面后所有人的命运。

一柄长斧从梯子上方的拱洞外慢慢伸下，随即凌厉的寒光一闪，红袍子上的脑袋飞了起来。一道血柱子自那利的断颈喷出。李天水瞪大了眼看见一匹狼自拱洞落下，直至落地时方发现是个狼头人身的怪物。那怪物四肢着地，抬起头向镜面处看了一眼。一缕月光映亮它的半张脸，李天水看见了半片的兔唇和一只布满了血丝的细长眼睛。他的心一阵狂跳。它低下头，兔唇翻开，伸长覆满了黑毛的脖颈，向着裂口处的半月，长嚎了一声。隔着镜面，李天水也隐约听见了那叫声。他在草原上从未听过如此悲伤凄厉的长嚎。随即它张口低头，白森森的犬齿咬上了那利的秃脑袋。老妪苍白的假发早已脱落，两只无神的绿眸子一只看向那怪物，一只看向镜面。怪物在月光中站起了身，嘴里叼着血淋淋的头颅。裂口周围的碎石子仍不住往下掉，砸在羯龙戴着的狼头帽和他身披的那一整张黑狼皮上。这时李天水听见"啊，啊，啊"的鸦叫声从穹顶上迅速掠过。他抬起头，看见头上的半个穹顶上也裂开了。脚下震动一阵越来越强。毛毯子被月光照亮的地方显出了一圈飞鸟的阴影，在转着圈。飞鸟阴影间线条相连，线条交汇处是个圆点。他看见智弘的嘴放开了箭身，仰着脖子不住叫着。对面穹顶的裂口外垂下了几根麻绳。麻绳末端系着一枚黑珍珠。智弘咬上了那枚黑珍珠，随着麻绳慢慢升空。

提着刀的羯龙向半空中的智弘走过去。智弘越升越快，但长斧更快。浸满血的锋刃在半空挥过，像伐下一棵小树般，智弘左腿自膝以下与身躯分离飞出，随后是右腿。鲜血飞溅上了镜面，血丝沿着蛛网状的细密裂缝慢慢向四周扩散。李天水已有些恍惚。智弘抽搐了数下，竟始终未松口。鸦群上升极快，羯龙第三次举起长斧时，智弘的残躯已经飞出了穹顶。一块大石头砸了下来，正砸上羯龙的狼头，羯龙的身子晃了晃。李天水看见他脸上满是血。脚下地面开始倾斜，镜面也在倾斜。他看见羯龙歪着身子提斧迈向康傀儡，康傀儡却好似浑然未觉，俯身向玉机。玉机的手脚已解开了，但身躯未能避开去。他看见康傀儡手上的什么扎入了玉机的腰部，他后腰疼得好像那伤口又被撕裂了。几乎同时康傀儡的半截身子飞了出去，"砰"的一声撞上镜面，未溅出一滴血。李天水听出像木头砸上琉璃的声音，他呆了片刻，方明白过来这也是个假人，是个木傀儡。未看见连着这木人的丝线。他向那木梯子处看过去，有个人影正踏着梯子慢慢走下来，踏入这个地狱般的窟室。那人好像踏着舞步，扭着腰，脚步轻盈得好像踏在空气上。月光映出了一个绝美的西域女人，身上的黑袍子自头顶裹至足踝，好像浸染了黑夜的颜色，不掺一丝杂色。穹顶落石如雨下，这美人走得很慢，但没有一颗砸在她身上。她正踏向冲着玉机举起斧头的羯龙。镜面缝隙越来越宽，冲进来的血腥气更浓烈了。镜面开始倾斜，他撑着斜斜卡着的铁棒子。羯龙的长斧脱手落地，向那美人走了过去，将她拥入怀中。李天水忽然想起了他说过的话：

"我有个女人，她叫墨莲，她是个好女人。"

这时李天水看见了这美人的两颗眼眸子，有些眼熟。他看见那美人左边的眸子是蓝色的，右边则是褐色的，像两颗宝石，此刻闪着冷光。他看见弯弯的刀刃从羯龙背后穿出，看见羯龙在抽搐。地面猛地一沉，他双手死命扳着铁棒子，撑住身躯。这时他看见了延田跌的菱格袍子，延田跌正在脚下爬着延田跌正爬向地面正在慢慢沉向的窟室一头。窟室忽明忽暗，他抬头看见枝灯在左右晃动。这时他才看见枝灯的枝条间以佛幔相连，摇曳着的佛幔向上束起挂于顶下。

两股鲜血又喷溅上镜面。缝隙后李天水已满手是血。他绝望地慢慢转过头，看见一个女人的背脊正贴在镜面上，贴身绣满金花的红袍子被穿透了，露出了一截弯刀的刀刃。女人的背脊死命抵着镜面，长袍下一条洁白的长腿此刻像条巨蟒一样箍紧了持刀者的脖颈。持刀者恶鬼般漆黑恐怖的脸扭曲着，泛出青色，两只冷血动物般的眼珠子渐渐凸了出来。"萧萧！"李天水不自禁地大呼。他看见萧萧的另一条腿踏在了那西域美人的手腕子上，一把匕首就在她手边几寸外。他的目光在真的布满血纹的镜面疯狂搜寻，终于在萧萧身侧四五尺外的毛毯上看见了玉机的身影。她背着木箱子，像一只爬虫一样在地上爬着，脸却向着镜面。镜面上的血线在向延田跌爬去的方向慢慢延展,另一侧的玉机亦是向着那方向在爬着。他松开了棒子,朝那一条俯身蹿过去。一阵碎石砸得他脊背火辣辣地疼。但这时他的目光与玉机隔着镜面相遇了。

一阵剧烈晃动后,枝灯带着一大块顶壁"咣当"落地。眼前一暗但头顶仍有亮着。他抬头,又看见了月亮。洁白的月辉自这一侧穹顶上的裂洞中透入。他听见一声女人的惨呼,猛地转过头,萧萧的背脊在一块巨石下不住在抽搐。不见玉机,那魔鬼般的西域美人也不见了。地面又猛地一斜,毯子上的枝灯向他这边滑了过来,他几乎抓不住毯子了。这时他看见前头倾斜向下沉落的地面与窟壁间出现了一道裂隙。延田跌已经消失在那裂隙边。他松了手,拱起腰背,向那道缝隙滑去。

刀割一样的冷风透了进来,李天水的双手抓住了地面裂开的边沿。裂开的地面仍在倾斜,裂隙在慢慢扩大。裂隙后是无底的黑暗。他吸了口气,像在雪山上的气息。他慢慢翻转身,双腿朝着裂隙,双手抓着地面,双足自缝隙探了下去。身躯悬空在黑暗中。随即有人握住了他的足踝。他的心好像堵上了嗓子眼,张口欲喊却出不了声。他感觉那人的手将他向后稍稍一拉,足底便踏上了实处,地面又猛地一斜,他的手快抓不住了,裂缝下那人抱住了他的腰。他觉得那双臂有力而温和,便放开了手。他被猛地抱入了亮处。站稳后,他看见亮光来自身后,一排长明灯点燃在穹拱形的洞壁上,在风中不住战栗的微光映出了一个老僧的脸。老僧睁着眼,正看着自己,但目中没有半分神采。老僧身前,那个将自己抱下来的人正对着他微笑。那人菱格形拼合的衣袍上满是血污,淡褐色的双眼却一片澄澈。

居然是白延田趺。

李天水不自觉地向后退了一步,延田趺微笑道:"李郎站定,身后是深渊。"

冷风扑上了湿透的背脊,李天水打了个颤,转头向后看,深吸下一口气。洞窟的地面在他身后两步外消失了,其后是烛光照不透的黑暗。寒风从下头一阵阵灌了进来。他听见那老僧喝道:"何处是深渊?"李天水转过头,看见延田趺已跪伏下来,道:"处处是深渊。"

老僧问道:"深渊可怖乎?"

延田趺摇头道:"唯人心可怖。"

老僧问道:"何以可怖?"

延田趺应道:"法界万有皆在一心。一念之间,事事成佛,一念之间,事事成魔。"

老僧问道:"深渊亦可成佛?"

延田趺应道:"事事皆有佛性。"

老僧不再发问。李天水呆呆地看着跪伏在地的延田趺,听见上方头顶后裂缝又在斜斜下沉。"你在救了他?"他看着延田趺道,过了一会儿,又道,"你在渡他?"

老僧摇头,道:"我只是个引路人,他自己渡过去了。"

左侧的壁面后有动静。他脑中灵光一闪,镜面另一侧一定也有条裂缝,裂缝下很可能也有个小窟。微光映出了嵌入拱壁一个佛龛的轮廓,龛内坐佛有一人高。李天水看着那佛像,道:"你如何给他引路?"

老僧道:"一句话。"

头顶上"噼啪噼啪"一串琉璃碎裂响动。李天水想那镜面终于裂开了。一道黑影从那裂缝中疾飞而出，他一伸手，半空中抓紧了那根冰冷沉重的铁棒子。"啪嗒"，有什么卡在了头顶边的裂隙里。那道裂隙已有近两尺宽。李天水提着铁棒，转头向那老僧，哑着嗓子问："这是什么地方，你为何出现在此地？"

老僧的眼睛望着他，眸子里好像映着火光，但他知道老僧看不见。"因缘和合。"老僧只说了四个字。

"你也送我一句话吧。"李天水紧盯着老僧。他忽然有些愤怒。

老僧却摇了摇头。

这时，洞壁上的佛像后，"嘭嘭嘭"的震响乍然响起，好像什么东西砸着佛像后的洞壁。李天水一步蹿至佛龛边。"嘭嘭嘭！"像木箱砸上石壁的声响。他想到了玉机背着的木箱子。"玉机！"他嘶声高喊，"玉机！是你么，玉机！"

"嘭嘭嘭"的声响更急了，像在回应。

"阿弥陀佛，"老僧忽道，"凿开佛像。"

李天水一愣，看着龛中那尊佛像，佛祖的神情在微光中幽昧不清。他转过头问道："沙州的和尚讲经变故事，常言及毁损佛像者，必遭殃祸。那些故事可信么？"

"佛经上讲的，自然不欺。"

"我若砸开这尊佛像……"

"佛在何处呢？"

李天水望着那老僧，猛然明白过来了。"嘭嘭嘭"的声响更急了。头顶上的裂隙还在扩大，有三尺宽了。卡着的物件沿着石壁滑下，"咣当"一声落在洞窟悬空的边沿伏跪着的延田跌身前。延田跌将额头低了下去，好像在对着那物顶礼膜拜。是已然熄灭的穹顶银枝灯，几根灯枝已被砸歪了，但佛幡仍连着银枝条，像一把被砸坏了的伞。

李天水提起铁棒子，尽全力砸向佛像。"咚！咚！咚！"连着五声巨响后，佛颈断开了。佛头向后掉落，龛上现出佛头大小的一个大洞。洞后两点眸光在对他闪烁。李天水将铁棒插回行囊，右手伸入洞中，想要抓紧玉机的五指却抠入了木箱的裂口。木箱上的绳索、油布几乎被砸烂了，桐木箱面深深地凹了进去。玉机的手腕缠着绳索连着箱子慢慢伸了过来。李天水将右手从木箱裂缝中拔出时看见延田跌正拗动着枝灯的银枝条，那佛幡在枝条间张开了。箱子穿了过来，大小恰可通过。他方要搭上玉机的手腕，佛龛连同整面洞壁轰然塌下。"轰隆隆"的巨响中，玉机的手腕带着木箱子与李天水猛然下坠。

"啪"的一声，李天水的腰部一震，坠下的上半身悬停在半空。他喘着粗气，慢慢回过头，过了一会儿才明白是那条金腰带的两枚搭扣卡在了佛龛残存的莲花底座的石雕瓣叶间。一阵狂风吹散了他已经湿透的发辫。他的右手死命抠紧那木箱残断的木板，木箱下悬着玉机的身躯。他想呼号，却发不出半点儿声响。月光如水，极柔和地覆上了她细弱的身躯，正随着阵阵狂风左右摇晃。他看见玉机不住晃动的双腿下还挂着一个人。是那个魔鬼般的西域美人墨莲。再往下是无底深渊。

他看着墨莲拉着玉机的小腿向上爬。半空中的玉机猛地一挺腰，墨莲被荡起，但裹着黑袍子的身躯立刻蜷曲起来，像一条蛇。她似乎比玉机的身躯更软。她迅速爬上了玉机的双股。玉机似乎绝望了，没有再动，只是仰头直直望着李天水，像两颗星辰就要暗淡下来。他感觉右臂像要涨破了，手指在慢慢滑脱木板。他抽出抓着石雕莲瓣的左臂,也抠入了木箱子里,整个身躯仅靠莲座上的金带子支撑。石莲座上擦出了"咔咔"声,李天水感觉腰部向下滑了一寸。他觉心快要顺着喉咙口跳下去了。玉机在对着他摇头,李天水看见她腰下一片鲜红。这时他感觉背后有人蹲了下来,随后在他腰上缠着什么。缠了六七圈,那人开口了。

"阿弥陀佛,"是延田跌的嗓音,他低声道,"我不下深渊谁下深渊。"

李天水没明白,也没回头。他甚至转不动脖颈。墨莲攀上了玉机的腰部,一只手抓上了箱子的绳索,另一只手从袍袖里掏出了一把小刀。玉机对着李天水无声地惨笑,脸白得可怕。脑后"呼"地掠过一阵风,眼前一花,他看见斑斓的衣袍一角,随后是一只手在半空中抓住了墨莲举刀的手腕。快过呼吸的一瞬间,两个人便坠入漆黑中。尖叫声稍响即逝。他仿佛听见了"啪"的一声。李天水的双股不住颤栗,金腰带快要脱出莲座。他发现自己并不似自己想的那般勇敢。"呼吸,李郎,呼吸,"玉机的嗓音在下头响了起来,"腹部、吸气、呼气、放松……"那嗓音虚弱得仿佛最轻微的风也能吹散,但李天水却听得清清楚楚。他呼吸起来。这时他看见玉机的双瞳猛地一亮,听见她道:"抱紧我!"那嗓音响得像在喊叫。

两颗泪珠终于从他眼眶中脱出,在夜空中一闪,仿佛直落入了玉机的双眼。他看见她笑了。这时,玉机举起另一只手,自发髻一拔。寒光在她指间闪亮,随后划过了手腕上的绳索。

玉机掉了下去。

就在玉机落下的一瞬间,李天水本能地拱起背脊,蹿了出去，蹿入月光下无边的夜空中。

那一瞬，他无暇思考生死、责任，甚至阿塔。他只是本能地觉得应该蹿出去，既然她已坠落下去。

或许他还有一丝机会救下她。

"我不下深渊谁下深渊。"延田跌的嗓音在他脑中大响。

蹿下的一瞬，他大睁着眼，寻找夜空中那两颗暗淡远星的亮光。直冲面门的狂风令他有一种解脱的快意，但也只有片刻工夫。

脊背后"呜"的一声，好像张开了巨大的翅膀。他的下坠之势陡然变慢，在夜空中随风滑翔起来。他一时感觉有一丝失望。他回过了头，看见一只巨大的蝴蝶张开在脊背后。蝴蝶的翅膀是张开的经幡，张开在一条条灯枝间。灯枝在月光下闪着银光，被掰直，被扯成左右对称的两边。悬挂在穹顶的绳索此刻缠绕在李天水腰间。几乎同时，他明白自己得救了。他低头向下看，黑沉沉一片，隐约有山峦和建筑的轮廓。看不见半点人影，也没听到一声响。金丝带松开了，但仍卡在锦袍褶皱间。他在空中解下金带子，看了一眼，直直扔了下去。金光没入漆黑，循着玉机掉下去的方向。自脚底下卷起的一阵风令他横了过来，他看向头顶的夜空。半月已偏得很远，看不见星星。这时身子在风中翻转起来。月光下，他看见了半张弥勒佛的脸，比他在草原上见过的最大的敖包还大。

他张口瞠目，看着弥勒佛已经塌下的右半脸边沿仍不断有碎石落下，看着左侧半个鼻翼内露出了残断的莲花座，看着那鼻梁间仿佛有琉璃碎片映着月光。他从半张佛面绕过时，看见弥勒佛低眉垂目，神情幽玄，看见峭壁般的佛身。垮塌的左半侧脸下，一条攻城用的极高的云梯架在了佛肩袈裟的褶皱上。那里仿佛有个高大的人影晃了晃，但他没看清。他又看了看那只佛眼，半合的佛眼碎了，闪着金光，像金箔，佛眼内是空的。

李天水慢慢明白过来了。佛头内藏着两个秘窟，一个活窟一个死窟。唯一的机关是琉璃镜面，唯一的活路是佛面左侧的鼻洞，唯一逃脱的法子是绑着背脊上的蝴蝶纸鸢，由枝灯改作的蝴蝶纸鸢。

纸鸢带着李天水绕至巨佛背后。降至巨佛的肩背下后，身躯开始不断翻转，像一片枯叶。巨佛下是一片峭崖，崖上巨石嶙峋。这时他才感觉到自己抠住木箱的十指。他将木箱上提时背后的纸鸢向后翻转，放低时纸鸢前转。他心中一动，将木箱左右移动，纸鸢也随之左右偏移。身躯滑向崖面前，他将箱子向左一拉，又猛地放低。纸鸢在夜空中划过一道圆弧，借着风绕过了尖峭的壁面。这时他看见崖壁下，更深沉的大片黑暗中，数不清的小光点仿佛排布成了一条极长的线，一直接向夜幕天边。他紧紧盯着那条光线。

这便是安西军的营火么？！

光点连成的那条长线就在他下前方，偏左侧，山风却是擦着左侧的峭壁向右卷来。他将木箱子慢慢地由左向右移，又略向前放低。身躯如一片旋涡中的叶子，盘旋着向下。他被裹在风里，干脆闭上了眼，血液奔腾起来。随后是平静，与风与草原与白云与羊群与天地万物一瞬间融为一体的平静。睁开了眼后，他看见身躯已被山风推离了崖面，而身下的光点变大了。是营火，两条营火夹河而列，仿佛自高天流泻而下。下降变慢了，自谷口卷上来的一股向上的风力托着身躯，让他在夜空中飘荡。他看见峭壁与河谷间，有一段绵长的缓坡沉在黑暗中。城墙的暗影绕着缓坡，越来越近。他看见高高的望楼矗立于"马面"城墩上，四方望楼中有个人影，人影上跳下蹿、手舞足蹈。而城墩下，缓坡上密密麻麻地围了一圈圈人。样子像伏跪在墙下。他的胸口又"怦怦怦"震动起来，双手猛地左右摇动木箱子，两眼盯向了望楼里狂舞的人影。纸鸢飘至望楼上方两三丈高处，他看见望楼里的人不动了，抬了头望向自己，城墩下跪着的人群中也有人抬起了头。他看见一根木杆高高竖起在望楼中央，木杆顶部飘舞着囊袋。囊袋鼓起，形如羊肝。李天水想着羊肝囊袋盛着的东西，又看向城墩下趴伏在这居高临谷的缓坡上的一圈圈人。随后他又看了看河谷两边的营火，听着自己"咚咚咚"的心跳。

他从箱面上抽出了一只手。这时他近得可以闻到自囊袋上刮过来的一阵阵腥风。两三丈的木杆下，浑身插着羽毛的萨满张着嘴，愣愣地看着一个人身蝶翅的怪物自高天掠下。擦过杆顶时，一条血柱自囊中浇下，一会儿工夫，血囊便瘪了下来。那萨满愣愣转头，对着夜空中正向河谷顺风飘去的巨蝶伏跪下去，随即仰天呼号，状若癫狂。片刻后，城墩下满头发辫的人群趴在地上转向夜空，那里蝶形黑影逐渐飘远处，他们同时大声呼号起来。呼号声随风传入了河谷。他隐约听见了马的急嘶，看见营火间有极小的人影和光点在迅速移动。今夜乌质勒又要无功而返了。他咧嘴想笑，身躯又开始在风中打旋。夜空、山坡、峭壁、河谷、营火在眼前不断旋转。夜空中有两点很亮的星光，倏尔又转了过去，成了两团营火。他一会儿看着两点星光,一会儿看着两团营火,忽然咧嘴微笑了。抠入木箱的双手停了下来,由着自四面灌入山谷的风把他卷向河谷。纸鸢不转了,下落之势越来越快,许多人在下头大声叫嚷,他听得出是汉话。他看见映着火光的粼粼河面,看见了军营的穹顶,看见那最高最大的圆帐顶,看见身下的圆帐四周一圈圈人围了上来,看见那些人高举着手指着自己。他转动木箱令纸鸢翻转过来,将经幡和银枝朝向地面。

箱子还在手上,阿塔还在远方,我还要活下去。

"噗——",他的背脊落在了圆帐顶。在落下前一刻,他听见帐外有人大喊道:"勿放箭!"

那是哥舒道元的嗓音。